Jenutti.
2017. Noël

LÉA
J'ai la mémoire chagrine

DE LA MÊME AUTEURE

Harry Bernard, Une autre année sera meilleure, édition critique préparée avec Guy Gaudreau, Ottawa, Éditions David, 2013.

Conversation poétique. Correspondance littéraire entre Harry Bernard et Alfred DesRochers, édition critique préparée avec Guy Gaudreau, Ottawa, Éditions David, 2008.

La fille du concierge (récit), Ottawa, Éditions David, 2008.

Virginie Dussault, Amour vainqueur (édition critique), Ottawa, Éditions David, 2003.

Micheline Tremblay

Léa

J'ai la mémoire chagrine

ROMAN

David

Catalogage avant publication de Bibliothèque et Archives Canada

Tremblay, Micheline, 1947-, auteur
    Léa : j'ai la mémoire chagrine / Micheline Tremblay.

(Voix narratives)
Publié en formats imprimé(s) et électronique(s).
ISBN 978-2-89597-600-4 (couverture souple). — ISBN 978-2-89597-633-2 (PDF). — ISBN 978-2-89597-634-9 (EPUB)

    I. Titre. II. Collection : Voix narratives

PS8639.R4539L43 2017   C843'.6   C2017-905406-6
                                                          C2017-905407-4

Les Éditions David remercient le Conseil des arts du Canada, le Bureau des arts francophones du Conseil des arts de l'Ontario, la Ville d'Ottawa et le gouvernement du Canada par l'entremise du Fonds du livre du Canada.

Les Éditions David
335-B, rue Cumberland, Ottawa (Ontario) K1N 7J3
Téléphone : 613-695-3339 | Télécopieur : 613-695-3334
info@editionsdavid.com | www.editionsdavid.com

Tous droits réservés. Imprimé au Canada.
Dépôt légal (Québec et Ottawa), 4e trimestre 2017

À ma petite-fille, Mila

*[Votre mère] paraît vous avoir oubliés :
c'est la plus grande épreuve qui puisse
advenir à des enfants aimants.
Mais cet oubli n'est qu'apparent.*

Gabrielle POULIN,
La Couronne d'oubli

PARTIE 1
Déroutes

I

Les Cèdres, 1885

Assis dans sa berceuse, sa pipe fumante à la main, le regard absent, Ozias attend. Sa sœur, Louise-Anna, est dans la chambre principale, juste à côté. Il est allé la chercher en toute hâte, hier matin. Heureusement, elle n'habite pas loin. Aimée avait des douleurs et, comme c'est son premier, il n'a pas voulu prendre de risque, même si la date prévue n'est que dans deux semaines.

— J'pense ben qu'Aimée va ach'ter... A eu des douleurs à matin. Peux-tu v'nir de suite ?

« Ach'ter » : une expression que Louise-Anna déteste. Comme s'il s'agissait d'acheter un veau ou une poule. Elle préférerait qu'il utilise une expression plus noble comme « donner la vie ». Mais le temps presse et elle garde ses commentaires pour elle. De toute façon, cela ne changerait pas grand-chose puisque son frère, têtu comme un cochon, enraciné dans ses habitudes, n'en déroge pratiquement jamais.

— T'as ben faite de v'nir me qu'rie ! Après toute, chus « l'accoucheuse » de la famille, ajoute-t-elle en souriant, utilisant sciemment le vocabulaire de son frère, un brin de moquerie dans le ton.

Louise-Anna s'y attendait. Elle a pris sa petite valise, déjà toute faite, et s'est empressée de le suivre dans la carriole. Peu de mots durant le trajet du village à la ferme.

Elle n'en fait pas de cas, sachant son frère pas trop causant. À leur arrivée, les douleurs s'étant estompées, Aimée s'affaire dans la cuisine. Ce n'est qu'au milieu de la nuit que le « beau mal » recommence. Ozias sort précipitamment de la chambre pour réveiller sa sœur, dans la chambre au-dessus. Elle s'était couchée tout habillée… au cas où…

— Viens vite la Louise, j'cré ben qu'Aimée va débouler.

« La Louise ! » Quand son frère la nomme ainsi, elle a l'impression qu'il appelle une de ses vaches ; cela l'horripile. « Débouler ! » Un autre mot qui l'agace. Décidément, Ozias a le don de l'exaspérer. Toutefois, pas le temps de tergiverser sur le vocabulaire de son frère qu'elle juge grossier.

Chassé de la chambre, Ozias s'est assis dans sa berceuse et il attend. Il l'attend d'ailleurs depuis longtemps ce moment. Son Aimée, il l'a épousée le 23 janvier 1883. Presque deux ans maintenant ! Il a même cru sa femme stérile, incapable de lui donner un descendant. Que de déceptions, mois après mois ! Jusqu'en mai dernier où Aimée lui a annoncé fièrement qu'elle n'avait pas vu ses règles. Enfin ! Un temps bien choisi puisqu'elle accoucherait en plein hiver, au moment où les travaux de la ferme sont moins exigeants et elle aurait retrouvé sa pleine forme pour les semailles, au printemps. Il l'avait tant espéré, ce premier enfant, par qui sa lignée se perpétuerait.

Quelques gémissements. Très faibles. On lui avait dit de s'attendre à des cris, des hurlements de douleur. Rien de tout cela. Du moins jusqu'à maintenant. Le bruit sourd d'un effort. Ahan… ahan… Puis, plus rien. Quelques secondes… Ahan… ahan… Des paroles inaudibles. Sa sœur, sûrement, qui rassure sa femme. Il s'était imaginé plus énervé, anxieux même, ne tenant pas en place, arpentant la cuisine de long en large, prêtant l'oreille à ce qui se passait de l'autre côté du mur. Après tout, la naissance de son premier fils !

— On va avoir la visite des Sauvages, s'était-il empressé d'annoncer à tous sur le parvis de l'église, après la messe du dimanche.

Ainsi, son nom serait transmis. Il en éprouve de la fierté. Il se lève, jette un œil par la petite fenêtre obstruée par le frâli* à travers lequel il parvient tout de même à voir sa terre. Sa terre qu'il léguera à son fils aîné, celui qui, en ce moment même, arrache des geignements à sa femme. Le premier Bertrand ! C'est pas rien ! Machinalement, il porte sa pipe à ses lèvres. Le soleil point à l'horizon. Peu de neige cette année. Une bonne tempête au début décembre, une douzaine de pouces. Puis, presque plus rien... quelques averses de neige ici et là. Comme il sait interpréter les signes de la nature, il prévoit qu'aujourd'hui, la journée sera froide, mais ensoleillée. Un ciel bleu pur, sans aucune trace de nuages, comme si la nature célébrait, à sa manière, la naissance de son fils. L'heure du train approche. Il lui faut déjeuner. Aujourd'hui, il doit se débrouiller seul. Hier, contrairement à son habitude, Aimée n'a pas cuit le pain de la semaine et il doit se contenter des restes de la semaine précédente. Un pain dur qu'il ramollit avec de la mélasse. Une fois rassasié, il abandonne sur la table son assiette, son couteau et sa cuillère, sans penser à débarrasser. Il ne l'a jamais fait. Il retourne s'asseoir dans sa berceuse, rallume sa pipe qui s'est éteinte.

Des ahan... ahan... han, han, haaaaannnn... chaque fois un peu plus forts. La fin approche. La fin ? Non ! Plutôt le commencement d'une nouvelle vie : celle d'Osias

---

* Givre.

Bertrand. D'habitude, à cette heure, il est déjà à l'étable : les bêtes, ça n'attend pas. Aujourd'hui, elles attendront.

— Ça va-tu finir! marmonne-t-il à voix basse.

Il est las d'attendre, d'entendre ces gémissements qui, de quart d'heure en quart d'heure, deviennent de plus en plus perçants.

— Ahan... ahan...

Au début de la grossesse, des saignements abondants les ont effrayés. Elle avait bien failli le perdre. Finalement, elle l'avait rendu à terme... ou presque, puisqu'elle a deux semaines d'avance. À moins qu'elle se soit trompée dans ses dates. Comment en être sûr ? Et aujourd'hui, c'est le grand jour.

Le moment approche : il le sent. Bientôt, Louise-Anna sortira de la chambre, un enfant emmailloté dans les bras. Son fils à qui il transmettra tout son savoir, qui cultivera sa terre, nourrira ses bêtes, qui sera comme lui, ni plus ni moins. Un prolongement qui lui survivra. C'est la loi de la nature ; il ne peut en être autrement. Son fils suivra ses traces, marchera dans ses pas, tracera les mêmes sillons. Mais il faut attendre encore... « Ozias, c'est ton gars », lui dira-t-elle.

Un fils qui non seulement portera son nom, mais son prénom comme s'il lui indiquait la voie à suivre : identique à la sienne. OSIAS ! avec un « s » et non un « z ». Il n'aime pas le « z » de son prénom, mais n'a jamais osé le changer puisque c'est ainsi que le curé l'avait malencontreusement inscrit sur son extrait de baptême. Un « z » qui dépasse au-dessous de la ligne, qu'il a du mal à tracer correctement. Car il n'a pas fréquenté l'école longtemps ; juste le temps d'apprendre à signer son nom, à lire quelque peu, à additionner et à soustraire. Son fils, lui, sera Osias avec un « s ». Il y veillera. Il frémit de contentement et se

PARTIE 1. DÉROUTES

rengorge en pensant à celui qui assumera la relève de sa terre. Bientôt, la nouvelle se propagera au village et parmi les agriculteurs : « As-tu su qu'la femme de Bertrand lui a donné un rej'ton ? »
Un cri fort et prolongé le tire de sa rêverie.
— Ça y est !

* *
*

Dans la chambre, Louise-Anna vient d'extirper le bébé des entrailles de sa mère. Un accouchement difficile. Le bébé se présentait mal. Elle n'en a pas soufflé mot à Aimée de peur de la décourager, de l'attrister, de lui faire craindre le pire. À sa sortie, nouvelle inquiétude : le bébé ne pleure pas. Elle le prend par les pieds, le suspend, la tête à l'envers, lui donne une claque sur les fesses… Rien. Une deuxième claque… Prévoyant le pire, Aimée a les larmes aux yeux. Un enfant mort-né ? « Jésus, Marie, Jos… » Son incantation n'est pas terminée que, faiblement d'abord, le bébé émet quelques sons, comme une toux rauque, avant de se mettre à crier tout son soûl. Ouf ! Soulagée, Louise-Anna lui remet la tête à l'endroit et le plonge avec précaution dans la cuve d'eau tiède. De son lit, Aimée suit les gestes de sa belle-sœur qui examine son bébé : dix doigts, dix orteils, un petit nez écrasé… comme celui de sa mère.
— C'est un garçon ?
Concentrée sur les soins à offrir au nouveau-né, Louise-Anna ne répond pas. Elle emmaillote l'enfant, le pose sur la poitrine d'Aimée, relève ses oreillers. La première tétée. Malgré sa fatigue, Aimée se soulève légèrement pour mieux

lui offrir son sein. De l'anxiété dans la voix, elle répète sa question :

— C'est un garçon ?

Préoccupée par le placenta qui n'est pas entièrement sorti, Louise-Anna presse sur le ventre de sa belle-sœur. Encore et encore. Toujours rien. Elle n'a plus le choix...

Repu, le bébé dort sur la poitrine de sa mère, la bouche légèrement entrouverte sur son sein. Louise-Anna le reprend, lui met une couche, un grand carré de tissu de coton qu'elle a l'habitude de plier à la perfection, en un tour de main, selon qu'il s'agit d'un garçon ou d'une fille. Pourtant, elle ne réfléchit pas à cela ; ses gestes sont automatiques. Elle doit faire vite : une tâche pénible reste à accomplir. Elle revient ensuite vers sa belle-sœur, lui replie les jambes et entre sa main presque jusqu'au coude pour dégager le placenta resté collé aux parois de l'utérus. Épuisée, Aimée, qui a pourtant su vaincre sa douleur tout au long de l'accouchement, ne peut retenir un long cri, un hurlement presque... celui qu'Ozias a entendu.

Louise-Anna est satisfaite : un douzième accouchement réussi. Sans trop de dommages pour la mère. Et l'enfant se porte bien.

Durant tout le temps du travail, pas une seconde elle a songé à son frère dans la pièce d'à côté. Maintenant, elle respire. Elle remet le nourrisson entre les bras de sa belle-sœur qui le tient collé sur sa poitrine et le cajole en fredonnant une berceuse. Chaque fois que Louise-Anna aide une femme à accoucher, elle éprouve beaucoup d'anxiété et se dit : « C'est la dernière fois... la dernière ! » Et à chaque fois, devant un tableau comme celui d'Aimée et de son poupon, elle est déjà prête pour le prochain.

Pour la troisième fois, Aimée l'interroge :

— C'est un garçon ?

PARTIE 1. DÉROUTES

Cette fois-ci, Louise-Anna ne peut plus éluder la question, feindre de ne pas l'avoir entendue.
— C'est un bébé en santé. C'est tout ce qui compte.

*   *
*

La porte s'ouvre. Ozias se lève. Lui qui, durant toutes ces heures de travail, a su garder son calme, sent maintenant un serrement dans sa poitrine. Enfin, il va prendre son fils dans ses bras.
— Ozias... viens prendre ta p'tite fille!
Stupéfait, il reste immobile. Les yeux fixés sur sa sœur, il ne réagit pas. Il fronce les sourcils. Un bref instant, il croit en une blague de mauvais goût. Sa sœur a toujours aimé le prendre à rebours. Non! Elle ne rit pas. Incrédule, il répète :
— Une fille?
— Oui, une belle p'tite fille, toute petite, mais en santé.
Ozias n'entend plus. Sans un regard vers son enfant, il se dirige vers le poêle à bois, soulève un rond, y vide sa pipe en la frappant contre l'ouverture, remet le rond... Le visage de glace, sans un mot, il la dépose sur la table de la cuisine, attrape sa chemise en flanelle, met son caluron et sort en laissant claquer la porte derrière lui.
— Chus en r'tard pour le train...
« Une fille! Calibouére! Que cé qu'j'ai faite au bon yieu pour mériter ça! »

*   *
*

De sa chambre, Aimée entend le claquement de la porte et le silence qui suit. Elle appréhende la réaction de son époux pugnace et résolu. Elle espérait toutefois qu'en tenant ce petit bébé dans ses bras, il serait heureux. Vaine espérance! Elle l'a déçue, ne s'est pas montrée à la hauteur de ses attentes en ne lui donnant pas ce fils tant souhaité. La désillusion d'Ozias la pénètre jusqu'au tréfonds de son âme, comme si elle était sienne. Un moment à peine, elle était heureuse d'être mère, d'avoir donné la vie. Elle avait regardé sa fille avec tendresse, l'avait trouvée belle : toute rose, à peine plissée. Quand Louise-Anna a pris la nouveau-née pour la montrer à son père, sa joie s'était entachée d'inquiétude. Quelle serait la réaction d'Ozias? Le claquement de porte répond à sa question. D'emblée, la réalité la rattrape. Épuisée, elle fond en larmes.

Louise-Anna revient vers elle, pose le bébé dans le ber qu'Ozias a construit de ses propres mains, croyant avoir la joie d'y déposer son fils.

— Inquiète-toi pas… ça va lui passer…

Aimée sourit faiblement en hochant la tête, les yeux pleins d'eau : elle voudrait bien y croire.

*   *
*

Ozias marche vers l'étable. Même s'il ne porte qu'une chemise de flanelle, il ne sent pas le froid. Le désappointement le rend imperméable. Il vit la naissance de cette fille comme une trahison de sa femme. Une colère sourd en lui. Un sentiment d'impuissance. Une fille! Une bouche de plus à nourrir et qui ne rapportera rien! Une fille… à marier. Il s'appuie contre un pilier de soutien et contemple ses vaches. Cette année, la Grosse Noire lui a donné un mâle. Il y avait vu un signe : sa femme aussi lui donnerait un mâle. Les vaches l'observent de leurs grands yeux tristes, semblant compatir.

Furieuse de la réaction de son frère, Louise-Anna le rejoint à l'étable. D'un ton qui n'admet pas de réplique, elle lui reproche son attitude et l'enjoint de mieux se comporter face à sa femme.

— Elle l'a portée pendant des mois, elle a souffert pendant l'accouchement, elle est épuisée, elle a vraiment pas besoin d'un mari qui la boude. C'est pas plus d'sa faute que d'la tienne si c'est une fille. Et j'vois pas c'qu'il y a de si grave. Il en faut des femmes pour mettre au monde les enfants ! N'oublie pas que c'est une femme qui t'a mis au monde.

Sur ce, sans lui laisser le temps de répondre, elle sort de l'étable.

* * *
*

Aimée s'est assoupie. Somnolente plus qu'endormie, elle tente d'oublier le comportement d'Ozias et pense au nom à donner à sa fille. Un nom qui ne sera ni le sien ni celui de sa mère. Un nom unique que ne porte aucun autre membre de sa famille. Elle est si petite, il lui faut un petit nom...

Quand Ozias entre enfin dans la chambre, Aimée lui sourit :

— J'ai pensé à Léa... Qu'est-ce que t'en penses ?

Taciturne, Ozias hausse les épaules en tentant un sourire qui a l'allure d'une moue :

— Comme tu veux !

Le ton placide de son mari la glace. Sans conviction, elle tente de le rassurer :

— Ozias, c'est juste not' premier. On va se r'prendre! Tu vas l'avoir ton gars...

Ozias hoche légèrement la tête. C'est sûr qu'ils se reprendraient. Et vite!

* *
*

Léa est née le 8 janvier 1885.

À peine deux ans plus tard, le 4 mars 1887, naît un second enfant. Nouvelle déception. Contrairement à Léa, la nouveau-née est grande... près de 19 pouces! Aimée suggère de lui donner un prénom long.

— J'ai pensé à Alexandrine?

— C'est toé qui décides.

Léa, toute petite, n'arrive pas à prononcer ce prénom de cinq syllabes doté, qui plus est, d'un « x » et d'un « r ». Alexandrine devient Ladine.

Deux filles... Ozias devient de plus en plus silencieux. Il s'exprime par des regards, des signes de tête, des haussements d'épaules... La troisième grossesse d'Aimée lui redonne un peu d'espoir.

« J'vas-tu l'avoir, mon fils... calibouére! C'te fois-citte, j'espère qu'c'est la bonne! » pense-t-il en son for intérieur.

Malheureusement, Aimée fait une fausse couche en avril 1890. Quelque deux ans plus tard, le 18 juin 1892, naît une autre fille : décidément, le bon Dieu est contre lui.

— Que c'est qu'tu dirais de Véronique?

Enragé, il ne répond même pas. À quoi elle est bonne, sa femme... Même pas capable de lui donner un héritier.

Pour Léa, Véronique devient Ninique. Pour Ozias, ce sont « les filles ».

Ozias lui en veut; Aimée le sent bien. Que peut-elle y faire? Elle n'a aucun pouvoir sur la détermination du sexe de ses enfants. Très croyante, elle entreprend une neuvaine à saint Joseph. Une neuvaine non pas d'une semaine, mais de neuf mois! Neuf mois... le temps d'une grossesse. Pourtant, à la fin de ces neuf mois, le ciel demeure coi. Lors de la rencontre paroissiale annuelle, elle confie son désarroi au curé. Avant de partir, le prêtre bénit toute la famille et il lui suggère de s'adresser directement à la Vierge.

— C'est une femme, comme toi. Elle te comprendra peut-être mieux que saint Joseph.

Bientôt le mois de mai, le mois de Marie. Suivant le conseil du curé, Aimée se recueille à tous les soirs et récite un rosaire. Pour chaque dizaine, un même souhait.

— Bonne Sainte Vierge, donnez-moé un garçon. Ça f'rait tant plaisir à Ozias. Sur la ferme, on a besoin de bras. J'aime ben mes filles, vous l'savez, mais c'est pas comme des gars... en tout cas, pas pour Ozias.

Janvier 1894: Aimée est à nouveau enceinte. La Vierge a-t-elle, enfin! entendu sa prière? Nouvel espoir chez Ozias qui n'ose manifester sa joie. S'il fallait qu'il soit à nouveau déçu!

Mars 1894: fausse couche.

Onze ans de mariage et aucun héritier. L'humeur d'Ozias ne cesse de chuter. L'hiver, il étire les heures passées à l'étable et l'été, celles passées dans le champ. Quand il rentre, avare de paroles, il prend ses repas, fume sa pipe et s'impatiente contre les filles, trop turbulentes à son goût. Un jour, dans un accès de rage, il a presque giflé Ladine. Aimée s'est interposée juste à temps. Depuis, elle le sent ronger son frein et craint la récidive.

— Tes filles, lui dit-il un jour, t'es pas capable d't'en occuper? J'les ai toujours dans les pattes.

La remarque atteint Aimée comme un couteau en plein cœur. Elle, habituellement douce et soumise, réplique sans coup férir :

— J'te f'rai r'marquer qu'ce sont « TES » filles itou ; des enfants ça s'fait à deux.

Étonné de l'agressivité inhabituelle de sa femme, Ozias se lève, quitte la maison sans même refermer la porte derrière lui. Aussitôt, Aimée se reproche sa répartie. Elle se lève rapidement pour rappeler son mari, mais change d'idée et ne fait que refermer la porte. Elle s'écrase sur une chaise près de la table de cuisine et, le visage dans les mains, n'arrive pas à réprimer ses larmes, les laissant couler le plus silencieusement possible. Ses tâches et son rôle d'épouse et de mère de famille, elle s'en acquitte le mieux possible. Fatiguée ou pas, jamais elle ne se refuse à son mari et elle mène de front les travaux de la ferme, l'entretien de la maison, la préparation des repas et le soin aux enfants sans faire entendre aucune plainte. Tout ça, elle peut l'endurer ; mais ce qui la chagrine profondément, c'est l'attitude de son mari envers leurs filles. Elle devient mélancolique. Même le Christ et la Sainte Vierge n'ont pas répondu à ses prières. Une seule chose obsède Ozias : sa descendance. Et le ventre d'Aimée n'est qu'une machine à fabriquer des filles !

Léa, maintenant âgée de neuf ans, comprend instinctivement ce qui peine sa mère. Souvent, elle a entendu son père parler du « fils qui ne vient toujours pas », alors que ses voisins, souvent plus jeunes que lui, comptent déjà un, deux, parfois même plus de mâles au sein de leur progéniture. Elle subit l'humeur maussade de son père et souffre du peu d'affection qu'il lui manifeste. Or, à l'école, la maîtresse a souvent parlé de l'amour du Christ pour les petits enfants. Confiante, elle entreprend de prier le « p'tit Jésus » pour obtenir un « p'tit frère ».

Le mercredi 1ᵉʳ mai 1895, Aimée donne naissance à un garçon. Enfin ! À peine délivrée, Aimée exhorte Louise-Anna d'apprendre la bonne nouvelle à son mari. Le premier Bertrand, celui par qui survivra sa lignée, celui qui héritera de « sa » terre. Cette fois, au chapitre du prénom, Aimée n'a pas son mot à dire. Le premier garçon, c'était inscrit sur la terre comme au ciel, s'appellera comme son père : Osias... avec un « s ».

Quand, au retour de l'école, Léa apprend la bonne nouvelle, elle remercie le bon Dieu de l'avoir exaucée. Grâce à elle, son père a un fils : il ne lui en rend pas grâce pour autant.

Dès le lendemain, le baptême. Louise-Anna et son mari, Eusèbe, sont les parrain et marraine. Une des sœurs d'Aimée porte l'enfant. Une tâche honorifique. Quant à Aimée, elle reste à la maison : le temps des relevailles.

Au cours des dix années suivantes, Aimée donne naissance à quatre autres garçons — Herménégilde, les jumeaux, Maurice et Léopold, et Ovila — prouvant ainsi à Ozias que son ventre est « une bonne terre à garçons ». Il peut marcher la tête haute. En 1902, la mort prématurée de sa plus jeune attriste profondément Aimée qui, sans avoir le temps de vivre son deuil, donne naissance prématurément à des jumelles, Gabrielle et Yolande. À la naissance de la petite dernière, en 1904, Léa, sa marraine, lui octroie le nom de la disparue. Par manie d'abréger, tous les prénoms des enfants sont tronqués : Ladine, Ninique, Hermé, Momo, Popol, Vila, Gaby, Yoyo. Seuls Léa et Osias maintiennent leur prénom intact.

Cinq garçons : dix bras pour la terre. Cinq gars pour assurer la lignée des Bertrand.

2

Le vendredi 4 mai 1900

Tôt ce matin, le soin aux bêtes terminé, le père de Léa l'emmène en boghei jusqu'à la gare de Coteau-Jonction où elle doit prendre le train de onze heures moins vingt qui, selon l'horaire, arrivera à Montréal à onze heures et demie. Le retard des « gros chars » l'oblige à la déposer sur le quai de la gare non sans avoir prévenu le chef de gare pour qu'il porte un œil sur elle. Il repart aussitôt, sans même remarquer la panique dans les yeux de sa fille. Il veut profiter du beau temps exceptionnel de cette journée pour s'occuper de l'ensemencement des champs. Déjà, cet aller-retour vient de lui faire perdre un bon deux heures de travail.

Seule sur le quai, sa petite valise à la main, Léa se sent abandonnée. Si, au moins, Ladine était là! Le train entre bientôt en gare, l'empêchant de s'apitoyer sur son sort. Des trains, elle en a souvent vu puisque la ligne de chemin de fer passe à proximité du fleuve. Jamais d'aussi près toutefois; l'énormité de la locomotive l'impressionne. Le chef de gare lui indique un wagon de deuxième classe, l'aide à embarquer. Une fois à bord, il lui tend sa valise. Interdite, elle reste plantée là, au beau milieu du couloir, bloquant ainsi l'accès aux autres voyageurs.

— Reste pas là, avance et va t'assir, crie le chef de gare. Tu peux garder ta valise avec toé.

PARTIE 1. DÉROUTES

Avec hésitation, elle s'avance dans le wagon. À droite, un long corridor et à gauche, deux longues rangées de cabines dont les sièges sont disposés de telle sorte que deux regardent vers l'avant et deux vers l'arrière, favorisant ainsi les échanges entre les quatre passagers. Derrière elle, les gens la bousculent, pressés de se choisir une bonne place. Comprenant aussitôt les règles du jeu, Léa se hâte et opte pour un siège du côté d'une fenêtre. Le train se remet en marche... Plusieurs voyageurs se lèvent pour saluer les parents et amis venus assister à leur départ. Léa, elle, n'a personne à qui « envoyer la main ».

Seule dans ce train qui l'amène vers l'inconnu, elle essaie de comprendre. Elle regarde autour d'elle et c'est comme si elle voyait tout ce qui l'entoure au travers d'une vitre. Les autres passagers, les sièges, les valises, tout cela lui apparaît irréel. Le paysage glisse... glisse... glisse... et mue... Étrangère à tout ce qu'elle voit, elle se demande comment et pourquoi elle se retrouve ici, en route pour Montréal, cette grande ville dont elle ignore tout.

Tout en regardant le paysage défiler, Léa se remémore les bribes de conversations qu'elle a saisies entre ses parents depuis déjà quelques semaines. En fait, c'était surtout la voix forte de son père qu'elle entendait, les réponses de sa mère, chuchotées, ne parvenant pas jusqu'à elle.

— Trop d'bouches à nourrir. Oublie pas qu'on est dix à table...

— Angéline est d'accord pour la prendre en élève...

— Ladine va arrêter l'école... a va remplacer Léa pour t'aider.

— ... Travailler... Angéline... rapporter un peu d'argent...

— Trop de bouches à nourrir!

— ... en élève...

— ... rapporter de l'argent... de l'argent...

Ces phrases s'entrecroisent dans sa tête. Qu'est-ce que cela veut dire : prendre en élève ? Comme on élève un chien ? Et rapporter de l'argent ? Travailler pour tante Angéline ? Papa a bien dit : tu vas aider... Mais quand on aide, on ne travaille pas, on n'est pas payé. Elle, qui a laissé l'école pour aider sa mère, le sait bien.

L'école ! Que de controverses pour son entrée à la petite école du village. Son père n'en voyait pas l'utilité : « Pas besoin d'ça pour faire des p'tits pis laver des couches... Les femmes, c'est faite pour t'nir maison. » Mais sa femme y tenait mordicus ; pour avoir la paix, Ozias a finalement consenti. Grâce à la complicité d'une cousine d'Aimée, institutrice au village des Cèdres, Léa a commencé l'école en septembre 1890 même si elle n'avait pas encore six ans. Du lundi au vendredi, elle franchissait allègrement le mille et demi qui sépare la ferme de l'école du village située à côté de l'église. Parfois, Télesphore Létourneau, le fils du voisin, faisait le trajet avec elle. De deux ans son aîné, il fréquentait cette même école constituée d'une seule classe à multiples divisions, de la première à la septième année. En raison d'une coqueluche tenace suivie de la « petite picote », Alexandrine n'ira à l'école qu'à compter de 1894, à sept ans. La petite Véronique suivra en 1898 alors qu'elle venait d'avoir six ans.

Léa se plaît à l'école ; curieuse de tout, elle aime apprendre, particulièrement le français, matière dans laquelle elle excelle. En fait, si elle aime autant l'école, c'est surtout parce que cela lui permet d'être à l'extérieur de la maison. L'indifférence de son père à son égard : trop lourde à porter. Son mutisme : trop envahissant. À l'école, elle se sent acceptée, admirée même. Son institutrice la trouve intelligente et studieuse. Elle l'a entendue dire à sa mère : « Tu sais Aimée, ta p'tite Léa, elle pourrait devenir maîtresse d'école. » Et Léa s'est mise à rêver. Devenir, pour des petits garçons et des petites filles, une personne importante : celle qui détient un pouvoir, celui du savoir. Parfois, quand la maîtresse a besoin d'aide, que ce soit pour organiser la fête de Noël, de Pâques ou du catéchisme, Aimée l'autorise à coucher chez elle. Une véritable fête ! Et le rêve prend de l'expansion : quand elle sera grande, elle aussi vivrait dans un petit logement aménagé pour elle au deuxième étage d'une école.

Un beau rêve, anéanti abruptement quand son père l'a obligée à quitter l'école pour aider sa mère. Quand il s'agit de la famille, on aide gratuitement : c'est la règle. N'est-il donc pas honteux d'exiger un salaire d'Angéline puisqu'elle fait partie de la famille ? Pourtant, son père a affirmé qu'elle rapporterait de l'argent. Si ce n'est pour Angéline, pour qui, alors, travaillerait-elle ? Pour l'une de ces manufactures que son père a toujours décriées comme étant des lieux d'abrutissement ? Léa s'inquiète : qu'allait-elle donc faire à Montréal ?

— Trop de bouches à nourrir…

Phrase marteau qui lui cloue le front à la fenêtre du train. Phrase à vomir, qu'elle ne digère pas. C'est tout ce qu'elle est : une bouche à nourrir ! Ce à quoi son père la réduit ! Léa sent monter une rage contre lui. Elle revoit sa joie à la naissance d'Osias. Elle avait toujours senti un froid entre eux mais, à ce moment-là seulement, elle venait vraiment d'en comprendre la raison. Jamais Osias ne serait une bouche de trop à nourrir ! Elle presse son visage contre la fenêtre et le paysage s'embrume à travers ses larmes.

Vaudreuil. Premier arrêt. La grosse horloge, sur le quai de la gare, marque onze heures moins cinq. Des passagers descendent, d'autres montent. Léa observe le mouvement sur le quai. Des gens s'embrassent, d'autres transportent de lourdes valises. Des hommes aident des femmes à hisser leur valise dans le wagon. Et elle pense à son père qui ne l'a pas aidée, ne l'a pas embrassée, ne lui a pas « envoyé la main » en lui souhaitant bonne route. Sa terre l'attendait !

— Vous permettez que je m'installe en face de vous, mademoiselle ?

Occupée à examiner le mouvement sur le quai, Léa n'a pas entendu.

— Mademoiselle ?

Elle sursaute et regarde le nouveau venu qui répète sa question en soulevant légèrement son chapeau :

— Vous permettez que je m'assoie ici ?

Étonnée, Léa reste figée : c'est bien la première fois qu'on lui demande une permission. À part, évidemment, les jeunes à la maison. Mais une grande personne, comme ce monsieur ? Jamais ! Se moque-t-il ? Comme il reste là, planté debout, le chapeau dans les mains, attendant sa réponse, elle en conclut qu'il est sérieux. Maladroitement, elle répond, comme son père l'a souvent dit :

— Pas d'offense !

Elle baisse les yeux aussitôt, ne pouvant plus supporter le regard du jeune homme, se demandant si sa réponse est la bonne. Qu'il s'installe, qu'il s'occupe, qu'il regarde ailleurs, qu'il l'ignore ! Mieux, qu'il ne la voie tout simplement plus ! Pour bien marquer son intention de rompre tout contact, dès que le train repart, elle ferme les yeux, fait mine de s'assoupir. Derrière ses paupières closes, des images apparaissent, se succèdent, se chevauchent, disparaissent.

Ladine.

Classe.

Ferme.

Institutrice.

Tableau noir... noirceur de la nuit.
Osias...
Mère. Cuisine. Crêpes.
Poules... poupée... Ninique... Ni...

Un tressautement du train, un crissement. Elle ouvre les yeux. Au dehors, c'est encore la campagne. Les fermes, les maisons de ferme, la forêt, l'eau. Une grande étendue d'eau. Le fleuve ? Le même qui passe aux Cèdres ? Que verra-t-elle en ville ? Sûrement pas des vaches qui broutent. Ni de grands champs ensemencés. La ville, son père l'a affirmé, c'est un lieu où l'on perd son âme. Très croyante, Léa a peur. La ville est peuplée d'Anglais protestants. Il faut se méfier de tout et de tous. Ne pas sortir seule quand il fait noir. Tout ce qu'on lui a raconté à propos de la ville la tracasse ou plutôt, ce que son père en a dit l'effraie. Pourtant, c'est lui qui la livre à la ville.

Deuxième arrêt : Sainte-Anne.

— Mademoiselle, je vous souhaite une bonne fin de voyage.

C'est le monsieur du siège d'en face qui descend ici, à Sainte-Anne. Ne sachant que répondre, elle fait un léger signe de tête, sans même sourire. Et elle se sent bête, mal à l'aise dans ce nouveau monde. Cette simple salutation, qu'elle juge maladroite, lui fait prendre conscience que toute sa vie se transforme. Tout ce qui lui est familier, tout ce qu'elle connaît ne sera bientôt plus que de l'ordre des souvenirs. Tout ce qu'elle sait faire aussi. Terminés le jardinage, la récolte des légumes, le ramassage des œufs, le nettoyage des boyaux de porc... qu'elle détestait par-dessus tout. Terminés aussi les menus travaux domestiques auxquels elle s'était habituée. Demain, quand elle s'éveillera, ce ne sera plus la terre qu'elle verra. Ni le tout nouveau canal Soulanges. Ni le pont qui mène au village ! Ni le clocher de l'église! Demain, c'est l'inconnu! Terminés les jeux avec ses frères et sœurs! Terminée sa complicité avec Ladine! Et les petits? Ils croiront qu'elle les a abandonnés, c'est sûr... Désormais, Ladine s'occupera d'eux... Vont-ils l'oublier? À son retour, l'aimeront-ils autant? Au fait, reviendra-t-elle? Quand? Elle se sent misérable, rejetée, trahie par ses parents! Non! Uniquement par son père, car sa mère — elle en est persuadée — ne l'aurait jamais laissée partir. Un doute : s'y est-elle seulement opposée?

À cet arrêt, des brouhahas assourdissants. Les sièges sont vite occupés. En face d'elle, à la place du jeune homme, vient s'asseoir un monsieur d'un certain âge. Il ne la regarde pas. L'ignore. Tant mieux! À côté d'elle, une dame aussi d'un certain âge lui sourit; Léa lui rend son sourire tout en remarquant son élégance. Le vieux monsieur semble avoir l'habitude de voyager. Il pose d'abord sa petite mallette par terre, sous la fenêtre, près du siège qu'il prévoit occuper, juste en face d'elle; il retire son chapeau, le dépose délicatement sur la tablette, en haut du siège; il enlève ensuite son veston, le plie et le place sur son avant-bras; puis, il s'assoit, pose son veston sur ses genoux, se penche pour saisir sa mallette et en sort un journal. Au moment où le train se remet en marche, il se cale bien dans son siège, jette un bref coup d'œil sur le quai de la gare et, sans démontrer plus d'intérêt à ceux qui l'entourent, commence sa lecture. Léa l'observe du coin de l'œil. Quelle aisance dans les mouvements. Aucune hésitation. Tous ses gestes, il les a enchaînés avec une grâce toute féminine. Même quand la dame est venue s'installer et qu'elle l'a bousculé légèrement, ses gestes ont poursuivi leur enchaînement, mécaniquement, sans dévier de leur but. Et pourtant, il s'agit d'un vieux monsieur, assez rondelet. Léa se penche pour lire le nom du journal : *La Presse*. Un jour, sa tante

PARTIE 1. DÉROUTES

Angéline avait apporté ce journal à la maison. Elle en avait lu quelques articles portant sur le canal Soulanges. Mais le contenu de l'article semblait, de toute évidence, déplaire à son père : « Arrête-moé ça, c'papier-là, y connaît rien, y dit rien qu'des bêtises. » Il avait littéralement arraché le journal des mains d'Angéline et jeté dans le poêle. « V'là c'que j'en fais d'ton papier qui parle. » Léa avait ri : un « papier qui parle ». Quelle drôle d'expression ! Le journal intéresse sûrement beaucoup cet homme puisque ses yeux restent fixés sur le texte. Il les relève brièvement au moment de tourner la page, ce qu'il fait aussi avec beaucoup de dextérité, sans gêner personne.

Léa se désintéresse du vieux monsieur au journal et colle son nez à la fenêtre. Le train reprend sa vitesse de croisière. Le paysage défile à nouveau. Des questions surgissent. Quand son père a-t-il pris sa décision ? Il a bien dû en parler à son frère, Willie, le mari d'Angéline... Quand ? Elle scrute le passé. Probablement lors de leur visite annuelle, comme à l'accoutumée, durant la période des fêtes. Ça fait donc plusieurs mois que l'idée lui trotte dans la tête. Léa les compte : cinq mois... cinq mois qu'on lui joue dans le dos. Même sa mère ne lui a rien dit, faisant comme si de rien n'était. Le savait-elle ? Son père avait-il pris cette décision seul, comme pour l'école ?

— La fille, ta mère a besoin d'aide... a trop d'ouvrage...

Les paroles du père. Inattendues. En janvier 1895. Sa mère était enceinte d'Osias. Elle l'entend encore :

— Ta mère est grosse pis a trop d'ouvrage... tu vas l'aider...

Elle ne demandait pas mieux que d'aider sa mère. D'ailleurs ne le faisait-elle pas déjà ? Elle s'occupait de la vaisselle, des planchers, du ménage de la maison ; c'est aussi elle qui ramassait les œufs...

— D'main, tu restes icitte. Tu vas pus à l'école.

Léa était restée bouche bée, estomaquée. Elle avait osé demander :

— J'peux-tu finir mon année ?

— Non. D'main, tu restes icitte.

Elle avait baissé la tête, sans répliquer. Une décision du père, du chef de famille, ça ne se discute pas. Elle qui rêvait de devenir maîtresse d'école comme Mlle Lalonde, voilà que son père venait d'en décider autrement.

À partir de ce moment-là, comme sa mère et son père, Léa s'est mise à travailler au rythme des semaines. Chaque lundi — sauf en cas de fête —, elle sortait la planche à laver et préparait la cuve de rinçage. Sa mère lavait, elle rinçait ; sa mère essorait, elle étendait. Été comme hiver, Léa étendait à l'extérieur, même par grand froid. Seules exceptions : la pluie ou la neige ; dans ces cas, elle installait des cordes dans la cuisine et toute la maison était imprégnée d'humidité. Le mardi : repassage ; le fer était déposé sur un rond du poêle et on attendait qu'il soit assez chaud. Sa mère se gardait les vêtements ; Léa s'occupait des draps et taies d'oreiller, des serviettes et débarbouillettes, des torchons, des camisoles, des combinaisons de son père et de ses frères... Elle aimait repasser, car elle pouvait y atteindre la perfection : aucun pli dans le tissu. Le mercredi, le raccommodage dont sa mère lui apprenait les rudiments. Le jeudi, le ménage ; pour elle, le lavage et le cirage des planchers. Le vendredi, la préparation du pain pour la semaine suivante. Le samedi, les tâches variaient, mais leur répartition faisait en sorte qu'il y avait toujours quelqu'un pour s'occuper des enfants. Un modèle d'organisation !

Les saisons marquaient aussi le rythme du travail. Septembre : récolte, mise en conserve et entreposage au caveau. Octobre : rangement des vêtements d'été dans une grosse malle avec quelques boules de naphtaline; aération des vêtements d'hiver pour les débarrasser de l'odeur tenace des boules à mites. Novembre : pose des châssis doubles. Décembre : préparation du temps des fêtes : tourtières, tartes, gâteau aux fruits se préparent à l'avance. En janvier et février, le travail à l'extérieur étant au ralenti, Aimée pique des courtepointes. En mars et avril, la préparation des semis. L'été : entretien du potager. Deux fois par année, au printemps et à l'automne : le grand barda où on nettoie de fond en comble toute la maison et les bâtiments de la ferme. Sans oublier les jeunes dont il faut toujours s'occuper quelle que soit la saison.

Aimée lui apprenait à tenir maison : faire le savon, tenir la planche à laver, filer, carder, tisser, tricoter, préparer la soupane, faire boulange… « Il n'est jamais trop tôt pour se préparer à être une bonne ménagère, une bonne mère de famille. » Léa prenait à cœur son futur rôle et ne ménageait aucun effort pour l'apprendre. Elle devenait importante, ayant maintenant un vrai rôle à jouer à la maison. Sa mère la complimentait à sa façon en la taquinant : « T'es déjà bonne à marier. » Peu à peu, Léa oubliait son rêve de devenir maîtresse d'école.

Malgré tous ses efforts pour se rendre utile, Ozias ne lui manifestait aucune marque de reconnaissance. C'était dans l'ordre des choses : une fille doit aider sa mère, être au service de la famille. Et si les enfants la surnomment affectueusement « p'tite maman Léa », son père, lui, s'entête à l'appeler « la fille ». Pire encore : « fifille ». Une appellation qu'elle déteste, une manière de réduire son individualité au fait qu'elle n'est qu'une fille.

— Vos billets, présentez vos billets, s'il vous plaît !

La voix du contrôleur la ramène à la réalité. Elle s'était assoupie. Un tout jeune homme s'est installé à côté de l'homme âgé sans qu'elle s'en rende compte. Voyant l'interrogation dans son regard, le jeune homme lui sourit, la salue :

— Bonjour, mademoiselle.

« Tu parles pas à des étrangers. T'entends ? La grande ville, c'est pas la campagne. Y a toutes sortes de gens… » La voix sévère de son père et ses seules recommandations avant de la laisser sur le quai de la gare. Peut-être par révolte contre celui qui l'a obligée à partir, elle répond en souriant :

— Bonjour, monsieur.

Pour la première fois de sa vie, elle désobéit en toute conscience. Même si elle en ressent une certaine culpabilité, cette bravade lui donne du courage. Par ailleurs, se faire appeler « mademoiselle », de surcroît par un beau jeune homme, la flatte. Si peu de temps après avoir quitté sa famille et son village, la « fifille » se transforme en « demoiselle » : une dénomination qui la grandit, lui confère une nouvelle personnalité.

— C'est encore loin Montréal ? demande la dame au contrôleur.

— Une p'tite demi-heure, m'dame.

Une demi-heure ! Déjà ! Quelle heure peut-il bien être ? Le train a quitté la gare de Coteau-Jonction à onze heures moins vingt ; du moins, c'était l'heure prévue, mais il est arrivé avec un peu de retard. Un arrêt à Vaudreuil, puis ce deuxième à… elle ne se souvient plus du nom… Bientôt, dans moins de trente minutes, elle posera les pieds dans cette ville qui, hier encore, lui semblait si loin, si inaccessible.

— C'est la première fois que vous allez à Montréal ?

Décidément, le jeune homme veut poursuivre la conversation.

— Oui, m'sieur.
— Si j'peux vous aider, hésitez pas. J'suis né à Montréal et j'connais très bien la ville.
— Non, ma tante m'attend, répond-elle d'un ton qu'elle juge elle-même un peu hautain et qu'elle aurait souhaité plus engageant.

Cela dit, elle se retourne vivement vers la fenêtre pour bien signifier au jeune homme son intention de ne pas poursuivre la conversation. Du coin de l'œil, elle l'observe et s'aperçoit qu'il la regarde. Elle rougit, il sourit. Il doit penser : « Quelle pimbêche ! » : un beau mot qu'elle avait noté dans son cahier de vocabulaire et qu'elle utilise pour la première fois parce qu'il convient parfaitement à la situation. Elle s'oblige à fixer son attention sur le paysage qui défile devant ses yeux.

Ses pensées la ramènent à la ferme, aux Cèdres. Pendant cinq ans, elle a assisté sa mère d'abord dans l'entretien de la maison puis, au fur et à mesure qu'elle grandissait, elle s'était occupée des poules, du potager et, enfin, des enfants. Ninique, Osias, Hermé. Même de Ladine. Quand sa sœur a commencé l'école, c'est elle qui l'y avait amenée. Le soir, Léa l'aidait à faire ses devoirs et à étudier. Comme une vraie maîtresse d'école : celle qu'elle aurait pu devenir... Elle aurait voulu inoculer à sa sœur son désir d'apprendre, mais Ladine ne s'intéressait nullement à tout ce qui était scolaire. Le fou rire la prend quand elle se souvient du jour où elle tenta de lui expliquer que, dans la phrase « Les poules du couvent couvent », les mots, bien qu'écrits de la même façon, n'en avaient pas moins des sens différents. Sa sœur s'était enragée et elle l'avait arrêtée juste avant qu'elle ne s'en prenne à son cahier de lecture. C'est qu'elle est impulsive, Ladine. Soupe au lait. Un grain malicieuse, Léa s'était alors ingéniée à trouver d'autres exemples. Pourquoi le «er» de «berger» se prononce «r» dans la première syllabe et «é» dans la seconde? Pourquoi le «s» de «as» reste muet s'il s'agit du verbe «avoir» mais se prononce quand il s'agit de la carte à jouer? Ladine la regardait, interloquée. Une autre fois, impossible de ne pas pouffer de rire en corrigeant une dictée où sa sœur avait écrit «fame» au lieu de «femme». Ladine détestait ces tours que la langue lui jouait. Léa avait-elle une part de responsabilité dans les échecs à répétition de sa cadette qui avait doublé sa deuxième année? Maintenant : terminé le calvaire de Ladine. Désormais, elle remplacera Léa dans les tâches quotidiennes pendant que sa mère consacrera son temps aux jumeaux et à Ovila, les derniers-nés.

Combien de temps a duré sa rêverie? Le train arrivera sûrement bientôt. Sa mère l'avait prévenue : ton oncle et ta tante t'attendront sur le quai de la gare, à ta descente du train. Ils venaient rarement aux Cèdres. Une fois par année et encore! Ils avaient passé bien des tours. Son père s'est toujours méfié d'Angéline : une femme de la ville. Pourquoi son frère a-t-il quitté la campagne pour épouser une dévergondée de la ville? Et pour vivre en ville, en plus. Il aurait pu, au moins, s'établir à la campagne. Bien plus tard, Léa comprendrait que son père feignait d'être offusqué; en fait, l'éloignement de son frère l'arrangeait. Autant son père déteste la ville, autant Angéline abhorre la campagne. Elle ne se gêne d'ailleurs pas pour le clamer ouvertement. Le fait-elle exprès pour narguer son beau-frère? L'an dernier, d'ailleurs, elle avait fait un esclandre en traitant les cultivateurs de gens arriérés qui ignoraient ce qu'était le cinématographe, n'avaient jamais fréquenté les grands magasins de la rue Sainte-Catherine ou du chemin Saint-Laurent, la *Main* comme la plupart l'appellent maintenant, n'étaient jamais montés dans un tramway et n'avaient jamais profité des amusements du parc Sohmer. C'est bien juste si son père ne l'avait pas mise à la porte. En son for intérieur, Léa se souvient de la satisfaction ressentie en voyant sa tante défier son père. En voilà une qui n'avait pas froid aux yeux!

Avant chaque visite d'Angéline et de Willie, Ozias prévenait ses enfants :

— Le monde d'la ville, y vivent pas comme nous autres. Crèiez pas tout c'qu'y disent. T'nez-vous sur vos gardes... Faut pas écouter leurs belles paroles...

Suivait une longue tirade où, reprenant les termes du curé, il vantait la supériorité de la campagne sur la ville, les bienfaits de la nature... Et le même discours reprenait à leur départ. C'est à elle surtout, la femme de la ville, comme il l'appelait avec mépris, qu'il s'en prenait, lui prêtant tous les vices. Il voulait garder ses enfants en campagne, en faire des cultivateurs ou des femmes de cultivateurs. Néanmoins, c'est dans ce lieu de perdition, cet antre du diable, qu'il a décidé de l'envoyer, elle, Léa, sa propre fille, sans se préoccuper du bien de son âme. Quel vire-capot!

« Trop de bouches à nourrir! »

Voilà la justification de son départ! Et l'argent qu'elle rapportera. Songeant à cela, elle tire fierté de sa désobéissance. Elle en sourit, même. Sa culpabilité s'estompe. Il lui prend même l'envie de poursuivre la conversation avec le jeune homme, mais il cause maintenant avec la dame et elle n'ose s'immiscer dans leur conversation. Dans le train qui l'emmène vers la grande inconnue, Léa voit maintenant clairement le paysage défiler devant elle : ses larmes ne filtrent plus sa vision. « Le cinématographe, c'est comme dans un train... tu ne bouges pas et des images défilent devant toi... » C'est ainsi qu'Angéline, lors de sa dernière visite, évoquait les vues animées. Léa n'avait pas trop bien compris. Le mot même était nouveau ; sa tante le lui avait répété trois ou quatre fois avant qu'elle puisse le redire sans oublier ou déplacer des syllabes.

— Tu verras, quand tu connaîtras le cinématographe, tu voudras y aller toutes les semaines.

— P'pa dit que la ville, c'est comme le démon...

Sa tante avait éclaté de rire :

— Sa dernière trouvaille ! Faut pas croire tout c'que ton père te dit, lui avait chuchoté Angéline à l'oreille.

Puis, s'adressant à son beau-frère :

— Ozias, as-tu déjà mis les pieds à Montréal ?

Comme il ne répondait pas, se contentant de hausser les sourcils, elle se pencha à nouveau vers Léa en murmurant :

— Tu vois... il parle à travers son chapeau.

Angéline avait continué à vanter les avantages de la ville, comme si cela coulait de source, sans se préoccuper le moins du monde de son beau-frère.

— Des p'tits chars, des magasins grands comme tu peux pas imaginer, un parc pour s'amuser et le cinématographe... tu verras...

TU VERRAS. Elle avait dit : « Tu verras. » Ces deux mots, auxquels elle n'avait pas porté attention, résonnent à ses oreilles et la vérité lui saute aux yeux. La décision était prise : ses doutes se confirment.

Dans moins de trente minutes, elle y serait. Et y vivrait ! Loin de sa mère, loin de ses frères et sœurs, loin de ceux à qui elle était attachée... Elle se mit à en vouloir également à sa mère qui, complice du père, ne lui avait rien révélé de leurs intentions. Son père a refusé que Ladine les accompagne à la gare... même sa mère n'y était pas. Les adieux ont eu lieu à la ferme. Sa sœur cadette pleurait. Ninique lui « envoyait la main ». Trop jeunes pour comprendre, les petits se tiraillaient sans se préoccuper de son départ. Une révolte monte en elle contre son père et sa mère ; elle s'en repent aussitôt à cause du quatrième commandement de Dieu qui dicte le respect aux parents. Le ressentiment, plus fort que ses convictions religieuses, s'accroît et, inconsciemment, elle cherche un moyen de les punir. Ce qu'elle trouve de mieux : aimer la ville. Un pied de nez à son père. Et elle se met à imaginer la ville avec les yeux de sa tante. Le cinématographe... ce doit être excitant ! La rue Sainte-Catherine... elle y magasinera avec sa tante. Le parc Sohmer... elle s'étourdira dans les manèges... Avec l'argent qu'elle économisera, elle s'achètera des robes, des robes de dames... elle prendra les tramways...

Sa décision est ferme : la grande ville lui plaira.

Le remue-ménage autour d'elle la tire de ses réflexions. Les gens se lèvent, prennent leur valise. Est-on sur le point d'arriver ? Sa grande peur du départ : manquer son arrêt. Se retrouver à Québec ou ailleurs... Comment saurait-elle où descendre ?

— T'as une langue ? Tu d'manderas ! T'es assez grande pour t'débrouiller.

Elle s'adresse au jeune homme qui l'a saluée :

— On es-tu rendus à Montréal ?

Sur sa réponse positive, Léa attrape sa valise et fait la queue pour être une des premières à sortir. Au cas où Angéline et Willie ne pourraient être à son arrivée, elle a leur adresse.

« Y paraît qu'c'est pas loin d'la gare. Tu peux marcher », lui avait dit son père.

Sur le quai, c'est la cohue. Des gens se retrouvent, se saluent, s'embrassent... certains descendent, d'autres montent. Des gens pressés la bousculent... Léa regarde autour d'elle, sans voir sa tante.

Panique !

— Léa, Léa…
— Tante Angéline!
Léa s'élance dans ses bras, éclate en sanglots.

* *
  *

Plus de dix heures du soir sûrement. Léa ne dort pas encore. La faute aux lampadaires, aux enseignes qui éclairent sa chambre; chez elle, la nuit, c'était le noir complet; sauf la lumière douce de la lune. La faute surtout à ses sentiments, hier encore inconnus, qui se chamaillent. Qu'elle a, d'ailleurs, du mal à nommer. Abandon? Rejet? Solitude? Une immense solitude alimentée par son nouvel environnement. Une vie, désormais bien compliquée. Il y a à peine 48 heures, sa vie était simple, tranquille, prévisible. Rien ne l'étonnait. Tout était toujours dans l'ordre des choses. Bien réglé, bien défini. Son heure de lever, ses tâches quotidiennes, les repas, les prières, le coucher. À peine en dérogeait-elle parfois, le dimanche ou à l'occasion d'événements spéciaux comme une naissance, un baptême, une visite du curé ou de la famille… Ici, elle perd ses repères. Son cœur s'étrangle. Sa sœur lui manque. Elle se retrouve dans un milieu étrange, inquiétant, déroutant. À des lieues de son «petit monde» habituel, familier, circonscrit. Sa première image de la ville? Des fils. Des écheveaux de fils. Pour l'électricité, pour les tramways, pour l'éclairage public. Des fils suspendus au-dessus des rues, au milieu des rues, qui se croisent aux intersections comme des tresses, se décroisent. Partout! Partout des fils! Et des rails qui s'entrecroisent aussi. Deux tramways semblent s'affronter. De peur d'une collision, elle ferme les yeux. Eh non!

Chacun suit ses rails, bifurque. Une anarchie ordonnée. Et le bruit! Des p'tits chars qui crissent. Tapage métallique. Des calèches qui grincent. Des chevaux hennissent. Des marchands crient : « Des légumes à vendre... Qui veut des légumes? Des oignons, des carottes, des choux... Qui veut des légumes? » Et les odeurs, nauséabondes, lui lèvent le cœur. C'est ça la ville?

Quand, à la tombée de la nuit, tante Angéline l'a aidée à s'installer dans sa chambrette, machinalement, elle a tiré sur une chaînette et la chambre s'est brusquement illuminée. À nouveau : le jour. Devant la stupéfaction de sa nièce, elle a tiré à nouveau. La nuit. L'électricité : une merveille encore inconnue aux Cèdres. Une magie! Finies les lampes à huile. Fascinée par cette « fée » qui repousse les limites de la nuit, avant de se mettre au lit, Léa s'amuse à créer la lumière. « Quand je vais raconter ça à Ladine! » Et Léa se sent fière d'être dans ce monde rempli de merveilles dont, hier encore, elle ignorait l'existence.

Quelle heure peut-il bien être? Tard, sûrement. Malgré l'heure tardive, des bruits inhabituels proviennent de l'extérieur. Des bribes de conservations, des éclats de rire, des paroles inintelligibles. Encore à cette heure, les rues demeurent bruyantes. Que font ces gens, dehors, à pareille heure? Elle pense se lever pour jeter un coup d'œil, se ravise. Une frayeur la paralyse. Peur de quoi? De qui? Bien qu'elle sache qu'elle ne craint rien, elle n'ose pas. Soudain, elle se rend compte qu'elle a oublié de faire sa prière. Vivement, elle se relève, s'agenouille, fait son signe de croix, entame le « Je crois en Dieu » et... se met à pleurer... Dieu? Elle aimerait lui crier des bêtises, mais ça ne se fait pas, injurier Dieu. Il le mériterait bien pourtant. Cela, elle n'a même pas le droit de le penser. Où que sa pensée se tourne, elle affronte toujours l'interdit, l'indicible. Rapidement un « Je vous salue Marie », une prière qu'elle sait par cœur et dont le sens figé des mots ne la met pas en danger de blasphème.

Depuis combien de temps est-elle couchée ? Une, deux, peut-être même trois heures. Pour la première fois de sa vie, elle a une chambre à elle toute seule, au bout du couloir, au premier étage de la maison. Aux Cèdres, elle partageait son lit avec Ladine et elles dormaient collées l'une contre l'autre pour se réchauffer. Ses autres sœurs dormaient aussi dans la même pièce. Elle les entendait se retourner sur leur maigre paillasse, percevait leur respiration, tentait de saisir leurs babillements à voix basse. Cette présence la sécurisait. Comme elle aimerait sentir Ladine tout près ! La réveiller, lui confier ses craintes. Comme aux Cèdres ! Ici, elle est seule. Tristesse ! Détresse !

Quand elle a défait sa valise, elle a trouvé un petit mot griffonné à la hâte par Ladine. « Oubli moé pa Ladine. » Léa a souri, n'a pu s'empêcher de compter les fautes d'orthographe. Il y avait aussi une image pieuse : sainte Anne. Au dos, une prière. Mise là sûrement par sa mère qui voue une grande dévotion à la mère de la Sainte Vierge. Léa l'a mise dans le premier tiroir de sa commode.

Plus de minuit, sûrement. Jamais, à son souvenir, elle ne s'est endormie aussi tard. Elle se sent fatiguée. Mais les émotions se tiraillent, vainquent sa fatigue. Silencieusement, elle pleure. Cela la calme ! Elle revoit son arrivée à la gare. Son égarement. La gentillesse de sa tante qui l'a serrée dans ses bras, comme jamais personne auparavant. Chez elle, les démonstrations d'affection étaient rares comme de la neige en juin. Cela l'a vraiment frappée, désarçonnée même. Elles se connaissent si peu. Sa tante s'est emparée de sa valise, l'a prise par le bras et entraînée hors de la gare. Un fiacre les attendait.

— Oncle Willie est pas là ?

— Non, avait répondu laconiquement Angéline. Il travaille.

Changeant totalement de sujet, elle avait poursuivi :

— Je sais que tu vas trouver l'adaptation difficile. C'est normal. Mais tu t'habitueras vite et d'ici quelque temps, tu voudras plus retourner à la campagne. Tu vas voir, on va bien s'entendre toutes les deux.

Se remémorant ces paroles, Léa pense à sa nouvelle vie. Qu'attend-on d'elle ? Son père a dit qu'elle travaillerait et rapporterait de l'argent. Quel genre de travail ? Elle ne sait pas faire grand-chose. Comme sa tante a une grande maison et que beaucoup de pensionnaires y habitent, est-ce qu'elle aidera dans les tâches ménagères ? Faire la lessive, repasser, balayer, laver les planchers et même faire à manger, tout ça, elle peut le faire aisément. De penser qu'elle sera à la hauteur de ses tâches la rassure. La gentillesse de sa tante lui donne confiance. D'ailleurs, il y a toujours eu une certaine complicité entre elles. Lors de ses rares visites aux Cèdres, Angéline lui faisait souvent des clins d'œil quand elle tentait d'irriter son père. En catimini, elle lui apportait des sucreries : « Tiens, c'est pour toi toute seule. » Évidemment, sa tante partie, Léa en faisait profiter ses frères et sœurs. À force d'y penser, elle pressent qu'elle s'entendra bien avec sa tante. Tout en glissant dans le sommeil, elle court sur les rails des tramways en regardant les fils qui tournoient dans le ciel ; sa tante vole pour les rattraper tandis qu'elle rit aux éclats. Sa tante, au loin, l'appelle, mais Léa court aussi vers les fils, les entortille autour de sa taille, s'y accroche... et les fils l'emportent vers le soleil...

elle a chaud, mais elle est bien... elle entend, comme en réverbération, la voix de sa tante... qui lui demande de descendre... Pourquoi descendre? Elle se sent si bien! Les fils l'emmènent vers un nouveau monde rempli de mouvement, de chaleur, de quiétude...

La vie s'ouvre devant elle.

3

— Léa... Léa... réveille-toi!

Je tressaute. J'ai bien entendu frapper, mais je croyais que c'était dans mon rêve. Ma tante frappe à la porte de ma chambre. À la maison, maman entrait dans la chambre commune des filles sans prévenir.

— Bonjour, ma tante, excusez-moé, j'dormais...
— C'est pas grave. As-tu bien dormi, au moins?

Je n'ose avouer que j'ai passé une bonne partie de la nuit à rejouer ma vie passée et à m'interroger sur mon avenir. À tout ce que j'ai laissé derrière moi. Et à ce qui m'attend à Montréal. J'ai peur de l'inconnu. Heureusement, je fais confiance à ma tante.

— Oh oui! Le lit est ben confortable.
— Aujourd'hui, c'est samedi et le samedi, comme le dimanche, j'ai une femme engagée. C'est elle qui s'occupe des tâches de la pension. Elle s'appelle Madeleine. Ça me permet de respirer, d'avoir un peu de temps pour moi. Ces jours-là, les pensionnaires le savent, je ne sers que le déjeuner. Les autres repas, ils se débrouillent. Je veux te prévenir à propos de Madeleine : elle est un peu lente... d'esprit. Mais quand elle sait exactement ce qu'elle doit faire, rien à redire.

Je retiens : « Du temps pour moi. » À la ferme, ni papa ni maman ne bénéficient de temps pour eux. Toujours, ils s'occupent de quelqu'un ou de quelque chose. Même le dimanche! Les vaches, ça n'attend pas. La terre non plus! La marmaille, encore moins!

— Cet après-midi, je t'emmène magasiner.
— Magasiner?
— Oui, il faut bien t'habiller un peu.
— Mais, ma tante, j'ai tout c'qui m'faut.
— Cette robe de gros drap, usée à part ça, c'est peut-être bon pour la campagne, mais pas pour ici.

Je me sens doublement honteuse : d'une part, du jugement de valeur que tante Angéline vient de poser sur mon habillement et, d'autre part, du fait que je n'ai pas d'argent pour acheter quoi que ce soit.

— C'est que… j'ai pas beaucoup d'argent.
— Pas besoin, c'est moi qui paie. Je veux acheter du tissu et je vais te faire deux ou trois robes; il te faut aussi de bonnes chaussures…

Au fur et à mesure qu'elle poursuit son énumération, j'écarquille les yeux d'étonnement.

— Mais ma tante…
— Il y a pas de « mais ma tante »… Et puis, arrête de m'appeler « ma tante », ça me vieillit… Appelle-moi Angéline… et j'espère qu'un jour, tu pourras laisser tomber le « vous ».
— J'pourrai jamais…
— Mais oui, tu pourras… commence tout de suite. Allez, habille-toi et viens m'aider à préparer le déjeuner.
— Oui, ma tante…
— Hé… qu'est-ce que je viens de te dire ? me sermonne-t-elle, l'index pointé, faisant mine de me gronder.
— C'est difficile… à papa et à maman, j'ai toujours dit « vous ».

— Eh bien, je ne suis ni ton père ni ta mère... heureusement d'ailleurs... et à moi, tu dis TU et tu m'appelles Angéline. Considère-moi comme une grande sœur.

— J'vas essayer... tan... Angéline.

— Bon, voilà qui est bien. Tu vois, ce n'est pas si difficile. Allez, ouste! Grouille-toi et rejoins-moi à la cuisine.

De ma chambre, la bonne odeur du pain chaud et des crêpes titille mes narines et me fait saliver. Quand j'arrive à la cuisine, Madeleine prépare la pâte à crêpes.

— Madeleine, voici ma nièce, Léa. Elle va rester à la pension.

— Bon-jour, Ma-de-moi-selle Léa, articule Madeleine d'une voix traînante et nasillarde tout en pliant légèrement les genoux, comme pour une révérence.

— Voyons, Madeleine, fais pas tant de manières, l'exhorte tante Angéline en riant.

Madeleine doit compter quelques printemps de plus que moi. Dix-sept, dix-huit ans? Un peu plus grande, ça n'est pas difficile puisque je mesure tout juste cinq pieds, elle me dépasse d'au moins trois ou quatre pouces. Légèrement grassouillette. Un visage de pleine lune, des yeux noisette, une bouche petite, bien dessinée. À part sa façon d'articuler, je ne note d'abord rien de spécial.

— Bi-en, ma-da-me, répond-elle, en appuyant exagérément sur chaque syllabe avec un sourire un peu niais qui, s'additionnant à sa prononciation enfantine, me confirme le jugement de tante Angéline.

— Bonjour, Madeleine, j'suis contente d'vous connaître.

Tante Angéline me reprend :

— Tu n'as pas perdu ta manie du «vous», rigole-t-elle. Après tout, fais comme tu veux. Je veux surtout pas t'imposer quoi que ce soit. L'important, c'est que tu te senties à l'aise. Bon, les présentations faites, tout le monde au travail.

Je suis soulagée qu'elle accepte mon vouvoiement et étonnée du respect qu'elle me porte en ne voulant rien m'imposer. C'est tellement différent de chez moi!

Pendant que Madeleine continue de s'affairer, tante Angéline m'explique les us et coutumes de la maison de pension. Aujourd'hui, il n'y a que trois pensionnaires. D'habitude, il y en a cinq, mais Mlle Aylwin est retournée chez ses parents pour les vacances d'été et Mlle Aubry passe la fin de semaine chez les siens, à l'extérieur de la ville.

— Les pensionnaires mangent dans la salle à manger; nous, dans la cuisine. Comme ça, on garde notre intimité. Viens mettre la table avec moi; ça va te permettre de voir où sont les choses.

Dans la salle à manger, un grand vaisselier deux-corps à deux portes chacun. Les portes vitrées du corps supérieur permettent de voir les verres, les coupes et les tasses de même que les assiettes, les bols à soupe et les soucoupes. Comme les portes du corps inférieur sont pleines, il faut les ouvrir pour en connaître le contenu : essentiellement des plats de service. Tout au bas, deux larges tiroirs où sont rangés les ustensiles dans l'un et les nappes et serviettes de table dans l'autre. Tante Angéline me tend une nappe et m'indique où je dois disposer les couverts. Suivent ensuite les règles concernant la place des tasses, des assiettes à pain, des ustensiles. Les couteaux à droite, le côté tranchant vers l'assiette; la cuillère à soupe à droite des couteaux. La cuillère à dessert au-dessus de l'assiette, le manche à droite.

Quant aux fourchettes, elles sont à gauche et, comme la tradition française le veut, les pointes vers la nappe; les Anglais, eux, mettent les dents vers le haut.

— J'savais pas ça.

— Rassure-toi, tu n'es pas la seule. Même mes pensionnaires anglophones l'ignorent. En fait, c'était dans l'ancien temps, mais ça m'amuse de les surprendre. Je leur raconte que, plus jeune, j'ai travaillé dans l'un des plus grands hôtels de Montréal, le Windsor, c'est là que j'ai appris… C'est une façon de distinguer ma maison pour qu'elle ait « de la classe ». Tu vas voir, c'est facile : une simple question d'habitude. Oh ! j'oubliais, il faut servir à gauche et desservir à droite, précise-t-elle.

Autant de règles pour des choses aussi banales ! Je me demande si j'arriverai à tout apprendre.

La table de la salle à manger est assez grande pour accueillir au moins une dizaine de personnes.

— Les chambreurs n'ont pas de place assignée, mais ils s'assoient toujours au même endroit.

Pendant qu'elle retourne à la cuisine, je dois avertir les pensionnaires que le déjeuner sera bientôt prêt.

— Les hommes sont tous au deuxième étage, monsieur Beauchemin au numéro 2, monsieur Harvey, au 4 et monsieur Gagnon au 6. Tu t'en rappelleras ?

Je répète :

— M'sieur Beauchemin au 2, m'sieur Harvey au 4 et m'sieur Gagnon au 6…

— Pour le 6, tu dois aller tout au fond du couloir, puis tourner à gauche pour voir la porte.

Intimidée, je me demande comment je vais m'adresser à eux ? Ma façon de m'exprimer n'a pas « la classe » que tante Angéline souhaite. Alors qu'à la ferme, je savais m'acquitter de mes tâches à la pleine satisfaction de maman, ici, j'ai l'impression de ne rien maîtriser. Tout en montant l'escalier, je compose mon message et l'évalue. Arrivée devant la chambre numéro 2, je m'arrête. Je répète dans ma tête ce que je vais dire : tous les mots, un à un. Je prends mon courage à deux mains et je frappe :

— M'sieur Beauchemin, le déjeuner va-t'être prêt dans 15 minutes.

Aussitôt ma phrase prononcée, je me rends compte de mon énorme erreur de liaison. L'institutrice l'a souvent répété : « Il n'y a pas de t : va être. » Aucune réponse. Ai-je frappé assez fort ? M'a-t-il entendue ? Je me prépare à frapper de nouveau quand le bruit d'une porte, derrière moi, me fait sursauter. Un homme en sort : c'est la salle de bain.

— Je vous ai fait peur ? Dites à madame Angéline que je vais descendre bientôt !

— Bien, monsieur.

— Vous êtes nouvelle ? Vous vous appelez comment ?

— Léa... Léa Bertrand. J'suis la nièce de madame Angéline.

— Heureux de faire votre connaissance, mademoiselle Léa.

Je rougis et reste coite. Mis à part l'homme du train, personne ne m'a jamais appelé « mademoiselle ». Cela aussi doit faire partie de la « classe ». À moins qu'il ne se moque de moi : une façon subtile de me montrer que je n'appartiens pas à « son » monde. Pendant qu'il rentre dans sa chambre, je poursuis mon chemin vers la chambre 4, celle de M. Harvey. Cette fois-ci, on me répond immédiatement.

— *Sure... I'll go right now.*

Je reste interloquée. Je n'ai rien compris. Surprise, je suis incapable de répéter ses paroles. De peur qu'il ne s'adresse encore à moi, je me précipite vers le fond du couloir pour prévenir M. Gagnon, au numéro 6. Je frappe. Aucune réponse. J'attends... frappe une deuxième fois.

— Ça va, ça va, j'ai compris. J'vas descendre.

Son ton désagréable me saisit. Je redescends en vitesse de peur qu'il n'ouvre la porte et que je me retrouve face à face avec lui. Je rejoins Madeleine et tante Angéline qui s'affairent dans la cuisine.

— Aujourd'hui, on déjeune aux crêpes.

— J'sais comment faire. C'est moé qui les faisais à la maison.

— Ah oui ? Hé bien, tu vas les cuire pendant que je m'occupe des œufs. Tiens, prends ce tablier.

Tante Angéline me fait confiance et cela me rend fière de moi. Les pensionnaires descendent l'un après l'autre et s'installent à la table. De la cuisine, tante Angéline m'en fait une brève description à voix basse.

— Lui, c'est monsieur Harvey, au 4. C'est un Anglais.

— Il ne parle pas français ?

— Pas beaucoup, non. Mais il le comprend assez bien.

Je m'étire le cou pour le voir : c'est la première fois que je vois un Anglais. Aux Cèdres, évidemment, tout le monde parle français. Selon papa, c'est à cause des Anglais qu'il a perdu une partie de sa terre pour creuser le canal Soulanges. La faute des Anglais d'Ottawa. J'en ai donc développé un préjugé. En outre, ils sont protestants. Pourtant, celui-là paraît gentil, poli. Une quarantaine d'années. Le teint légèrement rosé, les cheveux poivre et sel. Une tenue impeccable : chemise blanche, pantalon noir, veston gris souris et cravate rouge. Une cravate pour déjeuner ! Une démarche lente, posée. Avant de s'asseoir, il enlève son veston et l'accroche précautionneusement à un cintre, sur une patère, à droite de la porte de la salle à manger. Tante Angéline le salue... en anglais. Et j'entends mon nom.

— Bonnd'jour, mâm'zelle Lia.

Ne sachant que répondre, je souris, hoche la tête et baisse les yeux. Une bizarre manière de prononcer mon nom. Angéline et lui échangent quelques phrases et elle revient ensuite vers moi.

— Vous parlez anglais, tante Angéline ?

— Te voilà encore avec « tante » Angéline ! soupire-t-elle en me tapotant légèrement l'épaule. Papa était Irlandais. Quand j'étais petite, il me parlait toujours en anglais et maman, en français. Depuis qu'il est mort, j'ai pas eu souvent l'occasion de parler anglais, sauf à l'hôtel Windsor où il y a beaucoup d'Américains. Il y a des gens qui disent que l'anglais, ça ne s'apprend pas, ça s'attrape. J'espère bien que tu vas l'attraper, ajoute-t-elle en riant.

— P'pa n'aime pas beaucoup les Anglais. Il dit que c'est à cause d'eux... qu'il a perdu une partie...

— Je sais, je sais... il l'a rabâché assez souvent... il en démord pas...

— Est-ce que c'est vrai... pour le canal Soulanges... et pour sa terre ?

— Ton père, vois-tu, il pense juste à sa terre, mais le canal Soulanges, c'est bon pour beaucoup de monde... et pour lui aussi... Ce qu'il ne dit pas, c'est que le gouvernement l'a payé, cette partie de sa terre. Et il a fait pas mal d'argent... Tu ne t'en souviens peut-être pas, mais pendant le creusage, beaucoup d'ouvriers ont été pensionnaires à la ferme. Logés, nourris, blanchis... comme on dit. Ça rapporte ! Mais ça, il n'en parle pas...

— J'm'en rappelle... Il y en a même deux, des jeunes, qui jouaient toujours avec nous autres, Ladine et moé...

Je m'interromps. Un autre pensionnaire vient d'entrer. D'un signe de tête, il salue l'Anglais. De loin, Angéline me présente :

— Monsieur Beauchemin, comme vous voyez, j'ai de l'aide ce matin. C'est ma nièce, Léa. Elle arrive des Cèdres.

— Oui, je l'ai déjà rencontrée. Je savais pas que vous aviez une aussi jolie nièce.

Guère habituée aux compliments, je sens mes joues devenir écarlates.

— J'espère que vous allez vous plaire dans la grande ville !

Je souris, sans répondre. Intimidée par son regard insistant, je feins d'être très préoccupée par mes crêpes. Sa bedaine, flasque, a du mal à rester dans son pantalon. Il porte une énorme moustache, toute grise, encore plus grosse que celle de papa. Un visage rondelet, de grosses bajoues rougeaudes lui donnent un air jovial. Il m'apparaît nettement plus vieux que M. Harvey. Soixante ans... peut-être plus. Tante Angéline m'apprendra qu'il vient tout juste de passer le cap de la cinquantaine. Ayant du mal à évaluer l'âge des gens, je les classe en trois grandes catégories : les enfants, les adultes et les vieux. Selon moi, un adulte devient vieux quand ses cheveux grisonnent.

Le troisième pensionnaire, celui qui m'a semblé agressif, tarde à descendre. Je souhaite qu'il se soit rendormi et qu'il rate le déjeuner. Je crains qu'il ne se plaigne de moi. Au moment où tante Angéline s'apprête à déposer les plats au centre de la table, on l'entend débouler bruyamment l'escalier et il fait une entrée remarquée. Je m'attendais à un homme vieux, laid et malcommode. Peut-être est-il malcommode, mais il n'est ni vieux ni laid. Bien au contraire. Il semble très jeune : vingt ans ? Je me surprends à le trouver beau. C'est la deuxième fois que je remarque la beauté d'un homme ; la première, c'était le jeune homme dans le train. Il sent que je le regarde et me dévisage à son tour :

— C'est vous qui m'avez réveillé ? interroge-t-il d'un ton badin.

Croyant à un reproche, je détourne le regard.

— Avoir su qu'il s'agissait d'une aussi jolie demoiselle... J'ai répondu un peu bêtement... vous m'excusez ?

Décidément, c'est la journée des compliments. Deux en quelques minutes ! Les gens de la ville sont-ils tous aussi gentils ?

— C'est ma nièce, Léa.

Le jeune homme s'incline et tout en me regardant droit dans les yeux :

— Heureux de faire votre connaissance, mademoiselle Léa. Encore une fois, mes excuses pour tout à l'heure. J'suis toujours de mauvaise humeur quand j'me réveille.

Contrairement aux deux autres, il est habillé de façon décontractée. Des bretelles, des pantalons qui montent haut sur sa poitrine, une chemise grise, à manches courtes. Dans le cou, un foulard. Pressé, une fois son déjeuner englouti, il se lève, met sa casquette et part, en saluant toute la compagnie. Conducteur pour la Commission de tramway de Montréal, il commence tôt et il est toujours à la dernière minute. Il travaille sur la ligne de la rue Notre-Dame. Aujourd'hui, cependant, c'est jour de congé pour lui, ce qui explique qu'il ne porte pas l'uniforme des employés. Je lui donnais 20 ans : il en a dix de plus. M. Beauchemin quitte la table et, gentiment, il rapporte son couvert à la cuisine ; avant de nous saluer, il avise tante Angéline qu'il ne sera pas là le lendemain, dimanche. L'Anglais se retire en dernier en nous saluant aussi de la main.

— Est-ce que les dames du troisième sont aussi gentilles ?

— Alice, mademoiselle Aylwin, étudie à l'Université McGill. C'est rare qu'une femme étudie à l'université. Ses parents sont assez fortunés. Ils habitent à Sainte-Anne-de-Bellevue dans le West Island ; comme c'est loin, ils lui louent une chambre ici, parce que c'est une maison de pension « respectable ». Elle arrive le lundi et repart en train, le vendredi matin. Comme les cours se terminent en mai, elle passe l'été chez ses parents. Son père continue à payer pension, car il veut s'assurer que sa fille aura sa place ici l'année prochaine. Elle parle seulement anglais.

Déjà, je prévois la difficulté à la comprendre et à me faire comprendre. Devinant mon inquiétude, tante Angéline précise :

— Ne t'en fais pas : elle veut apprendre le français et elle a fait beaucoup de progrès l'an dernier. Elle comprend à peu près tout ce qu'on lui dit. Pour parler, c'est plus difficile. Elle est timide et le jeune Harvey se moque toujours d'elle ; ça ne l'aide pas. Quant à mademoiselle Aubry, elle a fêté la Sainte-Catherine l'an dernier. Officiellement, c'est donc une vieille fille puisqu'à 26 ans, elle est toujours célibataire. Elle est ni malcommode ni grincheuse, mais elle aime la solitude. Elle ne se mêle pas beaucoup aux autres. Elle travaille comme sténographe à la Banque de Montréal, sur la rue Saint-Jacques. Une belle position ! J'ai mis les deux femmes au dernier étage ; comme ça, elles n'ont pas à croiser les hommes quand elles vont à la toilette. Et le boudoir, en avant, leur est réservé alors que le fumoir, juste en face, est réservé aux hommes.

Je m'apprête à desservir, mais tante Angéline m'arrête.

— Laisse. Madeleine va s'en occuper. Toi, va dans le boudoir et sur le guéridon, tu vas trouver des catalogues de Carsley. Regarde-les, ça va te donner une idée de la mode d'ici.

Il y a deux catalogues, le numéro 28 et le 32. Je choisis d'abord celui qui présente, en page couverture, une belle illustration en couleur du duc et de la duchesse de Cornwall, dans des médaillons ovales. Fascinée, je n'ai guère le temps d'aller plus loin : tante Angéline est déjà prête.

* *
*

Tout apprendre sur la ville : la faire mienne. Me voilà à présent descendant la rue Saint-Urbain avec tante Angéline. Je sais maintenant que l'on « descend » quand on se dirige vers le fleuve et que l'on « monte » si l'on s'en éloigne ; pour le savoir, il suffit de suivre les numéros. La *Main* marque la division entre l'est et l'ouest et celle, moins apparente, entre les Anglais et les Canadiens français. Toutefois, comme Angéline m'explique, ce n'est pas une frontière étanche. Preuve en est sa propre maison de pension, située rue Saint-Urbain.

Tout au long du chemin, des voitures à chevaux, des tramways... Partout, du crottin de cheval et des odeurs d'égouts à ciel ouvert. Une odeur fétide, nauséabonde, pénétrante. Je me demande si ça pue toujours autant. On doit s'y habituer, car les piétons n'en semblent pas incommodés. Tante Angéline m'explique que si beaucoup de grands magasins sont rue Notre-Dame, plusieurs, comme Morgan, s'installent maintenant rue Sainte-Catherine, mais du côté ouest. Le seul qui appartient à des Canadiens français, Dupuis Frères, se trouve rue Sainte-Catherine, du côté est. Une autre fois, elle m'y emmènera. Mais ce samedi, elle a lu dans *La Presse* — M. Beauchemin l'achète régulièrement et, après l'avoir lue, la laisse à la pension — que la Cie S. Carsley offre plusieurs vêtements pour dames, au rabais.

PARTIE 1. DÉROUTES

Rue Notre-Dame, on tourne à droite et, près de la rue Saint-Jean, voilà Carsley. Un immense magasin. Haut de six étages. Et grand... immense ! Ce qui m'étonne, c'est l'abondance. Jamais je n'ai vu autant de blouses, de jupes, de frisons, de chapeaux, de manteaux, de capes, de gants, de bas, de corsets, de jupons, de camisoles, de sous-vêtements, d'appliqués, de plumes, de souliers... en toutes sortes de couleurs et d'étoffes. Moi qui ne connais que la flanellette, le coton et la laine, j'apprends à associer la texture d'autres étoffes à leur nom : soie, popeline, percale, satin, serge, tweed, velours, organdi.

— Pour travailler, je veux que tu portes un costume et quand on va sortir ensemble, je veux que tu sois bien habillée, comme une fille de la ville.

En observant le va-et-vient des hommes et des femmes, je remarque que beaucoup de gens ne sont pas si bien habillés. Tante Angéline a tendance à ne voir que le positif de la vie urbaine.

À l'étage des vêtements pour dames, elle me fait remarquer que les blouses, qui coûtent habituellement 0.60¢, sont aujourd'hui réduites à 0.39¢. Les jupes aussi sont en solde : $ 2.85 au lieu de $3.85. Il faut profiter de ces belles aubaines. Elle m'achète donc deux jupes bleu marine, trois blouses blanches à manches longues et une petite coiffe blanche. Au rayon des accessoires pour cheveux, elle prend un filet pour couvrir mes cheveux quand je ferai à manger.

Au fond, à gauche, le rayon des souliers. Tante Angéline opte pour de belles bottines noires, lacées, en cuir verni.

On se dirige ensuite vers le rayon du tissu. Juchées sur de hauts bancs, on feuillette les livres de patrons Butterick. Tante Angéline me demande de choisir une robe de « sortie ». N'ayant jamais été habituée à décider, sur ses conseils, j'opte pour une jolie robe très ajustée à la taille et qui s'évase vers le bas. Derrière les patrons, de gros rouleaux de tissu.

— C'est toi qui vas la porter, à toi de choisir.

Un tissu beige, parsemé de petites fleurs roses imprimées, retient mon attention. Tante Angéline choisit ensuite le fil, les boutons… À la maison, je n'avais pratiquement jamais touché à de l'argent. Quand papa devait dépenser, que ce soit pour des vêtements ou des outils, c'était toujours trop cher. Il se ruinait. Je me sens très gênée que tante Angéline dépense autant pour mon habillement. Pour compenser un peu, je lui offre l'argent que maman m'a remis avant de partir en me recommandant vivement d'en faire bon usage.

— Garde ton argent… tu trouveras bien à le dépenser plus tard. Pour le moment, c'est moi qui paie. Disons que c'est une avance sur ton salaire si ça peut te soulager.

Ladine va m'envier !

* *
*

Le lendemain, dimanche, j'assiste à la messe de dix heures, avec tante Angéline. À la cathédrale ! Une façade impressionnante ! Au-dessus de la porte d'entrée : treize statues.

— Ça fait juste deux ou trois ans qu'elles sont là. Elles représentent des saints. Celle à droite, c'est saint Joseph qui tient l'enfant Jésus dans ses bras et juste à côté, saint Jean-Baptiste.

— Le patron des Canadiens français !

— Tout un patron ! Il s'est fait décapiter ! On aurait pu choisir mieux, tu crois pas ? ajoute-t-elle d'un ton badin.

Ses propos me scandalisent. Dénigrer ainsi notre saint patron, le cousin de Jésus! Comme elle presse le pas, cela clôt la conversation.

L'intérieur est à couper le souffle. Pendant l'office, je ne cesse de regarder partout. Les hauts plafonds, les peintures, les statues, le jubé. Je ne sais pas combien il y a de places, mais tous les bancs sont occupés; il y a même des gens debout, à l'arrière. Mais c'est peut-être pour sortir à l'extérieur pendant le sermon, comme plusieurs le font à l'église des Cèdres. Déjà, la consécration: je n'ai pas vu le temps passer. J'essaie de me concentrer afin de mieux me préparer à la communion. Tante Angéline reste dans le banc pendant que je m'approche de la sainte table, m'agenouille, cache mes mains sous la nappe blanche et surveille, du coin de l'œil, l'arrivée du prêtre. Je lève la tête, tire la langue. Le prêtre y dépose délicatement l'hostie. Je me recueille un instant avant de regagner ma place en prenant bien soin de ne pas croquer ou mâcher l'hostie. *Ite missa est!* Intriguée par l'absence d'oncle Willie, j'interroge tante Angéline sur le chemin du retour.

— Pourquoi oncle Willie n'est pas venu avec nous?

— Il va à la messe des pompiers, très tôt le matin et après, il s'en va directement à son travail. Quand tu sauras te débrouiller pour venir à l'église toute seule, moi aussi je vais aller à la messe des pompiers.

— J'pourrais venir avec vous; j'suis habituée de m'lever de bonne heure.

— Surtout pas! Tes parents m'en voudraient pour le restant de leur vie, s'esclaffe-t-elle.

Je ne comprends pas ce qu'il y a de drôle ni les raisons pour lesquelles mes parents n'apprécieraient pas que j'aille à la messe des pompiers. Une messe, c'est une messe, non?

Après le dîner, pour m'épater et me faire apprécier les avantages de la ville, tante Angéline m'amène au cinématographe.

— Oncle Willie va v'nir avec nous ?
— Non.

La réponse laconique et le ton sec de ma tante m'avisent clairement de ne pas chercher à en savoir trop à propos d'oncle Willie. Depuis mon arrivée, à mon grand étonnement, je l'ai à peine entrevu et les quelques fois où j'ai posé des questions à son sujet, tante Angéline a été soit évasive, soit brusque ; parfois même, elle a éludé la question, feignant de n'avoir rien entendu. Cela me rappelle que papa aussi évitait de parler de son frère. Un mystère flotte autour de lui ! Je risque une question anodine.

— Qu'est-ce qu'il fait comme travail, oncle Willie ?
— Il est policier.

Sans plus attendre, tante Angéline poursuit et, changeant de sujet :

— Tu vas voir, on va bien s'amuser toutes les deux.

S'AMUSER ! Un mot ignoré de mes parents. Les ai-je jamais vus s'amuser ? Si maman s'amuse, c'est avec les enfants. Quant à papa, il trouve toujours de quoi s'occuper. Je ne me souviens pas de les avoir vus se distraire. Sans autre but que le plaisir. Sauf à de rares occasions : Noël, Pâques, un baptême... et encore ! Le travail n'était jamais loin.

Le cinématographe : quelle merveille ! J'ai déjà vu des photographies, mais au cinématographe, elles prennent vie. Les sièges font face à une grande toile. La salle se remplit rapidement, s'obscurcit. Un train approche, tout petit, au loin ; bientôt, il grossit jusqu'à prendre toute la toile. Les spectateurs se penchent, croyant qu'il fonce sur eux. Magique ! Deux autres films montrent des gens en traîne sauvage. Dans le premier, la pente est longue, mais douce. Comme dans le cas du train, le traîneau grossit ; on distingue mieux les deux jeunes garçons. Cette même impression qu'ils vont aboutir dans la salle. Et non, ils sortent juste à temps de la toile. Puis deux autres repartent d'en haut... et encore deux autres. Et cela, pendant trois bonnes minutes... Dans le dernier film, la pente est haute et raide ; le bolide prend de la vitesse et oblige les jeunes gens à freiner en appuyant leurs talons contre la neige ; la traîne verse et les occupants culbutent... et disparaissent une fois de plus au bas de la toile. Je suis éblouie par la forte impression de réalité : je glisse avec eux, je sens presque le vent froid sur mon visage, je ressens l'accélération. Évidemment, c'est une illusion, tout reste enfermé sur la grande toile. Rien derrière ni en haut ni en bas. Je jouis d'avance de l'incrédulité de Ladine quand je lui raconterai ça.

— C'est magique !

— Ce qui est encore plus magique, c'est qu'on pourrait assister au prochain spectacle et tu reverrais exactement les mêmes gens qui descendent...

À la sortie du théâtre, tante Angéline me promet de m'amener un jour, en haut de la montagne, pour glisser.

— La glissade, c'est l'hiver. En attendant, on va au parc Sohmer.

De la rue Sainte-Catherine, on descend jusqu'à Notre-Dame ; on se dirige ensuite vers l'est jusqu'au parc. Trois heures : les portes viennent d'ouvrir. La foule se presse vers les guichets. Déjà, le lieu grouille d'activités. Marchands ambulants. Enfants jouant, courant, se tiraillant sous l'œil des parents. Jeunes gens aux allures de don Juan à l'affût de possibles conquêtes. Jeunes filles aux démarches lascives de séductrices. Tout me fascine : les manèges, les kiosques de musique, les amuseurs publics, les numéros de cirque, les vendeurs de rafraîchissement, de noix salées… Surtout, cette foule, cette masse de gens, l'air heureux. Sourire aux lèvres, ils déambulent parfois lentement, parfois en courant pour ne pas manquer un spectacle ou se tenir au premier rang d'un prochain tour de carrousel. Le fleuve ! Le même qu'aux Cèdres ! Des amoureux se baladent sur ses berges, bras dessus bras dessous, suivis ou précédés du chaperon.

— Ça te plairait d'essayer un manège ?
— Hein ?
— Lequel tu préfères ?

Tante Angéline sourit de ma stupéfaction. Une fois, deux fois, trois fois, on fait le tour du parc. Finalement, j'opte pour la grande roue ; lentement, elle s'ébranle et monte, monte, monte… Au premier tour, j'ai peur de regarder en bas. Je ferme les yeux, mon cœur s'arrête. Puis, je m'habitue et contrôle ma peur, mon vertige. Monte, descend, monte, descend, les gens rapetissent et grossissent, les sons diminuent, s'amplifient… Je vois le dessus des arbres, des maisons… même des clochers. Une sensation de force, de domination quand, du haut, la ville s'étale à mes pieds. De paix aussi puisqu'on entend à peine la rumeur du parc. Quel contraste ! La roue s'arrête. Fini ! Déjà !

— On y retourne ?

Et à nouveau, l'ascension vers le ciel. Tante Angéline s'amuse autant que moi. Comme si on avait le même âge. Comme avec Ladine quand on sautait ensemble dans le foin engrangé ! Vers huit heures du soir, après avoir mangé à l'un des stands du parc Sohmer, c'est le retour à la pension.

Avant de m'endormir, comme au cinématographe, je repasse ma journée en faisant tourner des images dans ma tête : la grande église, les vues animées, le parc Sohmer, les manèges, la messe des pompiers, oncle Willie… Tellement d'images se chevauchent que j'ai à peine une pensée pour ma famille des Cèdres.

* *
*

Le lundi suivant, tante Angéline détermine les tâches de chacune. Grosso modo, elle s'occupe de l'administration, prépare les menus, fait le ménage des espaces communs du rez-de-chaussée ; moi, je m'occupe de l'entretien des chambres du deuxième et du troisième étage, j'aide à la préparation des repas, je mets la table, je sers, dessers et fais la vaisselle. Je l'accompagne au marché et à l'épicerie pour l'aider à transporter les denrées.

Le premier jour, elle m'initie au travail de femme de chambre en répétant, comme une obsession, que : « Tout doit être fait selon les règles de l'art. »

— Dès que tu entres dans une chambre, tu ouvres la fenêtre pour aérer. Un bon dix minutes. Même l'hiver. Il faut secouer les draps, eux aussi doivent être aérés. Pendant que le lit et la pièce prennent du bon air, tu peux balayer, ranger, épousseter en prenant soin de tout remettre à la bonne place. Quand tu fais le lit, c'est pas n'importe comment, il faut faire le lit au carré.

Devant mon regard interloqué, elle décrit les étapes :

— Tu places d'abord le drap du dessous qui doit avoir la même largeur de tous les côtés. Tu mets ensuite le morceau qui dépasse sous le matelas, jusqu'au coin, puis tu rentres sous le matelas la partie du drap au pied du lit.

Une fois le lit terminé, tante Angéline admire son œuvre :

— Tu vois, les coins sont bien définis avec un angle droit parfait. Il ne reste plus qu'à bouffer les oreillers pour qu'ils gardent bien leur forme, qu'ils ne s'aplatissent pas et à remettre le couvre-lit. Surtout, pas de plis.

En plus des règles techniques, tante Angéline m'apprend aussi des comportements, des attitudes. Le mot d'ordre : la respectabilité. Pour cela, discrétion, réserve, bonne tenue. Bien distinguer ce qui est du domaine public et du domaine privé. La vie personnelle, les sentiments, l'argent, c'est du domaine privé : ne jamais aborder ces sujets avec les pensionnaires, les fournisseurs ou les marchands. Si certains d'entre eux tentent une intrusion dans le domaine privé, il faut rester digne et ne pas répondre. Ne pas intervenir dans les conversations entre les pensionnaires ni entretenir de conversations prolongées avec eux. Ne pas répondre aux questions indiscrètes, ne pas rire aux allusions osées, ne pas permettre de gestes trop familiers. La respectabilité est partout : dans les gestes, les paroles, l'habillement, la démarche, la coiffure... Prévenir les situations ambiguës. Avant d'entrer dans une chambre, frapper au moins deux fois en comptant jusqu'à dix entre chaque coup ; s'il n'y a pas de réponse, frapper une troisième fois, se présenter et aviser qu'on va entrer pour faire la chambre. Et... et... et...

En campagne et au village, les frontières entre le privé et le public ne sont pas aussi étanches. Aux Cèdres, tout le monde se connaît. On sait tout de tous... ou du moins, presque tout ; même si on feint souvent l'ignorance. Ici, cette dimension prend une importance considérable. Si tante Angéline excuse volontiers une maladresse, elle n'admet pas le moindre manquement en ce qui concerne la respectabilité.

PARTIE 1. DÉROUTES

Le lundi après-midi suivant mon arrivée, je l'accompagne au marché Saint-Laurent. Des odeurs d'épices se mêlent à celles du crottin de cheval. D'un étal à l'autre, les cris des marchands. La plupart connaissent bien ma tante : avec plusieurs pensionnaires à nourrir, c'est une bonne cliente. Ma tante négocie les prix et les marchands se prêtent au jeu ; car c'est véritablement un jeu. Le marchand indique un prix ; tante Angéline ouvre de grands yeux, offusquée : « C'est beaucoup trop cher. » Elle feint de poursuivre son chemin, de changer de fournisseur. Le marchand la rappelle : « Rev'nez, rev'nez, on peut s'arranger. Dites-moé un prix... raisonnable... » Et c'est reparti !

Durant ses moments libres, tante Angéline taille et coud mon costume. Je l'étrenne le vendredi suivant et, comme par magie, je me sens « autre ». La petite fermière se transforme en fille de ville. Qui dit que l'habit ne fait pas le moine ?

Le samedi matin, les chambreurs déposent leur linge sale dans une poche étiquetée au numéro de leur chambre et la laissent devant leur porte. Ce jour-là, Madeleine s'occupe de changer les lits et de faire de gros ballots avec les draps et taies d'oreillers. Elle les apporte ensuite, avec les poches de linge, chez le « Chinois » qui tient une buanderie, rue Saint-Laurent. Le mardi suivant mon arrivée, je suis allée les récupérer — lavés et repassés — avec tante Angéline. Comment réussit-elle à le comprendre ? Il ne parle ni français ni anglais. Il avait enveloppé les vêtements des locataires dans du gros papier brun et, sur chacun des paquets, il avait inscrit le chiffre de la poche et le prix à payer pour que tante Angéline puisse en réclamer le remboursement. Quant à la literie, le blanchiment est inclus dans le prix de la pension. Elle me présente au Chinois, lui explique que, désormais, ce sera moi qui viendrai chercher les vêtements et la literie. Il semble avoir tout compris, car il s'est tourné vers moi et, les paumes des mains pressées l'une contre l'autre, à la hauteur de sa poitrine — comme s'il allait prier —, il s'est incliné légèrement plusieurs fois, en me souriant et en marmonnant des mots incompréhensibles qui ressemblaient à « Bonyou, bonyou, mam'yelle Li…a. Vous Lia, moé Liu ». Tante Angéline rigole de voir qu'il a noté la similitude dans les noms. Avec son teint jaune et ses yeux bridés, si j'avais été seule, je crois bien que j'aurais eu un peu peur. Notant ma réticence, ma tante me signale :

— C'est du monde comme nous autres, Léa. Plein de gens en ont peur parce qu'ils sont différents ; mais il n'y a pas de raison.

— Comment vous faites pour le comprendre ?

— C'est pas aussi compliqué que ça en a l'air. Un p'tit mot de français par ci, un p'tit mot d'anglais par là et beaucoup de simagrées, poursuit-elle en riant. Tu vas voir, il y en a pas mal à Montréal. La plupart travaillaient au chemin de fer qui traverse le pays ; maintenant que c'est terminé, ils ouvrent de petits commerces, surtout des buanderies, des restaurants… Il faut bien qu'ils vivent et comme ils ne parlent couramment ni le français ni l'anglais, c'est dur pour eux.

La sentant en verve, sur le chemin du retour, je l'interroge encore à propos d'oncle Willie :

— Il fait sa vie comme il veut. Je l'ai rencontré quand il était portier à l'hôtel où je travaillais. Après notre mariage, il est devenu policier. Ses heures sont pas régulières… il travaille de jour comme de nuit. C'est pour ça que tu ne le vois pas.

Son ton, plus sec qu'à l'accoutumée, signifie clairement : ne pose plus de questions.

PARTIE 1. DÉROUTES

* *
*

— Ça fait plus d'une semaine que t'es arrivée, constate tante Angéline. Tes parents doivent se demander si tu vas bien... Tu devrais leur écrire. Allez, écris-leur et cet après-midi, on ira au cinématographe.

Je n'ai pas vraiment envie d'écrire ; en fait, j'aurais aimé écrire à Ladine. Seulement à elle. C'est elle qui lira la lettre — ni papa ni maman ne savent vraiment lire — à voix haute, en ânonnant parce qu'elle n'a jamais su bien lire. Ce que j'aimerais confier à Ladine en toute intimité, ça me rebute de savoir que papa et maman l'entendront.

Dimanche, le 13 mai 1900

Bien chers parents,

Je suis bien arrivée. Ma tante était à la gare des gros chars. J'ai une belle chambre à moi toute seule. Ma tante est bien fine avec moi. Elle m'a emmenée dans un magasin et m'a acheté des vêtements pour mon travail. Elle a aussi acheté du matériel pour me faire une belle robe. J'ai choisi le tissu. Le magasin est très grand. Il y a un éclairage électrique. Une salle de bain dans la maison. On n'a pas besoin d'un pot de chambre ou de sortir dehors. J'aime bien le travail à la pension. Je mange bien. Je suis allée au cinématographe et au parc Sohmer où on s'est bien amusé.

Ces propos me ramènent en arrière. Se sont-ils inquiétés, eux, quand ils m'ont, abruptement, annoncé mon départ ? Se sont-ils inquiétés quand ils m'ont vu partir de la ferme ? Je me revois dans la voiture à cheval, avec mon père... mon père qui m'amène à la gare de Coteau-Jonction. Qui ne parle pas, qui me confie au chef de gare et repart, avant même l'arrivée du train. S'est-il inquiété ? Il m'a laissée là, sur le quai, comme un paquet mis à la poste. Comment qualifier ce que je ressens ? Haine ? Pas vraiment : impossible d'haïr mes parents. Rage ? Le mot est trop fort. Amertume serait plus juste. Et, au tréfonds de mon être, un désir inavoué de vengeance réprimé aussitôt par la culpabilité. Toute la semaine, consciemment, j'ai tenté d'oublier ma vie sur la ferme. Faut croire que l'enfouissement n'était pas très profond puisque, quand tante Angéline a posé devant moi une feuille, une plume et un encrier, les larmes me sont montées aux yeux. Ma pensée dévie sur mes frères et sœurs. Ladine ! Elle surtout, dont j'étais si près. D'emblée, l'ennui m'envahit. Mon cœur, ma tête, mon corps exsudent de nostalgie.

Je relis le début de ma lettre. Impossible de la laisser telle quelle. Les mots écrits : des mots qui restent. Ceux de Ladine ressurgissent dans ma mémoire, me bouleversent, me donnent le goût de la serrer contre moi. Pour elle, pour elle seule qui conservera précieusement ma lettre pour la relire maintes et maintes fois, comme je l'ai fait de son si simple « oubli moé pa », je vais réécrire ma lettre. Pour ne pas lui faire de peine, mieux mesurer le sens de mes mots. Pour elle : sublimer ma rancœur.

Dimanche, le 13 mai 1900

Bien chers parents, chers frères et chères sœurs,

J'espère que tout le monde va bien. Ça fait maintenant un peu plus d'une semaine que je suis à Montréal. Tante Angéline était là à mon arrivée. Elle est très gentille avec moi. Je l'aide à la maison de pension : je fais de mon mieux. Je fais les lits, je balaie, j'époussette, je lave les planchers, je fais la vaisselle. Comme je le faisais à la maison. Tante Angéline trouve que je travaille bien et vite. C'est parce que maman m'a bien appris. Ici, c'est pas comme à la maison. Il y a beaucoup de bruit, même le soir. Quand je me couche, il ne fait jamais complètement noir dans ma chambre parce qu'il y a des lumières partout dans les rues. J'ai du mal à m'endormir à cause de ça, mais surtout parce que je pense à vous. Je m'ennuie de vous tous.

C'est mieux. J'ai éliminé les mots «ma chambre» et, en disant «vous tous», cela demeure général. Je ne m'ennuie pas du tout de papa, mais cela, impossible de l'avouer ouvertement. Comme je ne veux pas qu'ils m'envient, je ne mentionne ni les vêtements qu'Angéline m'a achetés, ni le cinématographe, ni le parc Sohmer. Que dire de plus ? Comment terminer ?

Je vous embrasse bien fort.

Respectueusement,

Léa

Je montre ma lettre à tante Angéline.

— Très bien, dit-elle en me serrant affectueusement les épaules. Tu es très astucieuse.

Je prends la remarque comme un compliment.

* *
*

Les semaines se déroulent, chacune apportant une nouveauté dans ma vie. Tante Angéline m'apprend à tricoter au crochet, à coudre sur sa belle machine Singer — la meilleure selon elle — qui trône dans un petit débarras converti en salle de couture.

J'ai rencontré Mlle Aubry. Elle garde ses distances. Sans doute ne veut-elle pas qu'on la dérange. Quand je fais sa chambre, je prends mon temps : je regarde les délicats bibelots sur la commode, pèse sur les lettres du clavigraphe, admire sa garde-robe, parcours les titres de ses livres. Si le temps me le permet, je feuillette les pages de son dictionnaire, de sa grammaire et des cahiers d'exercices en comptabilité et en français. Si la comptabilité ne m'intéresse pas, la grammaire, au contraire, me passionne. Comme au temps où je fréquentais l'école du village ; j'ai tant regretté d'avoir dû l'abandonner ! Jour après jour, j'en lis une ou deux pages. Je ne comprends pas tout, mais je m'entête.

— Mais qu'est-ce que tu fais ? Ça fait trois fois que je t'appelle ! s'impatiente ma tante.

Honteuse, je dissimule le livre.

— Qu'est-ce que tu caches là ? Oh ! Mademoiselle fait de la grammaire !

Reproche, ironie, mécontentement ? Je reste dans l'expectative. Son large sourire m'en tire rapidement.

— Tu veux t'instruire ?

— P'pa m'a fait lâcher l'école avant la fin de ma cinquième année. J'aurais aimé ça continuer...

— J'en suis certaine ! T'es très intelligente, ma petite Léa.

— Vous pensez ? Ma maîtresse disait que j'pouvais devenir maîtresse d'école.

— Et toi, ça t'aurait plu ?

— Oh oui ! En restant à la maison, j'ai comme oublié l'école. J'aidais Ladine à faire ses devoirs, mais elle aimait pas l'école et faisait pas d'efforts. Ça me choquait !

— Faut pas t'en faire. Peux-tu faire pousser une tulipe en tirant dessus?

— Ben sûr que non!

— C'est la même chose pour l'école. On ne peut pas enseigner quelque chose à quelqu'un qui ne veut pas apprendre. Tu parles dans le vide. Chacun son destin, conclut ma tante, un brin morose.

Un reflet de tristesse dans son regard. Une rancœur dans le ton de sa voix. Suit un court silence qu'elle interrompt en tâchant de retrouver un ton plus léger.

— Moi, je suis certaine que tu aurais fait une bonne institutrice.

— Vous êtes allée à l'école longtemps?

— Pas mal, oui! Tu vois, j'avais dix ans quand ma mère est morte. Et mon père, qui travaillait souvent à l'extérieur de la ville, ne pouvait pas s'occuper de moi et...

Sa phrase reste en suspens. Puis, elle poursuit en bifurquant.

— Il m'a placée chez la sœur de ma mère... Faut croire que j'étais pas chanceuse, parce qu'elle aussi est morte... Alors, il m'a placée dans un couvent. Un pensionnat pour jeunes filles.

— Un pensionnat!

— De la façon dont tu le dis, ça l'air terrible alors qu'en fait, je n'ai pas détesté ça. Dans un pensionnat, on se fait des amies, il y a une vie de groupe... J'ai appris le piano.

Ma tante me révélait tout un pan de son passé : une femme instruite et musicienne!

— J'pense qu'j'aurais aimé ça, moé itou, être au pensionnat.

— Telle que j'commence à te connaître, je suis certaine que tu t'y serais plu. Tu aimes les gens, tu as de la facilité à te faire des amis... je le vois avec les pensionnaires... ça ne t'a pas pris de temps pour t'en faire des alliés. Et, surtout, t'as le goût d'apprendre.

— Oui, c'est vrai... Mais quand on va pas à l'école, on peut plus apprendre...

— Comment ça, on ne peut plus apprendre ? Ça dépend de toi. Il y a des livres et... il y a moi... Il n'y a rien qui me ferait plus plaisir... Tiens : première leçon. Ouvre grand tes oreilles. Au lieu de dire « moé, toé », tu dois dire « moi, toi ».

Le lendemain, elle ressort ses livres de grammaire et ses vieux cahiers d'exercices entreposés dans une chambre à débarras, au troisième étage. En mettant l'accent exclusivement sur le français — pas de catéchisme, d'histoire sainte, d'histoire, de géographie, de bienséance — je progresse rapidement.

Ainsi, le temps file...

* *
*

L'arrivée prochaine de Mlle Aylwin, au début septembre, m'inquiète un peu. Déjà, je communique difficilement avec M. Harvey qui baragouine le français, comment me faire comprendre de cette Anglaise ? Protestante en plus. M. Harvey, lui au moins, est catholique. Anglaise et protestante comme ceux qui ont fait pendre Louis Riel. Papa en parlait souvent ; même le curé, en chaire, l'avait mentionné. Son ton était si solennel, si dramatique. Ses paroles restent encore collées dans ma mémoire : « Riel, notre frère, est mort. »

Quand Mlle Aylwin revient s'installer, je me cache à la cuisine, mais tante Angéline a décidé de prendre le taureau par les cornes :

PARTIE 1. DÉROUTES

— Léa, viens aider mademoiselle Aylwin à transporter ses valises dans sa chambre. *This is my niece. She's been here since last May and we share the daily chores. Her name is Léa.*

— *Nice to meet you Léa.*

Prise au dépourvu, je ne sais que répondre. Un sourire pour compenser les mots de bienvenue.

Trois valises et une malle en bois. Sans peine, je monte les valises jusqu'à sa chambre au troisième étage. La malle contient exclusivement des livres et je dois faire du « monte-descend » à maintes reprises avant d'en vider complètement le contenu. Pendant ce temps, Mlle Aylwin range ses vêtements dans la commode et la penderie. Mon travail terminé, elle veut m'offrir un pourboire.

— Non... *No... thank you...* lui dis-je en rougissant et je m'empresse de dévaler l'escalier.

L'année précédente, c'était sa première année d'études à McGill et aussi sa première année hors du cadre familial. Seule dans un monde d'hommes, elle ne s'était pas fait d'amis ; elle craignait de les aborder et, si l'un d'eux tentait de se rapprocher, son attitude déférente les éloignait rapidement. Elle ne voulait pas paraître méprisante ou hautaine ; elle ne savait tout simplement pas comment réagir et cela l'amenait à adopter des attitudes condescendantes. Sitôt les cours terminés, elle ne flânait pas et rentrait immédiatement à la pension où elle s'enfermait dans sa chambre. On ne la voyait que pour les repas. Cette année, tante Angéline compte sur moi pour mieux l'intégrer.

— Il faut t'amuser avec quelqu'un de ton âge, et Alice n'a que quelques années de plus que toi.

Dès son arrivée, ma présence modifie son sentiment d'appartenance à la pension. Une belle complicité s'établit. Alors qu'à l'université, elle doit faire ses preuves, montrer à tous ces mâles qu'elle peut réussir aussi bien qu'eux, à la pension, avec moi, elle n'a rien à prouver. Elle n'a qu'à être elle-même. Le soir, il lui arrive de me retrouver à la cuisine pour parler de tout et de rien. Comme avec le Chinois : quelques mots de français, quelques mots d'anglais, beaucoup de gestes, de mimes et de multiples fous rires. Peu à peu, Alice prétexte des examens à préparer, des travaux à remettre pour sauter une fin de semaine à Sainte-Anne-de-Bellevue. On s'apprend l'une et l'autre, on apprend l'une de l'autre et, au fil des semaines, je m'enrichis d'une langue et surtout, d'une belle amitié. En dépit de la différence d'âge, chacune apporte à l'autre l'envers de sa personnalité, de ses habiletés, de ses connaissances. Pour elle, je refais un ourlet, raccourcis un jupon, repose un bouton. Pour moi, elle lit à voix haute des romans en anglais en m'expliquant les mots, les sous-entendus, le sens. De beaux échanges !

Peu de nouvelles des Cèdres. Une lettre par mois. Toutes très courtes : tout va très bien, on s'ennuie de moi. C'est à peu près tout. Je réponds immédiatement. De lettre en lettre, j'ai moins de choses à raconter. Que dire, sans mentir ? Je vis différemment, je pense différemment et je ne regrette pas la vie sur la ferme. Je vais fréquemment au cinématographe, je magasine dans les grands magasins, je perfectionne mon français et j'ai une bonne amie anglophone et protestante ! Je doute qu'ils puissent comprendre — et admettre — ce que je suis devenue.

Chaque mois, Angéline joint $5.00 à ma lettre. Je gagne $10.00 par mois ; elle en retient trois pour ma chambre et ma pension et m'en donne deux pour mes dépenses personnelles. Comme Angéline paie mes sorties — arguant que ma présence lui permet de sortir et qu'elle doit rémunérer sa « dame de compagnie » — j'accumule donc ces $2.00. Cousant de mieux en mieux, j'exécute de menus travaux pour les pensionnaires ; grâce à l'électricité, je prolonge mes heures de travail le soir. Mon cochon fait des petits.

4

Les Cèdres, 1900
Pour Noël, tante Angéline m'offre quelques jours de congé. De prime abord, je suis très enthousiaste à l'idée de revoir mes parents, mes frères et sœurs. Puis, le feu s'éteint! Je revois la ferme... qui m'apparaît terne, fade, triste. Je revois le village avec ses cancans, son isolement... Je revois mon père, strict, autoritaire, distant... Non! Je n'ai aucune envie de me replonger dans cet univers. Puis, le feu se rallume. Avec mes quelques économies, je peux acheter des cadeaux aux enfants. J'imagine leur joie! L'éventualité de surprendre, de faire plaisir ravive mon désir de les revoir. Et cinq jours... c'est vite passé!

Quel accueil! De Ladine surtout, de maman, de Ninique, des garçons et de... papa. Mon plaisir de les retrouver suit le même ordre. Cela peut paraître ingrat, mais témoigne de ma réalité : Ladine et maman me manquent davantage que Ninique et mes frères. Que mon père, surtout! Avec fierté, j'offre des cadeaux achetés avec «mon argent». Je renoue avec Ladine; le soir, je partage son lit, comme avant mon départ. Je lui décris la ville, lui raconte ma nouvelle vie. Tant à dire, tant à partager. Avec dépit, je constate que mon enthousiasme n'est pas contagieux. Elle a hérité de la vision paternelle de la ville, vision qu'elle est incapable de remettre en question. Son attitude me déçoit : un fossé s'est creusé. Je ne peux plus voir la vie de son point de vue ; elle, du mien. Ses objections me ramènent loin en arrière. Pourtant, mon départ ne date que de huit mois. D'un côté, tout s'est déroulé à la vitesse de l'éclair : c'était hier. D'un autre côté, j'ai la sensation que ça fait dix ans. Je regarde la maison, le décor intérieur, les vêtements : tout est pareil. Rien n'a bougé. Mêmes gestes, mêmes attitudes, mêmes croyances, même mentalité passéiste. J'ai un mouvement de recul. Une sorte de nausée devant cette immobilité. Le soir, récitation du chapelet. Un rite ignoré à la maison de pension. Je les observe, la tête penchée, certains, les yeux fermés, répéter avec conviction les mêmes mots. L'impression de paroles apprises par cœur, récitées nonchalamment, sans se préoccuper du sens. Ici, rien n'a changé ; là-bas, plus rien n'est pareil. Pas même moi. Cinq jours, c'est long !

Au village, pendant que Ladine fait des courses au magasin général, je rends visite à mon ancienne institutrice. Elle m'encourage à profiter de cet environnement stimulant pour apprendre. Sur la rue principale, je croise Télesphore Létourneau, le fils du voisin avec qui je faisais souvent la route entre la ferme et l'école. Il offre de me ramener à la ferme en boghei. Durant le trajet, on jase de tout et de rien. De ma nouvelle vie, surtout. Il me comprend. D'ailleurs, il viendra bientôt à Montréal car, à compter de septembre prochain, il souhaite poursuivre son cours classique au collège Sainte-Marie chez les pères Jésuites. Après avoir passé deux années sur la ferme à aider son père, Télesphore a terminé sa première année au collège Bourget, chez les clercs de Saint-Viateur, mais il préférerait changer d'institution pour apprivoiser la grande ville. Évidemment, il devra convaincre son père qui préfère le voir à Rigaud, plus près des Cèdres. Comme mon père, celui de Télesphore craint l'influence néfaste de la ville sur son fils.

— T'es chanceux de pouvoir étudier longtemps. Moé, j'ai même pas fini mon cours primaire...

Changement de lieu, changement de langage. Le « moi » redevient vite « moé » : je ne veux pas passer pour une parvenue aux yeux des miens.

— C'est vrai... Comme j'ai trois frères plus vieux, la relève est assurée... Ils aiment le travail de cultivateur. Ils pensent que j'étudie pour devenir prêtre et j'les ai pas détrompés. « Un religieux dans la famille, c'est le paradis assuré », croit ma mère dur comme fer. Elle est persuadée que j'ai la vocation.

— Et toi, tu l'crois ?

Avec Télesphore qui s'exprime bien, « le toi » revient facilement.

— J'y pense... Pour l'instant, je veux m'instruire et c'est la seule façon...

— Quand est-ce que tu viendras à Montréal ?

— Probablement en mars ou avril.

Spontanément, je lui donne mon adresse et lui fais promettre de venir me saluer lors de son court séjour.

5

Enfin! Le même train qu'en mai dernier. J'avais eu 15 ans quelques mois auparavant. Timide. Craintive. Presque terrorisée de quitter la sécurité de ma famille. Bien loin maintenant cette petite fille qui ne connaissait que le travail, l'obéissance, le sacrifice, la soumission, le péché. J'en ai fait du chemin! Je le note d'ailleurs dans mes relations avec les pensionnaires. Sans être impertinente, je réponds du tac au tac — M. Beauchemin prétend que j'ai la répartie facile —, je plaisante et ris avec eux, mais toujours dans les normes de la respectabilité si importante pour ma tante. Je n'interprète plus leurs taquineries comme des propos malveillants. J'apprends le plaisir. Et, chose plus précieuse encore, j'ai aussi des amies : tante Angéline, Alice et Madeleine.

En janvier, l'hiver s'installe pour de vrai. Il neige beaucoup. La ville est sale, grise. Elle n'en demeure pas moins vivante et attrayante. Comme les rues sont éclairées, les jours s'étirent... Un dimanche, deux jours après une grosse bordée, tante Angéline m'amène glisser sur les pentes du Mont-Royal. Alice nous accompagne; quand le traîneau vacille et qu'on se retrouve la tête dans la neige, l'une au-dessus de l'autre, on s'esclaffe. La semaine suivante, de retour d'une fin de semaine chez ses parents, Alice m'offre des patins à glace, trop petits pour elle. Promesse d'autres beaux dimanches en sa compagnie.

    Le 8 janvier, c'est ma fête. Seize ans ! Petite, j'imaginais ma seizième année comme celle où je deviendrais une « autre personne » : le passage de l'âge de la fillette à celle de jeune fille. Pourtant, je ne suis plus une fillette depuis longtemps puisque cette chose — dont personne n'ose parler mais qui est normale pour toutes les femmes — m'est arrivée vers onze ans. En dépit de cette preuve tangible de mon changement d'état, je n'avais pas senti de différence. Le véritable changement s'est produit à quinze ans, lors de mon arrivée en ville. Le facteur laisse pour moi un colis que je déballe en vitesse : un beau chandail gris cendré avec un col en V et des motifs en relief en forme de câbles tressés. Une laine rugueuse sans doute filée par maman sur son rouet. Je l'imagine, le soir, une fois la marmaille endormie, sous la lueur jaunâtre et tremblotante de la lampe à huile ; patiente, des heures durant, elle file la laine, son corps se balançant au rythme de son pied sur le pédalier. Par la suite, des heures durant, elle fera passer les mailles d'une broche à l'autre… Pendant tout ce temps, maman pensait à moi. À moi, si loin, dans la grande ville. Cette pensée me caresse tout en me rendant mélancolique. Maman ne voulait pas que je quitte l'école. Maman ne voulait pas que je parte des Cèdres : « On s'arrangera… », avait-elle dit à papa. Sur la carte de souhaits, l'écriture grossière et les lettres mal formées de Ladine se reconnaissent aisément : « Pase une bel fête. On panse a toé. Ladine, moman, popa, Ninique, Osias, Hermé, Momo, Popol, Ovila. » Peu importe l'orthographe, l'important, c'est qu'ils ont pensé à mon anniversaire. J'enfile le chandail et admire son effet dans le miroir. Il me va à la perfection. J'enfouis mon nez dans la laine. Hallucination ? L'odeur indéfinissable de

PARTIE 1. DÉROUTES

maman. Ni violette, ni jacinthe, ni rose. Pas une odeur de fleur. Ni de naphtaline. Ni de laine mouillée. Peut-être de pain. Un pain tout juste sorti du four! Comme j'ai une bonne heure avant la préparation du dîner, je m'isole dans ma chambre pour écrire à ma famille. MA famille! Aujourd'hui à la fois si près et si loin! Le soir, une autre surprise : un gâteau avec seize bougies. Alice m'offre un dictionnaire anglais-français. Tante Angéline m'a confectionné une belle robe rouge, plissée à la taille, avec un collet et un ceinturon beige. Je suis ravie.

6

En mars, une lettre de Télesphore m'annonce son arrivée vers la mi-avril. Il ne pouvait choisir meilleur moment puisque M. Gagnon quittera la pension à la fin du mois de mars, étant donné qu'il change de travail et déménage à Ottawa. Tante Angéline suggère de l'accueillir à la pension pendant son court séjour à Montréal, du jeudi 11 au dimanche 14 avril. À son arrivée, il est très surpris de me voir à la gare. Quant à moi, je suis très fière de le guider à travers les rues jusqu'à la maison de pension. Le vendredi matin, il a rendez-vous au collège Sainte-Marie. Le reste du temps, il est libre. Sachant qu'il s'agit de mon ami d'enfance, tante Angéline me libère pour me permettre de passer plus de temps avec lui.

Contrairement à son habitude, après le repas, Alice descend au boudoir. Pour lire! Curieusement, elle ne tourne pas souvent les pages; elle tend plutôt l'oreille pour entendre ma conversation avec Télesphore à la cuisine. Nous évoquons nos souvenirs d'enfance. Quand nous marchions ensemble pour nous rendre à la petite école du village. Quand il servait la messe et pouffait de rire lorsque, de ma place, je lui faisais des grimaces au moment où il précédait le curé en entrant dans le chœur. Quand, jouant à la cachette, il avait failli s'asphyxier en tombant dans le silo à maïs; incapable d'en sortir, il avait hurlé et j'étais arrivée à temps pour lui tendre une fourche à laquelle il s'était agrippé, le temps que son père l'en sorte avec fortes semonces et une fessée dont il se souviendra « jusqu'au jour de ses noces », jura le paternel. Quand il m'aidait à comprendre certains problèmes d'arithmétique, ma bête noire à l'école. Quand on courait au travers des champs de maïs dont les épis nous dépassaient : un véritable labyrinthe. Quand... quand... quand... On n'en finit plus de se remémorer ces souvenirs des beaux jours de notre enfance. En souriant, en riant, en s'esclaffant, en parlant de plus en plus fort... si bien que tante Angéline intervient, nous exhortant à baisser le ton pour ne pas indisposer les pensionnaires. Télesphore s'excuse et, prétextant la fatigue du voyage, se retire dans sa chambre.

— Je dois être en forme pour mon rendez-vous de demain. Je compte sur toi pour me réveiller si je passe tout droit. C'est loin d'ici?

— Si tu marches d'un bon pas, c'est moins d'une demi-heure!

— J'aimerais partir vers neuf heures pour être certain de ne pas être en retard.

En montant vers sa chambre, il se penche légèrement vers le boudoir pour saluer Alice qui rougit de plaisir. Dès qu'elle entend la porte de sa chambre se refermer, elle s'empresse de me rejoindre à la cuisine.

— Léa, *what a handsome man!*
— Hein? Beau?
— Oh oui! *You never noticed that?*
— Non! J'le connais d'puis longtemps. On était voisins et à l'école, on était dans la même classe. Faut dire qu'il n'y avait qu'une seule classe, dis-je en riant. Il était en troisième quand je suis entrée en première.

Moi qui ai connu une Alice très réservée et peu loquace face aux jeunes hommes, je la sens, pour la première fois, émoustillée.

— *Why is he here, in Montreal?*

Son excitation m'étonne ; je la taquine.

— Est-ce que Cupidon vient de percer ton cœur de sa flèche ?

Se rendant compte de son trop grand empressement, elle retrouve un peu de sa réserve habituelle.

— *No, no... it's just... He's so...*

Les mots lui manquent.

— Pour satisfaire ta curiosité, car c'est bien juste de la curiosité... n'est-ce pas... ajouté-je, feignant la naïveté, il aimerait poursuivre ses études au collège Sainte-Marie l'an prochain...

— *So, he'll come to Montreal next year?*

— *Maybe!*

Alice a un faible pour mon ami d'enfance. Ça me fait sourire ! Je devrais m'efforcer d'attirer l'attention de Télesphore sur elle. Après tout, c'est ma meilleure amie. Quand a-t-elle commencé à s'intéresser aux messieurs ? Quand cela m'arrivera-t-il ? Jusqu'ici, aucun jeune homme n'a vraiment fait palpiter mon cœur ; je les croise sans les voir et sans qu'ils me voient. Invisibles l'un à l'autre. Mais j'ai seize ans !

Le lendemain, j'accompagne Télesphore jusqu'au collège, entre les rues Bleury et Saint-Alexandre. À pied, comme prévu, le trajet prend à peine trente minutes.

— Ça ressemble un peu au collège de Rigaud, affirme Télesphore.

J'ai peine à croire qu'à Rigaud, il puisse y avoir un bâtiment aussi imposant, mais je garde pour moi ce commentaire.

Durant cette fin de semaine, Alice reste à la pension. Le samedi après-midi, elle se joint à nous pour profiter du parc Sohmer. On se balade en jasant, en écoutant de la musique. J'avais proposé à Télesphore une sortie au cinématographe ; prétextant un surplus de travail, je l'incite à y aller avec Alice. Le soir, au souper, comme peu de pensionnaires sont présents, il mange à la salle à manger ; judicieusement, j'ai placé son couvert en face de celui d'Alice. Le dimanche, bien que protestante, Alice nous accompagne à la messe de dix heures à la cathédrale. En après-midi, nous le raccompagnons à la gare.

— Je suis très heureux d'avoir fait votre connaissance, mademoiselle ; j'ai beaucoup apprécié votre compagnie.

En plus de rougir jusqu'aux oreilles, Alice bafouille :

— *Me too...* moi aussi... mis... mon... *Mon-sieu* Létourneau.

Un Létourneau qui ressemble davantage à Litorrow ou Litorroue...

Dans les jours, les semaines, les mois qui suivent, Alice s'enquerra souvent de Télesphore. Toutefois, jamais celui-ci ne m'interroge à son sujet dans les quelques lettres qu'il m'envoie. Et dans l'une d'elles, il m'annonce qu'il devra malheureusement poursuivre ses études au collège Bourget de Rigaud.

J'ai l'impression d'éclore comme une tulipe au printemps, de mordre à pleines dents dans la vie, de prendre le risque de vivre. Maintenant un AVANT et un APRÈS : avant la ville et après Les Cèdres.

7

Printemps 1901 ! Près d'un an que je vis à Montréal. Restent des traces de neige dans des ruelles peu exposées au soleil. Les jours allongent. La terre dégèle, les mauvaises odeurs se réveillent, se répandent. L'effervescence de la nature se transmet aux êtres humains. À la pension, c'est le branle-bas du grand ménage du printemps. Le travail devient plus dur : laver les murs, les vitres, les carpettes. Tante Angéline a établi un plan de « cure de rajeunissement », comme elle dit, qui détermine quelles pièces sont à repeindre, année après année ; de cette façon, elle étale les coûts d'entretien de même que le travail. Oncle Willie accepte de collaborer. Durant cette période, il vient plus fréquemment à la pension et son aide est précieuse. Madeleine entre tous les jours et, elle et moi, nous nous occupons de déplacer ou de recouvrir les meubles pour les protéger des taches de peinture.

Mai. Mois durant lequel, aux Cèdres, il fallait réciter un rosaire, c'est-à-dire trois chapelets de cinq dizaines, chacune honorant un épisode de la vie de Jésus ou de la Vierge Marie. Ici, ni tante Angéline ni les pensionnaires ne célèbrent particulièrement le mois de la Vierge. Je prie seule, dans ma chambre, mais la fatigue a souvent raison de ma bonne volonté et il n'est pas rare que je renonce au rosaire pour me contenter d'un seul chapelet.

PARTIE 1. DÉROUTES

Quand juin pointe le bout du nez, on hume les parfums de l'été. Sur le devant de la maison de pension, tante Angéline a planté des fleurs odorantes. Déjà, l'odeur des muguets s'estompe au profit du parfum délicat des jacinthes. De part et d'autre de la porte d'entrée de la façade, les effluves prononcés des lilas violets et mauves accueillent agréablement les visiteurs. Quand ils sont en pleine floraison, j'en coupe des bouquets que je distribue dans les chambres des pensionnaires, dans la salle à manger et la cuisine.

Juste avant le départ pour les longues vacances, Alice me conseille dans l'achat d'un patron et du tissu afin que je puisse me confectionner deux robes pour l'été. L'une, plus élégante, pour des sorties plus officielles ; l'autre, plus simple, pour les sorties de tous les jours. Pour la première, Alice, habituée aux soirées mondaines, m'incite à opter pour une robe avec un faux-cul qui donne au bas du dos une forme proéminente et arrondie ; avec un corset qui cambre les reins ; cela me donne une « silhouette en S », la dernière mode, selon elle. La seconde reste plus traditionnelle : une robe chemisier plissée à la taille, un collet en pointe, des manches se terminant en manchettes étroites fermées par des boutons.

En juin, un événement majeur : la parade de la Saint-Jean-Baptiste. Tôt le matin, la foule se presse déjà rue Saint-Jacques. Une atmosphère festive. De nombreux chars allégoriques rappellent des épisodes de notre histoire ; des fanfares interprètent des musiques militaires ; des troupes exécutent des danses folkloriques et, à la fin, le clou du défilé, le char où apparaît le petit saint Jean-Baptiste avec son mouton : un petit garçon de cinq ou six ans, aux cheveux blonds et bouclés, choisi parmi des centaines. Une gloire pour les parents qui rejaillit sur toute la famille.

Le soir : grande fête à la ferme Logan, désormais connue sous le nom de parc La Fontaine. Pour l'occasion, je porte ma belle robe neuve, relève mes cheveux en chignon, me saupoudre le visage de poudre de riz pour avoir un teint plus pâle. Tante Angéline me surprend à me regarder dans le miroir :

— On se fait coquette ?

Coquette ! Un reproche ? Devant ma mine déconfite, elle me rassure :

— Il y a pas de mal à se mettre en valeur.

Tante Angéline m'accompagne à une soirée d'autant plus enivrante que je sens le regard de quelques jeunes hommes s'attarder sur moi. Bien que flattée, ma timidité m'oblige à me déplacer pour éviter qu'on me demande à danser.

M. Gagnon parti, Angéline décide de rafraîchir sa chambre. En juillet, elle appose une annonce à la fenêtre de la porte d'entrée : « Chambre à louer ». En moins d'une semaine, on accueille un nouveau pensionnaire que tante Angéline présente lors du souper. Tous se lèvent pour lui tendre la main, le saluer. Quant à moi, qui arrive avec la soupière, je me contente de lui sourire en hochant la tête en signe de bienvenue. Un regard en point d'interrogation, l'air de dire : « Mais où l'ai-je déjà vu ? » Je dépose les plats au centre de la table, retourne à la cuisine. Il me rappelle quelqu'un. Pendant que j'apporte un plat de saucisses et un autre de patates aux légumes, j'en profite pour mieux l'examiner. Nos regards se croisent.

— Mam'zelle... j'suis sûr d'vous avoir déjà vue.

Ne voulant pas entamer une longue conversation pendant le service, je me contente de répondre :

— J'vois pas.

— Pourtant... je suis certain...

PARTIE 1. DÉROUTES

Le souper se poursuit meublé des conversations banales habituelles. Vers la fin du repas, au moment de servir le dessert, le nouvel arrivant arrive en trombe dans la cuisine.

— J'ai trouvé... j'sais où j'vous ai déjà vue... vous venez des Cèdres, hein? Vous êtes une demoiselle Bertrand?

D'emblée, je me revois courant autour de la table de cuisine avec Ladine, un loup nous poursuivant à quatre pattes... Le loup! La lourde tignasse presque rousse. Avec étonnement, je m'exclame :

— Vous êtes... le loup?

Il rit. Un rire qui, comme autrefois, dégringole. Avec des soubresauts.

— Oui, oui, c'est ça : le loup! affirme-t-il avec enthousiasme.

— J'sais pas votre nom... ma sœur et moi, on vous appelait toujours « le loup ».

— Vous étiez si petite... J'm'appelle Olivier Baillargeon. Et vous... Léa? La plus vieille?

— Oui, c'est ça, Léa.

C'est alors un flot ininterrompu de questions, de réponses, de retours en arrière. Sur mon père, ma mère, mes frères et sœurs. Son séjour à la maison, comme pensionnaire, avec son frère, pendant la construction du canal.

— M'man vous répétait toujours : « Arrêtez de les exciter, elles pourront pas dormir... » Et vous répondiez : « J'les excite pas... on joue... »

— Oui, avec votre sœur qui a un drôle de nom... attendez... dine... quelque chose.

— Ladine.

— Ladine... quel nom! Je l'avais jamais entendu... il nous faisait vraiment rire, mon frère et moi. Ah! mon frère... mon pauvre frère!

Son rire s'éteint.

— J'ai pas seulement de bons souvenirs, ajoute-t-il d'une voix faible et chagrine, la nostalgie dans les yeux.
— De mauvais souvenirs ?
— De tristes souvenirs… bien tristes…
Tante Angéline interrompt nos retrouvailles : les autres pensionnaires attendent.
— Désolée de vous couper la parole, monsieur Baillargeon, mais Léa doit continuer d'assurer le service.

Après le repas, Olivier Baillargeon converse avec M. Harvey et Mlle Aubry qui, pour une rare fois, est restée après le repas. Pour ma part, je dessers, lave la vaisselle, remets la salle à manger en bon état. Je n'ai donc pas l'occasion de poursuivre ma conversation avec le nouveau pensionnaire.

Le soir, je fouille dans ma mémoire et, petit à petit, je revois les frères Baillargeon à la ferme. Lui, surtout, Olivier, le méchant loup qui jouait à nous attraper et à nous manger comme dans le conte du *Petit chaperon rouge*. Ladine et moi, on courait et on se cachait sous la table pour lui échapper. Qu'à cela ne tienne, il se mettait à quatre pattes et nous poursuivait en hurlant d'une voix féroce : « J'vas vous manger… les enfants. » Et on riait… de plus en plus fort, jusqu'à ce que papa mette fin à la traque : « Ça suffit ! » Penaud, Olivier se relevait et s'excusait, tout en nous faisant un clin d'œil, l'air de dire : « On a eu bien du plaisir, hein ? » Puis, ils sont partis brusquement. Un soir, on les attendait pour souper, mais ils ne sont pas rentrés. L'atmosphère était lourde, car papa n'admettait pas le retard aux repas. C'est mon dernier souvenir.

Le lendemain, après le souper, je rejoins Olivier au boudoir, la seule pièce offrant un peu d'intimité. M. Harvey et M. Gagnon occupent le fumoir. Olivier me parle de son arrivée à Montréal il y a quatre ans, des emplois qu'il a occupés et de son nouveau travail, au Grand Tronc, à proximité de la maison de pension. Comment aborder la question qui me trotte dans la tête depuis la veille : pourquoi ont-ils quitté la ferme ? Tante Angéline nous rejoint et s'installe au fauteuil pour repriser des chaussettes.

— Léa a mentionné que vous aviez logé chez mon beau-frère et ma belle-sœur aux Cèdres ?

— Oui... mais pas très longtemps.

— Ah bon ! Mon beau-frère était trop malcommode ? suggère-t-elle en riant.

— Non, c'est pas ça, répond-il tristement.

Tante Angéline laisse le silence s'installer. Dévoilera-t-il les circonstances de son départ ? Si tante Angéline ne le relance pas, je n'aurai pas l'audace de pousser plus avant. C'est du domaine privé. Le regard vide, Olivier semble perdu dans ses pensées, puis, il reprend.

— C'est une bien triste histoire.

Silence.

— On habitait à Valleyfield... pas très loin des Cèdres. Mon frère, Edmond, avait 19 ans, moé, 17. On avait pas de travail. J'ai su qu'on engageait pour creuser un canal ; j'me suis dit que c'était une belle occasion de gagner de l'argent. Edmond était pas convaincu. Il avait peur de pas avoir la force physique...

Silence.

— J'ai insisté, lui ai fait miroiter les avantages : on pourrait aider nos parents... on avait alors quatre frères et sœurs plus jeunes à la maison... Je l'ai convaincu...

Silence.

— J'aurais pas dû, soupire-t-il.

Silence.

Ses hésitations, sa difficulté à expliquer les événements laissent présager une histoire malheureuse. Bien qu'avide d'entendre la suite, pour rien au monde, je ne briserais son silence.

— Si j'avais su ! C'est arrivé vers la fin du mois de septembre. Pas même un mois après...

Long silence.

— J'ai entendu un bruit... un bruit sourd... je l'entends encore... Au début, j'ai pensé à un tremblement de terre... c'est fou, hein ? J'ai jamais vécu de tremblement de terre, mais j'étais persuadé que c'en était un. Ensuite, des cris. J'entendais crier : « À l'aide ! À l'aide... » Des hommes couraient vers un immense tas de terre qui venait de s'écrouler. Un éboulement ! Avec des pelles, on essayait d'enlever de la terre... peine perdue... il y en avait d'autre qui tombait. C'était l'unité où Edmond travaillait... et j' le voyais pas... Je pelletais et je l'appelais en même temps...

Sa voix s'éraille. Incapable de poursuivre, il s'arrête. Inutile d'en dire plus. Tante Angéline s'approche, lui masse les épaules. Sans un mot.

— Il était là, enseveli... avec deux autres...

— Ça dû être terrible !

— Affreux ! Il fallait apprendre la nouvelle à mes parents. Leur fils aîné, vous comprenez ? Mon père a fait une colère épouvantable ; il m'a accusé... c'était ma faute... c'était moi qui l'avais entraîné... Ma mère essayait bien de le tempérer, mais je crois bien qu'elle aussi m'en voulait... Tout de suite après les funérailles, incapable de les affronter, d'entendre leurs reproches, je suis parti.

— Il faut pas leur en vouloir... c'est terrible de perdre un enfant, dit Angéline en venant se rasseoir.

Silence.

PARTIE 1. DÉROUTES

— Chaque fois que j'leur rends visite, je lis ma culpabilité dans leurs yeux… Ça fait près de sept ans maintenant. Des fois, la nuit, un gros bruit me réveille, le même que j'ai entendu ce jour-là.

Il s'arrête une nouvelle fois.

— J'en parle pas souvent ! C'est trop d'émotion. Excusez-moi… j'ai besoin d'être seul.

Il se lève. Juste avant de quitter la pièce, dans l'entrebâillement de la porte, il se retourne et ajoute :

— Vingt-deux… il y a eu vingt-deux victimes pendant le creusage… Vingt-deux oubliés…

8

Décembre 1901
Une lettre de Ladine :

> *Ninique a un gros rume. A tousse.*
> *Osias est en deuxième anné.*
> *Hermé est sage; les jumaux, tannants.*
> *Va-tu venir à Noel?*

Des phrases courtes, simples, mais remplies de fautes d'orthographe. Ça ne me surprend pas : c'est Ladine qui écrit. Ni description, ni narration, ni sentiments. Que des faits, énoncés de manière laconique. Une lettre qui tient en une page. S'ennuie-t-on de moi? Même la dernière ligne est totalement privée d'émotion. Une ligne obligée. Loin des yeux, loin du cœur : c'est probablement vrai de leur côté comme du mien. D'ailleurs, à Noël dernier, j'ai bien ressenti les effets de l'éloignement. Papa et moi on se regardait comme deux taureaux dans un champ. Il jugeait sans doute que j'étais devenue une «fille de la ville» avec tout ce que cette étiquette renferme de méprisant à ses yeux. Maman et Ladine ont bien tenté un rapprochement, mais j'ai eu l'impression d'être un chien errant qu'on vient de recueillir et dont on n'ose s'approcher. J'exagère, bien sûr : maman et ma sœur m'aiment. Mais elles ne peuvent partager mon nouveau monde et mes tentatives pour les y intégrer ne furent que coups d'épée dans l'eau. Les seules personnes avec qui j'ai vraiment pu partager mes émotions, c'est mon ancienne institutrice et Télesphore. Quelles rencontres réconfortantes ! Un an après mon départ, le fossé entre ma famille et moi s'est creusé plus vite que le canal Soulanges, mais aussi profond. Une preuve : trois lettres en un an. Des lettres de plus en plus froides et détachées.

— Tante Angéline, pour les fêtes, j'aimerais mieux rester ici.

— Moi j'ai pas d'objection, tu fais comme tu veux. Mais tes parents doivent avoir hâte de te revoir.

— J'vais envoyer des cadeaux par la poste.

— Des cadeaux, ça ne remplace pas une présence… Et toi, tu ne vas pas t'ennuyer ?

Je juge impertinent d'avouer à tante Angéline que les pensionnaires seront de meilleure compagnie que les propres membres de ma famille.

Le Noël de mes seize ans, je le vivrai en Montréalaise.

* *
*

Début janvier, une nouvelle lettre en provenance des Cèdres. Je suis intriguée, car il est rare que j'en reçoive deux en si peu de temps. Ladine dit regretter mon absence durant la période des fêtes, car elle voulait m'apprendre une grande nouvelle : un secret. Elle est amoureuse d'Henri Saint-Marseille. Amoureuse ? Elle n'a même pas quinze ans. Évidemment, comme tout le monde se connaît dans le petit village des Cèdres, j'ai déjà rencontré l'élu de son cœur : le fils du barbier. Elle raconte qu'il vient de s'engager sur les bateaux et, dans ses temps libres, son père lui apprend le métier de barbier. Selon elle, Henri partage ses sentiments : il lui écrit des lettres qu'il lui fait porter par sa sœur, Adrienne ; à part elle, personne n'est au courant et elle termine sa lettre en me conjurant de garder son secret.

Cette révélation me stupéfie : j'ai deux ans de plus que Ladine et l'amour ne m'a jamais frôlé l'esprit. Quand Alice s'est entichée de Télesphore, c'était la première fois que j'étais placée face à cette réalité de l'amour. Pour Alice, c'était normal. Après tout, elle frôle les 20 ans. Mais ma sœur ! Voilà ce qui me place devant ma réalité : à mon âge, je ne rêve pas d'amour ? Suis-je normale ? Bien sûr, je n'ai jamais envisagé de coiffer le bonnet de Sainte-Catherine comme Mlle Aubry, mais jusqu'à maintenant, les hommes ne me sont jamais apparus comme de possibles prétendants.

— Ne t'inquiète pas Léa, me rassure tante Angéline. Tu n'es pas rendue là, c'est tout. Et tu sais, Ladine te dit qu'elle est amoureuse. À cet âge-là, c'est souvent des amourettes sans suites. Et puis, je ne veux pas être méchante, mais Ladine n'a pas beaucoup d'autres choses à penser. Toute la journée, elle s'occupe des enfants, du ménage, du lavage… À quoi veux-tu qu'elle pense d'autre ? Tu devrais lui dire de prendre ses précautions… est-ce que ta mère l'a mise au courant des mystères de la vie ?

— J'sais qu'Ladine a ses règles.

— C'est un bon départ, mais ce n'est pas suffisant. Léa, tu sais comment on fait des bébés ?

La question me laisse pantoise. À la ferme, j'ai vu souvent les bêtes en période de rut ; j'ai vu naître des veaux, des chatons, des chiots. J'ai vu maman enceinte de Ninique, d'Osias… Mais comment est-ce que le bébé est venu dans son ventre ? De la même façon que les bêtes ? Tante Angéline ressent mon malaise.

— Viens, on va parler, dit-elle en m'entraînant dans ma chambre.

Et c'est là, assises l'une contre l'autre sur mon lit, qu'Angéline me révèle les « mystères de la vie » dans les moindres détails. Le corps de la femme, le corps de l'homme, le développement de la sexualité, les relations sexuelles. Comment on devient enceinte. Les conséquences de se retrouver enceinte avant le mariage, avec tout ce qui est rattaché de honte à cette situation.

— Les familles sont très dures à l'égard des filles-mères. Impitoyables même ! Les parents expédient leur fille au loin pour éviter que les voisins ne voient leur état. On invente des prétextes : une tante dont il faut prendre soin, une grand-mère malade… Une fois le bébé né, on l'oblige souvent à le confier à l'adoption. C'est le prix à payer pour avoir le droit de revenir vivre à la maison. Le prix d'un enfant ! C'est très cher payé !

Jamais tante Angéline ne m'a parlé avec autant de sérieux et de conviction. Elle poursuit, sur le ton de la confidence :

— Les hommes ne se posent pas ces questions-là. Ils n'ont pas à affronter l'odieux social de leur paternité même s'ils sont aussi coupables que la femme. Non, eux, ils ont déposé leur semence et… tout est beau. Si la femme se retrouve enceinte, c'est sa faute à elle. La seule coupable !

Son ton s'emporte, devient presque menaçant.

— Il ne faut jamais, jamais, tu m'entends, céder à un homme. La plupart vont tout faire pour te séduire, pour t'amener à céder, pour leur dire « oui » mais après, c'est toi qui en subiras les conséquences.

Elle s'arrête, soupire et reprend, d'un ton plus doux.

— Tu comprends, hein ?
— Bien sûr.

— Ladine doit savoir… et ta mère…
— Oh! M'man nous a toujours dit de nous méfier des hommes, de ne jamais parler à des étrangers…
— Tu sais, quand on est amoureuse et que notre cavalier nous presse, c'est dur de dire « non ».

La passion avec laquelle tante Angéline m'a décrit la triste situation des filles-mères me déconcerte.

* *
*

— Ninique est morte!

Paniquée, en pleurs, je cours à la cuisine. Angéline se précipite à ma rencontre.

— Quoi?

Je m'effondre sur une chaise de la salle à manger et lui tends la lettre. C'est impossible! On ne peut pas mourir à cet âge-là! Tante Angéline s'empare de la lettre.

— Calme-toi un peu, allez.
— J'peux pas… j'peux pas… j'ai trop mal…

Je suis bouleversée, effondrée, dévastée, atterrée. Aucun adjectif n'est assez fort pour décrire mes sentiments. Après avoir parcouru la lettre, tante Angéline, debout derrière moi, me masse lentement les épaules. Un geste familier qu'elle utilise spontanément quand il s'agit de consoler d'un chagrin trop grand pour les mots. Un geste apaisant, rassurant. Ni elle ni moi n'avons le goût de parler et nous restons là, de longues minutes, dans le silence.

— Une bien triste nouvelle; je comprends que tu sois chavirée. Viens, on va aller dans ta chambre.

Le fait de bouger me calme un peu. Mes larmes se tarissent, sèchent sur mes joues qui en deviennent rêches.

Sur mon lit, on s'assoit côte à côte ; son bras entoure mes épaules et je cale ma tête contre sa poitrine.

— Ladine m'avait dit qu'elle était malade... Un rhume qu'elle avait dit. On peut pas mourir d'un rhume ! J'aurais dû y aller à Noël... j'aurais pu la voir...

— Tu ne pouvais pas savoir à quel point c'était grave. Même Ladine croyait que c'était juste un rhume...

— J'me sens tellement mal... J'aurais dû y aller, j'aurais donc dû...

— Tut... tut... tut... aurais-tu pu la soigner ? La guérir ? Si tes parents n'ont rien pu faire, c'est qu'il n'y avait rien à faire. Tu n'aurais rien pu changer.

— Au moins, je l'aurais vue une dernière fois.

— On peut toujours dire : j'aurais donc dû... si j'avais su... mais justement, on ne sait pas... Console-toi en te disant que tu gardes une belle image de ta sœur, celle d'une petite fille en santé, pleine de vie... au lieu d'une Ninique pâle, alitée, amaigrie...

Je ne réponds pas, non convaincue du bien-fondé de ces arguments.

— As-tu lu toute la lettre ? Jusqu'au bout ?

Je fais non de la tête.

— Qu'est-ce qu'il y a d'autre ?

— Pas vraiment de mauvaises nouvelles...

— C'est quoi ?

Elle me tend à nouveau la lettre.

— Lis-la jusqu'au bout.

— Vous voulez pas m'le dire ?

— Hé bien, ta sœur est morte de consomption. Ça fait déjà une dizaine de jours...

— Hein ! Dix jours et on vient juste de m'le dire ?... Pourquoi Ladine a pas écrit avant ?

— Attends, ne juge pas trop vite, m'interrompt tante Angéline. Sous le coup de l'émotion, ta mère a accouché… deux mois avant son terme. Des jumelles.
— Hein ? Des jumelles ?
— Tu comprends maintenant que ton père et Ladine ont eu fort à faire… les funérailles de ta sœur, l'accouchement, le soin aux bébés… en plus de tout le reste… tu peux comprendre que Ladine n'a pas eu le temps d'écrire avant et…

Sa phrase reste en suspens.
— Et quoi ?

Une image surgit dans ma tête : maman est morte. Étranglés, les mots n'arrivent pas à se transformer en paroles. Angoissée, je regarde intensément tante Angéline et lance un cri de stupeur :
— C'est… m'man ? M'man aussi est…
— Non, non… qu'est-ce que tu vas imaginer ? Ta mère est bien portante… et les jumelles sont en vie aussi…

Elle s'interrompt le temps que ses yeux s'emplissent de larmes :
— C'est que… vu la situation, ton père veut que tu reviennes aux Cèdres… Ils ont besoin de toi. Ladine n'y arrive pas toute seule.

Une lettre ! Une courte lettre de moins de deux pages et mon univers s'écroule.
— Cette fois, tu dois y aller, Léa. Tu ne peux pas leur refuser ça.
— C'est ben sûr… j'vas y aller, dis-je en éclatant en sanglots.
— Repose-toi, Léa. Je m'occupe du souper.

Seule dans ma chambre, je me reproche mon égoïsme. Si j'étais allée aux Cèdres pour les fêtes, si, si, si… Tous ces « si » m'enveloppent et m'étouffent. Une culpabilité impossible à réprimer.

Le lendemain, tante Angéline s'absente pendant quelques heures. Quand elle revient, elle me montre du tissu et des patrons qu'elle a achetés.

— T'es en deuil, Léa. Tu dois porter le deuil, du moins pendant quelques mois. Avant que tu partes, je compte bien avoir le temps de te coudre ces deux robes. Une noire et une grise. Il y a deux modèles ; tu me diras laquelle tu veux en noir et laquelle en gris.

La bonté de tante Angéline ne se dément pas. Je me jette dans ses bras en pleurant. Elle me serre tendrement.

— On va vérifier les horaires du train et on va écrire à ton père pour le prévenir de ton arrivée. Quelqu'un doit aller te chercher à Coteau-Jonction, poursuit-elle tout en me pressant contre elle.

La veille de mon départ, alors que je suis en train de faire ma petite valise, tante Angéline vient me retrouver dans ma chambrette.

— N'oublie pas, dit-elle à voix basse, n'oublie pas… à propos de Ladine… Il faut la prévenir et tu es peut-être la seule personne, après ta mère, en qui elle a pleine confiance. Et ta mère… je ne la pense pas capable de parler de ce genre de choses.

Moi non plus, pensé-je. Preuve en est : mes premières règles. J'ai eu la peur de ma vie quand j'ai vu du sang couler de là… Je saignais sans avoir souvenance de m'être blessée. Pourquoi ce sang ? Deux sentiments m'avaient brusquement envahie : la honte et la peur. Honte, parce qu'il provenait d'un endroit du corps où il ne fallait se toucher que pour le strict nécessaire, se laver et s'essuyer. Un endroit honteux ! Peur, parce que je me suis imaginé souffrir d'une grave maladie. Oserais-je en parler à maman ?

De toute façon, elle s'en apercevra en voyant mes petites culottes souillées. Dans la bécosse, je réfléchissais à tout cela, craignant les vives remontrances de maman. Finalement, je me suis résolue à tout lui dire.

— Ça arrive à toutes les filles. T'es devenue une femme et tu peux maintenant avoir des bébés. Faut qu'tu t'surveilles et que tu t'méfies des belles paroles des hommes.

Voilà! Tout était dit! Suivirent quelques explications sur comment procéder pour les saignements. Moi, j'étais tout excitée, ravie même : j'étais devenue une FEMME! Dès lors, mon rôle de « petite mère » prenait tout son sens. J'aurais eu le goût d'en parler à Ladine, mais les yeux sévères et le visage roide de maman m'en coupèrent l'envie. C'était un secret entre elle et moi. Son tour viendrait en temps et lieu. Avant que son tour arrive, c'est moi qui la préviendrai.

Perdue dans mes pensées, j'ai arrêté de faire ma valise.

— À quoi tu penses, Léa?

— À rien...

— Avec la tête que tu as, tu penses que je vais te croire? ajoute Angéline, incrédule, à demi souriante.

Me voilà lancée! L'atmosphère s'y prêtant, je lui raconte le fameux jour de mes premières règles.

— Ça me confirme que c'est à toi qu'il incombe de renseigner Ladine.

— Hum... hum... Tante Angéline, j'peux vous poser une question... indiscrète?

— Pose toujours... si j'la trouve trop indiscrète, j'ai le loisir de ne pas répondre.

— Eh bien!... Je sais que c'est pas de mes affaires, mais...

J'hésite. Je ne devrais pas l'interroger à ce sujet. Si elle avait voulu m'en parler, elle l'aurait fait.

— Mais...?

— Je n'ose pas. C'est juste une idée que j'ai eue, comme ça... quand vous m'avez parlé des filles-mères...

À peine ai-je prononcé ces paroles que déjà, le visage de tante Angéline se rembrunit. Elle se lève, s'éloigne, me tourne le dos, s'arrête.

— J'm'excuse... J'aurais pas dû... C'est pas d'mes affaires.

Elle se retourne, me regarde. Ses yeux, habituellement rieurs, sont d'une tristesse incommensurable.

— ... je n'en ai jamais parlé... à personne.

Suit un lourd et long silence. Mal à l'aise, je ne sais comment le rompre. Puis, elle revient vers moi, s'assoit à nouveau sur le lit, me sourit tristement. D'une voix faible et douce, le regard rivé sur le plancher, elle raconte. Ces événements si douloureux. Immobile, je l'écoute, sans la regarder, respectant ses silences, ses soupirs, ses larmes. Je suis une oreille.

— Ça fait 15 ans... Déjà 15 ans! Tout le monde ici croit que je suis fille unique. C'est faux. J'avais une sœur cadette : Éliane. Je t'ai déjà dit qu'après la mort de maman et celle de ma tante, papa nous a placées dans un pensionnat à Upton, pas très loin de Saint-Hyacinthe. Moi, je m'y suis faite rapidement. J'aimais apprendre, j'avais beaucoup d'amies et cette vie de groupe me plaisait bien. Mais Éliane — quel beau prénom, É-li-a-ne, c'est doux et sonore à la fois, comme une vague dont le « a » marque l'apogée —, n'aimait pas le couvent. Incapable de respecter toute discipline, elle donnait du fil à retordre aux sœurs et était souvent punie... Un jour, un peu avant la fin des classes, en mai, elle a fait une fugue. Elle venait d'avoir quatorze ans.

Elle s'interrompt quelques instants, les yeux dans le vague, puis reprend :

— Bien sûr, les sœurs m'ont tout de suite interrogée, croyant que j'étais de connivence. Mais je ne savais rien. Ma sœur m'avait tout caché. Elles ont prévenu mon père. Moi, ça ne m'énervait pas trop. Je savais qu'Éliane aimait le confort et je ne l'imaginais pas couchant à la belle étoile, se privant de manger… Elle reviendrait, j'en étais sûre. Et elle est revenue… non pas au couvent, mais à la maison de papa, à Saint-Hyacinthe. Pendant cette fugue, elle a rencontré Jean-Paul. C'est lui qui l'a amenée d'Upton à Saint-Hyacinthe. Éliane est devenue follement amoureuse de ce garçon qui avait quelques années de plus qu'elle, autour de 19 ou 20 ans.

Silence.

— C'était la plus jeune et la préférée de papa. Elle était jolie et avait beaucoup de charme. Elle a tant plaidé sa cause que papa a finalement cédé et accepté qu'elle quitte le couvent et s'installe à la maison. Après tout, elle avait quatorze ans et, à cet âge-là, tu en sais quelque chose, beaucoup de filles restent à la maison pour aider aux travaux ménagers. L'été suivant, j'étais moi aussi à Saint-Hyacinthe. Tu connais Saint-Hyacinthe ?

Je fais non de la tête.

— C'est une petite ville au sud de Montréal. Près d'une rivière, la Yamaska. Avec un marché. Cet été-là, Éliane quittait souvent la maison pendant que papa allait travailler. Elle me demandait de ne rien dire. Comme je voulais qu'elle me fasse confiance, que je sois sa complice, je n'ai rien dit. Je la couvrais. En septembre, je suis retournée au couvent, mais elle est restée à la maison.

Silence.

— Juste un peu avant les vacances des fêtes, Éliane m'a écrit. Elle paniquait : elle était enceinte. Tu te rends compte ? Elle venait d'avoir quinze ans.

— Et Jean-Paul ?
— Disparu dans la brume, comme on dit. Dès qu'il a su... Dans sa lettre, Éliane me disait qu'elle aimerait garder le bébé, qu'il serait sa raison de vivre. Évidemment, pour papa, il n'en était pas question. Une fille-mère dans la famille, dans SA famille, lui, un homme en vue de Saint-Hyacinthe ! Quelle honte ! Tout ce qui comptait pour lui, c'était ça : l'honneur !

Tante Angéline s'arrête, le regard fixe, tourné vers le passé. Au bout de quelques instants, elle prend une grande respiration, se tourne vers moi, me sourit tristement et reprend :

— Papa l'a littéralement cachée. Pendant les derniers mois de sa grossesse, il l'a envoyée chez une dame qu'il connaissait de longue date, une amie de maman, je crois. Ici, à Montréal. Il ne voulait pas que ça se sache. Même à moi, il n'a rien dit. Si Éliane ne m'avait pas tenue au courant, je ne l'aurais jamais su. Il m'a menti en plein visage, disant qu'elle s'occupait d'une vieille tante. Je l'aurais griffé. Pourtant, je n'ai rien fait. Est-ce que j'aurais pu faire quelque chose ?

Angéline ferme les yeux tout en secouant la tête.

— C'est ça, la lâcheté. Ne rien faire !
— Est-ce que votre père savait qu'Éliane vous l'avait dit ?
— Je ne savais pas comment aborder le sujet dans mes lettres. Je lui ai dit plus tard, quand je suis revenue à Saint-Hyacinthe pour les vacances d'été. Il continuait d'agir comme s'il ne savait rien, de parler d'Éliane comme si tout était normal... qu'elle s'occupait d'une malade... Je n'en pouvais plus de l'entendre me débiter les mêmes mensonges... alors une fois, je me suis choquée. Je l'ai traité de tous les noms : d'hypocrite, de menteur, d'égoïste, de lâche, de père indigne... Il m'a giflée. C'était la première

fois ! Je me suis réfugiée dans ma chambre et l'ai entendu quitter la maison en claquant la porte.

Angéline s'essuie les yeux, me regarde tristement. Je n'ose soutenir son regard.

— Éliane a accouché à l'hôpital des Sœurs de la Miséricorde à Montréal. Papa l'a obligée à donner son enfant en adoption. Les religieuses lui ont enlevé le bébé dès qu'il est né. Tout ce qu'elle a su, c'est que c'était une petite fille...

Silence ! Un silence qui en dit plus que les mots qu'il tait.

— Éliane ne s'en est jamais remise. De retour à la maison, elle a vomi tout son fiel dans une grande colère où elle reprochait à papa de lui avoir volé son enfant. Puis, elle s'est murée dans le silence. Elle n'a plus jamais été la même. On croyait que sa jeunesse reprendrait le dessus, qu'elle retrouverait le goût de vivre, mais...

La voix d'Angéline se brise. Elle prend de longues et profondes respirations ; des larmes coulent lentement, sans bruit, sur ses joues.

— Un jour... exactement un an plus tard, j'étais encore à la maison pour l'été... je suis revenu du marché et je l'ai trouvée...

Des sanglots l'empêchent de continuer. Je l'enserre dans mes bras, la laisse pleurer.

— Morte... elle était morte, Léa... elle s'était... pendue ! Tu te rends compte ? Elle avait à peine ton âge !... Beaucoup de temps a passé, mais la douleur est toujours là, aussi vive. Chaque jour, je m'efforce de penser à elle. Je ne veux pas l'oublier... ce serait comme si je la faisais disparaître une seconde fois. Éliane, je veux qu'elle continue de vivre... en moi. Parfois, je sens encore sa présence. Quand j'ai des problèmes, je lui parle. Je ne sais pas si elle m'entend, mais ça m'aide...

PARTIE 1. DÉROUTES

Angéline suspend son récit. Un long silence.

— Allez, je te laisse faire ta valise. Je vais préparer le souper. Prends ton temps! Comme je te l'ai dit, je m'occupe de tout.

La gorge nouée, je hoche la tête en signe d'acquiescement. En soirée, ni elle ni moi ne faisons allusion à ses aveux déchirants. Nos conversations restent banales. Trop banales! Après une intimité aussi forte, c'est décevant de n'aborder que des choses insignifiantes. L'horaire du train. La literie à prendre à la buanderie, tôt demain matin, avant mon départ. Des aliments à apporter pour manger sur le train. La liste des effets à ne pas oublier. Que du quotidien le plus ordinaire!

Le lendemain, elle ne me reconduit pas au train, mais tient à payer le fiacre qui m'y emmène. Peut-être veut-elle éviter un autre moment intime, un autre tête-à-tête qui nous ramènerait à celui d'hier.

Durant tout le trajet, je réentends constamment des bribes du terrible secret de tante Angéline. Et je m'interroge: comment porter en soi un tel drame sans le laisser paraître? Hier, je l'ai sentie marquée au fer rouge autant dans son corps que dans son âme.

9

À la gare de Coteau-Jonction, Télesphore m'attend sur le quai, tout trempé à cause de la pluie battante qui vient tout juste de cesser. Dès qu'il m'aperçoit, il court vers moi et s'empresse de prendre mes bagages.

— Où est mon père ?

— Votre père n'a pas pu venir et, comme j'étais en congé pascal chez mes parents, je lui ai offert de venir vous chercher à sa place... J'espère que ça ne vous ennuie pas.

— Pas du tout. Merci. Cela m'enlève un poids. Je craignais cette longue route seule avec mon père. Surtout en un pareil moment.

— C'est pas une situation facile. J'espère que vous avez quand même fait bon voyage.

— Pas vraiment ! Je r'doute beaucoup le r'tour à la maison et j'ai juste pensé à ça.

— Venez, perdons pas de temps. J'aimerais mieux rentrer avant la brunante.

Télesphore me vouvoie ! Il me guide vers son boghei, abaisse le marchepied, m'aide à monter. Puis, il s'occupe de ranger mes deux valises à l'arrière et de les fixer solidement. Il me rejoint ensuite sur le siège avant. En dépit d'un temps anormalement doux pour cette fin du mois de mars, la pluie a rendu l'air humide. Nous sommes transis. Au moment de me tendre une couverture en grosse laine du pays pour me réchauffer, il se rend compte qu'elle est complètement trempée. Embarrassé, il la tient dans ses mains, ne sachant qu'en faire.

— J'suis vraiment désolé... Elle peut plus servir à grand-chose. J'ai peur que vous attrapiez froid.

Son air penaud me fait sourire.

— C'est pas grave! Il commence à faire soleil; le temps va se réchauffer.

Dès que le cheval se met en route, je me mets à pleurer. Télesphore se tait. Il tient les guides et dirige la voiture en regardant droit devant.

— J'm'excuse... dis-je en reniflant. J'suis pas de très bonne compagnie.

— C'est normal... vous en faites pas pour moi.

Encore une fois, ce vouvoiement. Pourtant, lors de son séjour à Montréal, au printemps dernier, il me tutoyait. Spontanément, je le vouvoie aussi tout en ressentant un certain malaise. Cette marque de déférence ne nuit toutefois aucunement à notre conversation. Je me surprends à lui confier mon fort sentiment de culpabilité, ma crainte de me retrouver face à mes parents. Il me rassure : toute la famille m'attend avec impatience... y compris mon père. Ces paroles encourageantes me rassérènent. De fil en aiguille, je lui raconte ma vie à Montréal, autrement stimulante et enrichissante que celle des Cèdres. Je lui fais part de ma belle relation avec tante Angéline.

— Vous voyez, j'vous fais confiance; j'sais que vous bavasserez pas.

— J'suis touché de votre confiance. Soyez certaine que je serai muet comme une carpe.

— J'ai tellement appris depuis que j'vis à Montréal. J'apprends même l'anglais avec Alice.

Alice... en prononçant son nom, je me souviens d'emblée de son intérêt pour Télesphore.

— Vous vous souvenez d'Alice?

— Bien sûr. Je l'ai trouvée très gentille... pour une Anglaise, rajoute-t-il en souriant.

Son commentaire désobligeant m'offusque.

— Vous allez pas m'dire qu'vous êtes comme p'pa et qu'vous-z-haïssez les Angla! répliqué-je rudement. Moé, j'juge pas le monde su' la langue qu'y parle ou leur religion. Alice, est ben fine avec moé et je m'entendais ben avec elle.

Est-ce la colère? Le retour à mon ancienne vie? Je prends conscience que tous mes efforts pour parler correctement sont réduits à néant. « Chassez le naturel, il revient au galop. »

Voyant mon irritation, Télesphore m'interrompt abruptement :

— Oh la la! Ne montez pas sur vos grands chevaux. Je voulais rire en singeant votre père pour me moquer. Je suis d'accord avec vous... y a du bon monde partout.

Je réponds en faisant attention, cette fois, à mieux m'exprimer.

— Elle termine ses études à McGill dans un mois et elle va retourner vivre chez ses parents à Beaconsfield. Elle a promis de r'venir me voir à Montréal, mais ça pourra plus être pareil...

— J'comprends.

L'occasion est belle de lui parler des sentiments d'Alice pour lui.

— Vous avez fait une belle impression à Alice... l'avez-vous remarqué?

— Ah oui? Non, j'ai rien noté.

— Et vous? Quelle impression elle vous a laissée?

— C'est une gentille jeune femme, intelligente et jolie... sans plus.

— Que voulez-vous dire par « sans plus ? »

— Que j'ai passé d'agréables moments en sa compagnie, mais je n'ai pas envie de devenir son cavalier si c'est c'que vous cherchez à savoir. En fait, il y a une autre jeune femme qui m'fait beaucoup plus d'effet, murmure-t-il en me regardant narquoisement.

— Ah oui ? Je brûle d'envie de savoir qui.

— Pour ça, il va vous falloir attendre... j'ai pas l'intention de vous divulguer pour qui brûle mon cœur... ajoute-t-il en riant et en faisant claquer sa cravache pour que les chevaux accélèrent le pas.

Sa réponse m'intrigue, mais je respecte son désir de ne pas en dire davantage. Probablement une fille du coin. De loin, je reconnais les abords du village et bientôt, les bâtiments de la ferme et la maison. Courtois, Télesphore me tend la main pour descendre, puis s'occupe de mes valises. De l'intérieur, j'entends la voix criarde et aiguë de Ladine :

— Léa arrive, Léa arrive...

— Vous voyez, j'vous l'avais dit que vous étiez attendue.

La porte s'ouvre et ma sœur se jette à bras-le-corps sur moi suivie de près par Osias. De longues et vigoureuses embrassades. De la galerie, papa observe la scène en fumant sa pipe. Ma sœur ne me laisse aucun répit et m'entraîne dans la maison sans que j'aie le temps de remercier Télesphore pour son trouble. Quant à mes valises, d'un geste, papa fait signe à Osias de s'en occuper.

— Content d'te voir, fille, dit-il d'une voix placide au moment où je passe près de lui.

C'est tout ! Tout de même un peu mieux que ce à quoi je m'attendais.

— Tante Angéline m'a remis cette enveloppe pour vous.

J'ouvre mon sac à main et lui tend l'enveloppe : c'est la part de mon salaire qui revient à ma famille.

— Donne-la à ta mère. Les gars, vous écoutez vos grandes sœurs. Moé, faut qu'j'aille à l'étable.

— Moman est dans sa chambre, me dit Ladine. Elle est très faible... elle s'est forcée pour rester éveillée jusqu'à c'que t'arrives, mais elle s'est endormie.

— Ladine ? C'est Léa... hein ? C'est Léa ?

— Oui m'man, c'est moé.

Quand j'entre dans la chambre, je retiens un mouvement de surprise. La femme alitée a le teint pâle, le visage émacié, des poches sous ses yeux rougis : j'ai peine à la reconnaître. L'impression d'une vieille femme.

— Approche, Léa, approche.

Bien que faible, la même voix. Douce, lente, pénétrante. Elle me tend les bras et je m'y blottis. J'y retrouve cette bonne odeur de pain chaud.

— J'tellement contente de t'voir...

— M'man, j'aurais dû venir...

Anticipant mes paroles, maman m'interrompt :

— Qu'est-ce que ça aurait changé, hein ? Rien. Même si t'avais été icitte, ça aurait rien changé. Le bon Dieu avait besoin d'un ange et c'est chez nous qu'IL est v'nu le chercher... et IL l'a emmenée au paradis.

Feint-elle d'accepter cette volonté divine ? Quoi qu'il en soit, sa douleur n'en est pas moins intense.

— T'as vu les jumelles ?

— Pas encore, non.

— Ladine les a mises près du poêle dans la cuisine. C'est à elles qu'il faut penser maintenant. Il faut les réchapper... Une maille est tombée du tricot, Léa. Une seule petite maille, mais elle a fait un gros trou. Il faut pas en échapper d'autres, hein ?

— Non, m'man, j'vous promets... Ladine pis moé, on va en prendre soin...

— Le curé est venu les baptiser. Elles s'appellent Gabrielle et Yolande...

De but en blanc, je reprends mon rôle de fille aînée à cette différence que, cette fois-ci, maman étant alitée, je dois gérer la maisonnée. L'expérience de la pension m'est très utile.

Comme tout a été laissé un peu à l'abandon au cours des deux dernières semaines — Ladine incapable de mener toutes les tâches de front —, il y a fort à faire. Durant l'après-midi, elle s'occupe des plus jeunes pendant que je prends soin des jumelles et m'occupe du ménage avec énergie. Je prépare ensuite le souper. Quand tout le monde est à table, je dépose les plats au centre et m'apprête à servir quand un regard sévère de papa m'arrête.

— T'oublie quèk'chose, fille.

— Excusez-moé...

— Bénissez mon Dieu la nourriture qu'on va prendre et donnez du pain à ceux qui en ont pas... et protégez notre famille...

Pendant que papa récite le bénédicité que tous écoutent, les mains jointes et la tête penchée, je note que, depuis mon arrivée, j'ai repris le langage des gens de la campagne, peut-être par peur de passer pour hautaine, comme papa le dit souvent d'Angéline. Je ne veux pas revenir en arrière et perdre tout ce que j'ai appris en ville. Léa, surveille-toi, me dis-je.

En début de soirée, papa me confie la récitation du chapelet en remplacement de maman. Agenouillée devant le crucifix, au-dessus de la porte d'entrée, je me recueille.

Craignant de ne pas me rappeler le « Je crois en Dieu », je chuchote à Ladine, à mes côtés, de me souffler les mots si j'hésite. Ma mémoire ne me fait pas défaut. À mi-chemin, la voix des autres s'ajoute à la mienne. Suivent ensuite le « Notre Père », trois « Je vous salue Marie », puis le « Gloire soit au Père ». Après la récitation des cinq dizaines, avant de refaire le signe de la croix pour clore la prière, j'ajoute une dernière invocation : « Seigneur mon Dieu, accueillez ma p'tite soeur à vos côtés, au paradis ; redonnez la santé à maman, protégez les jumelles et toute notre famille. Merci mon Dieu. Ainsi soit-il ! »

La nuit venue, je partage à nouveau le lit de Ladine qui me raconte, avec force détails, les dernières semaines de Ninique : l'évolution de sa maladie, ses souffrances, sa mort, la veillée au corps, la réaction de maman, des plus jeunes.

— En dernier, a crachait l'sang. Ça faisait peine à voir. Et a l'était maigre... a mangeait mais renvoyait de suite. Tu vas p't-être m'trouver sans-cœur, mais quand a l'est morte, j'me suis dit qu'c'était mieux comme ça, qu'elle avait cessé d'souffrir. Dis surtout pas ça à maman.

— J'te comprends... J'en parlerai pas à m'man. Je r'grette tellement de pas avoir été là. Je m'en veux... tu peux pas savoir à quel point. Si j'étais venue à Noël, j'aurais senti qu'elle allait mourir et je s'rais restée...

La respiration de Ladine s'est assagie : elle s'est endormie. Rapidement, comme toujours. Avant même que j'aie terminé ma phrase. Je l'envie de trouver le sommeil aussi vite. Moi, ça me prend au moins une heure à m'endormir et ce soir... tant de sentiments bouillonnent. Je repense à Ninique, ma « poupée ». Un surnom affectueux qui lui convenait parfaitement. Si petite, si fragile, si douce. Je redessine ses traits dans ma mémoire ; son visage s'est estompé. Des images figées. Ses longs cheveux que maman nattait chaque matin — comme à Ladine et à moi quand on était petites — pour éviter d'attraper des poux. Ses yeux noisette, son sourire et sa petite fossette au menton.

    Incapable de m'assoupir, à pas de loup, je descends dans la cuisine. Les jumelles dorment au chaud, près du poêle. J'ajoute du bois pour éviter que le feu ne s'éteigne durant la nuit. Puis, glissant la lourde berçante près d'elles, je prends plaisir à les regarder dormir, à les surveiller comme le lait sur le feu. Bientôt, la fatigue s'insinue et me voilà somnolente. Ninique crache le sang. Éliane pendue! Angéline en larmes! De nouveau Ninique, petite, jouant avec un chaton. Le corps d'Éliane se superpose à celui de ma sœur. Les images s'enchevêtrent. Un léger gargouillis, me voilà éveillée. Une des jumelles geint, doucement. L'autre ne tarde pas à l'imiter. Une à une, je les amène à maman qui leur donne la tétée. Puis, je leur fais faire leur rot, change leur couche... Je me sens bien dans ce rôle de mère poule qui surveille ses poussins.

    Le dimanche suivant mon arrivée, c'est Pâques. Toute la famille se rend à la messe de huit heures pendant que je demeure à la maison. Une journée passablement douce pour cette fin du mois de mars. J'emmaillote les jumelles, les prends dans mes bras et sors avec elles. L'air pur de la campagne ne peut que leur faire prendre des couleurs, leur donner le goût de se battre pour vivre. Quand les autres reviendront de la messe, ce sera mon tour. J'enfile la robe noire : ma robe de deuil.

    Pendant mon séjour à Montréal, la religion a pris moins d'importance dans ma vie. Je n'ai jamais manqué une messe, mais au fil des mois, j'y allais avec moins de conviction, comme un devoir à acquitter. Est-ce la proximité de la mort qui ravive ma foi ou simplement ma présence dans cette petite église des Cèdres où règne, dans l'assemblée, un fort sentiment religieux qui, d'emblée, me pénètre?

Derrière l'église, le cimetière. Je me recueille sur la tombe de Ninique. Seule, en face à face avec ma sœur. Le ciel a bien sa raison d'être : rassurer ceux qui restent. Malgré le sol boueux, conséquence de la pluie abondante de la veille, je m'agenouille et prie pour que son âme repose en paix. J'ai le sentiment d'une présence, comme si ma petite sœur venait m'habiter.

— Pardon! pardon de n'avoir pas été là. Tu vivras toujours dans mon cœur, p'tite poupée.

Avant de repartir, je lui demande d'intercéder auprès du Christ-Jésus pour que maman guérisse et que les jumelles survivent. Les larmes aux yeux, je quitte le cimetière en me demandant si Ninique a rencontré Éliane quelque part au paradis. Éliane peut-elle habiter au paradis?

Au retour, je prends conscience de la lourde atmosphère qui pèse sur la maison. Dans l'effervescence de mon arrivée et des tâches nombreuses à accomplir, ça ne m'avait pas frappée. De la chambre de maman, aucun son. Papa, sa pipe entre les dents, se berce, l'œil hagard, fixant l'horizon par la fenêtre de la cuisine. Les jeunes, étrangement sages, doivent être en haut, ou dehors. Sans bruit, Ladine met la table; une souris qui se déplace. Un silence de plomb règne dans la cuisine. Il pèse, compresse, angoisse. Pour ne pas suffoquer, je l'attaque de plein fouet et le brise en faisant claquer mes bottines sur le plancher, en parlant fort, en sifflotant, en appelant mes frères. Je soulève les ronds du poêle, les replace bruyamment. De même avec les chaudrons, les ustensiles. Tout pour fondre ce silence de glace.

Le lendemain, une brève visite de Télesphore. Il s'enquiert de la santé de maman et des jumelles. Il s'attarde, fait un brin de causette.

— J'espère que votre voyage ne vous a pas trop fatiguée ?
— Non, pas du tout. Mais ici, y a beaucoup de travail. J'sais pas par où commencer.
— J'suis certain que vous prendrez pas trop d'temps à tout remettre en ordre.
— C'est gentil de m'encourager.
— J'voulais aussi vous dire que je r'pars demain. Les vacances de Pâques sont terminées, je dois rentrer au collège.

Après avoir salué maman, sur le pas de la porte, il ajoute :
— J'anticipe le plaisir de vous revoir aux vacances d'été, dans quelques mois.

Sa manière inhabituelle de s'exprimer me déconcerte. Il est presque trop courtois. Un grand mot, « anticiper ». Après son départ, je n'ai guère le temps de me poser des questions sur ce changement de comportement. Une tâche colossale m'attend.

À chaque soir, de longues conversations avec Ladine. Tous les sujets se mêlent et s'entremêlent : la maladie, la mort, la vie en ville, le plaisir, papa et maman, tante Angéline et oncle Willie, le cinématographe, les enfants, Alice, l'anglais, la couture, ma chambre à la pension… tout y passe. Finalement, un beau soir, Ladine me confie ses amours avec le bel Henri Saint-Marseille, qui a toutes les qualités, aucun défaut, qui ramasse de l'argent en travaillant sur les bateaux pour se mettre en ménage.

— Ladine, c'est pas possible. Tu peux pas songer à te marier ! À ton âge !
— L'amour, ça pas d'âge ! On s'aime et on s'aimera toujours.

Mes arguments pour la raisonner la laissent complètement indifférente. Je tente de lui faire part des dangers auxquels elle s'expose si... Peine perdue! Ladine sait tout, connaît tout. Elle persiste à affirmer qu'Henri sera le seul amour de sa vie et qu'ils se marieront. Le plus tôt sera le mieux.

— Tu viens d'avoir quinze ans!

— J'sais. Le mariage, c'est pas pour demain, non plus... seulement quand j'aurai dix-sept ans.

— Voyons donc! C'est bien trop jeune.

— Pas pour moé. J'suis capable de t'nir maison aussi bien que moman. T'as pas à avoir peur, Léa, j'sais qu'on va-t'être toujours heureux ensemble.

— De toute façon, p'pa te donnera pas la permission.

— On verra bien...

La sentant imperméable à tout ce qui pourrait contrarier son amour, je feins une grande fatigue et mets un terme à la conversation : comme toujours, Ladine tombe endormie dans les cinq minutes qui suivent. Quant à moi, prisonnière des images de la mort, je ne retrouve le sommeil qu'au petit matin; un sommeil une fois de plus perturbé par les visages de Ninique et d'Éliane.

En quelques semaines, avec la collaboration de Ladine, d'Osias et d'Hermé, la maison redevient ordonnée. Personne ne me reproche mon absence à Noël, comme si la mort de Ninique et l'accouchement prématuré de maman avaient tout balayé. Fidèle à lui-même, papa reste distant et froid, ne m'adressant véritablement la parole que pour m'indiquer ce que j'ai à faire, ce que j'ai oublié, ce que je dois faire le lendemain... Je ne réplique pas. Quand la routine se réinstalle et qu'il se rend compte que maman prend du mieux et que les jumelles prennent du poids, son humeur s'assouplit. J'ai même droit à un compliment.

— Bon travail, la fille.

PARTIE 1. DÉROUTES

Louange laconique mais, venant de sa part, reconnaissance étonnante.

* *
*

Avril, mai, juin. Trois mois depuis mon retour aux Cèdres. Tout est rentré dans l'ordre. Cet ordre tranquille qui caractérise la vie familiale aux Cèdres. La ville me manque. Je me sens à l'étroit à la maison, à la ferme, au village. Tout est trop petit, trop calme, trop routinier. Je n'ai plus rien à apprendre ici. Pour tromper mon ennui, j'écris à tante Angéline. Dans l'enveloppe, j'insère une autre lettre pour Alice, ne sachant si elle demeure encore à la pension ou si elle est retournée à Beaconsfield. À l'une comme à l'autre, je donne des nouvelles de la famille et leur décris mes tâches. Je leur confie que personne ici — pas même Ladine — ne peut comprendre que je m'ennuie d'elles, de la maison de pension et de la ville. À leurs yeux, vivre en famille, vivre à la campagne, c'est le paradis.

Angéline répond rapidement : une lettre chaleureuse. Mon absence l'afflige. Cela me fait chaud au cœur. Suis-je encore égoïste puisque sa peine me réconforte ? Tante Angéline m'apprend qu'Alice a quitté la pension à la mi-mai : elle a obtenu son diplôme en littérature. « Rassure-toi, j'ai son adresse chez ses parents et je lui ferai suivre ta lettre. » Ainsi donc, Alice n'habite plus Montréal. Cela me donne un choc. La reverrai-je ?

À la toute fin du mois de juin, Télesphore est de retour chez ses parents. Le lendemain de son arrivée, il vient à la ferme prendre des nouvelles de maman, des enfants et... des miennes. Malheureusement, à ce moment-là, je suis au village pour voir s'il y a du courrier à la poste et pour faire quelques commissions. Évidemment, Ladine, la belette, s'empresse de me prendre à part pour me faire un compte rendu exhaustif de tout ce qui s'est fait et dit en mon absence.

— Il a dit : « Vous saluerez votre fille Léa de ma part, si vous le voulez bien. » J'pense qu'y a un faible pour toi. Moman a répondu qu'a y manquerait pas. Moé, j'y ai dit que t'étais partie au village et qu'tu devrais être là betôt. Malheureusement, il a dit... tu as entendu : MALHEU-REUSEMENT... je ne peux m'attarder, poursuit-elle en prenant un ton grave et en articulant chaque syllabe pour l'imiter. J'te répète... y a un œil su'toé. J'y ai dit qu'tu s'rais icitte demain. Y a souri en disant qu'il en prenait bonne note. BONNE note...

Je ne peux m'empêcher de rire devant l'exaltation de Ladine.

— Y a fait semblant, insiste-t-elle, d'être v'nu prendre des nouvelles d'la famille, mais c'est clair qu'y v'nait pour toé. Tu dis rien ?

— J'te dis que tu t'fais des idées.

— Y est en amour avec toé !

— J'pense que le mot « amour » fait trop souvent partie de ton vocabulaire.

— J'l'ai vu de suite... d'puis Pâques... t'as rien r'marqué ?

— Non ! T'as trop d'imagination.

— J'sens ces choses-là, moé.

— Eh bien ! continue d'sentir si ça peut t'faire plaisir. Faut que j'm'occupe du souper. Tiens, range c'que j'viens d'acheter... ça t'empêchera de dire des niaiseries !

— J'ai raison, s'entête Ladine en riant, tu sauras me l'dire.

PARTIE 1. DÉROUTES

Une fois le chapelet récité et les jeunes au lit, je me berce sur la galerie. Un moment de calme, une solitude bienfaisante. Un coucher de soleil magnifique. Un bon côté de la campagne. De loin, j'aperçois Télesphore sur le chemin. Il marche lentement et ne semble pas avoir de but précis. M'apercevant, il bifurque à droite pour emprunter l'allée qui mène à notre maison.

— Bonjour !
— Il faudrait plutôt dire « bonsoir ».
— C'est vrai, répond-il en riant. C'est une manie que j'ai de dire « bonjour » quelle que soit l'heure de la journée. Alors « bonsoir » ! J'aime me promener le soir, une fois les travaux de la ferme finis. Il fait si beau... autant en profiter... ça dure si peu longtemps.
— Moi, j'aime me bercer et r'garder le coucher du soleil.
— Vous permettez que j'vous fasse un brin de jasette ?

Sans attendre mon invitation, il s'installe sur l'avant-dernière marche de l'escalier de la galerie et on parle de tout et de rien, jusqu'à la brunante. Les jours suivants, il récidive et nous avons de belles conversations auxquelles, le plus souvent, papa met fin en me rappelant à l'intérieur. Télesphore se relève alors promptement, s'excusant d'être resté aussi longtemps. De jour en jour, de semaine en semaine, l'habitude tisse ses racines. Évidemment, Ladine ne manque pas de me taquiner et de réaffirmer qu'il a un coup de cœur pour moi.

— On peut pas tout simplement être de bons amis ?
— Pas avec les yeux qu'y a quand y te r'garde. C'est ben simple, y t'mange des yeux.
— Tu t'fais des idées, lui dis-je en haussant les épaules.

Les fréquentes visites de Télesphore me font du bien, me sortent de mon train-train quotidien. De jour en jour, les rencontres se prolongent : c'est bientôt une heure que l'on passe ensemble. Parfois, on marche le long de la route ou du canal. S'il ne vient pas, je suis déçue. À la fin de l'été, quand il m'apprend qu'il rentrera au collège de Rigaud — son père ayant refusé qu'il s'inscrive au collège Sainte-Marie —, j'en suis bouleversée. Lui parti, qu'y aura-t-il d'intéressant pour moi aux Cèdres ? Peut-être devrai-je songer à partir, moi aussi ?

À l'automne, l'absence de Télesphore crée un vide lourd à porter. Si les journées raccourcissent, les soirées s'étirent, car je n'ai plus personne avec qui les partager. La vie ralentit, monotone. Maman a recouvré la santé... du moins, la santé physique. Pour ce qui est du moral, c'est une autre paire de manches. Selon le médecin, elle souffre de neurasthénie. Absente de la réalité quotidienne, elle s'enfonce au-dedans d'elle-même, dans les affres du souvenir. Une langueur qui se manifeste dans les moindres gestes de la vie quotidienne. Elle qui était une lève-tôt, voilà maintenant qu'elle a du mal à se lever à sept heures. La nuit, je la surprends parfois à errer dans la cuisine ou à se bercer, le regard vide. Elle, d'habitude si propre, n'est plus intéressée par l'entretien de la maison ; elle s'en remet entièrement à Ladine et à moi. Si on ne veille pas au grain, les enfants pourraient se lever à midi, ne jamais se laver, sauter des repas, porter les mêmes vêtements sales... Parfois, il lui arrive de passer outre à la messe du dimanche, prétextant qu'elle ne se sent pas assez forte. Comme si elle vivait en dehors de la réalité. Ninique a raflé une portion de son âme, l'a emportée avec elle.

Papa prend-il conscience de l'état de maman ? Il semble indifférent à tout, même aux jumelles. Du moins, c'est l'apparence qu'il donne. En fait, je le sens complètement désemparé. Il ne reconnaît plus sa femme, ne sait quoi faire. Finalement, un bon dimanche, il décide d'agir à la mesure de ses moyens. Après la messe, lui et moi allons rencontrer le curé pour lui demander conseil. Le mardi suivant, personne ne s'étonne de voir arriver le prêtre à la maison. Pour cette occasion, on ouvre le salon et le curé s'y enferme avec maman. Toute la maisonnée retient son souffle. On pourrait entendre battre les ailes d'une mouche. Même les enfants, habituellement turbulents, se tiennent tranquilles. Ladine et moi, on vaque à nos occupations habituelles, dans le plus grand silence, en évitant de faire le moindre bruit. Pendant une bonne demi-heure : rien. Puis, des pleurs. Encore des pleurs. De plus en plus forts, qui s'atténuent ensuite. Plus faibles. Puis, la porte s'ouvre et le curé en sort, la referme derrière lui.

— Donnez-lui un peu de temps, ne la dérangez pas.
— Elle va bien ?
— Elle devrait aller mieux. Vous savez, perdre un enfant, c'est la plus grande détresse qu'une femme peut affronter. Une bien grande épreuve que Dieu lui a envoyée, mais Il l'aidera.

Le curé donne sa bénédiction. Au moment de dire « Amen », je supplie le petit Jésus de rendre à maman sa vitalité perdue.

* *
*

Comme un sablier, les mois s'écoulent... lentement, régulièrement. Les récoltes, les conserves, l'Action de grâces, la Toussaint, le grand ménage d'automne, Noël, Pâques... Un an passe et je suis toujours aux Cèdres.

Devant la santé vacillante de maman, j'ai décidé de rester tant et aussi longtemps qu'elle n'aurait pas repris totalement ses forces et retrouvé sa joie de vivre. J'ai consenti à ce sacrifice parce que je me sens responsable du bien-être de ma famille. Les visites de Télesphore pendant les congés, les vacances d'été et le congé de Noël compensent les mois d'ennui et de privation. Tante Angéline me comprend. « Quand tu seras prête, il y a toujours une place qui t'attend ici. »

Après le congé pascal en avril 1903, je décide d'aller passer le mois de mai à Montréal pour revoir Angéline et me retremper dans l'atmosphère vibrante de la grande ville. Un moment opportun puisque les plus vieux fréquentent encore l'école; les jumelles, pleines de vie, viennent de fêter leur premier anniversaire et maman a repris du poil de la bête. De toute manière, Ladine est là pour l'aider. Je reviendrais vers la fin mai, à temps pour les semailles, les travaux du printemps, la fin de l'école et… ce que je n'avoue cependant pas, le retour de Télesphore à la ferme de ses parents. J'informe maman de mon projet et, bien que je ressente quelque réticence de sa part, elle ne s'y oppose pas.

— Si c'est seulement pour un mois…

Papa, toutefois, m'oppose un refus catégorique.

— On a besoin d'toé, répond-il sèchement, et les gros chars, ça coûte cher. Quand tu r'tourn'ras en ville, ce s'ra pour travailler et nous aider à joindre les deux bouts… pas juste pour te prom'ner.

Furieuse, je me précipite dans la chambre des filles, à l'étage, et pleure de rage. Maman m'y rejoint. Comme l'eau des écluses impossible à arrêter quand les vannes s'ouvrent, ma rancœur, longtemps refoulée, jaillit, aussi

PARTIE 1. DÉROUTES

drue que la pisse d'une jument. Mon ressentiment explose sans aucune retenue :

— Vous m'avez obligée à quitter l'école, pis à vivre en ville. « Allez Léa, t'es une bonne fille, aide ta mère... » Pis après, quand Ladine a été assez vieille pour m'remplacer, vous aviez pus besoin d'moé icitte : « Allez Léa, t'es une bonne fille, embarque dans l'train, va travailler... on a besoin d'argent... » Comment j'pouvais m'sentir, moé ? C'tait pas important. J'ai jamais r'chigné. J'ai fait des efforts et maintenant, j'vous l'dis, j'aime mieux la ville. J'suis ben là-bas, j'm'ennuie pas. J'demande pas la lune : quek' s'maines de vacances. Icitte, on connaît même pas ça, le mot « vacances ». J'me sens comme une marionnette à qui...

Je ne peux poursuivre, mes sanglots bloquent ma gorge. Tout mon fiel expulsé, évacué, je vois maman, à mes côtés, le visage empreint d'une grande tristesse. Aussitôt, je regrette mon explosion de colère. Maman, d'habitude peu encline aux gestes de tendresse, me serre dans ses bras. Consciente du chagrin que je viens de lui causer, je me cale contre son épaule.

— Pardon, m'man. C'est pas qu'j'vous aime pas, mais...

— J'sais, j'sais... m'interrompt-elle. T'en fais pas.

Elle me presse davantage contre elle. Toute ma rancune s'efface dans cette étreinte.

— C'est juste que... le moment est mal choisi. J'voulais pas l'dire de suite. J'suis encore grosse. C'est pour ça qu'ton père veut qu'tu restes. J'attendais d'être ben certaine pour l'annoncer à tout le monde. Voudrais-tu être la marraine ?

* *
*

Dès la mi-juin, je me surprends à désirer ardemment le retour de Télesphore à la ferme. Il met de la vie dans mon existence. Pendant les vacances des fêtes et de Pâques, nous avons eu peu l'occasion de nous rencontrer et rarement seule à seul. Le dernier dimanche de juin, après la messe, sur le parvis de l'église, il est là, parlant de tout et de rien avec les gens du village et les cultivateurs, comme si le sort de chacun lui tenait vraiment à cœur. Son aisance à s'intégrer aux conversations, à butiner d'un groupe à l'autre, me fascine. Malheureusement, je n'ai pas cette facilité ; je ne deviens volubile qu'en présence de personnes que je connais bien. Si je me sens observée, je perds tous mes moyens. Mon travail à la maison de pension m'a grandement aidée à m'améliorer ; j'ai vaincu un tant soit peu ma timidité pour converser non seulement avec les pensionnaires, mais aussi avec les vendeurs, le Chinois de la blanchisserie, le livreur de glace, les vendeurs de légumes... Depuis mon retour, je note un sérieux recul. Une régression aussi dans ma façon de m'exprimer, particulièrement quand je suis fâchée. Je me rebiffe, rue dans les brancards. Il faut me défendre contre la passivité dans laquelle la vie à la ferme m'encroûte. Je me répète, comme un leitmotiv : « Léa, tu es capable. Ne reviens pas en arrière. » Je passe d'un groupe à l'autre, un sourire ici, un bonjour là, un comment va votre bébé... et me voilà — un hasard ? — tout près de Télesphore. Échange de quelques propos au hasard. Invitation à me raccompagner à la maison en boghei. Jamais cheval n'a eu le pas aussi court ni aussi lent.

Juillet et août s'écoulent comme un torrent. Mêmes périodes de temps privilégiées avec Télesphore, le soir, sur

PARTIE 1. DÉROUTES

la galerie. Parfois, promenade jusqu'au fleuve; assis sur une roche, près de la rive, on admire les teintes changeantes de l'eau, le mouvement des vagues qui, quelquefois, nous éclaboussent. L'un près de l'autre, jusqu'au coucher du soleil. Pour éviter la pleine noirceur, on court. Il prend ma main pour m'empêcher de tomber. J'en ressens un léger frisson.

Avec septembre, nouveau départ de Télesphore pour le collège de Rigaud : son avant-dernière année.

— M'autorisez-vous à vous écrire pour prendre de vos nouvelles... et de celles de votre famille, bien sûr ? me demande-t-il la veille de son départ.

— Je lirai vos lettres avec plaisir.

— Vous n'le savez peut-être pas mais au collège, j'ai pas l'droit d'écrire à des jeunes filles qui ne sont pas d'ma famille; j'vous enverrai donc mes lettres par le biais d'un cousin qui est externe. Si vous m'faites l'honneur de m'répondre, adressez-lui votre lettre et il me la fera parvenir.

« Que de cérémonies ! » me dis-je.

Tenant parole, Télesphore m'écrit environ deux fois par mois. Ses lettres racontent sa vie au pensionnat, ses études, son projet de devenir instituteur, son désir de quitter les Cèdres. Il demande aussi des nouvelles de ma famille. Enfin, des questions à mon sujet : si je dois rester aux Cèdres encore longtemps; si je prévois retourner à la maison de pension... Ses lettres comptent de trois à quatre pages et se terminent toujours par « Votre Ami, Télesphore ». Une écriture soignée, aux lettres bien formées, sans bavures d'encre, sur du papier délicat, gris pâle.

Le samedi, après les courses au magasin général, mon ancienne institutrice m'ouvre les portes de la petite école. Je m'installe à un pupitre et je réponds aux lettres de Télesphore. Mlle Lalonde me fournit le papier, la plume, l'encre, le buvard. N'ayant guère l'habitude d'écrire, mes lettres sont plus courtes que les siennes et, malgré cela, il est rare que je puisse les terminer sans laisser des pâtés sur la feuille, ce qui m'oblige à la reprendre, me faisant une obligation d'avoir une page impeccable. En comparant ses lettres aux miennes — et c'est là que le bât blesse —, je mesure la distance entre son instruction et la mienne. Ses phrases, toujours bien tournées, et son vocabulaire étendu rendent précisément les méandres de sa pensée. Craignant que la simplicité de mes lettres ne le déçoive, je rédige d'abord un brouillon au crayon, me relis, me corrige, rature une phrase, la reprends. La mine s'use ; je la taille à l'aiguisoir. Je m'arrête à la structure de chaque phrase, tente de trouver les mots justes, d'utiliser sciemment la ponctuation et, surtout, de ne pas faire de fautes. J'écris dans l'urgence, ne pouvant me permettre d'y passer plusieurs heures puisque mes tâches m'attendent à la maison. Plusieurs brouillons avant la copie finale. Ma première lettre en réponse à la sienne compte à peine un feuillet et demi. Trouvant le mot « amie » légèrement ambigu, je signe de mon seul prénom : Léa. Une fois l'enveloppe adressée et cachetée, Mlle Lalonde me promet de la timbrer et de la poster. C'est ainsi que je procède pour les trois premières lettres jusqu'à ce que Mlle Lalonde m'offre tout le nécessaire pour écrire à la maison. En fait, durant la journée, je n'ai guère le loisir d'écrire et le soir, après une longue journée de travail, j'ai du mal à me concentrer ; en outre, l'éclairage à la lampe à huile me fatigue vite les yeux et, surtout, je n'ai que la table de la cuisine pour écrire au vu et au su de tous, surtout de papa qui y fume sa pipe et qui trouverait anormal de dépenser autant de temps et d'argent — les timbres, ça coûte cher — pour écrire à, supposément, tante Angéline, qu'il n'a jamais aimée. Pour que tous ignorent que j'écris à un jeune homme, je continue donc à rédiger mes lettres à l'école. Pour éviter les soupçons, Ladine, ma complice, m'accompagne. Elle en profite pour visiter son amoureux — quand il n'est pas sur un bateau. S'il est quelque part sur le fleuve, elle se promène au village et vient ensuite me rejoindre à l'école. Un jour, lasse de me voir reprendre ma lettre plusieurs fois, elle me lance :

— Léa, arrête de tâtonner… j'suis tannée d'attendre.

— J'veux que ce soit bien…

— Tu veux toujours être parfaite. T'es pas obligée… Y sait ben que t'es pas allée à l'école longtemps… S'y veut qu'tu lui écrives, c'est qu'y est prêt à lire tes fautes… non ? De toute façon, quand on aime, les fautes d'orthographe, ça compte pas.

« Quand on aime… » L'expression me perturbe.

— … tu sauras que j'l'aime pas… d'amour, s'entend. Je l'apprécie, c'est tout.

— Et lui ? Tu penses « qu'il t'apprécie, c'est tout » ?

— Oui.

— Ben voyons donc ! Ouvre-toé les yeux.

Je hausse les épaules, sans répondre. Pourtant, les propos de Ladine me turlupinent. A-t-elle raison ? En mon for intérieur, je devine que « oui ». Sinon, comment expliquer les changements notés chez lui ? Qu'il soit venu me chercher à la gare, qu'il me vouvoie, qu'il vienne veiller plusieurs soirs par semaine durant l'été, qu'il me demande l'autorisation de m'écrire. Son ton cérémonieux, sa signature : votre Ami. Et je réentends sa réponse quand je lui ai parlé d'Alice, à savoir qu'il avait quelqu'un en vue. Se pourrait-il que ce soit moi ? Peu à peu s'opère une transformation ; de fils du voisin, de camarade de classe, il devient un éventuel cavalier. Un homme qui se présente bien. Grand, mince, avec une belle chevelure châtain clair.

Intelligent. Instruit. Éduqué. Sérieux. Taquin. Travaillant. Avec un brillant avenir devant lui. Qui veut, comme moi, quitter les Cèdres, vivre en ville. Il a tout pour me plaire. Suis-je trop jeune pour des fréquentations? Plus tard, me dis-je... répliquant aussitôt : plus tard, sera-t-il trop tard?

L'automne rend les armes. À la mi-décembre, la noirceur s'étend dès quatre heures de l'après-midi. Les jours raccourcissent. Une forte bordée de neige efface la grisaille de la terre. Maman doit accoucher au tout début de la nouvelle année. Si son compte est bon!

* *
*

Durant la période des fêtes, Télesphore est aux Cèdres, mais je n'ai guère le temps de le rencontrer. Le lundi 4 janvier 1904, maman donne naissance à une autre petite fille. Grossesse et accouchement sans imprévus. Maman avait convenu avec Louise-Anna que je l'assisterais.

— Pour qu'elle sache c'est quoi! Après tout, elle commence d'être en âge...

Que de souffrances pour donner la vie mais, en même temps, que d'émotions! Le bébé si petit, si fragile! Je crains de le prendre dans mes bras. Louise-Anna me le tend et je le dépose délicatement sur le sein de maman qui lui donne la tétée. Subjuguée, je pense que ce doit être merveilleux de donner la vie. Pour la première fois, j'envisage cette possibilité. Maman avait 21 ans quand je suis née; j'en aurai 19 vendredi prochain. Quel sera le sort de ce petit être que maman cajole doucement en lui offrant le sein? Tant d'embûches sur le chemin de la vie! La maladie de Ninique. Emportée si vite, à dix ans! L'accident d'Edmond

Baillargeon, enterré vivant sous un éboulement. À dix-neuf ans : mon âge! Le suicide d'Éliane! Seize ans. La mélancolie s'empare de moi et je résiste pour ne pas sombrer, comme maman, dans la neurasthénie.

La tétée terminée, Louise-Anna installe le bébé dans son berceau près du poêle, dans la cuisine. Dans la chambre, je reste seule avec maman. Nul besoin de parler pour se comprendre; on se rejoint au-delà des mots. À la mort de Ninique, maman s'est enfermée en elle-même comme un ours qui hiberne. Même la naissance des jumelles n'avait pu la tirer de son affliction. Un silence, épais comme une brume d'automne. Que personne, même papa, n'était arrivé à rompre.

— Elle est p'tite mais moins qu'les jumelles, tu t'souviens? Un miracle de les avoir réchappées, et c'est grâce à toé, Léa... me confie maman.

— Hein?

— Oui, grâce à toé. T'en as pris ben soin. Moé, j'étais pas capable... La mort de Ninique, c'est la plus grosse épreuve de ma vie. J'me suis sentie si inutile. Impuissante! J'la voyais souffrir et j'pouvais rien faire. Voir son enfant se tordre de douleur, c'est pas humain. L'bon Dieu devrait pas permettre que les enfants meurent avant leurs parents. J'me suis longtemps blâmée... P't-être que j'ai trop tardé à faire v'nir le docteur! J'me suis sentie coupable. Heureusement qu'Ladine pis toé, vous étiez là pour tenir le fort.

La reconnaissance de maman m'émeut. Comme jamais auparavant, elle m'a livré ses états d'âme, s'est mise à nue devant moi, sa fille. Désormais, nos relations dépasseront le cadre de l'autorité parent-enfant.

— Véronique! Elle s'appellera Véronique.

Le nom a jailli comme un impératif. Sans réflexion. Depuis deux ans, personne n'ose prononcer ce nom de crainte de raviver la douleur. Je m'étonne moi-même d'avoir osé. On ne remplace pas un enfant par un autre. Revenir en arrière ? Trop tard, le nom est lancé. Effarée, maman me regarde intensément, sans un mot. Puis, quelques minutes plus tard :

— Elle s'appellera Véronique, reprend-elle, un faible sourire dans la voix.

* *
*

Mon deuxième hiver aux Cèdres : un hiver d'ennui, de routine. Heureusement, prendre soin de ma filleule m'occupe agréablement. Le jour de mon dix-neuvième anniversaire, Ladine et maman me réservent de belles surprises : un manchon et un châle. Confectionnés à la main, en secret. Avant le souper, Ladine, Osias et Hermé m'attrapent pour la traditionnelle bascule. Un, deux, trois... Excités, ils scandent les chiffres pendant qu'ils me soulèvent et me laissent retomber pour que mes fesses touchent légèrement au sol.

— Dix-huit... dix-neuf... et un de plus pour la chance. Fais un vœu.

Télesphore !

10

Les Cèdres, Pâques, le 3 avril 1904

Le jeudi précédant Pâques, je suis les offices à l'église de la paroisse Saint-Joseph-de-Soulanges. En mon for intérieur, j'espère apercevoir Télesphore soit à l'église, soit au village. Habituellement, il bénéficie d'un court congé à Pâques. L'office de l'après-midi se termine sans que je l'aie repéré. Je m'attarde en vain sur le parvis de l'église. Dépitée, je reviens à la ferme. Le lendemain, j'assiste à l'office du Vendredi saint. Comme le banc familial est très à l'avant de la nef, je me retourne à maintes reprises pour vérifier celui de la famille Létourneau. La mère y est, accompagnée de ses garçons et de sa fille, Jeannette, une amie de Ladine. À la sortie, elle se dirige vers moi d'un pas décidé et, avant même que je lui aie posé la question, m'apprend que Télesphore a dû rester au collège pour Pâques. Pourquoi ? Elle l'ignore. Je reviens à la maison plus déçue que je ne l'aurais cru.

Les convictions de Ladine concernant Télesphore m'ont-elles trop fait croire qu'il me trouvait de son goût ? Petit à petit, l'idée a fait son chemin. Un feu de paille ? Depuis la fin des vacances des fêtes, une seule lettre, à la mi-janvier, pour me souhaiter, en retard, un bon anniversaire. Depuis, rien. Et il ne vient pas à Pâques. Sans explication. Même si je feins la bonne humeur, maman et Ladine ne sont pas dupes.

Télesphore n'est toutefois pas le seul à restreindre sa correspondance. Les lettres de tante Angéline s'espacent également. L'intervalle s'allonge, les lettres s'écourtent, écrites à la va-vite. Ça se sent par la malformation des lettres, les taches d'encre, le papier de moins bonne qualité. Je pressens un malheur, une urgence. Je lui pose directement la question : est-ce que je peux envisager bientôt un retour à la maison de pension ?

Sa réponse me déconcerte.

* *
*

Montréal, le 15 avril 1904

Ma chère petite Léa,

Je t'ai bien négligée depuis quelques mois. Mais ici, j'ai vécu de terribles événements et je ne voulais pas te mettre au courant, sachant que tu avais fort à faire avec ta famille. À propos, j'ai su pour la dernière naissance. Félicite tes parents de ma part.

À la mi-janvier, le vendredi 15 pour être précise, le feu a pris à la pension. Il était à peu près onze heures du soir. Heureusement, il y avait peu de gens à la maison. Nous avons tous réussi à sortir avant que les flammes se répandent et que la fumée nous étouffe. Tous... sauf M. Beauchemin qui est mort, asphyxié dans son lit. D'ailleurs, les pompiers ont conclu que c'est lui qui a mis le feu en s'endormant une cigarette aux lèvres. Jamais je n'aurais cru qu'une simple cigarette puisse causer des dégâts aussi importants.

Les étages du haut sont une perte totale. Quant au bas, l'eau a fait ses ravages. Il faudrait tout démolir et reconstruire. Bien sûr, j'avais des assurances, mais cet accident m'a tellement bouleversée que je ne crois pas avoir le courage d'ouvrir à nouveau une maison de pension.

Nous avons loué un logement dans le même quartier, mais plus près du travail de ton oncle. Ce n'est pas très grand, mais tu y es, bien sûr, toujours bienvenue. Tu comprendras que je ne peux plus t'offrir de travail.

Tu trouveras ma nouvelle adresse à l'endos de l'enveloppe.

Cet incendie m'a vraiment chamboulée! Je m'en remets à peine.

Tu me manques beaucoup,

Angéline

Ouf! Si je m'attendais à cela! J'imagine la détresse de ma tante: SA MAISON DE PENSION! Son rêve réduit en cendres. Et M. Beauchemin, mort dans l'incendie! Il a payé cher sa négligence. D'emblée, bien égoïstement, je mesure les conséquences de cette catastrophe sur mes projets. Un point d'interrogation majuscule se dessine sur le mot Montréal. Pourrai-je décrocher un emploi ailleurs? Devant ce mur qui s'érige, la perspective de demeurer plus longtemps aux Cèdres m'étouffe comme si je m'enfonçais dans un silo à grain. Tentant de rayer Télesphore de ma vie, j'avais prévu partir au début de l'été, avant son retour à la ferme. Je ne voulais pas l'affronter. L'éventualité d'un départ prochain s'éteint… s'éteint… Ironie du verbe.

Sur le chemin du retour, je relis et relis la lettre. Pour m'apaiser, je prolonge ma marche le long du canal. Bouleversée, je revois ma vie à la pension, la compare à celle des Cèdres. Ici, que le travail: laver et cirer les planchers, faire la lessive, repasser et repriser les vêtements, planifier et préparer les repas, l'entretien du potager, le soin aux animaux, sans compter, bien évidemment, le soin à apporter aux plus jeunes.

Le paysage ? Toujours le même. De la fenêtre de la cuisine, la plaine s'étend jusqu'à l'horizon vers l'ouest, vers l'est, vers le nord. Au sud : le canal, dont l'eau étale s'anime quelques fois par jour lors du passage des bateaux qui s'arrêtent le temps que le pont tourne pour les laisser passer. Au-delà du canal, le village dont on ne voit, à cette distance, que le clocher de l'église. Les gens, toujours les mêmes. Villageois et fermiers, peu nombreux, somme toute. Friands de ragots. Les odeurs, les couleurs, les bruits, identiques, d'une saison à l'autre. La terre labourée, le fumier épandu, la paille mouillée, le caquètement des poules, le hennissement des chevaux, la sirène des bateaux. Les cloches de l'église qui annoncent les messes, les baptêmes, les mariages, les funérailles...

Saison après saison. Jour après jour. Toujours les mêmes. Même le dimanche qui, à part la messe, copie les autres jours. Jamais de repos. Jamais de plaisir... ou si peu. Vision noire de la campagne.

Alors qu'en ville... Bien sûr, j'exagère! Voulant faire contre mauvaise fortune bon cœur, je revois ma description.

Le paysage, toujours changeant. Vastes étendues blanches l'hiver. Bourgeons du printemps. Foin de l'été. Labours d'automne. La terre, le fleuve, toujours autres. Le village ? Une famille qui s'épaule. Un feu de grange ? La corvée pour reconstruire. Les odeurs, les couleurs, les bruits. Multiples. Parfum des roses, arôme du pain sortant du four. L'or, le rouge et le brun des feuilles à l'automne ; les blancs de la neige à l'hiver ; le vert tendre de l'herbe au printemps ; l'été, l'odeur du foin coupé ; l'orangé, le mauve, le chatoiement du soleil couchant. Le chant des cigales. La stridulation du criquet. Le bourdonnement des abeilles.

Saison après saison. Jour après jour. Jamais les mêmes. Le dimanche, la messe : villageois et agriculteurs unis dans la foi. Ils s'attardent ensuite sur le parvis de l'église pour jaser de tout et de rien, prendre des nouvelles de l'un et de l'autre car ici, tout le monde se connaît. Vision rose de la campagne.

En moi, le déchirant combat de la campagne contre la ville. Les Cèdres : un territoire connu. Stable. Le filet de sécurité de la famille. Les Bertrand y sont connus, reconnus. J'ai un nom : Léa Bertrand. C'est rassurant. En ville, sur la rue, dans les tramways, les parcs, les magasins, je suis sans visage et sans nom. Pourtant, la ville m'attire. Irrésistiblement! La ville, c'est l'aventure, la mouvance, la vivacité, la modernité, le plaisir. Là, je ne suis plus la fille de... À moi de me distinguer. Mon identité ne m'est plus transmise; je dois la construire. En ville, l'horizon s'étend plus loin que le bout du champ.

Cette nuit-là, des flammes s'attaquent à la jupe bleu marine de mon costume, tournoient autour de moi. Une chaleur torride. Sans douleur. Je tente d'ouvrir la porte. Sans succès. Olivier tente désespérément de soulever et d'enlever les poutres effondrées; M. Beauchemin dort, un sourire béat aux lèvres. Un cri : « Angéline... » Qui crie? Je ne reconnais pas la voix. Deux à deux, je grimpe les marches, frappe aux portes. Une fumée dense s'échappe du toit, en volutes... Tout se désintègre. Propulsée par le vent, je plane. Soudain, une main apparaît, se tend vers moi, tente de me rejoindre... Un visage, celui de Ninique qui me sourit.

11

Interminable, l'hiver s'étire, prend ses aises. Puis du jour au lendemain, la température s'élève. La pluie s'abat, la neige fond. Boueux, les champs demeurent encore impossibles à labourer. Les animaux restent confinés à l'étable.

Au fil des jours, ma relation avec maman s'approfondit. Pour elle, croyances et superstitions s'amalgament. Mille *Ave* récités la veille de Noël assurent la réalisation d'un désir. L'eau de Pâques puisée au fleuve avant le lever du soleil possède des qualités curatives exceptionnelles. Un chapelet pendu sur la corde à linge promet du beau temps. Des proverbes justifient ses décisions ou expliquent les événements. Petit à petit, l'oiseau fait son nid. Ne pas mettre la charrue devant les bœufs. Qui vole un œuf vole un bœuf. À cheval donné, on ne regarde pas la bride. Même les incidents de la vie quotidienne revêtent une signification. J'échappe un couteau? Visite d'un homme. Une fourchette? Celle d'une femme. Une cuillère? Une surprise. Elle prédit même l'avenir en lisant les feuilles de thé ou les cartes. Ce côté chimérique m'envoûte : je la supplie de prédire mon avenir dans les feuilles de thé.

— Y faut une tasse spéciale; l'intérieur est complètement blanc, sans aucun motif. Un fond large, des côtés inclinés, un rebord légèrement ouvert vers l'extérieur.

PARTIE 1. DÉROUTES

Pendant qu'elle énumère les caractéristiques de la tasse, elle monte sur un banc et va chercher « la » seule tasse correspondant à cette description, bien dissimulée, tout à l'arrière, au dernier étage de l'armoire de cuisine. Elle verse ensuite de l'eau bouillante sur une bonne cuillerée de feuilles de thé noir. Après une infusion de quelques minutes, elle m'invite à boire. En grimaçant, je prends une première lampée.

— Pouah ! C'est amer. Vous auriez dû en mettre moins !

— Non ! la tasse doit être pleine.

— Et puis les feuilles entrent dans la bouche.

— Ferme ta bouche le plus possible… faut qu'les feuilles restent dans la tasse.

Une fois la tasse vide, suivant les instructions de maman, je la renverse sur la soucoupe et la tourne trois fois en pensant, à chaque tour, à ce que je veux savoir sur mon avenir. Premier tour : un départ des Cèdres ? Deuxième tour : un travail à Montréal ? Pour le troisième tour, j'hésite. Comment formuler ma question ? Je risque le tout pour le tout : un mariage avec Télesphore ? Évidemment, je ne dévoile pas mes questions. Je soulève ensuite la tasse, la frappe d'un léger coup sec sur la table afin d'éliminer des feuilles. Ce rituel terminé, maman examine les dessins formés par les feuilles pendant de longues minutes. Fébrile, je me tortille d'impatience.

— Et puis… vous voyez quoi ?

— Viens, je t'explique. L'anse représente la personne. Toujours partir de l'anse et lire de gauche à droite, comme dans le sens des aiguilles d'une horloge. Les formes près du bord représentent le présent — disons plus ou moins un mois — et plus tu vas vers le fond, plus c'est loin dans le temps — peut-être un an — et c'qui est sur le fond même de la tasse, c'est encore plus éloigné — ça peut aller jusqu'à dix ans.

— Et puis...

— Observe les formes. Chacune a une signification qui varie selon les figures autour.

— Pis...

— Patience! R'garde au haut de la tasse, tout près de l'anse, tu vois quoi?

— Un bâton?

— Un genre de bâton. R'garde le bas du bâton, ça t'fait penser à quoi?

— Bof... un balai?

— Je dirais ça aussi : un balai. Et un balai, ça représente la maison familiale. On peut donc en conclure qu'à l'heure actuelle, tu vis à la maison familiale.

— Vous m'apprenez rien.

— Si on s'éloigne de l'anse, toujours au haut de la tasse, r'garde...

Maman pointe une sorte de V dont les côtés s'évasent.

— Un oiseau en vol... L'oiseau se déplace, vole vers d'autres cieux. Tu pars de la maison. Juste à côté, une roue, signe de progrès, d'avancement.

— Vous voyez tout ça?

Elle poursuit sa lecture.

— Un chien : un bon ami. Et là, vers le fond de la tasse, mais sur le côté, un anneau... ça, c'est une demande en mariage.

Je ne tiens plus en place.

— Une demande en mariage? Quand ça?

— J'peux pas dire exactement quand... et y a une initiale dans l'anneau.

— Où ça?

Maman pointe du doigt.

— Quelle lettre tu vois ?
— Un I... non, un L.
— Possible. La demande en mariage viendra d'un homme dont le prénom ou le nom de famille commence par un... je crois bien que c'est un L... Pas toé ? ajoute maman me regardant du coin de l'œil, un sourire malicieux aux lèvres.

Je rougis, prenant conscience que maman se doute bien de mon penchant pour Télesphore. Puis, son front s'obscurcit.

— Attends... sur le côté, près du fond.

Je scrute et tente de deviner :

— Ça ressemble à des ciseaux... C'est de mauvais augure... Une rupture. Le mariage n'aura pas lieu.

— Hein ? Pourquoi ?

— J'peux pas l'dire, mais le mauvais présage est là, à coup sûr.

Voyant ma mine s'assombrir, maman renchérit en souriant :

— Écoute, prends pas ça trop au sérieux. Le thé, c'est comme les cartes ; on dit qu'elles ne mentent jamais... mais elles se trompent souvent.

Ces prédictions me laissent songeuse. Évidemment, plusieurs relèvent de la simple observation. Mon désir de retourner en ville ? Je n'en fais pas de secret. Mon attirance pour Télesphore ? Ladine ne cesse de le crier sur tous les toits. Un nouveau travail ? Cela s'impose à la suite de l'incendie de la maison de pension. Ce qui me trouble, c'est la prédiction au sujet de ce mariage qui n'aura pas lieu. Cela confirme mes craintes : Télesphore n'est pas venu à Pâques, il a cessé d'écrire. Son intérêt pour moi n'était que factice, circonstanciel. Mieux vaut l'expulser de mon cœur avant que le sillon ne soit trop profond.

* *
*

Quand juin s'affiche au calendrier, j'appréhende le retour de Télesphore. Si ma raison tente de le balayer de mon cœur, mon cœur n'obéit pas. Sans croire dur comme fer aux prédictions des feuilles de thé, celles-ci m'ont quand même ébranlée. J'évalue mieux l'abîme qui nous sépare. Comment un homme aussi instruit pourrait-il s'enticher d'une femme qui n'a pas terminé sa cinquième année ? Je ne lui reproche rien : il n'avait rien promis. Craignant de le rencontrer au village, je reste à la ferme, demandant à Ladine de s'occuper des courses et du courrier. À la fin du mois, les villageois organisent la célébration de la Saint-Jean-Baptiste. Toute la famille Bertrand s'y rend à l'exception de mon père qui a trop de travail en cette saison des labours. Moi, je demeure à la maison avec la petite Véronique. En milieu d'après-midi, Ladine entre en trombe dans la cuisine en hurlant :

— Lé…aaaa…

— Arrête de crier. Tu vas réveiller la p'tite. Qu'est-c'qu'y a ?

Ladine grimpe les escaliers en toute hâte, me rejoint dans la chambre des filles. À bout de souffle, elle peine à parler :

— Faut qu'tu viennes… qu'tu viennes à la fête… c'est pas fini… t'as encore le temps… Devine ? Devine qui j'ai vu ?

Devant l'excitation de Ladine, un nom s'inscrit dans ma tête que je me refuse à prononcer. Je feins le désintérêt et réponds, en haussant les épaules :

— Est-ce que je sais moi ! Arrête les devinettes…

PARTIE 1. DÉROUTES

— TÉ-LES-PHO-RE… articule Ladine en insistant sur chaque syllabe.

Mon cœur bondit. Je dompte mon agitation, ne voulant pas la laisser transparaître devant ma sœur qui ne cesse de me taquiner à ce sujet.

— C'est juste pour ça que t'as couru comme une folle? dis-je, simulant l'indifférence.

— J't'ai pas tout dit. Quand il m'a vue, il m'a couru après. Il voulait savoir si t'étais là. Quand j'lui ai dit non, il a eu l'air déçu. Alors j'lui ai dit qu'tu viendrais probablement un peu plus tard. Si t'avais vu son sourire! Y t'attend!

— Eh bien! Qu'il attende! J'suis fatiguée et, de toute façon, j'm'occupe de Véronique.

— T'as qu'à l'emmener. Ou mieux, tiens, j'vas la garder. Allez, vas-y… Il t'attend.

— Non… j'changerai pas d'idée. S'il veut m'voir, il sait où j'habite.

Démontée, Ladine repart vers le village. Quant à moi, je rumine : ai-je pris la bonne décision? Oui. Monsieur ne donne pas signe de vie pendant quatre mois et il croit que je vais accourir parce que, soudain, il a le goût de me voir! Il ne veut pas passer l'été à s'ennuyer et il veut s'assurer que la petite Léa sera là, gentille, pour lui faire la conversation? Non. Peut-être a-t-il une bonne explication à son silence? Pourquoi ne pas lui donner le bénéfice du doute? Avec dépit, je regarde Ladine s'éloigner. Si je suivais les élans de mon cœur, je volerais déjà vers le village.

* *
*

Le lendemain soir, je m'assois sur la galerie, souhaitant intérieurement que Télesphore vienne m'y rejoindre. Vaine attente. Le surlendemain, à la messe du dimanche, je l'aperçois dans un banc à l'arrière de l'église. Je presse le pas et rejoins notre banc réservé, à l'avant, juste derrière ceux des marguilliers. Pendant toute la messe, je m'oblige à regarder droit devant, maîtrisant mon envie de jeter un regard vers l'arrière. La messe terminée, je prends tout mon temps pour sortir. Il est là. Il attend. M'attend-il?

— Mademoiselle Léa, je suis heureux de vous voir. J'étais déçu de ne pas vous voir à la fête.

— J'étais fatiguée.

— Je comprends. J'ai le boghei; je peux vous reconduire chez vous? C'est sur mon chemin.

— Pourquoi pas? Puisque ça ne vous rallonge pas.

Pendant les premières minutes, je garde silence.

— Y a-t-il quelque chose qui ne va pas?

— Non.

— Je vous sens... distante.

Je détourne la tête, sans répondre.

— Pourquoi vous taire? N'avez-vous rien à me raconter de tout ce qui vous est arrivé ces derniers mois?

Je fulmine et ne peux me retenir de sortir tout mon fiel.

— Vous vous intéressez à c'qui m'arrive? Alors j'vous d'mande pourquoi vous vous êtes tu pendant les derniers mois?

— Oh! Je vous ai chagrinée.

Mon orgueil m'empêche évidemment de lui avouer que j'ai attendu ses lettres avec impatience, et ma déception quand elles ont cessé d'arriver.

— J'vous croyais un homme de parole, c'est tout. J'suis déçue d'voir que vous l'êtes pas.

— Léa, je pouvais pas vous écrire. Au collège, vous le savez, j'ai pas le droit...

— J'sais tout ça, vous m'l'avez déjà dit, mais votre cousin...

— Eh bien justement... mon cousin a quitté le collège et j'avais plus personne pour vous faire parvenir mes lettres. J'ai même pas pu vous avertir... il est parti un vendredi et n'est pas revenu le lundi suivant. Je suis vraiment désolé, Léa. Vous avez cru que je m'étais détourné de vous?

Sans répondre, je le regarde et hoche la tête. L'explication me satisfait : je lui souris. Nous faisons le reste du chemin en bavardant à qui mieux mieux de tout et de rien, de la ferme, du collège, de ses futures études à l'École normale Jacques-Cartier pour devenir enseignant, de mon désir de vivre en ville... Durant tout l'été, trois, parfois quatre fois par semaine, le soir, une fois ses tâches terminées, Télesphore vient s'asseoir sur l'avant-dernière marche de la galerie, presque à mes pieds. J'aime son sérieux, son intelligence, son ambition, son sens de l'humour. Son rire contagieux! Et il n'est pas mal de sa personne, ce qui n'est pas à dédaigner. Quand je le vois arriver, de loin, la tête haute et la démarche altière, tous mes sens sont en émoi. Parfois, pour me faire rire, il s'approche de moi, exécute une profonde révérence. J'entre dans le jeu en lui tendant ma main qu'il baise cérémonieusement. Puis, on pouffe de rire. Ses compliments me font rougir. Suis-je amoureuse?

À la fin du mois d'août, juste avant son départ pour Montréal, il a confié une lettre à Ladine, lui faisant promettre de me la remettre seulement après son départ. Une lettre qui a tout déclenché.

Les Cèdres, 28 août 1904

Chère Amie,

Trop court fut l'été. Voilà presque l'heure de mon départ. Et ce départ ne serait pas aussi triste si je ne vous laissais derrière moi. Pour vous parler des sentiments que j'éprouve pour vous, je préfère confier à ce froid papier ce que je n'arrive pas à vous dire de vive voix. Suis-je trop orgueilleux? S'il arrivait que vous ne partagiez pas mes sentiments, ce serait plus facile pour moi de le lire sur une lettre de votre main que de l'entendre de votre jolie voix. Vous pouvez aussi ne jamais répondre à cette missive : j'en comprendrais alors que vos idées ne sont pas pour moi.

Quand je vous ai rendu visite à Montréal, en avril 1901, vous étiez une ancienne camarade de classe qui me rendait le service de m'héberger pendant les quelques jours que je devais passer en ville. C'est à mon retour, souffrant de votre absence, que j'ai commencé à comprendre que ce que j'éprouvais pour vous, c'était plus que de l'amitié.

Depuis ce jour, j'ai toujours vécu dans l'espoir de vous voir, de vous parler, que ce soit aux vacances de Noël, de Pâques ou aux longues vacances d'été. De fois en fois, mes sentiments se sont approfondis. Plus je vous connais, plus j'apprécie votre tempérament, votre caractère, votre façon d'envisager votre avenir. Vous me rendez heureux. Mieux, auprès de vous, je me sens un meilleur homme!

Cet été, j'ai cru que nos rencontres, nos conversations vous plaisaient autant qu'à moi. J'ose penser que je ne me trompe pas et que j'ai raison de croire que je ne vous laisse pas indifférent. Si c'est le cas, je vous prie, laissez-

le-moi savoir afin que je ne me languisse pas en vain. Si vous n'éprouvez rien pour moi, ce sera ma dernière lettre. Si vous m'ouvrez votre cœur, je vous écrirai le plus souvent possible de Montréal puisque maintenant, je serai complètement libre de faire ce que je veux.

J'espère que je ne vous ai pas ennuyée.

J'ose me dire

Votre Ami dévoué qui presse votre main,

Télesphore

Voici une poésie pour vous :
Les sentiments de votre cœur
S'accordent-ils à ceux du mien ?
Je vous offre le mien
En attendant le vôtre.

Mon adresse à Montréal :
2130, rue Rachel

« ... je presse votre main », écrit-il. La première fois où il a pris ma main, j'en ai ressenti des frissons dans tout le corps. De joie, des larmes jaillissent de mes yeux. Sûre de mes sentiments, je décide de répondre immédiatement. Passant vertigineusement de la déclaration d'amour à la demande en mariage, je me vois déjà à l'autel. Les prédictions du thé ? Mais oui : un L... pour Létourneau. Je ne veux pas m'emporter trop vite : demeure toujours le fossé de l'instruction. S'il doit connaître mes sentiments, mon affection, il doit aussi prendre conscience de ce qui nous sépare. Je prends un crayon et compose plusieurs brouillons de lettres, évaluant le poids de mes mots.

Les Cèdres, le 28 août 1904

Mon Ami,

Votre lettre m'a profondément touchée. Je ne suis pas aussi douée que vous pour écrire. Je vais essayer de vous dire l'état de mon cœur. Comme vous, je sais qu'il ne s'agit plus d'une simple camaraderie. Ces dernières années, j'ai toujours eu le plus grand plaisir à bavarder avec vous et à apprendre à vous connaître. J'étais toujours en attente des vacances qui vous ramenaient aux Cèdres.

Vous dites éprouver des sentiments pour moi. Vous ne m'êtes pas indifférent. Je crains cependant que vos sentiments ne résistent pas à l'usure du temps. Vous êtes un jeune homme instruit alors que j'ai quitté l'école en cinquième année. Vous allez vivre à Montréal et aurez l'occasion de fréquenter des jeunes filles plus éduquées. Penserez-vous encore, alors, à votre amie Léa?

J'ai peur de vous donner mon cœur; je crains que vous le brisiez. Laissons passer le temps. Je sais que la ville vous changera, comme elle m'a changée. Si, dans un an, vous avez encore du sentiment pour moi, je vous ouvrirai les portes de mon cœur.

Écrivez-moi souvent, vous qui savez si bien utiliser les mots.

Votre Amie,

Léa

Malgré ma lettre, je me sens conquise et, en dépit de ce que j'y affirme, je ne pense pas que la différence d'instruction soit un problème.

PARTIE 1. DÉROUTES

* *
*

Depuis la déclaration de Télesphore, je me sens légère comme une plume d'oie. Les travaux domestiques ne m'apparaissent plus comme une corvée; je m'y adonne en chantonnant, en esquissant même quelques pas de danse. J'entrevois le jour où, avec lui, je vivrai à Montréal. Il sera instituteur. On habitera à proximité de son école. À l'heure de la récréation, je passerai devant la cour pour le regarder surveiller ses élèves; je me vois aussi l'aidant à corriger les dictées ou compter les points pour les bulletins; surtout, je me vois entourée de notre marmaille. J'envisage mon mariage, une belle robe blanche que je taillerai, coudrai et broderai moi-même; mon entrée à l'église au bras de papa. J'imagine… Qu'un tel bonheur existe, c'est presque incroyable.

Il m'écrit régulièrement, des lettres toutes plus sentimentales les unes que les autres. Pour mieux en goûter les mots, j'attends d'être seule. Je les relis souvent, avant de m'endormir, sous l'œil attendri de Ladine qui se doute bien de la nature des propos des lettres.

Montréal, le 4 septembre 1904

À ma chère amie Léa,

Si vous saviez tout le bonheur que m'a causé votre lettre. Laissez-moi vous rassurer. Vous n'avez pas à craindre que la ville me transforme ou que je rencontre d'autres jeunes filles. Je vais passer tout mon temps à suivre mes cours et à étudier.

Étant privé du bonheur de vous voir pour converser amicalement, je vais consacrer mes moments de loisir à penser à vous, à me rappeler votre si joli minois et votre sourire moqueur. Je vous imagine aux Cèdres, si vive, si alerte, capable de tenir maison comme une vraie petite femme. Vous dites craindre la différence d'instruction entre nous, mais vous savez mille choses que je ne sais pas. Quand vous aurez la joie d'être mère, vous saurez prendre admirablement soin de nos enfants puisque vous le faites déjà si bien. Vous serez, pour l'homme qui saura toucher votre cœur, une épouse parfaite.

Votre Ami qui se languit de vous,

Télesphore

Et il sera le mari de cette épouse parfaite ! Ce que j'éprouve, je sais maintenant que ça s'appelle de l'amour ! Être à Montréal avec lui, me promener au parc La Fontaine, à la montagne, aller au cinématographe, au parc Sohmer. Plus de deux ans depuis mon retour aux Cèdres : il est temps que je revienne en ville. Pour plaire à ma famille, je me suis efforcée de reprendre mon rôle de fille aînée exemplaire. Aujourd'hui, ce rôle ne me convient plus. Je ne veux plus être celle qu'on veut que je sois : je veux vivre par moi-même, pour moi-même. Gagner de l'argent, « mon » argent ; ne plus avoir à quémander chaque fois qu'il me faut un bouton, du fil, de l'encre, une plume. Ne plus avoir de permission à demander. Être libre ! Ne plus frôler la vie, ne plus la laisser glisser sur moi comme l'eau de pluie sur le dos d'un canard, mais la prendre de front et lutter pour assurer ma place dans le monde. Le village, le cercle familial m'étouffent. Rien ici ne me pousse au dépassement et mon esprit flétrit comme les fleurs à l'automne.

Repartir… au plus vite. Rejoindre l'amour de ma vie !

12

Le paysage défile. Comme au cinématographe, avait dit tante Angéline. À l'époque — j'utilise le mot « époque » comme si cela faisait des siècles et pourtant, ça fait à peine trois ans — je n'avais aucune idée de ce que cela signifiait. Maintenant, je sais. J'y suis allée tellement souvent avec tante Angéline ou Alice, même parfois avec Madeleine. Le dimanche après-midi, surtout, même si l'Église s'insurge contre l'ouverture des salles de vues animées le jour du Seigneur. Avec un brin d'ironie bien à elle quand elle traitait des choses religieuses, tante Angéline disait que le bon Dieu leur devait bien un peu de plaisir, ce jour-là, puisqu'on trimait toute la semaine. « Après tout, lui aussi s'est reposé le septième jour. Et il n'y a pas un curé capable de dire ce qu'Il a fait de son jour de congé ! » J'en souris encore !

Télesphore parti, j'ai commencé à m'ennuyer.

— T'auras betôt 20 ans, Léa. Faudrait qu'tu songes à ton trousseau, m'a proposé maman avec un clin d'œil.

Difficile de dissimuler mes sentiments. Maman et Ladine n'ont cessé de me taquiner au sujet de mon « beau prétendant ». De septembre aux fêtes, aussitôt mes tâches terminées, je me suis mise à l'œuvre : draps, taies d'oreiller, torchons à vaisselle... je ne ménage pas mes efforts. Elles piquent chacune une courtepointe pour moi. Pour Noël, je tricote un chandail, des mitaines et des bas de laine pour Télesphore. Tout cela m'aide à oublier le temps. Malgré tout, je me languis de celui que j'appelle maintenant, en mon for intérieur : mon « cavalier », ou mieux : mon « amoureux ».

Télesphore vient pour les vacances de Noël. Deux semaines de bonheur sans nuages en dépit des rares tête-à-tête. Puis, durant le bref congé pascal, il doit préparer ses examens. Ses lettres, toujours longues et chaleureuses, me consolent un tant soit peu de son absence. Au début du mois de juin, il m'avise, dans une lettre succincte, qu'il ne viendra pas aider aux travaux de la ferme durant l'été : il a trouvé un travail d'assistant à la bibliothèque de la ville de Montréal et, a-t-il ajouté, des « préoccupations familiales » l'obligent à rester en ville. Quelle déception !

Sa lettre me trouble. Mon imagination vagabonde. Je ne lui manque donc pas ? Quelles sont donc ces « préoccupations familiales » ? Je mets beaucoup de temps à rédiger ma réponse. Il doit sentir mon désappointement, mais pas trop ; mes doutes, sans pour autant l'accuser froidement de dissimuler la vérité ; mes craintes quant à la sincérité de ses sentiments, sans les remettre en question. S'il ne souhaite plus me fréquenter, je veux rester digne. Inutile de m'agenouiller, d'implorer. L'amour ne se commande pas.

Ses lettres continuent d'arriver régulièrement toujours aussi prometteuses d'avenir. Pourtant, croît en moi l'impression qu'il me cache quelque chose. J'en analyse tous les mots pour y dénicher un sous-entendu, un sens implicite. Peut-être n'ose-t-il pas m'avouer franchement qu'il en aime une autre ? Attend-il d'être sûr de ses sentiments envers cette autre avant de rompre avec moi ?

Les feuilles de thé. La rupture ?

PARTIE 1. DÉROUTES

Pourtant, ses lettres se terminent toujours par une formule des plus affectueuses : « Vous avez toute mon affection », « Je presse tendrement votre main ». Des formules toutes faites expurgées de leur sens ? Une incertitude intolérable. Il faut que je sache ; pour cela, je dois partir. Au début du mois d'août, j'écris à tante Angéline pour lui demander si elle peut m'héberger quelque temps. La réponse ne se fait pas attendre : avec grand plaisir, mais pas avant le début septembre, car une jeune cousine habite présentement avec eux et le logement n'a que deux chambres. Une longue attente pendant laquelle je me fais du sang d'encre. Chaque jour, chaque heure, je me ronge le cœur, effrayée à l'idée que l'homme pour qui j'ai tant d'affection ne s'éloigne de moi. Est-ce déjà trop tard ? Pour en avoir le cœur net, je pense à questionner Jeannette, la sœur de Télesphore, compagne de classe de Ladine. Depuis que ma cadette n'a d'yeux que pour le bel Henri Saint-Marseille, elles ne se voient guère. D'autant plus qu'avec tout le travail à la maison, ma sœur n'a guère le temps d'entretenir ses amitiés. Malgré tout, la belette pourrait l'interroger discrètement et me renseigner sur son frère. Heureuse de mettre ses talents de commère à mon service, elle accepte de grand cœur.

Curieusement, Jeannette semble disparue. Personne ne l'a aperçue à la messe du dimanche… depuis déjà quelque temps… Ladine ne se souvient d'ailleurs pas de l'avoir vue participer aux festivités de la Saint-Jean. Pour savoir clairement à quoi s'en tenir, elle se présente chez elle sous un faux prétexte. Le mystère se clarifie : Jeannette passe quelques semaines chez une tante malade de Napierville. Ce n'est donc pas de ce côté que je pourrai en savoir davantage. Il me faut prendre mon mal en patience jusqu'au début de septembre. Une éternité !

Et maintenant, je me retrouve dans un train qui me conduit vers le bonheur ou la désillusion.

* *
*

Nerveuse, j'observe la maison de pension où Télesphore habite, si j'en crois, du moins, l'adresse postale où j'envoie mes lettres. J'hésite à sonner! Un mauvais présage. Une mauvaise nouvelle m'attend-elle derrière cette porte? Il ignore mon arrivée à Montréal. J'ai fait exprès de ne pas le prévenir. Ai-je bien fait? Ma main tremble! Une grande respiration et je sonne.

Une dame aux cheveux poivre et sel et au sourire engageant vient m'ouvrir. Mon rythme cardiaque s'emballe.

— Bonjour, mademoiselle. Vous venez pour une chambre?

— Non… ma voix s'étrangle.

La dame me sourit, m'interroge du regard.

— Je suis de passage à Montréal et je viens rendre visite à un ami qui habite ici : Télesphore Létourneau.

— Ah! Télesphore! Bien sûr, il habite ici. Entrez! Installez-vous dans le boudoir, j'vais l'chercher. Vous devez être Léa?

Étonnée qu'elle connaisse mon nom, j'opine de la tête.

— Il parle si souvent d'vous qu'j'ai l'impression d'vous connaître.

Mon cœur bondit. Cela me rassure : ainsi, il ne m'a pas oubliée. La dame se dirige vers l'escalier. Les marches de bois craquent sous ses pas.

Le boudoir ressemble à celui de la maison de pension de tante Angéline… en moins raffiné. C'est propre. Pas de poussière sur les meubles. Simplement, mais joliment décoré.

— Léa ? Léa est ici ?

J'entends le cri étonné de Télesphore, puis des pas précipités dans l'escalier. Le voici devant moi. Son visage irradie la surprise et la joie. Il me prend les mains et y dépose de nombreux baisers.

— J'le crois pas ! Ici, vous êtes ici, Léa. Pourquoi ne m'avez-vous pas prévenu ? J'aurais pu aller vous chercher à la gare ? Quand êtes-vous arrivée ? Avez-vous un endroit où loger ? Pour…

— Attendez, mon ami… vous posez trop de questions. Je…

— C'est vrai… tenez, assoyez-vous… Prendriez-vous un thé ?

— Non…

— Vous êtes sûre ? Je peux demander à madame Jodoin d'en…

— Non, non. J'veux surtout vous parler.

— Bien sûr… Oh ! J'suis si content, vous ne pouvez pas imaginer à quel point. J'étais tellement désolé d'annuler mon été aux Cèdres…

— C'est justement ça qui m'amène. Je voulais savoir si vous aviez encore du sentiment pour moi.

— Bien évidemment. Comment pouvez-vous en douter ?

— Bien, vos lettres…

— Oui, je sais, dit-il, il y a des choses que vous ne savez pas…

Son front se rembrunit. Son bel enthousiasme fond comme neige au printemps.

— Qu'y a-t-il, Télesphore ? C'est grave ?

D'un signe de tête, il acquiesce.

— Venez, vous allez comprendre.

Il se lève, m'invite à le suivre. Ai-je le droit de l'accompagner dans sa chambre? Qu'en pensera la maîtresse de la pension? Devinant mon inquiétude, il s'adresse à Mme Jodoin :

— J'vais monter quelques instants à ma chambre avec mademoiselle Bertrand... ce ne sera pas long.

— Bien sûr...

Juste avant d'arriver au troisième étage — il habite le grenier — il s'arrête, se retourne, me regarde.

— Vous ne vous attendez pas à c'que vous allez voir...

— Vous m'intriguez...

Il franchit les dernières marches, s'arrête devant une porte, frappe.

— J'peux entrer?

— Oui, entre... répond une voix féminine.

— Oh! mon Dieu!

* *
*

Télesphore m'aime! Comme une fillette, je sautille le long du trajet. Dès le retour, je raconte tout à tante Angéline. Au fur et à mesure de mon récit, son visage s'assombrit. Je la sens au bord des larmes. Quelle tête de linotte je suis! Toute à ma joie, je n'y ai pas pensé une seule seconde : Jeannette et Éliane!

— Tante Angéline, je suis désolée! Je...

— T'en fais pas, Léa, murmure tristement Angéline.

Un ange passe!

— Qu'est-ce qu'elle fera du bébé?

— Elle sait pas encore.

Moment de silence.

— Si elle a rejoint Télesphore, j'imagine que ses parents veulent éviter le scandale ?

Nouveau silence.

— Elle aimerait bien le garder, mais son père ne veut pas qu'elle ramène « son paquet » à la maison comme il dit. Sa mère serait plus tolérante, mais...

— J'sais c'que c'est... Pauvre petite ! ajoute-t-elle, mélancolique.

Levant ses yeux vers moi, elle ajoute :

— Il faut l'aider, Léa.

13

SERVANTE — On demande une fille générale avec de bonnes références. S'adresser au 1004 Berri.

SERVANTE — On demande une servante au 141 rue Cherrier. Pas de lavage ni repassage.

SERVANTE — Une famille de deux personnes demande une bonne sachant faire la cuisine. Logement offert — Références exigées. S'adresser au 457 rue Saint-Denis.

Intéressant. Je retiens.

SERVANTE — On demande une servante générale et une bonne d'enfants au n° 4 Montée du Zouave sur la rue Saint-Denis.

M'occuper d'enfants... ça m'intéresse. Je retiens.

FILLE — On demande une bonne fille pour ménage et jeune enfant. Pension complète. S'adresser à Mme Corriveau, 382 Saint-André.

Intéressant. À retenir.

FILLE — On demande une jeune fille pour machine à paginer. Place Jacques-Cartier, Perrault Imprimeur.

PARTIE 1. DÉROUTES

Non !

    FILLE — Besoin urgent de filles pour empeser et repasser…

C'est ça, je r'passerai.

    FILLE — On demande une jeune fille parlant anglais pour ménage et soin de deux jeunes enfants. Doit habiter sur place : chambre et pension offertes. S'adresser au 92, rue Sherbrooke Ouest.

Très intéressant… des enfants… un beau quartier et la pension offerte. À retenir.

    Le crayon à la main, je parcours attentivement les trois longues colonnes de « Situations vacantes » dans *La Presse*. Étonnamment, aucune ne mentionne les gages offerts pour le travail. Je les classe selon leur intérêt, leur emplacement et, prioritairement, selon qu'elles offrent ou non chambre et pension. À cause de la petitesse du logement de tante Angéline, je ne peux m'y incruster longtemps. Elle et oncle Willie font généralement chambre à part. Quand ils ont un invité, cela les oblige à partager la même chambre, ce qui déplaît souverainement à tante Angéline. C'est la raison pour laquelle je ne veux pas abuser de leur hospitalité.

    Je m'entends bien avec oncle Willie, le frère de papa. J'apprends à l'apprécier. Il me compliment toujours sur ma coiffure, ma démarche, mon sourire… qu'il trouve « irrésistible ». C'est agréable de se faire louanger. Cela déplaît-il à tante Angéline ? Est-ce un coureur de jupons ? Je n'ai pas encore percé l'aura de mystère qui l'entoure.

    Rassurée sur les intentions de Télesphore à mon égard, j'ai décidé de m'installer à Montréal. Pour cela : trouver impérativement un travail. Tôt le lendemain, munie de mon calepin de notes, je commence par l'adresse la plus à l'ouest, celle du 92, de la rue Sherbrooke Ouest.

Une imposante résidence en pierre grise. Deux larges *bow-windows*! Quatre lucarnes au dernier étage : s'y trouve probablement la chambre de la bonne. Un large escalier au haut duquel deux portes vitrées légèrement obscurcies par des rideaux de dentelle blanche. L'impression de pénétrer dans un monde auquel je n'appartiens pas. Une intruse! Je repense au libellé de la petite annonce : une personne parlant anglais. Qu'est-ce que je fais ici? Je ne fais que baragouiner l'anglais. Je m'apprête à rebrousser chemin quand la porte s'ouvre, laissant entrevoir une toute jeune femme.

— *Hello, my name is Léa Bertrand.*
— *Are you here for the job?*
— *Yes.*
— *Come in and be seated, please. I'll see if Mrs. Tousigna...ne is able to see you*, ajoute-t-elle, faisant rimer le «ant» en «agne» comme dans «campagne».

Un boudoir. Un canapé en velours rouge que surplombe, sur toute sa longueur, un miroir dont les côtés présentent de fines gravures aux motifs de feuilles de laurier reliées les unes aux autres par de longs et fins pédoncules.

Je hoche la tête. Elle doit me croire muette ou nigaude. Tousignant? Ce n'est pourtant pas un nom anglais? N'osant m'asseoir sur le canapé en velours, j'opte pour la bergère, en entrant, à droite. Une chaise rembourrée dont le tissu du dossier reprend le rouge du canapé qui se marie avec d'autres tons d'or et de vert feuille. Je m'assieds. Enfin... le fait de poser à peine mes fesses sur le bout du coussin peut-il s'appeler s'asseoir? Avec mon œil, je balaie la pièce du regard. Face à la porte d'entrée, un foyer. Le plancher, en lattes de bois — qui vient sûrement d'être ciré puisqu'on peut s'y mirer — est partiellement recouvert d'un tapis dont les couleurs s'harmonisent avec celles du canapé et de la bergère. À gauche du foyer, un guéridon : des photographies. Assurément, il s'agit de portraits de famille, mais je suis trop loin et, même en plissant les yeux, je ne distingue pas très bien. À droite, les accessoires pour le foyer. Du côté gauche du *bow-window*, une autre bergère identique à celle où je suis assise.

Des pas dans l'escalier me tirent de mon inspection, bien sommaire, du boudoir. Mon rythme cardiaque s'accélère. Je me lève — comme si le fauteuil était muni d'un ressort — au moment même où une jolie jeune femme pénètre dans la pièce.

Mme Tousignant ne parle qu'anglais. Tant bien que mal et plutôt mal que bien, je réponds à ses questions. Comme ça fait longtemps que je n'ai pas parlé anglais — la dernière fois, c'était avec Alice, à la maison de pension — je cherche mes mots. Des phrases mal construites. Un débit saccadé, un rythme hachuré, une prononciation approximative. Avant la fin de la rencontre, elle énonce les règles de la maison, insistant particulièrement, comme Angéline d'ailleurs, sur la discrétion et la respectabilité. Une heure de torture au bout de laquelle Mme Tousignant se lève, me disant :

— *I'll keep in touch, Miss Beur-tragne.*

Je me retiens de sourire à sa façon bizarre de prononcer mon nom.

— *I'll meet other candidates this afternoon and tomorrow morning. Do you have a phone number?*

Je fais non de la tête. D'un geste, elle m'invite à la suivre. Adossé au mur, au bas de l'escalier, un meuble-secrétaire. Elle s'y assied, ouvre l'encrier, prend une plume.

— *Your name is Lia? Is that right?*

— Non... *No... It's Léa with an E, not an I.*
— *I see. Your last name is...?*
— Bertrand.
— *Could you spell it for me?*
Facilement, j'épelle mon nom de famille en anglais.
— *And your address?*
— 1251 A, Panet Street.
— *Fine.*
Elle agite alors une clochette et, aussitôt, la jeune fille réapparaît.
— *Yes, madam?*
— *Please, see her out.*
Aussitôt la porte refermée derrière moi, mes jambes se mettent à trembler et je sens le rythme rapide des pulsations de mon cœur. Sans doute un effet du relâchement de la tension. Je m'efforce de descendre lentement l'escalier alors que j'aurais le goût de le dévaler pour me mettre hors de la vue de tout regard.

C'est ma première entrevue. Sûrement la plus difficile à cause de la langue. Tout en marchant, je repasse les questions, évalue mes réponses. J'analyse le ton, les gestes, le regard, le sourire de la bourgeoise afin d'en déduire ce qu'elle a pu penser de moi. M'a-t-elle trouvée trop timide ? Trop jeune ? Inexpérimentée ? Parlant trop mal l'anglais ? « *I'll keep in touch with you.* » Une façon élégante de m'éconduire ou, au contraire, de me laisser entendre qu'on se reverra ? Quant à moi, chose certaine, cette maison m'a plu et Mme Tousignant m'a semblé fort sympathique... peut-être parce qu'elle m'a rappelé Alice. Je reprends ma liste et me dirige vers la deuxième adresse. Et c'est ainsi que je passe l'après-midi, d'une maison à l'autre, à répondre aux questions en tâchant d'évaluer, après coup, mes chances de réussite. Parfois, c'est expéditif : quelques minutes à peine. Ce n'est pas bon signe. La plupart du temps, l'entrevue dure entre quinze et vingt minutes. Les réponses varient peu :

« Je vais y penser. Revenez lundi prochain. Je vous donnerai ma réponse. »

« J'ai d'autres candidates à rencontrer. Revenez dans quelques jours. »

« Je vais en parler avec mon mari. Revenez mardi prochain. »

Dès le lendemain, la jeune servante de *Mrs.* Tousignant se présente chez moi. Je commence le lundi suivant.

14

Le samedi précédant mon emménagement chez Mme Tousignant, tante Angéline m'explique son plan pour aider Jeannette. Une fois encore, je reconnais sa grande générosité. Que mon oncle entérine cette proposition m'étonne davantage.

— Je t'ai dit que je l'aiderais, je vais tenir ma promesse.

Au tout début de l'après-midi, j'accompagne Angéline à la maison de pension où Télesphore habite avec sa jeune sœur. Avec l'autorisation de Mme Jodoin, la logeuse, on se réunit au boudoir. Tante Angéline n'y va pas par quatre chemins.

— J'ai toujours voulu avoir un et même plusieurs enfants. Pour une raison que je ne vous révélerai pas, mais qui est indépendante de ma volonté, ça n'a pas été possible. J'ai pensé que l'enfant de Jeannette pourrait être déclaré comme étant le mien ou plutôt le nôtre, à Willie et à moi.

Jeannette et Télesphore se regardent, stupéfaits.

Angéline explique les détails de son plan. Jeannette viendra vivre ses derniers mois de grossesse chez elle. Le moment venu, une sage-femme viendra accoucher la jeune adolescente. Dès le lendemain, l'enfant sera baptisé, inscrit comme étant le fils ou la fille d'Angéline Bertrand (née Loiselle) et de Willie Bertrand. Les marraine et parrain seront Jeannette et Télesphore Létourneau, des amis de la famille. De cette façon, la mère naturelle pourra continuer à voir son bébé... en tant que marraine et rien d'autre. Que ce soit bien clair.

Jeannette et Télesphore écoutent, incapables de prononcer la moindre parole. Au bout d'un moment, des larmes coulent silencieusement sur les joues de Jeannette. Télesphore reprend ses esprits.

— C'est très généreux de votre part. Ça constitue une vraie bénédiction pour nous. N'est-ce pas, Jeannette?

Elle approuve de la tête, tout en continuant de pleurer. Un silence s'installe. Tous la regardent. Au bout d'un long moment, elle relève la tête.

— C'est vrai qu'ça m'tire une grosse épine du pied. L'idée de donner mon bébé en adoption me brisait l'cœur. J'savais pas s'il tomberait dans une bonne famille. Avec vous... j'sais qu'il sera bien... qu'il manquera de rien... Mais... poursuit-elle en reniflant, j'ai peur...

Personne n'ose l'obliger à terminer sa phrase.

— ... j'ai peur... j'veux pas vous paraître sans cœur, mais j'ai peur d'être sa marraine. Ce s'rait trop dur de le voir grandir. J'sais pas si vous m'comprenez... continue-t-elle en éclatant en sanglots.

Tante Angéline se lève et, pour la consoler, lui masse doucement les épaules.

— Tu n'es pas sans-cœur, ma petite Jeannette. Tu es lucide... je pense que tu as raison de craindre...

— Du moment que j'sais qu'le bébé est bien, l'interrompt Jeannette, c'est bon pour moi.

Se tournant ensuite vers moi :

— Toé Léa, t'es presque fiancée à mon frère... tu pourrais être sa marraine?

* *
*

Sur le chemin du retour, je réfléchis. Oncle Willie, si absent de la vie de ma tante, accepte d'élever un enfant avec elle ? Qui plus est, l'enfant d'une autre. Illégitime en plus ! À mes côtés, tante Angéline trottine allègrement, heureuse. Une fois de retour, elle m'entraîne dans le salon :

— Viens, Léa, il est grand temps que je te confie certaines choses. Le testament de papa mentionnait que je toucherais mon héritage seulement à mon mariage. J'avais toujours rêvé d'une grande maison de pension. Tu comprends, je voulais être indépendante. Gagner moi-même ma vie, sans me fier à un homme. Mais papa ne me croyait pas capable de gérer moi-même ses biens. Il faisait davantage confiance à un homme… Il avait nommé un tuteur jusqu'à ce que je prenne mari. Je me retrouvais à la merci de ce tuteur, un avaricieux qui me donnait quelques maigres dollars et entretenait la maison juste ce qu'il fallait pour l'empêcher de devenir un taudis. Je rageais. Pour avoir de l'argent, j'ai trouvé un emploi dans un hôtel luxueux. J'y ai appris mon métier : l'entretien des chambres, de la literie, le service aux tables, et tout quoi. C'est là que j'ai rencontré Willie. Il portait avec élégance son costume de portier ; il était beau, grand, charmeur. En bavardant tous les jours avec lui, j'ai appris à le connaître. Il voulait être policier pour la ville, mais n'avait jamais osé remplir une demande d'emploi. Ses raisons restaient nébuleuses. Je me suis attachée à lui et nous avons décidé de nous marier. J'avoue que j'ai précipité les choses parce que je voulais à tout prix m'émanciper de mon tuteur et profiter de mes biens le plus vite possible.

— Oncle Willie était au courant pour l'héritage ?

— Je lui en ai parlé seulement une semaine avant le mariage. Je ne voulais pas qu'un homme m'épouse juste pour mon argent. Il m'a alors dit : « C'est une bonne chose qu'on se marie ; je vais pouvoir entrer dans la police. » Je ne voyais pas le rapport entre les deux ; insouciante, je n'ai pas posé de questions.

Tante Angéline se tait, se pinçant les lèvres et hochant la tête en signe de dénégation.

— Quand on est jeunes, on ne voit pas toujours ce qui nous pend au bout du nez... Toujours est-il qu'on s'est mariés... mais la nuit de noces n'a jamais vraiment eu lieu.

— Qu'est-ce que vous voulez dire?

— Moi aussi, j'ai mis du temps à comprendre. Chaque soir, il essayait bien... mais il n'y arrivait pas.

— Il n'arrivait pas à quoi?

— À faire ce qu'un homme et une femme font dans un lit, le soir, quand ils veulent avoir des enfants...

Je rougis devant l'impudeur de ma tante d'aborder cette question des plus intimes. Chez moi, jamais on n'abordait ces sujets. Pourquoi le mari de ma tante...? De crainte de paraître naïve, je n'ose poursuivre mon interrogatoire.

— En fait, notre mariage, c'était une bonne affaire pour lui.

— Mais il ne savait pas pour l'héritage...

— Ce n'est pas l'héritage qui l'intéressait.

— C'était quoi alors?

— La police. Il voulait entrer dans la police et... vu... il avait peur...

Les propos de ma tante me paraissent de plus en plus nébuleux. Faut-il être marié pour devenir policier?

— Pour être policier, il faut être viril... si tu vois ce que je veux dire...

Non, je ne vois pas, mais n'en souffle mot.

— Pour être plus directe… dans le corps de police, les « fifis » ne sont pas les bienvenus…

Oncle Willie : un fifi ! Je ne m'en serais jamais douté. Angéline m'ouvre la porte de son jardin secret et cela me rend mal à l'aise d'y pénétrer. Je l'écoute sans la regarder.

— Tu sais que c'est considéré comme un crime. En fait, je lui ai servi de paravent. Ça lui a permis d'entrer dans la police. Moi, je devais me contenter d'une parodie de mari… Un soir, il m'a confié sa détresse de ne pas être comme les autres. Ses aveux m'ont bouleversée… même si ça ne changeait rien à la situation. J'ai fait contre mauvaise fortune bon cœur. Willie me laissait gérer ma maison de pension comme j'voulais. Il ne m'a jamais demandé d'argent. Officiellement, on est mari et femme ; mais en fait, on vit comme frère et sœur. Mais quand j'ai su pour Jeannette, j'ai revécu la détresse de ma sœur Éliane. Je me suis dit : « Non ! Cette fois-ci, faut que j'agisse. Au tour de Willie de faire quelque chose pour moi. Je lui ai permis d'être policier. Faut qu'il me permette d'être mère. »

Jeannette accouche le 3 octobre 1905 d'une petite fille : Manon.

15

Aucun nuage dans ma vie! *Mrs.* Tousignant me traite davantage en dame de compagnie qu'en domestique. En fait, son mari, un des rares hommes d'affaires francophones importants de la métropole, souhaite d'une part que sa femme perfectionne son français et, d'autre part, qu'elle ne s'ennuie pas à cause de ses longues heures de travail et de ses absences fréquentes. C'est ainsi que, même si je lui voue le plus grand respect, ma patronne devient rapidement une amie. Comme elle a fait l'École de haute couture, elle me montre à dessiner des patrons et, de mon côté, j'ébauche des modèles qui, tout en s'inspirant de la mode contemporaine, s'en distancient suffisamment pour être originaux. *Mrs.* Tousignant adore porter ces vêtements qui ne manquent pas d'attirer l'attention et lui valent des compliments lors des soirées mondaines auxquelles elle participe avec son mari. Dix mois maintenant que je suis à son service. À présent, elle parle couramment français avec un léger accent anglais; de mon côté, j'améliore ma capacité à comprendre et à parler anglais. Un bel échange! Cela me rappelle l'année avec Alice à la pension de tante Angéline. Alice, avec qui je corresponds encore : l'été dernier, elle a épousé un avocat anglophone et habite dans le West Island.

Durant la période de ses études, Télesphore limite ses visites au samedi soir et au dimanche après-midi. Au fur et à mesure que ma relation avec Mme Tousignant devient plus intime, elle me permet — quand elle ne reçoit pas elle-même de visiteurs — de veiller au salon. Parfois, Télesphore passe une main derrière mon épaule, me serre tendrement, dépose furtivement un baiser dans mon cou. D'étranges et douces sensations se répandent en moi, accélèrent les battements de mon cœur. À contrecœur, je le repousse en chuchotant : « Si madame Tousignant nous surprenait ! » L'hiver, quand la température s'y prête, nous allons glisser sur les pentes du Mont-Royal ou patiner sur l'étang du parc La Fontaine. Le cinématographe ? Télesphore ne consent à m'y emmener que le samedi soir. Conséquence sans doute de ses études chez les Clercs de Saint-Viateur, mon amoureux est très respectueux des ordonnances de l'Église qui en interdisent la fréquentation le dimanche. Un gramophone trône dans le salon et parfois, nous écoutons des chansons françaises telles *Le temps des cerises*, *Fascination*, *Frou-frou*...

Durant l'été, nos fréquentations s'intensifient. Les mardis, jeudis et samedis — les soirs de veillée — et les dimanches après-midi, Télesphore passe me prendre et nous allons nous balader dans les parcs, profitant des bancs publics pour nous reposer et parler d'avenir. Les nombreux sentiers du Mont-Royal favorisent des promenades romantiques. À l'abri des regards, il enserre ma taille. Soudain, il m'appuie contre un arbre, presse son corps contre le mien et m'embrasse goulûment sur la bouche. Mon corps se tend, résiste un moment. L'image du péché n'est jamais loin. Une de ses mains effleure un de mes seins, s'y attarde, le pétrit. Une caresse qui me procure un immense plaisir. Des secousses dans mon corps, des étincelles dans ma tête, et une chaleur humide dans cette région dont il faut taire le nom. Je m'abandonne. Nous poursuivons notre route, rivés l'un à l'autre, sans mot dire, afin de prolonger cet instant de pure extase. Je m'interroge sur ce liquide qui a mouillé ma culotte, conséquence des attouchements de Télesphore. Le soir, dans ma chambrette, j'ose explorer cette région interdite de mon corps. Je descends ma main le long de mon corps, au travers des poils de mon pubis et... la pensée fugace du péché mortel clignote dans mon esprit. Impossible de renoncer! Mes doigts écartent mes lèvres, cherchent les endroits où se loge le plaisir... et les découvre. Je frotte doucement; mon corps réagit, s'humidifie. Mes doigts pénètrent plus avant, fouinent partout et soudain, un liquide jaillit. Les tensions se relâchent et je ressens un immense bien-être. Je viens d'apprendre ce que les curés appellent le «vice solitaire».

Le dernier dimanche du mois d'août, Télesphore me demande si je consens à l'épouser, auquel cas il profitera du congé de la fête du Travail pour se rendre aux Cèdres, faire la «grande demande» à papa.

— Nous pourrions nous fiancer à Noël et nous marier à la fin de mon école normale l'an prochain. Ça me donne un an pour amasser de l'argent et on pourrait emménager au mois de juillet, au début de mes vacances. Qu'en penses-tu?

Folle de joie, je lui saute au cou.

PARTIE 2
Le médaillon

16

Huberdeau, 1923

Romuald n'en peut plus. Encore une fois, ce matin, il a été l'objet des sarcasmes d'un petit groupe de garçons. Quelques mois que cela dure; en fait, ces attaques coïncident avec le départ des pères Montfortains et l'arrivée des frères de Notre-Dame-de-la-Miséricorde. Quelques Filles de la Sagesse étaient restées pour continuer à s'occuper des petites tâches, trop ingrates pour les hommes : la cuisine, la vaisselle, la lessive, bref tout ce qui concernait l'entretien ménager. Exclues de l'enseignement, elles assuraient cependant la surveillance des repas et celle des dortoirs des enfants les plus jeunes — les frères se chargeant des plus vieux — et elles s'occupaient aussi de la bibliothèque et de la reliure.

Que cela cesse! Et vite. Mais comment? Il a tenté de les amadouer en leur rendant divers services, en leur filant en douce son dessert, en se désignant volontaire pour les aider dans les travaux scolaires. Ils exigent toujours plus. Récemment, lors de la session d'examens, ils l'ont obligé à tricher en leur passant un papier sur lequel il avait inscrit les bonnes réponses. Des solutions — surtout cette dernière — qui augmentent sa vulnérabilité en le rendant coupable de graves infractions aux règlements. Si le généreux et débonnaire Romuald accepte sans difficulté de rendre service, de se priver, de se sacrifier pour obtenir un peu de quiétude, sa conscience se rebelle devant la tricherie. Jusqu'où iront leurs exigences? Intimement convaincu de la nécessité de faire cesser ce chantage, il ne se sent pourtant pas le courage de les affronter. Il a beau retourner le problème en tous sens : c'est l'impasse. Rien ne peut mettre un terme à l'intimidation dont il est victime. Deux seules issues. La dénonciation : inenvisageable puisqu'elle attiserait l'animosité. Et l'autre, plus difficile encore : la fuite. En fait, celle-là seule résoudrait ses problèmes. Et encore! Fuir où? Avec quel argent? Avec Rodolphe?

C'est à tout ça qu'il réfléchit quand la bande revient des champs. Il s'interroge d'ailleurs à savoir pourquoi il a été placé dans un orphelinat agricole, incompatible avec sa condition physique. Romuald suit un programme spécial, individualisé, visant à lui faire terminer le cours primaire supérieur qui compte huit années en six ans; il est aussi inscrit à l'atelier de reliure et fait également de menus travaux pour les religieuses, entre autres à la bibliothèque. Évidemment, ce statut de privilégié lui vaut le surnom de « chouchou des pisseuses » et l'odieux d'être le souffre-douleur de quelques garnements. Trois ou quatre chenapans qui s'acharnent sur lui et ne perdent aucune occasion de le tabasser, de l'humilier et de l'isoler en interdisant aux autres de l'approcher sous peine de représailles. Trois ou quatre qui sèment la terreur et que personne n'ose affronter.

— R'gardez-moé l'infirme qui…

Le regard réprobateur de sœur Marie-Rosalie empêche Arthur de proférer des insanités.

— Ben quoi! Y fait jamais rien, lui. C'est pas juste.

D'un geste, la religieuse pointe le coin de la salle. Arthur se rebiffe.

PARTIE 2. LE MÉDAILLON

— Pourquoi vous m'punissez, moé ? J'ai travaillé fort toute la journée, pis lui...

Sœur Marie-Rosalie l'interrompt et la sentence tombe :

— Tu seras de la corvée de la vaisselle, ce soir...

— Hein... ? J'ai travaillé toute la journée...

— Ça suffit ! Si tu continues, tu seras aussi privé de souper.

Arthur se renfrogne, l'orgueil blessé. L'infirme gagne, mais il ne célébrera pas sa victoire : tôt ou tard, il lui ferait payer sa mortification. Déjà, il fomente sa vengeance. Romuald lit la haine dans son regard. Pire le mépris. Dans les premiers temps, il s'insurgeait. Il tentait d'expliquer qu'il travaillait comme les autres, mais à des tâches différentes... Peine perdue. Avec le temps, il s'était blindé. Les insultes, les moqueries, les quolibets, les sarcasmes ne le faisaient plus réagir. S'ajoutèrent alors les attaques physiques, sournoises. Transportait-il une assiette ? On le bousculait pour qu'il l'échappe. Était-il seul ? On en profitait pour lui donner de bons coups de poing dans les côtes, le pousser dans le dos, lui faire une jambette... S'il tombait, ils s'esclaffaient.

— Allez, l'infirme, t'es pas capable de t'nir deboute ?

S'il tentait de se remettre sur pied, ils l'en empêchaient. Par terre, recroquevillé pour se protéger un tant soit peu, il restait immobile et encaissait les coups. Ça ne durait jamais longtemps ; ses agresseurs, craignant d'être pris en flagrant délit, l'abandonnaient rapidement.

— C'qu'il est bête ! disait Arthur, le chef du clan, r'gardez-le, y s'laisse faire. Poule mouillée...

Bête ? Non ! Peureux ? Oui. Après s'être assuré de leur départ — car souvent, ils feignaient de partir et attendaient qu'il se relève pour le tabasser à nouveau —, Romuald se remettait péniblement sur ses pieds, replaçait ses cheveux, ses vêtements et passait par la salle de toilettes, question de regarder rapidement, dans le miroir, de quoi il avait l'air. De fois en fois, sa peur augmentait. Terrifié, il se savait battu d'avance, sa constitution physique ne lui permettant pas de rivaliser avec ces costauds. Sa seule arme : l'évitement.

Les religieuses renforcent la surveillance et mettent en place des moyens pour lui éviter d'être pris à parti par cette petite bande de gros bras. Au réfectoire, au dortoir, à la chapelle, elles lui octroient une place près des surveillants. En classe, on le place à l'avant. Pendant les périodes libres, on lui permet de lire à la petite bibliothèque, tenue par sœur Marie-Rosalie. Finies les toilettes communes pour lui : on l'autorise à utiliser celles réservées au personnel. Cette dernière mesure, jugée nettement discriminatoire, met le feu aux poudres. Les bourreaux ourdissent leur revanche et restent à l'affût d'une bonne occasion pour l'exécuter. Cette bonne occasion se présente un matin et faillit se terminer en catastrophe.

Postés dans un renfoncement du corridor à mi-chemin entre les toilettes et la sortie de la bibliothèque, lieu généralement désert en dehors des périodes de lecture obligatoire, Arthur et Arsène attendent leur proie. Dès que Romuald sortira, un complice s'assurera qu'il est seul et que la voie est libre. Il lancera alors le signal convenu : trois coups de talon rapides suivis d'un autre, quelques secondes plus tard. Leur stratégie se déroule comme sur des roulettes. Quand Romuald passe devant eux, ils sortent de leur tanière, l'empoignent et l'obligent à entrer aux toilettes. Ils le traînent dans une cabine, le forcent à s'agenouiller en lui assenant un fort coup de pied derrière les mollets. Romuald s'écrase et sa tête heurte violemment la cuvette. Sous l'impact, il hurle de douleur. Son cri excite ses agresseurs. Ils s'apprêtent à lui enfoncer la tête dans l'eau quand Rodolphe s'interpose. Rodolphe, le petit frère de Romuald. Petit étant un euphémisme puisque, contrairement à Romuald, il est grand, gros et fort, même s'il est de deux ans son cadet; il avait connu une formidable poussée de croissance dès l'âge de dix ans. Les épaules carrées, le torse large, il en impose. Impulsif, Rodolphe agit et réfléchit ensuite; en fait, il n'est pas très doué pour la réflexion. D'humeur égale, bon enfant, il est difficile à faire enrager. Par hasard, il passait dans le corridor voisin quand il a entendu le cri : il a reconnu la voix de son frère. Avec une force de titan, il agrippe d'abord Arthur et le propulse violemment à l'extérieur de la cabine; sa tête se fracasse sur le plancher de céramique blanche qui se teinte de rouge. À peine Arsène a-t-il le temps de se retourner qu'il se sent soulevé, balancé dans les airs et projeté à son tour; il atterrit face contre terre et se met à saigner du nez. Pendant que Rodolphe aide son frère à se remettre sur pied, Arsène se relève péniblement, tente de fuir. Hors de lui, Rodolphe s'apprête à le clouer à nouveau au sol quand des religieuses, alertées par les mugissements de Rodolphe et les cris des tortionnaires devenus à leur tour victimes, parviennent à se frayer un chemin au milieu des jeunes qui, ameutés par tout ce vacarme et ne voulant rien manquer du spectacle, se bousculent, formant un groupe compact à l'entrée des toilettes. Le bras de Rodolphe se fige dans les airs. Arsène se love au sol. Arthur gît, inconscient.

Les religieuses s'inquiètent de Rodolphe, à maîtriser; d'Arthur et d'Arsène, à soigner; des spectateurs, à disperser. Personne ne se préoccupe de Romuald qui, écrasé derrière la porte du cabinet, tremble de tous ses membres. Il entend des cris, des rires, des applaudissements même, des rappels à l'ordre, des menaces, des ordres. Puis, les bruits se dispersent. Dans tout ce chahut, on l'a oublié. Il aurait aimé se lever, quitter les toilettes, retourner à ses occupations, faire comme si de rien n'était pour minimiser l'importance de l'agression. À chaque tentative, ses jambes flageolent. Il s'effondre à nouveau. S'agrippant à la porte du cabinet, il parvient à se redresser, mais ses pieds, comme coulés dans du ciment, pèsent lourd. Il s'adosse à la porte, sanglote. Des larmes de désarroi, d'impuissance. Cela le calme : ses jambes reprennent de la vigueur, ses bras cessent de trembler. Se dirigeant vers la sortie, il voit son œil tuméfié dans le large miroir face aux cabines. Prenant son mouchoir de poche, il l'imbibe d'eau froide et le presse légèrement sur son œil blessé. Personne dans le couloir. Il se faufile prudemment jusqu'à la bibliothèque, son asile. Personne non plus. Sœur Marie-Rosalie est dans son bureau comme au moment où il a quitté la bibliothèque. Se peut-il qu'elle n'ait rien entendu ? Romuald l'observe de loin, se dissimulant entre les étagères de livres. Elle remue les lèvres. Prie-t-elle ? Lit-elle à haute voix ? Elle lève légèrement les bras et il voit qu'elle tient un tricot ; elle doit compter ses mailles. De toute évidence, elle ne l'a pas entendu venir. Cette image d'une femme, un tricot à la main, le plonge vers le passé. Une autre femme marmonne tout en faisant passer les mailles d'une aiguille à l'autre. Une à l'endroit, deux à l'envers, une à l'endroit, deux à l'envers, une à l'endroit... jusqu'à la fin du rang ; puis elle tourne le tricot et commence un autre rang. Parvenu tout au fond, Romuald se glisse entre le mur et la dernière allée, pour se tapir dans un renfoncement où il se sait à l'abri des regards. Il s'appuie au rebord de la fenêtre. Les larmes jaillissent de nouveau. De détresse, de honte. Lui pourtant si doux, se surprend à rêver de vengeance.

PARTIE 2. LE MÉDAILLON

Au loin, les champs au bout desquels la forêt, brouillée et tremblante. Une à l'endroit, deux à l'envers, une à l'endroit... cette fois, il entend une voix. Douce, monotone. Sa voix. S'il regardait intensément, peut-être l'apercevrait-il à l'orée de la forêt, venant vers lui, d'abord floue puis de plus en plus précise au fur et à mesure qu'elle se rapproche et que sèchent ses yeux. Devient-il fou ? Il ferme les yeux : elle est encore là, en lui. Son sourire inquiet. Des paroles résonnent, bien distinctes : « Je te confie ton frère. Ne l'abandonne jamais. Promets-le. » Il avait promis. Avait-elle obtenu la même promesse de Rodolphe ?

Arthur souffre d'une commotion cérébrale et repose, toujours inconscient, à l'infirmerie ; s'il ne reprend pas connaissance sous peu, on devra faire venir le médecin de Sainte-Agathe. Arsène, son comparse, y reste à peine une heure, le temps de soigner une blessure superficielle au nez. Rodolphe reçoit sans coup férir, une dizaine de coups de « strappe ». Sœur Marie-Rosalie repère Romuald, dissimulé au fond de la bibliothèque, et soigne son œil. Personne, toutefois, ne se soucie des conséquences psychologiques de cet assaut sur lui.

Les religieuses enquêtent. Les jeunes spectateurs agglutinés devant l'entrée des toilettes ignorent tout du motif du combat. Bien sûr, Arsène rejette l'odieux sur Rodolphe, cet arriéré mental qui s'est jeté sur eux sans aucune raison. Connaissant les agresseurs, les religieuses doutent de sa version. Furieux d'avoir été puni, Rodolphe boude, refuse de répondre à leurs questions. Finalement, il consent à rompre son mutisme en s'exclamant :

— Y avaient juste à pas faire mal à mon frère.

Ces quelques mots suffisent : les religieuses comprennent le fin mot de l'histoire. Malgré tout, Rodolphe ne peut rester impuni.

— On ne répond pas à la violence par la violence.

Rodolphe ne comprend toujours pas pourquoi, alors, on lui a infligé plusieurs coups de «strappe».

Le père directeur le rencontre.

— C'est pas moé qu'a commencé. J'ai juste défendu mon frère, se contente-t-il de répéter, déniant toute culpabilité.

À la question :

— Et si ça se reproduit ?

Sans la moindre hésitation, de la férocité dans la voix, les poings levés comme prêts à l'attaque, Rodolphe répond qu'il défendrait toujours son frère.

Évidemment, ces propos soulèvent vivement l'inquiétude des autorités désireuses d'éviter une escalade de violence au sein de l'orphelinat. Rodolphe accueille stoïquement sa sentence : cinq jours au donjon, une pièce exiguë servant à isoler et à calmer les jeunes récalcitrants. Par la suite, privé de sorties à l'extérieur et corvée de vaisselle pendant un mois !

17

Aujourd'hui, Romuald reçoit une convocation du père directeur. Sachant Rodolphe incapable de mesurer la réelle portée de ses gestes, il veut avertir Romuald des sanctions qu'il devra prendre contre son frère si ce dernier use à nouveau de sa force.

— On ne peut pas accepter les actes de violence dans cet établissement. Arthur et Arsène ne sont pas des enfants de chœur, je sais; mais de là à... à... Enfin, vous comprenez ce que je veux dire?

Romuald baisse les yeux, hoche silencieusement la tête.

— Vous devez le mettre en garde. Si cela se reproduit, ne serait-ce qu'une seule fois, je ne pourrai plus le garder ici. Il me faudra l'envoyer dans une maison où on s'occupe des enfants... disons... plus indisciplinés... Dans une école de réforme.

À ces mots, Romuald relève vivement la tête et proteste :

— Mais c'est pas sa faute, c'est eux qui ont commencé, pas lui...

— Ce n'est pas ce qu'on veut faire, non plus. Si votre frère se conduit bien, on va le garder, c'est sûr... mais il ne doit plus s'attaquer aux autres.

— Il voulait juste me défendre...

— Hé bien! Il devra trouver d'autres moyens... Le jeune Arthur est blessé gravement. À vous de le contrôler.

Abasourdi, dégoûté de cette injustice, Romuald sort du bureau complètement atterré. La seule éventualité d'être séparé de son frère le désarçonne. Il est prêt à subir les moqueries, les insultes, les coups de ses ennemis, mais la séparation, jamais. Il l'a promis à sa mère et, quoi qu'il dût lui en coûter, il tiendra sa promesse.

* *
*

Aussitôt quitté le bureau du directeur, Romuald s'empresse de retrouver son refuge : la bibliothèque. Sœur Marie-Rosalie, la responsable, l'a pris sous son aile ; elle lui fait confiance, lui a même prêté une clé pour qu'il puisse venir en dehors des heures prévues. La présence des livres le rassure. Des compagnons fiables qui jamais ne l'ont blessé. Même choisis au hasard, sans en regarder le titre, jamais ils ne l'ont déçu. Plus que des connaissances, plus qu'un divertissement, le livre lui offre un apaisement. Il y entre comme dans une chapelle, sans faire de bruit, en silence, recueilli, et la magie des mots le transporte dans un autre univers. Une étrange sensation de bien-être, comme une transfiguration, une ascension vers un autre monde, une révélation. Quel qu'en soit le sujet, chacun semble là expressément pour répondre à son interrogation du moment.

Comme la veille, Romuald désire être seul. Sœur Marie-Rosalie, derrière le comptoir, le salue. Pour éviter une conversation avec la religieuse, il lui répond d'un signe de tête, emprunte rapidement l'allée latérale et retrouve sa cachette. Se sentant comme une bombe sur le point d'exploser, il a besoin de calme pour considérer les implications de sa rencontre avec le directeur. Il croise ses bras sur le rebord de fenêtre, y appuie sa tête et se force à inspirer lentement en comptant jusqu'à quatre, puis à expirer encore plus lentement, en comptant jusqu'à huit. Une manière de contenir son agitation. Cette fois, il a du mal à vider son cerveau, à mater ses sentiments. Il sent une urgence à agir avant qu'un autre événement malheureux ne se produise et que la menace d'expulsion ne se concrétise. Une décision qui aurait des répercussions tragiques.

— Tiens, c'est encore ici que tu t'caches ?

Romuald sursaute et, comme pris en défaut, se trouve une excuse.

— J'suis venu classer des livres.

La religieuse sourit.

— Il n'y a guère de livres à classer ici. Est-ce que tu dormais ?

— Non, non... je...

Sentant son malaise, la religieuse l'interrompt.

— Viens, on va parler tous les deux.

Romuald rougit. Il ne bouge pas. Elle répète son ordre, plus fort. Il ne peut se défiler.

— Tu penses à ce qui s'est passé hier ?

Sa sollicitude, le ton affectueux de sa voix le font craquer. À son corps défendant, ses larmes jaillissent.

— Raconte. On t'a encore fait du mal ?

— N...on, n...on ! C'est pas ça...

— C'est quoi alors ? Dis-le-moi... peut-être que je pourrais t'aider.

— Personne peut m'aider, s'écrie Romuald en tâchant de retenir ses larmes.

— Ça, ce n'est pas vrai. Tout problème a sa solution. Il s'agit de la trouver. Mais pour la trouver, il faut connaître la nature du problème. Tu as peur ? Tu te sens en danger ?

— ...

— C'est quoi alors ?
— C'est Ro... c'est Ro... avant même de finir de prononcer son nom, ses pleurs se transforment en sanglots irrépressibles.

Le clan a bien raison, pense-t-il, de le traiter de poule mouillée.

— Je sais ce qui s'est passé. Tu as de la peine parce qu'il a été puni ?

Romuald a un geste de dénégation.

— Tu sais, le père directeur n'a pas le choix ; il doit assurer l'ordre, tu comprends ?

Tout en reniflant, il fait un signe d'approbation.

— Bien sûr que j'comprends... c'est pas ça...
— Est-ce que la bande d'Arthur s'est vengée ?

Autre geste de dénégation.

Sœur Marie-Rosalie se tait pendant de longs moments. Puis, d'une voix hésitante et sur un ton monocorde, elle prend à nouveau la parole.

— Tu sais, j'ai un frère comme Rodolphe.

Le regard triste, elle se tait.

— Qu'est-ce que vous voulez dire ? Qu'il était fort comme lui ?

— Non, il n'était pas aussi fort mais, comme Rodolphe, il ne réussissait pas bien à l'école.

Intrigué, Romuald l'écoute, sans un mot.

Elle se tait à nouveau, plus longuement, s'interrogeant à savoir si elle avait le droit de... Romuald est encore bien jeune... Question de principe. Néanmoins, Romuald doit connaître la situation de son frère.

— Romuald, reprend-elle lentement, ton frère Rodolphe... il est... légèrement retardé.

Insulté, Romuald s'exclame :

— Quoi ? Retardé !

La religieuse se lève, s'assoit près de lui.

— Romuald, il faut voir la vérité en face. Ton frère souffre d'une déficience intellectuelle. C'est pour ça qu'à son âge, il a encore de la misère à lire, à écrire, même à compter. Il n'est pas dépourvu de talents... il a le pouce vert et il s'occupe admirablement bien des fleurs, des plantes... et il a beaucoup de talent en dessin... c'est lui qui a dessiné plusieurs des motifs de courtepointes que sœur Émilienne a piquées...

Romuald regarde sœur Marie-Rosalie avec de grands yeux hébétés.

— Tu ne savais pas?
— Non!
— Il faut de tout pour faire un monde. Quelqu'un a dit : il n'y a pas de sots métiers... il n'y a que de sottes gens.

Pour Romuald, aimer les fleurs et dessiner des motifs de courtepointes, ce n'est pas très important. Selon lui, pour réussir dans la vie, il faut s'instruire. Une voix, celle d'un homme, le lui répétait : « Tu t'instruiras... c'est ça qui compte l'instruction. *Never forget it...* » Il sent encore une main lui ébouriffant les cheveux. Que fera Rodolphe s'il ne peut ni lire, ni écrire, ni compter?

— Mon frère est pas arriéré, clame-t-il d'un ton sec.

La religieuse le laisse digérer un peu cette révélation avant de poursuivre :

— Réfléchis un peu, Romuald... il a doublé sa deuxième année et s'apprête à tripler sa troisième...

Les idées se chamaillent dans sa tête. Il n'est pas idiot; il se rend bien compte que Rodolphe ne réussit pas bien en classe, mais il mettait ça sur le dos de la séparation. Du jour de leur entrée à l'orphelinat, le comportement de son frère a changé radicalement. Lui, il s'est fait à l'idée... il a accepté, sachant que c'était temporaire. Rodolphe, non! Il s'est renfermé, parlant peu, ignorant les autres. Obéissant, il accomplit sans regimber les tâches physiques qu'on exige de lui : transporter de la terre, dépierrer le sol, faucher, transporter les seaux à lait... Quand on le louange pour son travail, il hausse simplement les épaules comme si le compliment ne le touchait pas. Le passé ? Curieusement, Rodolphe et lui ne l'évoquent que rarement. Pourtant, entre eux deux, il stagne là, comme un vide lourd et puissant qui les écrase. Tout ça remonte à la surface comme un vent violent, une haute marée qui menace de les engloutir.

Il relève la tête vers sœur Marie-Rosalie qui, à ses côtés, l'écoute penser.

— Il aime pas apprendre... c'est tout.

— Je sais. Il n'aime pas apprendre parce que c'est trop dur pour lui. Ce n'est pas facile d'être toujours le dernier, de doubler... De se retrouver le plus grand des élèves de sa classe, mais le moins bon. Lui aussi, il s'en est fait crier des noms...

— Il m'en a jamais parlé... c'est vrai qu'on s'parle pas souvent... tout seuls, j'veux dire...

— Comme toi, il garde tout pour lui... c'est de famille, non ?

— Hum... Pourquoi il se défend pas ? Il est capable, lui, il est pas comme moi.

— Tu as raison : il est grand, fort. Mais ton frère n'est pas un batailleur ; c'est un pacifique. Il endure. S'il a attaqué, hier, c'était pour te défendre, toi. Le problème, c'est qu'il ne mesure pas sa force. Tu as vu hier ? C'est dangereux !

— Ça m'a même fait peur. Si les religieuses ne l'avaient par arrêté, je sais pas comment ça se s'rait terminé.

— Le père directeur aussi a peur... Si Rodolphe entre une autre fois dans une grande colère...

PARTIE 2. LE MÉDAILLON

L'allusion au frère directeur ramène Romuald à l'épée de Damoclès suspendue au-dessus de son frère.

— ... il a dit qu'il pourrait pas l'garder... J'veux pas qu'on nous sépare. J'l'ai promis à maman. Faut que j'le protège... j'pourrai pas, si on est séparés.

— Je comprends. Ne désespère pas. On trouvera bien une solution... Et si tu commençais par lui parler ?

— C'est rare qu'on se parle... On est pas dans les mêmes groupes, pas dans le même dortoir, on a pas les mêmes heures de repas... on s'voit presque jamais et quand on s'voit, on n'est jamais tout seuls.

— Je vais arranger ça.

18

Ce même après-midi, sœur Marie-Rosalie fait entrer Rodolphe dans un petit local à l'intérieur de la bibliothèque et l'invite à s'asseoir. Quelques minutes plus tard, Romuald l'y rejoint. Les deux frères se regardent, embarrassés. Depuis leur entrée à l'orphelinat, quelque cinq ans auparavant, ils s'étaient rarement retrouvés ainsi, seuls. Mal à l'aise, chacun fuit le regard de l'autre et il en résulte un silence glacial et aride.

Ayant en tête les révélations de sœur Marie-Rosalie, Romuald a l'impression d'être en face d'un étranger. Qu'ont-ils en commun ? Physiquement, rien. Grand et costaud, Rodolphe est fort comme un bœuf alors que son frère, infirme, reste petit et frêle. Romuald détaille le visage rond de Rodolphe, ses yeux bleus… bleus avec — il ne l'avait jamais noté auparavant — une étoile jaune en leur centre, comme celle de leur mère. Les siens sont bruns dans un visage plutôt ovale. À ces différences physiques peu essentielles s'ajoutent des différences plus fondamentales : le comportement, les aptitudes, les attitudes, les goûts… Rodolphe aime les activités extérieures auxquelles il peut s'adonner en solitaire : l'horticulture, le jardinage. Il excelle dans des travaux féminins comme la broderie, le tricot, la couture. D'ailleurs, les camarades se moquent de lui quand ils le voient — ce gros gars aux doigts boudinés

PARTIE 2. LE MÉDAILLON

— tenir des aiguilles à tricoter, du fil à broder ou s'installer au métier pour tisser des catalognes ou piquer des courtepointes. Rodolphe ne réagit pas. Quolibets, sarcasmes, insinuations, punitions, rien ne l'atteint. Impassible, indifférent à tout sauf... à son frère. Romuald mesure mieux la distance qui les sépare. Lui, il n'aime ni les activités extérieures ni les travaux manuels ; ce qui l'intéresse, ce sont les livres, l'étude, les arts. D'une sensibilité à fleur de peau, la moindre allusion à son corps difforme le blesse autant qu'un coup de poignard. S'habitue-t-on à sa différence ? Qu'ont-ils donc en commun sinon leur nom de famille ? Lamoureux : un nom qui les soude inéluctablement.

Absorbé dans ses pensées, Romuald en oublie presque la présence de son frère. Un toussotement de ce dernier le ramène à la réalité. Il lui revient de briser le silence. La seule phrase qu'il trouve, il la juge banale dès qu'il la formule :

— Merci de m'avoir défendu.

Rodolphe hausse les épaules, l'air de dire : il n'y avait rien à faire d'autre ou, mieux encore : tu ne trouves rien d'autre à me dire ?

— Ça fait drôle de se r'trouver ici, tout seuls, tu trouves pas ?

— Ça fait combien de temps qu'on est icitte ? demande Rodolphe.

— Quelques minutes à peine...

— C'pas c'que j'veux dire... Icitte, à l'orphelinat !

— Ah !

Préoccupé par les conséquences de la bataille de la veille, sur la menace d'expulsion dont il doit aviser son cadet, Romuald ne s'attendait pas à cette question.

— On est arrivés en 1918...

— Ça fait combien de temps, ça ?

Romuald se souvient des confidences de sœur Marie-Rosalie : Rodolphe a du mal à compter. Il s'en veut de le placer dans une situation d'infériorité et se reprend :

— Excuse-moi, j'avais mal compris la question. Ça va faire cinq ans cet automne.

— A r'viendra pas ! affirme Rodolphe d'un ton tranchant.

Romuald demeure coi. Comme un tabou, cette question n'a jamais été abordée entre eux.

— Pourquoi tu dis ça ?

— J'le sais, c'est toute.

— Elle a dit qu'elle reviendrait... c'est juste plus long...

— Ben moé, j'te dis qu'a r'viendra pas, rétorque Rodolphe.

Cette affirmation catégorique, sans nuance, ébranle la conviction de Romuald. Se pourrait-il qu'il ait raison ? Il n'a jamais remis en question la promesse de sa mère. Elle a dit qu'elle viendrait, elle viendra. Interdit d'en douter. Il a foi en sa parole, comme on croit en Dieu. Et voilà que, comme une violente bourrasque, la certitude de Rodolphe emporte la sienne. Se ment-il à lui-même ?

— Il faut garder espoir, répond-il d'une voix mal assurée.

— Non ! dit Rodolphe, convaincu. Moé, j'l'attends pus.

Rodolphe regarde son frère droit dans les yeux, imperturbable. De peur qu'il ne perçoive le doute dans son regard, Romuald baisse les yeux.

— J'suis sûr...

Rodolphe l'interrompt :

— Non ! point final. Pourquoi qu'on est icitte ?

Désorienté par un changement aussi rapide de sujet, Romuald prend quelques secondes pour remettre ses idées en place et réfléchir à la manière dont il abordera la question. Après un rapide résumé des propos du directeur, il termine par la menace d'expulsion en cas de récidive.

— Y ont juste à t'laisser tranquille. Moé, j'vas toujours te défendre pis y a rien ni parsonne qui va m'en empêcher.

Rodolphe n'en démord pas. À court d'arguments, son impatience s'alliant à ses craintes, Romuald s'exclame :

— Tu vois pas que ça va nous séparer! Je saurai plus où tu es, je...

La voix brisée, il ne peut poursuivre.

— Ben on a juste à partir d'icitte, riposte Rodolphe sans ambages.

La solution de Rodolphe lui fait l'effet d'un coup de poing dans le ventre.

* *
*

Vers quatre heures de l'après-midi, Romuald se rend, comme l'horaire le prescrit, à la salle d'étude. Impossible d'étudier. Son esprit virevolte d'une idée à l'autre, chacune entraînant différents sentiments. La bataille : la peur. La déficience de Rodolphe : la tristesse. La menace d'expulsion : la crainte. « Elle ne reviendra pas. J'le sais, c'est toute! » : la détresse. « On a juste à partir d'icitte » : l'angoisse. Partir! Romuald dresse la liste de tout ce qui leur faudrait pour partir : un billet de train, un lieu où habiter, un travail, de l'argent. Et il serait responsable de son frère. Peut-il sérieusement envisager cette solution?

Quatre heures et quart

Nouvel effort pour se concentrer! Le sens des mots lui échappe. Rebelle, son esprit vagabonde sans qu'il puisse l'arrêter et le fixer sur les leçons à apprendre. L'imparfait du subjonctif, la concordance des temps. Malgré ses efforts, il n'y comprend rien. Il prend conscience de ce que doit éprouver son frère qui n'arrive pas à apprendre... Il n'y avait jamais vraiment songé; il avait toujours cru que les mauvais résultats de Rodolphe étaient dus à son insouciance, à son manque de motivation, à la séparation. Une manière de protester contre l'orphelinat. Arriéré? Jamais il ne l'aurait deviné sans les confidences de sœur Marie-Rosalie qui lui avait tracé le portrait d'un inconnu.

Quatre heures et vingt-cinq

L'horloge enjambe les minutes à pas de géant. Les devoirs gisent là, sur le pupitre, sans qu'il ait progressé; son bouillonnement intérieur le ligote. Depuis leur arrivée, jamais ils n'ont évoqué les souvenirs de «l'avant». Chacun, emmuré dans sa douleur, refuse inconsciemment de partager sa mémoire avec celle de l'autre pour reconstruire le casse-tête de leur histoire.

Au tout début, Romuald remontait le temps presque chaque soir avant de s'endormir. Son entrée à l'école. La naissance de sa petite sœur. *« Never forget it! »* L'odeur des tourtières à Noël. Les yeux gris-bleu de sa mère avec l'étoile dorée en plein centre. Et son père, si grand à côté de lui. Il avait même esquissé son portrait. Son père, mort. En l'espace de quelques jours, la maladie avait eu raison de cet homme pourtant encore jeune. Puis, peu à peu, l'intervalle entre ses périodes de réminiscences s'était allongé... Le passé lui échappait chaque jour, chaque semaine, chaque mois, chaque année davantage. Des images refaisaient surface lors d'occasions spéciales. Une date : l'anniversaire de sa mère. Noël. Une lettre.

Cinq heures moins vingt

Un effort de volonté! Ses devoirs à terminer. «On a juste à partir d'icitte.» La solution toute simple de Rodolphe.

PARTIE 2. LE MÉDAILLON

Bien sûr, il faudra en arriver là un jour. Il termine en juin prochain sa huitième année. Dans deux ans, il devra, de toute manière, quitter l'orphelinat. C'est obligatoire. Partira-t-il seul? «Je te confie ton frère. Ne l'abandonne jamais. Promets-le.» Les paroles de sa mère lui martèlent la tête. Il a promis, sans savoir ce à quoi il s'engageait. Dans deux ans, il partira avec son frère… dans deux ans… pas tout de suite : il ne se sent pas prêt. D'ici là, empêcher la séparation, éviter l'expulsion.

Pour la première fois, il éprouve une pointe d'amertume. Sa mère aussi a promis. Malgré cela… L'attente s'étire… La conviction de Rodolphe ouvre une brèche dans sa certitude. Et s'il avait raison? Si elle ne revenait jamais?

Cinq heures

La cloche résonne. Pour une rare fois, il n'a terminé ni ses devoirs ni ses leçons.

19

N'osant plus infliger de sévices corporels à leur souffre-douleur par crainte des ripostes du « gros » frère, Arsène et quelques autres — Arthur étant toujours à l'infirmerie — adoptent un harcèlement plus pernicieux. Romuald ouvre un livre : des pages arrachées. Ses cahiers de devoirs : caviardés. Ses vêtements : salis. Son oreiller : transpercé. Ses draps : déchirés. Romuald demeure impassible. Pour rien au monde, il ne divulguerait ce dont il est victime. Si Rodolphe en avait vent, sa colère serait terrible et Dieu sait ce dont il serait capable. Mieux vaut endurer. Il dissimule ces forfaits non seulement au regard des autorités, mais à celui de Rodolphe.

Comme Romuald a toujours été d'une propreté irréprochable, sœur Marie-Rosalie s'aperçoit vite du problème. Elle en discute avec son tuteur qui, lui aussi, a remarqué le mauvais état de ses cahiers et de ses livres. Il l'a même réprimandé à ce sujet et Romuald a encaissé les reproches et la punition. Poursuivant son enquête, la religieuse interroge la responsable de l'étage qui lui mentionne les draps déchirés et l'oreiller perforé. Cumulant ces informations, sœur Marie-Rosalie rencontre le préfet de discipline.

— Il est évident, affirme-t-elle, que Romuald est encore victime de la bande d'Arthur. Ils ne s'en prennent plus physiquement à lui, mais ils agissent plus sournoisement, sachant qu'il se taira. Romuald, vous le savez, ne s'est jamais plaint de quoi que ce soit. Mais il est temps que ça cesse.

— Bien sûr, bien sûr... mais il faudrait les prendre sur le fait... comment puis-je sévir sans preuve de leur culpabilité et sans aucune plainte ? Je vais essayer de trouver une solution. Si vous pensez à quelque chose...

— Justement, j'aurais quelque chose à proposer...

* *
*

De son côté, depuis l'épisode de la bataille, Romuald examine les moyens de protéger son frère, de les soustraire tous les deux aux intimidations et — son obsession — d'éviter l'expulsion et la séparation. Il ne reste que deux mois avant la fin de son cours primaire supérieur ; ce serait dommage de partir avant l'obtention de son diplôme. Quant à Rodolphe, qui triplera probablement sa troisième année, c'est moins grave. Alors qu'il se dirige vers la salle d'étude, sœur Marie-Rosalie l'interpelle.

— J'aimerais te parler. Tu peux venir à mon bureau, disons dans trente minutes ?

— Bien sûr, ma sœur.

En attendant l'heure de la rencontre, Romuald fait du sang de punaise : quels sont les motifs de cette convocation ? Rodolphe ?

— Romuald, j'ai beaucoup pensé à ton frère et à toi depuis notre conversation, déclare-t-elle avec un sourire chaleureux. Je vois bien que le clan ne t'a pas lâché...

Romuald tente de protester.

— Ne nie pas… j'ai des yeux pour voir. Tes cahiers avec de gros pâtés d'encre, les pages de tes livres arrachées… et j'en passe… Te connaissant, je sais que ce n'est pas toi le responsable.

Il baisse la tête.

— Ça ne peut plus continuer ; j'ai une solution à te proposer.

Romuald la regarde, hébété.

— Une solution ?

— Tu vas bientôt avoir ton certificat. Comme tu écris très bien, que tu es sérieux, consciencieux, fiable et responsable… je te propose de travailler pour l'orphelinat.

Les yeux de Romuald s'agrandissent démesurément.

— Travailler ?

— Oui. TRA-VAIL-LER. Le bureau de direction te confierait le classement de dossiers, l'adressage d'enveloppes, la distribution du courrier interne… tu ferais certaines commissions… tu pourrais aider les plus jeunes qui ont de la difficulté à faire leurs devoirs… Quant à moi, je te réserve quelques heures pour m'aider à la bibliothèque, replacer les livres sur les rayons, en faire l'inventaire, réparer ceux en mauvais état… Ne t'inquiète pas, on tiendra compte de ton infirmité et on ne te confiera pas de tâches que tu n'es pas capable de faire. Qu'en penses-tu ?

— Je… sais pas… quoi dire… ânonne Romuald.

— Bien entendu, tu travailleras, mais on ne peut pas te payer beaucoup. Par contre, tu pourras loger gratuitement dans l'aile réservée au personnel… et… avec ton frère.

— Avec Rodolphe ? répète-t-il, les yeux grands d'étonnement.

— Les chambres sont petites, vous y serez un peu à l'étroit, mais au moins, vous aurez la paix. Lui et toi pourrez aussi manger au réfectoire du personnel.

PARTIE 2. LE MÉDAILLON

— C'est presque trop beau pour être vrai !
— Alors, tu es d'accord ?
— Oui, oui. Je commence quand ?
— Oh la la ! Tu es pressé, toi ! répond la religieuse, un doux sourire dans la voix. Il faut d'abord que tu passes les examens à la fin du mois de juin... et que tu obtiennes ton certificat.
— Vous pouvez être sûre que j'vais l'avoir.
— Je n'en doute pas un seul instant, ajoute-t-elle en lui tapotant affectueusement l'épaule. Allez, ouste... tu peux apprendre la bonne nouvelle à Rodolphe.

* * *

En juin 1924, son diplôme obtenu, grâce à l'intercession de sœur Marie-Rosalie, Romuald peut enfin tirer profit de ce qu'il a appris. Dévoué entièrement à sa tâche, il aime son travail, ne compte pas ses heures et, surtout, il cesse d'être une victime. Après une année de tensions et de sévices, il savoure la nouvelle atmosphère de paix et de sécurité dans laquelle il vit. Comment a-t-il pu tolérer aussi longtemps le harcèlement ? Jamais plus il ne se laissera outrager de la sorte. C'est fini : F-I-FI N-I-NI... FINI !

Du lundi au vendredi, en fin d'après-midi, après la période d'étude, Rodolphe le rejoint. Comme ils ont toujours été séparés depuis leur entrée à l'orphelinat, partager la même chambre leur fait vivre une promiscuité inaccoutumée. Chacun se sent mal à l'aise face à l'autre, maladroit, ne sachant ni comment ni de quoi parler. Partager le même espace favorise l'apprentissage d'un nouveau type de relation. Même si le lien du sang est resté très fort, l'éloignement des dernières années a creusé un fossé. Habitués au silence, ils n'arrivent d'abord pas à le rompre. Ils réapprennent lentement à vivre ensemble. Romuald aide son frère dans ses devoirs et leçons ; il lui fait répéter ses verbes, ses tables de multiplication jusqu'à ce qu'il les sache par cœur. Une heure plus tard, tout est oublié. Humilié, Rodolphe grogne, regimbe. Pourtant, ce n'est pas faute d'application, car il fait vraiment de gros efforts pour comprendre. Avec le temps, Romuald insiste moins et s'efforce d'accepter les limites de son frère. À quoi bon le culpabiliser ? Mieux vaut insister sur ses forces.

La menace du directeur plane toujours. Si à partir de 5 h, il ne peut rien arriver, Romuald ignore ce qui se passe dans l'aile des classes, dans les champs ou les terrains extérieurs durant la journée. Parfois, la mine renfrognée de son frère laisse supposer qu'il a eu maille à partir avec quelqu'un. Placide, Rodolphe refuse d'expliquer. Un jour, il revient avec des ecchymoses aux jointures et aux bras. Une autre fois, la chemise déchirée. Parfois, il arrive plus tard, après avoir purgé une punition. Pourquoi ? À son habitude, Rodolphe répond par un haussement d'épaules. Ces incidents semblent toutefois passer inaperçus, car ni le frère directeur ni sœur Marie-Rosalie ne lui en soufflent mot.

Romuald y devine un signal d'alarme ; son inquiétude grimpe d'un cran. Agir avant qu'il ne soit trop tard. La seule solution : quitter l'orphelinat. Au fil du temps, l'idée a fait son chemin. Il se sent prêt. Doit-il en parler à sœur Marie-Rosalie, son « bon ange » ? L'aiderait-elle à fuir ? Un soir, Rodolphe arrive avec un œil au beurre noir et une blessure à la joue ; il a dû passer à l'infirmerie. C'est le moment d'agir : il ne peut plus attendre. Le lendemain, alors qu'ils sont seuls à la bibliothèque, Romuald mentionne à la religieuse son désir de lui confier un secret à la condition qu'elle jure de ne le dévoiler à personne.

— Je suis religieuse, Romuald, je ne peux jurer impunément, mais je te promets de garder ton secret pourvu, évidemment, que le bien d'autrui ne soit pas en jeu. Je pense deviner de quoi... ou plutôt de qui il s'agit... de Rodolphe ?

Romuald lui explique son projet. Elle l'écoute sans l'interrompre.

— Qu'est-ce que vous en pensez ?

— Tu as raison de penser que Rodolphe est en train de s'attirer de graves ennuis. J'en ai entendu parler. Si tu veux rester avec lui, il faut faire quelque chose. Pourquoi tu n'écris pas à ta mère ? Maintenant qu'elle est remariée...

— Non ! répond Romuald catégoriquement.

— Pourquoi ?

— ... Parce que...

Romuald n'ose avouer qu'il n'a reçu que deux lettres de sa mère depuis son remariage... en janvier 1920. Que la religieuse porte un mauvais jugement sur sa mère, il ne le supporte pas. Une sorte de honte ! Une double honte, en fait. Honte qu'on juge mal sa mère et honte de se sentir rejeté par la seule personne qui pouvait l'aimer tel qu'il est, avec ce corps difforme dont il est l'otage.

La religieuse l'observe. Tête baissée, il feint de dessiner des ronds sur la table. Se rapprochant, elle le prend par le menton, lui relève la tête.

— Aie, regarde-moi un peu ! Avant de penser à quitter l'orphelinat, il faut préparer votre sortie. Vous ne pouvez pas partir du jour au lendemain sans savoir où vous irez, où vous habiterez, comment vous gagnerez votre vie...

— J'sais bien que ce s'ra pas facile, mais au moins...

— Ce sera loin d'être facile… Je viens de penser à quelque chose… je ne t'en dis pas davantage. Laisse-moi un peu de temps, je vais voir ce que je peux faire.
Elle se lève et ajoute avec un clin d'œil :
— Fais-moi confiance.

20

1925
Le même train. Sept ans plus tard. Sur le siège, à côté de lui, Rodolphe somnole. Il en aurait bien envie lui aussi. Depuis une semaine, il lutte contre l'insomnie. Frénésie et terreur. Quitter l'orphelinat où ils étaient pris en charge depuis sept ans l'insécurise. Désormais, il lui incombera de faire à manger, de laver le linge, de s'occuper du ménage... surtout, de gagner de quoi vivre tous les deux. Seul, il aurait moins peur. Mais il doit assumer la responsabilité de son frère qui, insouciant des difficultés qui les attendent, dort paisiblement, la tête appuyée contre la vitre. Il vient à peine d'avoir quinze ans et, comme cadeau, brutalement, il devient soutien de famille.

Novembre 1918 : le même train en sens inverse. À peine un mois après la mort de leur père. Jamais il n'a cessé de penser à lui. Il rejoue son arrivée à l'orphelinat. Le premier jour, la première semaine, le premier mois... Dévasté, dépossédé de ses repères. Il se revoit, étouffant ses sanglots dans son oreiller. Indifférent à tout, sauf à sa douleur. Plus rien ne lui importait. Son goût de vivre s'était éteint avec son père ; avec l'abandon de sa mère à Huberdeau. De son lit au bout du dortoir, il observait les étoiles et il imaginait que son père était l'une d'elles. La plus belle, la plus brillante ! Une autre manière d'être présent au monde. Une nuit, l'étoile est descendue, a voleté au-dessus de son lit : « Je suis là. Ne pleure pas sur moi. *Take care of your brother*. Toujours... toujours. » Un beau rêve, paisible, dont il entendait encore, au réveil, l'écho de ce « toujours ».

Les deux frères avaient rarement évoqué ces événements marquants de leur vie : la mort de leur père et leur arrivée à l'orphelinat. Un accord tacite les muselait.

Maintenant, Rodolphe ronfle, bruyamment. Le passé hante à nouveau Romuald. Comme un feu d'artifice, sa mémoire explose de tous les côtés, sens dessus dessous. Ses souvenirs l'éclaboussent. Parfois, des scènes paisibles, rassurantes. Autour d'une table. À l'église. Parfois, des scènes bouleversantes. Sa mère près du corps de son père. Un drap blanc qu'il tente de soulever. Le voir, une dernière fois. S'assurer que c'est bien lui, en dessous. La voix de sa mère : « On touche pas à un mort, ça peut troubler son sommeil. » Tout avait été si vite ! Leur vie chamboulée... en quatre jours ! Leur père revient du travail avec une forte fièvre. Interdiction d'aller dans sa chambre. Il respire bruyamment. Un râle long, chuintant. Le médecin. C'est sérieux, quand le médecin vient, car cela coûte cher.

Le verdict :

— La grippe espagnole... elle est partout... une épidémie. Dès qu'il passera, il faut enlever le corps rapidement. Désinfecter complètement la chambre pour éviter la contamination.

Dissimulé derrière la porte de la chambre, Romuald avait tout entendu. Des hommes étaient venus pour emporter le corps. Puis, un vide. Un blanc.

Et le train. Ce même train, en sens inverse. Avec leur mère. L'image suivante ? Deux garçonnets à l'entrée d'un immense dortoir ; des lits alignés, tous pareils. Derrière

PARTIE 2. LE MÉDAILLON

lui, le dépassant de quelques pouces, Rodolphe. Romuald tient une petite valise de la main droite ; elle pèse lourd et cela accentue la déformation de son corps, une cambrure au niveau de sa hanche droite, disloquée. Une épaule plus haute que l'autre, un bras atrophié, aminci. Un pied bot. Infirme de naissance ! Des handicaps qui en feront la risée des autres. Romuald compatit avec ce petit garçon qui a honte de son corps. Les lits ! La vue de tous ces lits, si bien alignés, lui avait noué la gorge. Un serrement dans sa poitrine rendait sa respiration difficile.

— Ton lit, c'est le dernier au fond de la deuxième rangée. Juste au bas de la fenêtre. Il y a des draps et des couvertures. À droite, tu as trois tiroirs pour tes vêtements. Installe-toi pendant que j'amène ton frère dans son dortoir.

— On s'ra pas ensemble ?

— Non ! Ici, vous êtes classés par groupes d'âge. Ton frère est plus jeune. Quand t'auras fini de t'installer, tu iras au premier étage, au bureau du père directeur. C'est facile à trouver ; juste en face de l'escalier. Il veut vous rencontrer.

La religieuse était sortie, entraînant Rodolphe qui la suit docilement. Romuald les avait observés jusqu'à ce qu'ils tournent à gauche, au fond du corridor, s'étonnant que son frère ne proteste pas. Le sachant impulsif, il s'attendait à une crise. Rien ! Tant mieux, car il n'aurait su comment le calmer, trop impressionné pour réagir. Il s'était retourné et l'immensité de la salle, son austérité, son silence accablant l'avaient cloué au sol. Il restait là, comme inconscient, devant tous ces lits alignés. Des murs nus, grisâtres. Quelques fenêtres au fond, dont celle près de son lit, et deux affiches : l'une invitant au silence, l'autre à la prière. Près de la porte, un plan de la salle avec le nom de chacun des résidants. Il chercha le sien. Un nom, raturé :

Jules Larivière. Lui, il n'existait pas encore. Un sort, un entre. Un lit, un nom.

Les yeux dans le vague, Romuald restait planté là, paralysé. Des bruits de pas le ramenèrent à la réalité. Il s'empressa de rejoindre le lit qu'on lui avait assigné, marchant mécaniquement comme une marionnette tirée par des fils. Les pas s'éloignèrent. Il déposa sa petite valise au pied de son lit, s'approcha de la fenêtre. Au-delà de ce qui avait été un potager durant l'été, un champ nu, prêt au labour, au bout duquel une forêt de feuillus et de conifères. Sa mère aurait sans doute pu les identifier puisqu'elle était née à la campagne, mais lui, enfant de la ville, ne pouvait guère les distinguer.

— Monsieur Lamoureux ?

Il tressaillit, n'ayant pas entendu la religieuse arriver.

— N'oubliez pas que le père directeur vous attend. Allez-y maintenant ; vous aurez du temps pour vous installer avant le souper.

Contrairement à ce qu'on lui avait annoncé, il rencontra le directeur seul. Anticipant sa question, le père l'accueillit en disant :

— Je viens de rencontrer votre frère, Rodolphe. Il ne parle pas beaucoup, n'est-ce pas ? J'espère que vous serez plus bavard que lui.

Le soir même, en entrant dans le réfectoire, Romuald chercha Rodolphe. En vain. Une religieuse le conduisit à sa place. Devait-il lui poser la question ? Bien qu'intimidé, il osa :

— Pouvez-vous me dire, madame ma sœur, où est placé mon frère ? Rodolphe... il s'appelle...

— Je sais comment il s'appelle, répondit-elle sèchement, mais il fait partie d'un autre groupe. Vous n'avez pas le même horaire. Lui, il mange à cinq heures et quart alors que toi, c'est à six heures.

Un autre coup dur à encaisser. S'ils n'avaient ni le même dortoir, ni les mêmes heures de repas, ni les mêmes classes, quand se verraient-ils ? Romuald prit conscience qu'après la mort de son père et l'éloignement de sa mère, de son frère et de sa sœur plus jeunes, il perdait maintenant le seul membre de sa famille qui lui restait : Rodolphe.

Tout juste après le bénédicité, le père Hermas présenta « le nouveau ». Les regards pesaient sur lui : regards narquois, regards de pitié, regards de dégoût ! La honte baissa ses yeux. Qui plus est, le père Hermas étala le problème au regard de tous :

— Comme vous pouvez tous le constater, monsieur Lamoureux est infirme. Dieu l'a voulu ainsi. Une grosse épreuve pour lui. Quiconque se moquera de lui aura affaire à moi ! Tenez-vous-le pour dit !

Fermer ses oreilles : ne rien entendre. S'enfoncer dans le sol : enterrer son corps. Être à l'abri de tous ces yeux qui le dévisageaient. Il désirait simplement être comme les autres. Pas de traitement de faveur. Ni pitié ni compassion ! Et voilà que le père Hermas exhibait sa différence. Cependant, la mise en garde du père l'avait rassuré ; au moins, il se sentait protégé.

La brève intervention du père Hermas avait porté des fruits car, même s'il sentait parfois des regards inquisiteurs se poser sur son bras, sa main, son pied, sa hanche, ses épaules, aucun de ses camarades ne s'était moqué de lui. Tant et aussi longtemps que le père Hermas avait été là ! Malheureusement, cela avait brusquement pris fin avec le départ des pères Montfortains.

Le balancement du train, son ronron régulier favorisent sa somnolence. Il est au bord d'une rivière. Impétueuse.

Qu'est-ce qui tournoie dans ces remous ? Des bribes de souvenirs livrés à la puissance des vagues se laissent emporter vivement, se heurtent, s'entrechoquent, disparaissent pour reparaître plus loin alors que lui, sur la rive, reste figé, immobile. Éviter leur naufrage. En se jetant dans les eaux vives ? Saurait-il les sauver de l'engloutissement ? Plusieurs, déjà, gisent au fond de la rivière, perdus à tout jamais. Il en voit un qui, léger, flotte à la surface, se faufile, pénètre dans sa tête... si petit qu'il se cache dans les méandres de son cerveau. Une image, un geste, une émotion. Un désir persistant, insistant. Tellement puissant qu'il se réveille, en sueurs. Ne lui reste que le sentiment diffus de ce désir qu'il n'arrive pas à identifier. Le rêve s'est volatilisé.

Le train poursuit sa route, le ramène de nouveau à son passé qu'il s'est acharné, malgré le chagrin, à maintenir vivant. Que de combats intérieurs pour ne pas l'échapper afin de garder intacte son identité ; sinon, comment garder trace de qui il est ? Comment grandir sans racines ?

Il reprend le tableau de son arrivée à l'orphelinat. Un détail s'ajoute : un objet dans sa main. Une sensation de douleur à la paume. Une aiguille : celle du médaillon.

Le médaillon. Tout petit, rond. Un pouce de diamètre. Au dos, une épingle pour le fixer à un veston ou à une robe. Son père et sa mère, le jour de leur mariage. Les yeux directement fixés sur l'objectif, ni l'un ni l'autre ne sourient. La seule photographie de ses parents. Il l'a d'abord gardé dans la poche de son pantalon comme un talisman auquel il pouvait avoir recours en tout temps pour se rassurer, se souvenir. En fait, s'assurer de se souvenir. Piètre consolation ! Puis il eut peur de le perdre, qu'il glisse de sa poche ou qu'il l'oublie au moment de changer de pantalon, de l'envoyer à la buanderie. Il le plaça alors dans sa taie d'oreiller, puis sous son matelas, à portée de main durant

PARTIE 2. LE MÉDAILLON

la nuit. Mais le jour, n'importe qui pouvait le trouver : les religieuses quand elles ramassaient la literie pour la lessive ou des camarades intrigués qui chercheraient à découvrir ce qu'il avait si minutieusement dissimulé. Il se résigna alors à s'en séparer, l'enferma dans le casier que les religieuses lui avaient assigné et dont elles conservaient la clé. Il y remisait également les lettres de sa mère après les avoir lues et relues jusqu'à ce qu'elles cessent d'arriver. Comme ça, d'un coup. En septembre 1920.

Pourtant, au jour de l'An de cette même année, elle leur avait rendu visite à Huberdeau, accompagnée d'un homme. Quelques cadeaux : des friandises, des vêtements. Pas très grand, le monsieur. Un ventre bedonnant, des yeux bleus. Un long nez avec une légère bosse sur le dessus. Un front haut, large. Ils s'étaient élancés vers leur mère. La présence de cet intrus avait figé leur élan. Pourtant, l'homme semblait jovial. Elle leur apprit deux grandes nouvelles. La première : Pamphile et elle se marieraient, à la fin du mois de janvier. La deuxième : dès qu'ils seraient installés, elle reviendrait les chercher. En juin, probablement, à la fin de l'année scolaire.

Il l'avait crue!

Les lettres avaient continué d'arriver. Une par mois, comme à l'accoutumée. Elle ne les oubliait pas. Puis, le silence! La veille du départ, en vidant son casier, Romuald découvrit que toutes les lettres de sa mère en avaient été retirées. Même le médaillon n'y était plus. Sœur Marie-Rosalie expliqua que lorsque leur mère avait cessé de payer leur pension, ils étaient devenus disponibles pour l'adoption. Tout contact avec la famille naturelle était alors interdit : ni visite ni correspondance. Les lettres en provenance de leur mère avaient été confisquées. En outre, on les avait dépouillés de tout ce qui pouvait les rattacher à leur famille. Couper le cordon pour les préparer à vivre éventuellement dans une famille adoptive. Malheureusement, en raison de leur âge — et de leurs handicaps — personne n'avait voulu les prendre en élève.

Romuald fut scandalisé. Quelle cruauté ! Sa mère avait sans doute de très bonnes raisons d'avoir cessé de payer la pension. Il en était maintenant persuadé : elle ne les avait pas abandonnés et cela attisa son désir de la retrouver. Dès qu'il serait à Montréal, il s'y mettrait. Elle ne les avait pas abandonnés ! Il se le répétait, soulagé ! Quelque part en lui, il l'avait toujours su. Sa mère avait continué d'écrire, mais on avait intercepté ses lettres. La seule qu'il retrouva, la dernière qu'il lui avait écrite, était revenue avec la mention « déménagé ». Il l'avait relue.

Huberdeau

Pourquoi ne l'avait-il pas datée ? Ce devait être en mars ou en avril, après son remariage, mais avant la fin des classes.

Bien chers parents

Il se souvenait de ses intentions en utilisant le pluriel : montrer qu'il acceptait le nouveau mari de sa mère, même s'il avait lutté contre un sentiment de trahison envers son père que personne ne pourrait remplacer.

> *Je suis content de vous écrire et vous dire que nous sommes bien. Le temps passe et on s'en aperçoit presque pas. Il y a encore de la neige. On glisse avec des traîneaux ; nous avons aussi une belle patinoire. Il ne fait pas bien froid et c'est un bon temps pour jouer dehors. Moi j'aime bien lire à la bibliothèque. Rodolphe s'occupe des semis : il aime bien ça. On n'est pas malade ;*

PARTIE 2. LE MÉDAILLON

le bon Dieu a bien soin de ses chers petits orphelins de Huberdeau. Durant le carême, je me suis appliqué afin que Dieu vous comble de bénédictions. Durant le beau mois de Marie qui arrive bientôt, nous allons bien prier afin que le bon Dieu permette qu'on se retrouve tous ensemble à la fin de l'école.

Pour mes notes j'ai eu 18/20. J'espère que vous êtes tous en bonne santé. Embrassez pour moi mon petit frère Roger et ma petite sœur Juliette.

Vos enfants qui vous aiment

Romuald et Rodolphe

Que d'espoir dans cette lettre! Grâce au remariage de sa mère, Rodolphe et lui retrouveraient une vie de famille. Ce qu'il racontait de leur vie à l'orphelinat, c'était de la frime. Pour ne pas inquiéter sa mère. Elle devait ignorer que son infirmité l'empêchait de participer aux activités sportives. Il s'était bien essayé à glisser mais, quand le traîneau versait, il avait tellement de mal à se relever! Alors, il restait là, son seul plaisir étant celui des autres. Dans ses fantasmes, il s'imaginait remportant des compétitions, courant à la vitesse de l'éclair, sautant plus haut que la chapelle, remportant des trophées qu'il placerait en évidence sur le rebord de la fenêtre. Le retour à la réalité était pénible. La détresse de ceux qui ne seront jamais comme les autres, et ne l'acceptent pas. L'exaspération contre cette injustice fondamentale d'être né avec un corps difforme. Un handicap impossible à contrer et qu'il devrait combattre jusqu'à sa mort. Bien sûr, il remportait presque toujours la médaille en catéchisme et en français. Mais cette médaille, lourde à porter, le plaçait dans une catégorie à part, celle des «bolles» traitées de «liche-culs», que l'on écartait, que l'on isolait. Que valait une médaille en français ? Moins que rien. Presque avec honte, il la dissimulait en l'épinglant sous le revers de son veston alors qu'il aurait été si fier d'un trophée sur le bord de la fenêtre.

Le médaillon ! Il n'était pas dans le casier ! Avait-on confisqué la seule photographie de ses parents ! Il écrira à sœur Marie-Rosalie. Pourra-t-elle l'aider à le récupérer ? Et s'il ne le retrouvait jamais… Il regarde Rodolphe, assoupi… calme, serein. « Ça fait trop longtemps qu'on a pas d'nouvelles… pour moé, y sont tous morts. J'y pense pus. » Voilà le raisonnement de Rodolphe. Trop longtemps. Sept ans ! Devrait-il, comme son frère, faire une croix sur le passé ? Tant et aussi longtemps qu'il n'aurait pas la preuve… il s'obstinerait à nourrir les plaies ouvertes de ses souvenirs.

Mille images du passé éclatent continuellement dans sa mémoire. L'avant-orphelinat et l'orphelinat. Sa vie, scindée en deux parties. À compter d'aujourd'hui, il y aurait l'avant, le pendant et l'après. De l'avant, quelques brefs fragments. Des images figées. Le drap blanc ! Le train en bois offert par son père. Des paroles éparses. « C'est la grippe espagnole. » « On ne touche pas à un mort… » « *Never forget it!* » Du pendant, de longs segments. Son entrée au dortoir, la présentation du père Hermas, les coups reçus, les regards arrogants, la rencontre avec le directeur, la menace d'expulsion. Ses sentiments se bousculent : solitude, humiliation, peur, angoisse, détresse, doute, injustice, appréhension… et toujours une petite flamme d'espoir. Quant à l'après…

Le train ralentit, s'arrête. Rodolphe ouvre les yeux, s'étire.

— On es-tu rendus ?
— Non. On est juste à Saint-Jérôme.
— C'est encore loin ?

PARTIE 2. LE MÉDAILLON

— Peut-être une heure, une heure et demie. Tu peux t'rendormir.

Rodolphe cale sa tête contre l'oreille du siège et s'endort presque aussitôt. Romuald sourit. Son frère a maintenant près de treize ans et, à bien des points de vue, c'est encore un enfant. Entre eux, jamais de gestes d'affection. Il aimerait le toucher, tendrement. Il avance sa main vers ses cheveux. À ce moment précis, une jeune fille entre dans le compartiment et sa main s'immobilise. Pudeur ? Honte ? Le sentiment d'un geste déplacé. Sa main rebrousse chemin et il fait mine de replacer son col de chemise.

Préoccupée par une grosse malle qu'elle porte avec peine, elle lui sourit.

— Pourriez-vous m'aider ?

Déconcerté, Romuald ne bouge pas. Puis, il amorce un mouvement pour se lever. C'est alors qu'elle s'aperçoit de sa bévue.

— Excusez-moi... je... n'avais pas remarqué que... Enfin... que vous étiez... Vraiment, excusez-moi...

INFIRME ! Voilà le mot qu'elle n'ose dire et que Romuald a le goût de crier. Vous le voyez ? Je suis infirme. Pourtant, il ne dit rien. Il bouscule son frère qui sort de sa torpeur.

— Rodolphe, tu veux aider la demoiselle à déplacer sa valise ?

Sans un mot, Rodolphe soulève la valise et la place dans le compartiment, au-dessus du siège de la jeune fille qui, rouge de gêne, ne sait plus comment réparer sa bévue.

— Merci, merci beaucoup, dit-elle à Rodolphe.

Elle regarde Romuald et ajoute :

— Je vous suis vraiment très reconnaissante... euh... je m'excuse... je ne...

— Ça va… répond Romuald, inutile de vous excuser, vous pouviez pas savoir.

Ne voulant pas engager de conversation avec la jeune fille qui ne cesse de se confondre en excuses, il ferme les yeux, lui signifiant ainsi ouvertement son désir de se reposer. Cet incident le remplit d'angoisse. À Huberdeau, tout le monde savait. Son infirmité n'attirait plus les regards, passait inaperçue. Au fil des ans, les murs de l'orphelinat avaient érigé une barrière de protection. En classe et à la bibliothèque surtout, il parvenait à oublier son handicap. À part, évidemment, les malheureux épisodes de la bande d'Arthur. À Montréal, il deviendrait à nouveau un objet de curiosité. Pour s'efforcer de penser à autre chose, il se replonge dans le passé. La mort de son père… qui a tout déclenché. Il fallait avoir huit ans pour être admis à cet orphelinat. Rodolphe n'en avait que sept. Sa mère tenait à ce qu'ils restent ensemble. Le père Hermas fit une entorse au règlement. Rodolphe et Romuald vieillirent d'un an. Rodolphe étant plutôt costaud, cela était crédible. L'infirmité de Romuald expliquait sa frêle constitution. Un « mensonge pieux », décréta le père Hermas. Les deux enfants avaient ri.

Le père Hermas, un protecteur discret, efficace. Discret : personne n'aurait pu l'accuser de favoritisme. Efficace : il avait gardé Romuald à l'abri des sarcasmes, de l'intimidation, du harcèlement. Romuald sentait qu'il en faisait plus pour lui et Rodolphe que pour les autres enfants. Fausse perception ou réalité ? Dommage que les pères Montfortains aient quitté l'orphelinat. Heureusement, il y avait sœur Marie-Rosalie. Elle avait tout planifié pour leur départ et leur arrivée à Montréal : l'achat des billets de train, un endroit où loger et l'adresse d'un commerçant qui pourrait les aider à trouver du travail. Pour le trajet :

quelques victuailles. La sœur économe lui avait également remis le salaire accumulé depuis qu'il travaillait à l'orphelinat — moins sa pension — soit $40.00. Jamais Romuald n'avait tenu autant d'argent dans ses mains.

Un contrôleur passe, annonce l'arrivée prochaine à Montréal.

Romuald se sent nerveux, inquiet. Durant les dernières années, sa vie était organisée selon un horaire précis. Il n'avait aucune décision à prendre. À compter de maintenant, il devrait tout planifier. Personne pour l'encadrer. Les maisons défilent... Saura-t-il retrouver celle où il a vécu? Une maison collée à d'autres. Deux étages. Ils habitaient le bas. Une fenêtre de chaque côté de la porte grise. Deux petites marches. Pas très loin d'une voie de chemin de fer dont il entendait les crissements des wagons sur les rails.

Entrée du train en gare. Pressés, les passagers se précipitent vers les portes, c'est à qui sortirait en premier. Pour Romuald, rien ne presse. Il revérifie l'adresse où il doit se rendre. D'un coup, un poids énorme s'abat sur ses épaules... le poids du vide. Privé du filet de sécurité de l'orphelinat, c'est seul qu'il doit affronter la vie. La présence de son frère est loin de le rassurer.

Rodolphe se charge des bagages et suit docilement, complètement subjugué par ce qu'il découvre : les tramways, les automobiles, les trottoirs, les gens... partout des gens.

— J'sens qu'j'vas aimer ça icitte... j'vas ben aimer ça, s'exclame-t-il.

— Viens, il faut prendre un taxi.

Sœur Marie-Rosalie avait insisté : « Ne vous mettez pas dans l'idée de marcher jusque-là. C'est beaucoup trop loin. Prenez un taxi. »

— L'Asile de la Providence, c'est sur la rue Sainte-Catherine au coin de Saint-Hubert...

Le soir, en ouvrant sa valise, Romuald découvre le petit médaillon, épinglé dans le tissu à l'intérieur du couvercle de sa valise. Comment diable pouvait-il être là ? Sous les vêtements savamment pliés, une petite boîte en carton : les lettres de sa mère !

21

Tôt le lendemain, Romuald réveille son frère. Il veut à tout prix se présenter au magasin de Gustave Proulx dès l'ouverture. Trouver un travail, voilà ce qui lui importe.

Dès six heures et demie, les deux frères font le pied de grue devant la devanture du magasin, au 1220 de la rue Sainte-Catherine Est, pas très loin de l'Asile. Même si la porte d'entrée et les vitrines sont protégées par une grille en métal, ils peuvent quand même, le nez collé aux grillages, distinguer les appareils exposés, le comptoir derrière lequel des disques sont rangés sur des tablettes et, dans le fond, à droite, une porte entrouverte qui donne accès à un autre local. Un homme en sort, courbant légèrement la tête pour passer la porte. Les apercevant, il sort son trousseau de clefs et vient leur ouvrir.

— Vous arrivez de bonne heure!

Comme pris en défaut, Romuald se sent mal à l'aise et s'excuse.

— C'est pas un reproche. On dit que ce sont les oiseaux du matin qui attrapent les vers...

Romuald sourit.

— Bon! Comme ça vous venez vous installer en ville?

— Oui, c'est bien ça.

— Qu'est-ce que vous savez faire?

Pris au dépourvu, Romuald reste coi. À sa grande surprise, Rodolphe répond :

— Moé, j'suis fort. J'peux porter des boîtes, déplacer des meubles. J'peux aussi faire du ménage... j'sus bon en dessin pis en jardinage...

— Hum... hum... et vous, dit le propriétaire en s'adressant à Romuald.

— À l'orphelinat, j'ai fini mon cours primaire supérieur. J'aidais à la bibliothèque ; je classais des livres. Je n'ai pas beaucoup d'expérience, mais j'apprends vite, vous savez...

— Un cours primaire supérieur ! Ils offrent ça à Huberdeau ? Ça m'étonne.

— En fait, ils ne l'offrent pas... j'ai bénéficié de cours privés et j'ai passé les examens.

— C'est bien ça, même très bien. Alors, si je vous dis : Brébeuf, Lalemant, Chabanel, Jogues, Goupil... pouvez-me dire de qui il s'agit ?

Romuald demeure un instant figé, se demandant le lien entre le nom des martyrs canadiens et un emploi dans un magasin de musique.

— Ce sont des martyrs canadiens. Il manque Garnier, Daniel et de Lalande à votre liste.

— Bien, vous connaissez votre histoire. Hier, c'était le 21 juin, pouvez-vous m'dire c'qui leur est arrivé ?

Cette fois, Romuald reste coi. Pourquoi ces questions ? M. Proulx veut-il rire de lui ?

— Hier ?

— Oui, j'ai bien dit hier, le dimanche 21 juin 1925. Tout le monde en parle ici. Vous n'avez pas assisté à la messe ? Le prêtre en a sûrement parlé dans son sermon.

— Oui, on va toujours à la messe le dimanche, rétorque vivement Romuald, interprétant le commentaire de mon-

PARTIE 2. LE MÉDAILLON

sieur Proulx comme une insulte. Avant de prendre le train, on a assisté à la messe à la chapelle de Huberdeau.

— Et le prêtre a pas parlé des martyrs canadiens ? Faut croire qu'la nouvelle s'est pas rendue jusque-là. Il y a pas de radio dans votre trou perdu ? ajoute monsieur Proulx dans un éclat de rire. On ne parle que d'ça à la radio.

Humilié, Romuald, pourtant rarement impulsif, réagit vivement et riposte :

— Non, on n'a pas la radio dans notre trou comme vous dites mais, de toute façon, nous ne sommes pas venus ici pour parler de l'histoire de la Nouvelle-France... je ne vois pas c'que...

— Oh! la la... ne vous emportez pas... j'suis heureux d'voir que vous avez du caractère et que vous vous laissez pas manger la laine sur l'dos. Hé bien, pour en finir avec les martyrs, hier, le pape Pie XI les a béatifiés!

— Ah oui ? Ils vont être des saints ? s'enquiert Rodolphe.

— Ça, j'sais pas... mais ils ont au moins franchi une étape. Évidemment, comme vous me l'avez si bien fait remarquer, ça n'a rien à voir avec ce qui vous amène ici.

— Mon frère et moi, on vient d'arriver dans la « grande ville » — Romuald accentue les derniers mots — et on cherche du travail.

— Oui, j'sais. Sœur Marie-Rosalie m'a prévenu. Pour l'instant, j'ai besoin de quelqu'un pour s'occuper du magasin. J'ai un atelier à l'arrière et j'ai pas assez de temps pour m'en occuper vraiment. J'ai besoin d'un commis pour recevoir les clients, les servir, les faire payer... Il s'agit uniquement de la vente des disques... pour les appareils, c'est moi qui m'en occupe. Il faut savoir compter, car si la caisse ne balance pas, ce qui manque est retenu sur le salaire...

— Je sais très bien compter. À l'orphelinat, j'aidais la sœur économe à tenir les comptes...

— Il faut aussi être aimable avec les clients...
Rodolphe l'interrompt.
— Mon frère, y a pas plus gentil!
Romuald lui fait signe de se taire.
— Vous l'avez payé pour vanter vos mérites? dit monsieur Proulx en souriant. Écoutez, j'ai besoin de quelqu'un tout de suite... mon commis m'a laissé tomber sans donner d'avis... J'veux bien vous prendre à l'essai. J'ai eu de bonnes recommandations de sœur...
— Vous le r'gretterez pas... j'arrive jamais en retard... je suis très minutieux...
— Malheureusement, j'ai rien pour votre frère. Mais j'connais bien les marchands autour... je vais m'informer... Venez... j'vous fais visiter. À l'avant, c'est le magasin. Il y a les appareils et, derrière le comptoir, les disques. Première tablette: les disques américains, les plus en demande; la deuxième, les disques français... Français de France pour la plupart, mais un peu d'ici; la troisième, la musique classique. Ils sont tous rangés par ordre alphabétique d'artiste.

M. Proulx et les deux frères passent ensuite dans l'arrière-boutique. À droite, deux longues tables sur lesquelles sont étalés les appareils en réparation. À gauche, séparé par un rideau gris opaque, un emplacement pour prendre des «portraits».

— Ça aussi, c'est ma chasse gardée. Vous m'dérangez l'moins possible. Quand j'répare un appareil, j'ai besoin de m'appliquer. C'est pour ça qu'j'ai besoin d'un vendeur à l'avant.

Fasciné, Romuald boit littéralement les paroles du propriétaire. Il veut tout emmagasiner, ne rien oublier.

— Êtes-vous prêt à commencer?
— Tout de suite?
— Vous avez bien compris.

— Oui, oui... je suis prêt... mais mon frère... il connaît pas bien la ville et...

— Il peut rester ici... à condition de pas vous déranger.

— Non, non... soyez certain...

— Ça m'arrange que vous puissiez commencer aujourd'hui. On a une journée de moins de travail cette semaine et j'voudrais que vendredi et samedi, les journées les plus occupées, vous soyez capable de vous débrouiller tout seul.

— Pourquoi vous dites qu'il y a une journée de moins ?

— Bien sûr... vous n'êtes pas au courant...

— Vous comprenez, on vient d'un trou perdu, reprend Romuald, espérant que monsieur Proulx entende la moquerie.

— Dans ce cas-là, il y en a beaucoup qui viennent d'un trou perdu parce que plusieurs marchands sont pas au courant ; cette année, pour la première fois, la fête de la Saint-Jean-Baptiste est un jour férié. Ça veut dire que...

— Je sais c'que férié veut dire, s'empresse d'ajouter Romuald, voulant bien démontrer qu'il n'est pas si ignorant que M. Proulx semble le croire.

— Les employeurs sont libres de donner ou non congé à leurs employés. Comme j'suis un bon patriote, j'vous l'offre et vous paierai une demi-journée de salaire. Mercredi donc, grâce à « notre bon » gouvernement Taschereau, le magasin s'ra fermé. Ça vous donnera l'occasion d'assister à la procession.

L'insistance et le ton de M. Proulx en prononçant « notre bon » Taschereau ne permet pas à Romuald de conclure s'il est pour ou contre le parti au pouvoir. Depuis leur arrivée, le ton à la fois badin et sérieux de son interlocuteur le décontenance. Aussi, préfère-t-il ne pas commenter.

— Bon, alors comme vous êtes prêt, autant s'y mettre. Aujourd'hui, j'vais passer une bonne partie de la journée avec vous, pour vous montrer.

Dès le lendemain de leur arrivée, Romuald a déjà décroché un travail ; il écrira à sœur Marie-Rosalie pour la remercier. Ce qui l'étonne agréablement, c'est que le patron n'ait pas fait la moindre allusion à son infirmité. Impossible, pourtant, qu'il ne l'ait pas remarquée. Tout s'est passé si vite, qu'il ne s'est même pas informé du salaire et des heures de travail. De toute façon, cela ne changerait pas grand-chose à sa décision.

Durant le court congé du mercredi, suivant les recommandations de M. Proulx, les deux frères décident de participer aux festivités marquant la fête de la Saint-Jean-Baptiste. Le 23 juin, au parc La Fontaine, c'est l'embrasement du bûcher à neuf heures du soir. Le lendemain, à dix heures, la célébration d'une messe en plein air au pied du Mont-Royal. D'un commun accord, ils décident de ne pas assister à ces deux activités : l'une est trop tard le soir, l'autre, trop loin. Par contre, ils iront voir le défilé. Le patron leur en a tracé l'itinéraire depuis le départ, rue Sherbrooke Ouest au coin de Guy, jusqu'à l'arrivée au Square Viger.

— Le mieux s'rait d'vous placer sur la rue Saint-Hubert au coin de Dorchester. C'est pas loin de l'Asile. Vous avez juste quelques rues à descendre. Je vous avertis : arrivez de bonne heure, il y a toujours plein d'monde.

Ce jour-là, ils bénéficient d'un soleil radieux et d'une température idéale : 72 °F. Ni trop chaud ni trop froid. Le dîner terminé, ils quittent l'Asile de la Providence. Déjà, la rue Saint-Hubert est très animée. Des familles entières se déplacent, le sourire aux lèvres, parlant à tout un chacun comme s'ils étaient de vieilles connaissances. Un groupe de

PARTIE 2. LE MÉDAILLON

jeunes hommes, bras dessus bras dessous, marchent d'un pas militaire, chantant en cadence : « Auprès de ma blonde, qu'il fait bon fait bon fait bon... » De l'autre côté de la rue, une bande de jeunes filles leur donnent la réplique, criant plus que chantant : « Dans tous les cantons, y a des filles et des garçons, qui veulent se marier... » Leurs chants se perdent parmi la rumeur de la foule, les piaillements des enfants, les pleurs d'un bébé, les cris des vendeurs itinérants. Ahuris, les frères se laissent emporter par la foule, mais Romuald, ne pouvant adopter leur rythme, se tasse contre la vitrine d'un magasin.

Arrivés au coin de Dorchester, des centaines — si ce n'est des milliers — de personnes sont déjà agglutinées sur les trottoirs, tassées comme des sardines. Les gens se poussent, se bousculent; certains tentent de se frayer un chemin vers l'avant et on les en empêche, le plus souvent dans la bonne humeur, parfois avec un brin d'agressivité. Les enfants, eux, se faufilent aisément et gagnent le premier rang pour s'asseoir sur la bordure du trottoir, aux premières loges.

Comme Romuald a du mal à avancer, Rodolphe prend les devants et lui fraie un passage. Un couple bienveillant leur ouvre une brèche et les incite à passer devant, aux côtés de leurs quatre enfants. Ils se présentent : Claire et Georges Gagnon. C'est bien la première fois que le handicap de Romuald lui attire un avantage. Ainsi, personne ne leur bloquera la vue. Romuald remercie le couple de sa générosité et la conversation s'amorce, facile, agréable. Comme s'il revoyait de bons amis perdus de vue depuis longtemps.

Toutefois, il n'est qu'une heure et demie et le défilé se met en branle à trois heures. Seulement, il part de l'ouest de Montréal. Romuald n'a aucune idée du temps que mettra la parade pour arriver jusqu'à eux. M. Gagnon, qui n'en est pas à son premier défilé, répond facilement à sa question.

— Oh ! Ça va leur prendre une bonne heure et demie, peut-être même deux…

— Ça veut dire qu'il faut attendre jusqu'à quatre heures et demie ou cinq heures ?

— Vous savez compter !

Romuald est découragé.

— Rodolphe, au moins trois heures à attendre !

— C'est pas grave. On a rien d'autre à faire. Au moins, icitte, on voit du monde.

Les Gagnon ont apporté des jeux pour aider les enfants à patienter. Rodolphe, habituellement taciturne et peu enclin à se mêler aux autres, nage aujourd'hui dans l'allégresse. Avec les jeunes, il s'amuse à faire des bulles de savon et c'est à qui produit la plus grosse, celle qui dure le plus longtemps ou qui se rend le plus loin avant d'éclater. Rodolphe remporte la palme à tout coup et devient l'expert. D'autres enfants s'attroupent, cette fois avec des « ballounes » qu'il doit souffler « le plus gros possible ». Rodolphe jubile. Pendant ce temps, Romuald converse avec les parents. Derrière eux, un chœur de jeunes filles entonne : « Vive la Canadienne, vole mon cœur vole / Vive la Canadienne et ses jolis yeux doux. / Et ses jolis yeux… » Un homme les accompagne à l'harmonica.

Romuald, habituellement réservé, se laisse aller aux confidences. Il raconte à Mme Gagnon leur situation. Le décès de leur père, l'orphelinat, l'arrivée en ville, l'Asile de la Providence, le travail au magasin de Gustave Proulx, l'urgence de trouver un endroit où habiter. Romuald expérimente alors l'efficacité du bouche à oreille. L'un connaît quelqu'un qui loue un 4 ½ près de chez lui ; le cousin d'un autre… le fils du frère de la femme d'un ami… chacun

PARTIE 2. LE MÉDAILLON

semble connaître quelqu'un qui connaît quelqu'un... Tout un chacun y va de ses recommandations et la nouvelle se propage : il faut un logement. À qui ? Combien de pièces ? Où ? Le prix du loyer ? On n'en sait rien, mais on cherche tout de même. Finalement, une nièce de Mme Gagnon se joint à la famille : une de ses amies habite la maison de pension Ouellet. Et le temps passe... remarquablement vite !

— Il y a six chambres. C'est bien tenu, propre. De la bonne nourriture. Des gens respectables. Mme Ouellet offre pleine pension ou demi-pension. J'peux...

Mais la fin de sa phrase se perd dans la rumeur de la foule qui s'amplifie. Les policiers resserrent leur cordon le long des trottoirs pour empêcher les gens d'envahir la rue ou de passer d'un côté à l'autre. Rien ne doit nuire au bon déroulement du défilé.

La proposition de la jeune fille intéresse Romuald. L'arrivée prochaine de la parade exalte la foule. Oubliant toute bienséance, les gens jouent des coudes pour parvenir aux premiers rangs. Prise dans ce tumulte, la jeune fille perd facilement sa place. Romuald tente de la suivre des yeux ; la clameur de la foule détourne son attention.

Au loin, des agents de police à bicyclette suivis d'autres à cheval s'approchent. Puis une cohorte de pompiers derrière lesquels, dans des autos décapotables, des dignitaires, guindés dans leurs habits de gala, portant fièrement le chapeau haut-de-forme, saluent dignement la foule. Des fanfares de musique militaire et des corps de clairons déambulent, tous au pas, exécutant parfois des contremarches ; des chorales de chants folkloriques... Et le comble : les chars allégoriques. Peut-être parce que leur thème leur est plus immédiatement accessible, Rodolphe et Romuald préfèrent ceux qui illustrent des chansons populaires comme *Marianne s'en va-t-au moulin*, *À la claire fontaine*, *À Saint-*

Malo, beau port de mer. Près de deux heures plus tard, le dernier char, l'apothéose du défilé : le char du petit saint Jean-Baptiste et de son mouton.

Devant ces spectacles et représentations grandioses, les deux frères redécouvrent l'insouciance de l'enfance. Ils sourient, rient, applaudissent. Cette liesse les ancre dans la magie de l'instant présent. La foule se disperse, lentement, voulant sans doute prolonger ces moments de frénésie.

Romuald repense à la maison de pension recommandée par la jeune fille. Comme il n'arrive pas à la repérer dans toute cette foule, M. Gagnon lui promet de prendre les informations auprès de sa nièce et de les laisser au magasin.

Déjà six heures et demie. Ils ont raté le souper à l'Asile de la Providence.

— C'est pas grave, affirme Rodolphe. J'sens que j'vas aimer ben ça, Montréal.

— Moi aussi, rajoute Romuald.

Ce qu'il ne dit pas, c'est qu'il se sent, pour la première fois de sa vie, maître de sa destinée et de celle de son frère et que, si exaltant que cela puisse paraître, cela l'angoisse terriblement.

22

Depuis notre arrivée à Montréal, je n'ai qu'une obsession : retrouver maman. Le jour suivant le congé de la Saint-Jean, soit le jeudi 25 juin, j'interroge mon patron pour savoir comment me rendre sur la rue Sainte-Cunégonde, sa dernière adresse connue.

— Sainte-Cunégonde?... C'tait une p'tite ville au début du siècle. Maintenant, ça fait partie de Montréal. J'sais que c'est dans l'ouest... mais où exactement? J'peux pas dire. C'est dans l'bout du Grand Tronc.

— Le Grand Tronc? Ça m'dit quelque chose...

— C'est une compagnie de ch'min d'fer. Ils ont des ateliers dans ce coin-là.

— Ça me revient : le Grand Tronc! C'est là que papa travaillait... C'est pour ça qu'il m'avait donné un train en cadeau. C'était pas loin de la maison.

Le lendemain, M. Proulx apporte un plan de la ville.

— Regarde. Nous sommes ici, rue Sainte-Catherine... la rue Montcalm; ensuite la rue Saint-Hubert et l'Asile où tu demeures, Saint-Denis, Saint-Laurent et... il faut aller bien loin vers l'ouest pour trouver la rue Sainte-Cunégonde, juste ici, tu vois, dit-il en désignant une rue pas très longue. Là, la gare du Grand Tronc et les ateliers, un peu plus au sud.

— Ça semble loin? On peut le faire à pied?

M. Proulx hésite. Romuald comprend : pas besoin de mots.

— Ça prendrait combien de temps ?

— C'est sûrement un bon trois milles... Un bon marcheur peut faire un mille en une vingtaine de minutes... Pour en franchir trois, tu sais compter... ?

— Près d'une heure ?

— À peu près.

— Moi, j'peux pas marcher aussi vite que vous. Il me faudrait bien le double du temps, au moins deux heures.

— Au minimum. Et n'oublie pas qu'il faut revenir.

— Ouais... Ça pas de bon sens.

— T'as qu'à prendre le tramway. Le service est moins rapide le dimanche, mais tu peux te rendre facilement. Je vais t'donner ta première paye demain. T'auras de quoi payer les tickets... Écoute, Romuald...

M. Proulx laisse flotter la fin de sa phrase quelques moments, puis il reprend :

— Écoute, j'veux pas t'décourager, mais...

Il s'interrompt, hausse les épaules.

— Autant chercher une aiguille dans une botte de foin... je sais. Elle peut être morte, je sais aussi. Mais faut que j'essaie.

Et c'est ainsi que, pour notre premier dimanche à Montréal, après avoir assisté à la messe à l'église Saint-Jacques, à proximité de l'Asile de la Providence, nous prenons le tramway vers l'ouest, à la recherche de notre mère.

Un seul indice, l'adresse où j'ai envoyé ma dernière lettre : le 843, rue Sainte-Cunégonde. Intimidé, n'osant frapper à la porte, j'observe la maison de loin, de l'autre côté de la rue. Si je pouvais voir quelqu'un ! J'arpente la petite rue, d'est en ouest, gardant toujours un œil sur le 843.

PARTIE 2. LE MÉDAILLON

— Décide-toé. On est pas pour passer l'après-midi icitte. Tu y vas ou tu y vas pas?

Le coup de pouce qu'il me fallait pour oser sonner à la porte. Un homme en queue de chemise répond, deux fillettes courant derrière lui, s'accrochant à ses jambes.

Déception! Je l'interroge quand même :

— Connaissez-vous madame Lamoureux qui a déjà habité ici il y a quelques années?

— Non, ça m'dit rien. On est juste icitte depuis un an. J'vas d'mander à ma femme. Simone, crie-t-il, connais-tu une madame... comment vous dites?

— Lamoureux.

— Une madame Lamoureux? Paraît qu'elle aurait habité ici.

— Il y a cinq ans.

— Il y a cinq ans, répète l'homme.

Une jeune femme apparaît derrière lui, un bébé dans les bras.

— Non... les gens qui habitaient ici avant nous, c'étaient des Thibault. Mais ils sont pas restés longtemps. Vous devriez demander à nos voisins de droite, les Gendron. Ça fait au moins quatre ans qu'ils habitent là.

Encouragé, après les avoir remerciés, je frappe à la porte des Gendron. Mêmes questions. Mêmes réponses négatives.

— Une dame avec deux enfants, un garçon de onze ans et une fille de neuf ans à peu près.

— J'vois pas... j'y pense... il y a bien eu une femme avec deux enfants... mais elle s'appelait pas Lamoureux.

— C'est vrai. Que je suis bête! Elle s'est remariée; elle a dû prendre le nom de son nouveau mari.

— Et c'était quoi?

Malheureusement, je n'ai pas retenu son nom, prononcé une seule fois lors de la dernière visite de maman à Huberdeau, en janvier 1920.

— Vous savez pas où ils sont partis?

— Non, aucune idée.

Me sachant sur une bonne piste, j'arpente les rues des alentours, cogne aux portes, questionne les passants. Une dame avec deux enfants, un garçon et une fille... Une dame avec deux enfants... Oui, un garçon et une fille... Connaissez-vous...

Rodolphe suit en bougonnant et en tirant de la patte.

Le soir venu, je me résigne à reprendre le tramway en sens inverse.

23

Les deux premières semaines s'écoulent rapidement. Un seul incident : un client me demande un disque de musique classique. Je dois utiliser un escabeau puisqu'ils sont sur la tablette du haut. Craignant de trébucher, je grimpe lentement. L'homme s'impatiente :

— Vous pouvez pas faire plus vite... j'ai pas rien qu'ça à faire...

Énervé, je me dépêche et, dans ma hâte, je rate la dernière marche, perd l'équilibre, me retrouve les quatre fers en l'air. Dieu merci ! Dans ma chute, je réussis à protéger le disque. Le client, exaspéré, m'invective davantage :

— Quelle idée d'employer un infirme !

Je tente de me relever, péniblement. Dans ma tête, je suis certain que je perds mon emploi. Avec cette chute, tout s'effondre. Je me rappelle l'importance que M. Proulx accorde au client.

— Je suis désolé...

Ayant entendu le fracas depuis son atelier, M. Proulx se précipite, m'aide à me relever.

— Es-tu blessé ?

— Non, non... ça va... je suis désolé...

— Désolé, désolé... et mon disque ? Vous me l'donnez ou non ?

S'adressant directement à M. Proulx :

— Vous pouvez pas trouver mieux qu'un infirme pour servir les clients?

M. Proulx s'assure que Romuald n'a rien de brisé et rétorque :

— Monsieur, j'vous demande d'vous excuser auprès de mon commis...

— M'excuser? Vous m'demandez de m'excuser?

— Exactement.

— Ah là! C'est trop fort. M'excuser de quoi? D'avoir attendu, de...

— D'avoir proféré des insultes à l'égard de...

— Des insultes? J'ai dit rien que la vérité... et j'm'excuserai pas... Vous en avez du toupet... m'excuser...

— Eh bien, sortez de mon magasin.

— Et mon disque?

— Désolé, j'vends pas aux personnes grossières. Sortez!

— Sinon...?

Juste à ce moment-là, Rodolphe sort de l'arrière-boutique où il venait parfois, bénévolement, aider M. Proulx à transporter des appareils. Le désignant, M. Proulx ajoute :

— Sinon? J'ai quelqu'un ici qui se fera un plaisir de vous aider à passer la porte...

— J'vais aller chez Turcot... il vend peut-être plus cher mais lui, au moins, il respecte ses clients.

— C'est ça, allez-y et vous l'saluerez de ma part.

Outré, l'homme sort en claquant la porte, jurant qu'il ne remettrait pas les pieds de sitôt dans cet établissement.

Rouge de honte, je ne cesse de m'excuser :

— Je suis désolé, monsieur... J'vous ai fait perdre un...

— Un client comme ça, c'est pas une grosse perte, répond monsieur Proulx. C'est lui le perdant, il y a pas beaucoup de magasins qui vendent de la musique classique. Il va l'chercher longtemps son disque, ajoute-t-il en

PARTIE 2. LE MÉDAILLON

riant. Ça m'dit quand même qu'il faut régler le problème de la disposition des disques.

Le soir même, Rodolphe installe une tablette plus basse sur laquelle Romuald replace la section des disques classiques.

24

Habitués aux dortoirs et à la cuisine de réfectoire, Rodolphe et moi ne pâtissons pas trop de notre gîte à l'Asile de la Providence. Toutefois, depuis que je connais la possibilité, évoquée par la nièce de M. Gagnon, de vivre dans une maison de chambre, j'examine sérieusement cette éventualité. Comme un écureuil, j'ai thésaurisé l'argent remis par l'orphelinat à notre départ auquel s'ajoutent mes deux semaines de salaire et les quelques dollars que Rodolphe a glanés ici et là en effectuant de menus travaux pour M. Proulx ou ailleurs, dans les commerces des alentours.

Fidèle à sa promesse, M. Gagnon m'a remis l'adresse de la maison de chambre où habite Georgette, l'amie de sa nièce. Je la garde précieusement dans le fond de ma poche et l'apprends même par cœur : 1556, rue Saint-Christophe. Le soir même, au retour du travail, un petit détour nous amène devant cette maison en brique brune, étroite, sur deux étages, près de Dupuis Frères, le « magasin du peuple ». Comme on veut économiser, on évite de se laisser tenter par les vitrines alléchantes du magasin. On porte encore les vêtements élimés et les souliers éculés de l'orphelinat. Nos seules dépenses : la quête à la messe du dimanche et les billets de tramway.

J'évalue les avantages de cette maison. À mon pas, à peine dix minutes de mon lieu de travail. À proximité des rues Ontario, Sainte-Catherine et Saint-Hubert desservies par d'importantes lignes de tramway. Être en pension évite aussi l'achat d'un lit, d'une paillasse, de draps, d'une table, de la vaisselle... de tout ce dont on aurait besoin pour vivre seuls dans un logement. Sachant que la logeuse peut s'occuper aussi du lavage, du repassage et du reprisage, cela me soulage de bien des soucis d'intendance. Après maintes réflexions et hésitations, je décide de m'y rendre, car l'argument décisif sera, bien évidemment, le prix de la chambre.

La logeuse, une femme petite mais corpulente, nous accueille un brin froidement.

— Qu'est-ce que vous voulez ? lance-t-elle sèchement en maintenant la porte entrouverte.

— Nous voudrions louer une chambre.

— Voyez-vous ça ! À votre âge ? Vous me semblez bien jeunes.

— J'ai quinze ans et mon frère est un peu plus jeune. C'est une amie de la nièce de monsieur Gagnon qui nous a donné votre adresse et je...

La logeuse l'interrompt :

— C'est qui ça, qui vous a donné mon adresse ?

— J'la connais pas, c'est la nièce d'un monsieur qu'on a rencontré à la parade... Elle s'appelle Georgette.

La dame fronce les sourcils.

— Vous croyez que c'est une référence... quelqu'un que vous avez rencontré par hasard ? Je n'ai pas de chambre libre, cherchez ailleurs...

Sur ce, elle tente de refermer la porte, mais Rodolphe s'interpose pour l'en empêcher. Dans le visage de la dame se lit de la frayeur et je crains que l'intervention de mon frère ne nous nuise.

— Madame, je vous en prie, écoutez-moi.

— Si vous voulez qu'j'vous écoute, faudrait d'abord qu'il s'éloigne, réplique-t-elle agressivement en désignant Rodolphe.

J'enjoins à Rodolphe de m'attendre de l'autre côté de la rue. Le temps presse, je crains que la dame ne me ferme la porte au nez.

— Nous sommes deux orphelins d'Huberdeau. Nous venons d'arriver en ville. Nous n'avons pas de famille. Je travaille au magasin de monsieur Proulx. Nous ne sommes pas dérangeants, je vous l'assure. Nous devons absolument trouver une place pour loger et nous n'avons pas beaucoup d'argent...

Prenant conscience que cet argument peut jouer contre nous, j'enchaîne :

— ... du moins pas assez pour nous installer dans un logement, il faudrait acheter des meubles... mais ce que je gagne au magasin permet de payer pension... je vous en prie, madame... vous pouvez demander au propriétaire, monsieur Proulx.

À court d'arguments, je me tais, baisse la tête. Un mendiant : voilà ce que je suis.

Le pied au bas de la porte pour la maintenir entrouverte et la main sur la poignée intérieure pour être en mesure de la refermer promptement, la logeuse m'examine. Bien que ces informations la rassurent un peu, elle demeure méfiante, sans doute à cause du gabarit de Rodolphe.

— Au magasin Proulx, vous dites. J'espère que c'est vrai ; je l'connais bien, vous savez.

— Oui, c'est vrai, madame.

Toujours réticente, mais touchée par un jeune démuni qui étale en toute humilité ses malheurs, la propriétaire m'invite à entrer, seul.

PARTIE 2. LE MÉDAILLON

Me voyant passer le seuil, Rodolphe traverse prestement la rue.

— Attends-moi! J'en ai pas pour longtemps.

La logeuse referme la porte soigneusement, met le loquet. Elle me fait ensuite passer au vivoir, à gauche de l'entrée. Une pièce pas très grande, décorée sobrement d'un seul cadre représentant un paysage d'automne sur le mur faisant face à la porte; trois fauteuils, dont deux de part et d'autre du cadre et le troisième dans le coin à droite de la porte; à gauche, une étagère de plusieurs tablettes meublée de quelques livres; au centre, une table sur laquelle repose un cygne blanc en plâtre.

D'un geste, la logeuse m'indique le fauteuil à droite du cadre. Lentement, elle s'assied elle-même tout en m'observant. Bien jeune, doit-elle se dire... et son frère... plutôt inquiétant.

— Vous êtes orphelins, m'avez-vous dit?

— Oui, madame.

— Vous avez connu vos parents?

Je rougis, mal à l'aise.

— Oui, madame.

— Et de quoi sont-ils morts?

Une question comme un coup de poignard. Je baisse la tête, hésite.

— Mon père est mort de la grippe espagnole en 1918... j'avais huit ans.

— Et votre mère?

Je me sens pris au piège. Comment expliquer l'orphelinat? Comment justifier que je me sois d'abord identifié comme étant sans famille?

— Ma mère...? Je ne sais pas... bafouillé-je en regardant les fleurs du tapis usé que je viens de découvrir et qui couvre en grande partie le plancher de bois.

— Hum... hum... je vois...

Qu'est-ce qu'elle « voit », me dis-je, souhaitant qu'elle cesse ces intrusions dans ma vie privée. Comme si elle acquiesçait à mon souhait, la logeuse cesse ses interrogations.

— Avant tout, j'vous préviens tout de suite qu'ici, c'est une maison bien tenue. Votre frère semble batailleur...

— Non, madame, c'est faux. Il est très doux. C'est juste que... bien, vous voyez... je suis infirme et il a toujours peur pour moi...

La logeuse hoche la tête et reprend :

— J'accepte pas la moindre bagarre.

— Bien sûr, j'peux vous assurer qu'il n'y en aura pas.

— Je le répète, c'est une maison RES - PEC - TA - BLE, poursuit-elle en accentuant chacune des syllabes. Vous avez pas le droit de « recevoir » dans vos chambres.

— Bien entendu.

— De plus, les heures de repas sont fixes. Si vous arrivez en retard, vous passez en dessous de la table. C'est compris ?

— Bien sûr.

— Pour la toilette du matin, il n'y a qu'une salle de bain, il y aussi un horaire à respecter. Ça dépend de l'heure où vous devez partir pour travailler. Vous avez 15 minutes pour faire votre toilette. Encore là, c'est pour assurer le bon ordre et éviter les pertes de temps inutiles. Vous comprenez ?

— Bien sûr.

— Le lavage et le repassage des draps, taies d'oreiller, serviettes et débarbouillettes sont inclus dans le prix. Si vous désirez que je m'occupe de l'entretien de vos vêtements, c'est un surplus. Le prix dépend de la quantité de vêtements ; évidemment, si je dois repriser, poser un bouton, faire un bord... c'est aussi un surplus qui s'ajoute au prix du loyer.

— Bien sûr.

Je me sens niais de répondre toujours par ces deux mots, mais ce sont les seuls qui me viennent en tête. Devant la défiance de la femme, je veux me montrer le plus poli possible.

— Une chambre, c'est $5.00 par semaine, pension complète. Si vous êtes deux, ça vous fait $7.00, évidemment si vous partagez la chambre. Et c'est payable d'avance... Quand j'ai commencé à tenir pension, les gens pouvaient payer à la fin de la semaine... et certains ont filé en douce... au revoir, pas de merci, ni vu ni connu. C'est clair?

— Oui, madame.

— Si ça vous va, j'peux vous faire visiter.

— Est-ce que mon frère peut venir?

— Pour l'instant, c'est vous tout seul. J'vas prendre mes renseignements auprès de monsieur Proulx... J'choisis mes pensionnaires... j'veux pas de trouble...

Je hoche la tête en signe d'assentiment. Aussitôt, la logeuse se lève et me tend la main.

— J'suis madame Ouellet.

Maladroitement, je tends la main à mon tour et me présente.

— V'nez voir la seule chambre que j'ai d'libre en ce moment. Si une autre chambre se libère, mes pensionnaires ont toujours le premier choix. Il y a quatre chambres en haut. En bas, y en a deux aussi, mais j'en loue seulement une ; c'est moé qui occupe l'autre.

Je la suis dans un escalier de bois étroit et très à pic. Au deuxième étage, un corridor et, de chaque côté, quatre portes dont trois numérotées et cadenassées. Seule la dernière n'est pas fermée à clé. Une chambre exiguë, meublée sobrement : un lit trois-quarts où on devra apprendre à dormir ensemble, deux commodes, une lampe. Tout est propre.

— La toilette est au fond. Y a un bain et un lavabo.

Un bain ! Quel luxe ! Nous, habitués à nous laver à la mitaine dans un lavoir commun.

— Ça vous va ?

— Oui, c'est très très bien, madame. J'veux bien louer cette chambre.

Habituellement circonspect, je me surprends à répondre aussi rapidement et avec autant d'enthousiasme. Depuis que j'envisage la location d'une chambre, j'ai bien réfléchi et évalué notre budget. Mon salaire me permet de payer cette pension, sans compter ce que Rodolphe peut rapporter.

— Demain, j'vas aller voir monsieur Proulx et, s'il vous recommande, vous pourrez déménager n'importe quand... N'oubliez pas que j'veux voir la couleur de votre argent avant même que vous mettiez l'pied dans la maison.

— Soyez sans crainte, madame.

Le lundi soir, après le travail, c'est un rapide emménagement. Enfin ! Une vraie chambre ! Je m'empresse d'écrire à sœur Marie-Rosalie pour la tenir au courant de notre nouvelle adresse. Au cas où... Peu habitué à partager un lit avec mon frère, je tarde à trouver le sommeil alors que Rodolphe s'endort sitôt la tête sur l'oreiller. Je repasse le fil des événements depuis le départ d'Huberdeau, fier du chemin parcouru en si peu de temps !

* *
*

PARTIE 2. LE MÉDAILLON

Nous ne rencontrons véritablement les autres pensionnaires qu'au souper, le lendemain de notre arrivée. Mme Ouellet nous assigne une place, l'un en face de l'autre, et se charge des présentations. Échanges de mains polis, mots de bienvenue obligés. Crainte que les nouveaux perturbent l'équilibre des relations entre les pensionnaires? Crainte que leur jeunesse ne vienne briser l'atmosphère paisible de la maison? À moins que ce ne soit le malaise des gens face à un infirme. Tous s'assoient et patientent en silence jusqu'à ce que la maîtresse de maison dépose devant chacun de nous un bol de soupe au chou. Dès lors, les conversations reprennent. Habitués depuis des années à manger en silence et, de surcroît, intimidés par la présence des étrangers, tous plus âgés que nous, j'écoute les conversations sans intervenir, sans prendre conscience que cette attitude de retrait rend les autres mal à l'aise.

Discrètement, j'observe. En bout de table, ceux que Mme Ouellet a identifié comme les « quatre B » : MM. Bernard Bastien et Bruno Bouchard. Si les deux hommes se ressemblent physiquement — grands, minces, cheveux bruns légèrement frisottés — là s'arrête la ressemblance. La large monture noire et l'épaisseur des verres des lunettes de M. Bastien lui confèrent une allure d'intellectuel renforcée par sa tenue vestimentaire impeccable : chemise blanche, complet gris foncé, cravate bleue. Quels que soient ses propos, il les livre calmement, d'un ton monocorde. À ses côtés, Bruno Bouchard porte une salopette bleue; sa chemise en flanelle carrelée rouge et vert, boutonnée à moitié, laisse entrevoir une camisole blanche tirant sur le gris à cause de l'usure. Trépidant, il bouge sans cesse sur son siège; friand de ragots, il les raconte avec la verve d'un acteur, y joignant des moues, des gestes, des onomatopées qui rendent ses histoires plausibles. Tous, sauf l'imperturbable M. Bastien, l'écoutent avec intérêt, souriants ou sérieux, cessant même parfois de manger pour mieux goûter les péripéties du récit. Je m'y laisse prendre également, m'interrogeant toutefois sur la véracité de son récit abracadabrant qui, bien qu'incroyable, alimente la conversation jusqu'à la fin du repas.

Indifférent à ce qui se passe autour de lui, Rodolphe reste le nez dans sa soupe, puis dans le bouilli, puis dans le pouding chômeur.

— Et vous, monsieur Lamoureux, croyez-vous que c'est vrai ?

La voix de la jeune fille me sort brusquement de ma torpeur. S'adresse-t-elle à moi ou à Rodolphe ? De toute évidence, c'est moi qu'elle interpelle puisqu'elle me regarde fixement dans les yeux, un sourire espiègle aux lèvres. Surpris, je reste pantois. Devant moi, des yeux rieurs. Veut-elle me narguer ou simplement m'inclure aimablement dans la conversation ? La question fige les échanges. Tous me dévisagent, curieux de m'entendre pour la première fois.

— Laissez-le donc tranquille, il vient d'arriver en ville… intervient madame Ouellet qui s'amène avec le plat de bouilli qu'elle place au centre de la table pour que les gens se servent eux-mêmes.

— Vous avez bien raison, madame Ouellet, reprend Lison ; on va leur laisser le temps de s'accoutumer à nos farces plates.

— Vous verrez, on n'est pas bien méchants, monsieur Romuald, ajoute Georgette Moisan, l'amie de la nièce de M. Gagnon.

Je respire de soulagement et sourit du « monsieur » qui me paraît bizarre, apposé à mon prénom. Je me tourne vers elle en souriant pour la remercier de son intervention. Détaillant les traits de son visage, j'en conclus que,

PARTIE 2. LE MÉDAILLON

sans être particulièrement jolie, elle a un sourire si avenant qu'on en oublie son front un peu trop haut, ses lèvres trop petites, son nez retroussé. Ces réflexions faites, je m'en veux aussitôt : je suis bien mal placé pour oser juger quelqu'un sur son aspect physique ! Sa gentillesse me la rend sympathique. Quant à Mlle Lison Poisson, je n'ose l'examiner de crainte d'une autre question à laquelle je ne saurais répondre. Cette présence féminine m'intimide fortement. N'ayant jamais eu l'occasion de côtoyer des jeunes femmes, s'il m'arrive, par inadvertance, de frôler un bras ou une main, j'en suis tout remué et m'en excuse rapidement.

— Pas d'offense, répond Mlle Moisan, en se tassant davantage vers la gauche pour éviter la proximité.

Perspicace, Mlle Poisson note mon malaise et, sans gêne, semble faire exprès pour mettre sa main sur la mienne quand je lui passe la corbeille à pain ou quand je prends la salière. Comme je m'excuse, elle répond, un sourire malicieux accroché à ses lèvres, se moquant de Mlle Moisan :

— Pas d'offense...

Et elle ajoute :

— Mais n'en prenez pas l'habitude... on pourrait croire... et elle rit de bon cœur, sans terminer sa phrase.

— On pourrait croire quoi ? reprend Mme Ouellet d'un ton sec.

— Rien, rien, j'disais ça comme ça... pour dire quelque chose...

— Si vous savez pas quoi dire, taisez-vous donc ; ce sera mieux pour tout le monde. Si vous pensez qu'j'ai rien vu... Contentez-vous de r'luquer ceux de votre âge et pas deux jeunots qui ont tout juste le nombril sec.

— Si on peut plus s'amuser...

Le regard outré de Mme Ouellet lui clôt le bec.
Me sentant l'objet de la discussion, je ne sais rien faire d'autre que rougir… comme à mon habitude.

25

Et la routine s'installe. Du lundi au samedi inclusivement : travail. Même si Rodolphe n'a pas d'emploi, il m'accompagne toujours et tâche de se rendre utile au magasin. On déjeune tôt pour respecter l'horaire de la salle de bain, puis on part pour le travail tenant à la main la boîte à lunch en métal gris-bleu préparée par Mme Ouellet. Contrairement au souper, pris à heure fixe, pour donner à tous le temps de revenir du travail, le déjeuner se prend à n'importe quelle heure entre six heures et huit heures. De jour en jour, je prends de l'aisance et me mêle davantage à la conversation. Rodolphe, toujours aussi taciturne, n'intervient que pour demander du sel, du poivre, du pain, un peu plus de soupe ou des patates... Malgré la différence d'âge, des liens d'amitié se nouent, des connivences se tissent. Chaque jour, j'en apprends un peu plus sur chacun d'eux. Caissier à la Banque de Montréal de la Place d'Armes, M. Bastien m'incite à m'y ouvrir un compte pour faire fructifier mes économies et, surtout, les mettre à l'abri d'un vol. Homme à tout faire au théâtre Arcade, M. Bouchard monte et démonte les décors et fait l'entretien général de la salle, ce qui lui donne le privilège d'assister gratuitement aux spectacles ; c'est probablement d'entendre à longueur de jour et de soir des histoires burlesques que lui vient cette propension à raconter des anecdotes loufoques. Mlle Poisson est vendeuse chez Dupuis Frères, un travail ennuyant où elle est souvent confrontée à la mauvaise humeur de clients non satisfaits. Quant à Mlle Moisan, elle travaille dans une manufacture de textile et espère devenir une véritable couturière.

Fréquemment, après le souper, certains se retrouvent au vivoir pour parler de choses et d'autres. M. Bastien y parcourt *La Presse* ou *La Patrie*, particulièrement les articles qui s'intéressent au monde des affaires ; moi, j'écoute avidement ses commentaires et je le sens ravi d'avoir un auditoire aussi attentif et curieux. Comme c'est l'été, plusieurs en profitent pour remonter jusqu'au parc La Fontaine et jouir de l'étirement du jour, car à Montréal, contrairement à Huberdeau, on vit à l'heure avancée. Mlle Poisson et M. Bouchard jouent aux cartes et d'autres se joignent à eux pour une partie de 500 ou de dame de pique. Toutefois, Mlle Poisson abhorre « manger » la dame de pique car, selon elle, cela porte malheur et elle en fait des cauchemars, ce qui provoque l'hilarité de ses adversaires. S'il manque un joueur, on me sollicite et j'accepte de bonne grâce, même si ce type de détente ne me plaît guère. Quant à Rodolphe, il aime la compagnie de Mme Ouellet et il l'aide à la vaisselle, au rangement et au ménage.

Le dimanche, après la messe, on prend le tramway vers l'ouest de la ville dans le même but : trouver une trace, si mince soit-elle, de maman. Ayant arpenté les rues avoisinant Sainte-Cunégonde, on élargit le territoire de recherche vers l'est. Inlassablement. Le doute croît sans affaiblir ma détermination. Rodolphe, toutefois, ne manifeste pas la même persévérance. Au bout de quelques semaines, il se rebiffe.

— On va-tu faire ça encore longtemps ?
— J'sais pas. Tant qu'on l'aura pas trouvée.

— T'es pas fou ?
— Non... j'ai confiance.
— Ben moé, j'suis pas mal tanné, pis j'dis qu'on la r'trouvera pas.
— Moi, j'suis sûr qu'elle est quelque part... ça vaut la peine de continuer.
— Ben moé, j'pense pas que...
— Pourquoi tu dis ça ?
— Parce que... répond laconiquement Rodolphe.
— Parce que... quoi ?
— Parce que, c'est toute. Y a rien d'autre à dire.

D'un dimanche à l'autre, la résistance de Rodolphe s'accroît. En fait, la seule raison pour laquelle il consent à me suivre, c'est sa crainte de me laisser seul. Depuis les événements de l'orphelinat, il s'est donné comme mission de me protéger. Parfois, traversant des quartiers glauques, des gamins se moquent de moi en imitant ma démarche claudicante ; mais dès que Rodolphe s'arrête et les dévisage, ils prennent vite la poudre d'escampette. S'il n'avait pas été là !

Devant mon frère, j'affiche une détermination inflexible. Pourtant, le doute érode mon assurance, surtout depuis une question de M. Proulx : « Pourquoi vous placer à Huberdeau ? Il y a pourtant des orphelinats ici, à Montréal. » Je n'y avais jamais pensé. Mais oui : « Pourquoi ? » La question m'obsède. Les réponses les plus plausibles : le manque de place ailleurs ; la pension moins chère en campagne ; le seul endroit qui accepte des handicapés ? Je refuse de chercher plus loin la réponse à cette question. A-t-elle voulu se débarras...

NON ! Cette explication, je ne veux même pas l'envisager.

* *
*

Un automne clément nous permet de poursuivre nos recherches tous les dimanches jusqu'à la mi-décembre. À une exception près. En effet, le 18 octobre, M. Proulx demande notre aide pour préparer le magasin au grand événement du lendemain. Depuis une bonne semaine, sur la vitrine, des affiches incitent les gens à ne pas rater la première diffusion publique d'une assemblée politique au poste CKAC :

À NE PAS MANQUER
VENEZ ENTENDRE, EN DIRECT, LE DISCOURS DE
MACKENZIE KING
LUNDI 19 OCTOBRE 1925

Pour le patron, cette invitation, en plus de favoriser le premier ministre — libéral, il va sans dire — constitue une excellente publicité pour ses appareils radio.

Rodolphe est réquisitionné pour poser des affiches dans les commerces environnants après avoir obtenu l'autorisation du propriétaire. Trois heures avant le début de l'allocution, une centaine de personnes s'entassent à l'intérieur et devant le magasin. Devant pareille affluence, M. Proulx s'adresse à la foule en criant à tue-tête : je vais fermer le magasin pour le reste de l'après-midi ; on va installer un poste de radio à l'extérieur pour que tout le monde entende... revenez vers six heures et demie. La plupart des gens restent quand même sur place ; certains s'assoient sur le trottoir, d'autres vont prendre une bière à la taverne du coin.

PARTIE 2. LE MÉDAILLON

J'installe un appareil avec haut-parleur à l'extérieur du magasin. M. Proulx et son fils d'une vingtaine d'années auxquels se joignent deux de ses amis ainsi que Rodolphe assurent l'ordre.

Quand le discours commence, le magasin est rempli à craquer; à l'extérieur, des centaines de personnes s'agglutinent. Dès que la voix du premier ministre résonne, les applaudissements fusent. Les murmures de la foule, les cris de quelques hurluberlus, la toux, les éternuements, les pleurs des enfants, les bruits de la rue ainsi que le grésillement des appareils font en sorte que les auditeurs ne peuvent, à la fin de l'allocution, en résumer les propos. De toute manière, même dans des conditions idéales, bien peu pourraient se vanter de saisir la teneur du discours puisque MacKenzie King s'exprime en anglais. Peu importe : ils ont vécu un moment historique. C'est aussi mon premier contact avec le monde de la politique.

Le dimanche suivant, je convaincs Rodolphe — de plus en plus réticent — à visiter un nouveau quartier. Je lui explique que c'est juste pour mieux connaître la ville; mais il n'est pas dupe.

Même si j'essaie de dissiper mes doutes, ceux-ci s'infiltrent dans ma tête, s'y livrent à un contre-interrogatoire serré. Pourquoi un orphelinat agricole alors qu'elle me sait infirme? Pourquoi son défaut de paiement? Pourquoi ne pas avoir tenu sa promesse de revenir nous chercher? Des « pourquoi » qui demeureront sans réponse aussi longtemps que je ne la retrouverai pas.

Le mois de novembre est particulièrement clément. Du soleil presque à tous les jours; une seule journée de vraie pluie. Par contre, le vendredi 27, l'hiver déboule en force avec une bordée qui laisse au sol près de dix pouces de neige. Les jours suivants, la température chute de plusieurs degrés pour atteindre les 10 °F. Au début du mois de décembre, cinq pouces de neige s'ajoutent à la couche précédente. Les charrues dégagent les rues en tassant la neige sur les bords. Sur les trottoirs des artères principales, les piétons, à force de passer, aplatissent et durcissent la neige, traçant ainsi des pistes étroites, mais praticables. Pour moi, la marche devient pénible. Ça me prend trois fois plus de temps pour me rendre au magasin. Deux fois, je me suis affalé, incapable d'enjamber un banc de neige au coin d'une rue. Cela m'amène à abandonner provisoirement, comme je le répète à Rodolphe, mes recherches.

* *
*

Au jour de l'An 1926, pour me récompenser des heures supplémentaires non rémunérées et du bénévolat de Rodolphe, M. Proulx nous offre des billets pour le Théâtre Français situé près de notre maison de pension, au 27 de la Sainte-Catherine Est. M. Bouchard nous avait souvent offert de nous amener au Théâtre Arcade « par la porte d'en arrière », disait-il puisqu'il y travaillait ; j'avais toujours décliné, ayant gardé un fort mauvais souvenir du théâtre. À l'orphelinat, à la fin de l'année, chaque groupe présentait un petit spectacle, souvent la mise en scène d'un épisode de l'histoire sainte. Je n'étais monté sur les planches qu'une seule fois : celle où on avait remplacé l'aveugle par un estropié. Dès mon pied sur la scène, des fous rires retenus ! Figé, j'en avais oublié un moment mon texte, puis je m'étais repris en sautant toutefois quelques répliques... et la pièce se termina dans un tumulte que les frères eurent peine à contenir. Un bien mauvais souvenir ! À compter de cette année-là, j'assistais aux séances de fin d'année à reculons, n'y prenant aucun plaisir, sauf celui d'y voir Rodolphe, toujours dans un rôle de figurant. Contrairement à mon frère, le cadeau du patron ne m'enthousiasme donc pas. « Quelle idée ! » J'aurais préféré un présent plus tangible. Comme un cadeau ne se refuse pas, je me fais un devoir de m'y rendre avec Rodolphe, sachant que M. Proulx attend mes commentaires.

Dimanche 3 janvier. Nous voici au Théâtre Français pour une vue animée. À l'orphelinat, on n'en présentait pas, mais depuis notre arrivée à Montréal, on s'arrête fréquemment devant les devantures des théâtres pour admirer les affiches toutes plus alléchantes les unes que les autres. Mais de les voir, ces images sautillantes sur un grand écran dans une salle obscure, nous rive sur nos sièges. *Go West* a été réalisé par celui-là même qui en tient le rôle principal : Buster Keaton. L'histoire raconte les mille et une difficultés de la vie d'un cow-boy en Arizona. Au moment le plus drôle du film, près de 5 000 bêtes à corne envahissent le quartier des affaires de la ville. La foule se tord de rire. Quand nous ressortons du théâtre, un peu plus d'une heure plus tard, nous n'avons pas vu le temps passer.

Les vues animées : un passe-temps à la portée des bourses des ouvriers. En dépit des mises en garde du clergé qui considère le cinématographe comme le « vestibule de l'enfer », les propriétaires des salles continuent de faire des affaires d'or. La population, bien que majoritairement catholique, n'hésite pas à contrevenir aux directives des évêques. On ne fait pas exception. Avec fébrilité, on attend le congé dominical. Je consulte le journal *La Patrie* que M. Proulx achète quotidiennement, pour regarder les publicités et choisir les films ; des films américains, le plus souvent, qui s'accordent mieux au tempérament de

Rodolphe. Et je ne les déteste pas, moi non plus. Ensemble, on s'amuse devant les exploits de Chaplin et de Keaton. De retour à la chambre, on se remémore les scènes et on rit à en avoir mal au ventre.

Pour la première fois : une passion partagée.

En janvier 1926, dans la pénombre de ces salles obscures, envoûté par les aguichantes actrices, je sens mon membre se raidir ; je panique. J'en éprouve un trouble, une honte. Obsédé par ce phénomène, j'ai du mal à me concentrer sur le film. La dernière séquence se termine sur un baiser langoureux… Un spasme me secoue, un liquide chaud se répand dans ma combinaison comme cela m'était déjà arrivé à quelques reprises. J'en ressens un immense bien-être, un plaisir qui ne peut être que coupable, un de ces péchés de la chair dont les religieux de l'orphelinat nous enjoignaient de nous méfier. Le même soir, dans mon lit, le dos tourné à Rodolphe qui dort profondément, je me rejoue les scènes évocatrices du film et je retrouve le même plaisir.

Le 10 avril 1926, je fête mes 16 ans.

* *
*

Rodolphe ne réussit jamais à garder un emploi bien longtemps. Son record : un mois. Le plus souvent, on le prend à l'essai pendant une semaine et cela ne va pas plus loin. Livreur, débardeur, pelleteur. Si sa force l'avantage, sa corpulence — mais aussi sa nonchalance — le ralentit. Sourd aux blâmes de ses employeurs, il ne s'efforce pas de corriger le tir et se retrouve sans travail. Ses journées, il les passe le plus souvent au magasin où il s'occupe de

PARTIE 2. LE MÉDAILLON

l'entretien, du dépaquetage des marchandises... Même si M. Proulx ne peut lui verser un vrai salaire, se contentant de quelques sous ici et là, je suis heureux de l'avoir à l'œil. Quand Rodolphe décide de rester à la maison de pension, je m'inquiète toute la journée.

Un jour, la logeuse lui demande de l'aider à plier des draps. Un autre jour, il déplace un meuble dans une des chambres. Le lundi, jour du lavage, il reste à la pension pour étendre le linge. Le vendredi, il lave les planchers. Avec une hachette, il brise la glace sur les marches extérieures, déneige les galeries avant et arrière. Chaque jour, quand ni M. Proulx ni moi n'avons besoin de lui, il quitte le magasin pour donner un coup de main à Mme Ouellet à préparer le repas : il lave, pèle et coupe les légumes. Peu à peu, se développe une belle complicité entre lui et notre logeuse. Reprise-t-elle une combinaison ? Taille-t-elle une robe ? Faufile-t-elle une jupe ? Coud-elle à la machine ? Rodolphe, près d'elle, la regarde, l'interroge, apprend. Bientôt, il sait faire un ourlet, poser un bouton, rapiécer un bas... Quand Mme Ouellet installe son métier pour piquer une courtepointe, il lui dessine des motifs, comme il le faisait pour sœur Émilienne à l'orphelinat. Généralement peu enclin à créer des liens d'amitié, Rodolphe s'attache pourtant à cette petite femme d'une quarantaine d'années, au visage rond et souriant. Il aime lui rendre service, devancer ses besoins. Il sent qu'elle a confiance en lui puisqu'elle lui confie toutes sortes de travaux qu'il exécute toujours avec grande minutie. Rodolphe se sent apprécié, valorisé ; d'autant plus que Mme Ouellet, qui n'est pas très riche, le récompense en diminuant le prix du loyer. Il est fier de participer ainsi à notre bien-être.

Parfois, le dimanche après-midi ou même le soir, après le travail, quand Rodolphe travaille avec Mme Ouellet, je me rends aux vues animées. Seul, j'opte pour des histoires romantiques, des histoires d'amour susceptibles de déclencher les mêmes plaisirs — coupables.

En mai, quelques bancs de neige cachés dans des endroits sombres, à l'abri du soleil, résistent encore à la chaleur. Les arbres bourgeonnent. Je n'ai pas encore abandonné l'idée de retrouver maman et, le beau temps revenu, je veux recommencer les recherches. Toutefois, pas question de négliger pour autant les « p'tites vues ». Après la messe, tôt le dimanche, on sillonne les rues… on revient à la pension pour le dîner et ensuite, on assiste à la représentation de deux heures. Le soir, il reste encore du temps pour participer aux activités des autres pensionnaires.

Une fois au lit, j'attends que Rodolphe se soit endormi avant de me rejouer les scènes les plus excitantes des films. Pour la première fois, je ressens le besoin d'avoir mon propre lit et plus même, ma propre chambre.

*   *
*

Déjà un an ! Un an pendant lequel mon obsession du passé s'est peu à peu diluée dans de nouveaux intérêts et obligations. Un an pendant lequel ma méfiance s'est dissoute dans l'amitié de notre logeuse et l'accueil chaleureux des pensionnaires qui nous ont vite adoptés : nous sommes des leurs. Chacun, à sa façon, nous a pris sous son aile. Mlle Moisan m'a confectionné des vêtements sur mesure ; ainsi, mon pantalon ne traînera plus à cause de ma jambe plus courte et je n'aurai plus à faire plusieurs tours à la manche gauche de ma chemise. Mlle Poisson m'a emmené dans une manufacture de formes de chaussure, dans le nord de la ville, où on m'a confectionné des souliers adaptés à mon infirmité de telle sorte que ma démarche en est plus naturelle, presque normale. M. Bouchard nous fournit régulièrement des billets pour le théâtre Arcade alors que M. Bastien me conseille sur tout ce qui a trait aux finances. Mme Ouellet nous manifeste aussi beaucoup d'affection, surtout à Rodolphe. La maison de pension constitue, pour ainsi dire, notre nouvelle famille.

Un an aussi chez M. Proulx. Six jours par semaine, dix heures par jour. Petit à petit, mes responsabilités augmentent; le salaire aussi. D'abord confiné à la vente des disques et à leur classement, je m'occupe bientôt des commandes, du bilan des ventes, de la tenue des livres. Toutefois, ce qui m'intéresse davantage, c'est l'arrière-boutique. Généralement, en fin de matinée et en début d'après-midi, comme je n'ai pas grand-chose à faire, je lorgne du côté de l'atelier tout en gardant un œil sur le magasin. J'observe mon patron qui répare les radios et les gramophones. Ces nouveaux appareils me fascinent. Des paroles, de la musique surgissent d'une machine! Un miracle que M. Proulx démystifie. De la même manière, quand un client se «fait tirer le portrait», j'épie le patron. Comme M. Proulx ne peut laisser l'atelier durant le jour, c'est le soir ou plus souvent le dimanche — hé oui! m'avoue-t-il en souriant, je travaille le jour du Seigneur — qu'il s'enferme dans la petite chambre noire aménagée tout au fond du studio. Comment peut-on travailler dans le noir? Par quelle magie un visage apparaît-il dans le fond d'un bac? Comment se fixe-t-il sur le papier? Ma soif d'apprendre étant insatiable, je le harcèle de questions et il n'est que trop heureux d'avoir quelqu'un avec qui partager sa passion. Quand les commandes s'empilent, M. Proulx sollicite mon aide pour démonter les appareils, se gardant la responsabilité de les réparer et de les remonter. Une clochette, à la porte du magasin, me permet de travailler à l'arrière sans pour autant négliger les clients.

Depuis la soirée de la radiodiffusion du discours de MacKenzie King, je m'intéresse à l'actualité. Chaque jour, je consulte *La Patrie* que M. Proulx apporte au magasin ou *La Presse* abandonnée par M. Bastien au boudoir. Je me passionne autant pour les articles traitant de la politique provinciale et nationale que pour ceux des nouvelles internationales. Je lis également les pages culturelles et je survole aussi les annonces classées : logements à louer, articles à vendre, offres d'emploi. C'est ainsi que me vient l'idée d'avoir notre propre logement car, bien que la vie à la pension soit agréable, j'ai besoin d'une plus grande intimité : une chambre à moi, une salle de bain particulière, et d'une plus grande liberté, surtout dans les horaires de repas.

Depuis notre arrivée à Montréal, je limite les dépenses et réussis, chaque semaine, à épargner un peu d'argent que je dépose à la banque où travaille M. Bastien. Je dresse un budget détaillé des dépenses et des revenus : serai-je en mesure de payer un logement en comptant uniquement sur mon salaire ? Je consulte M. Bastien.

— Si tu trouves un logement à $10.00 par mois, tout inclus, tu n'as pas de soucis à te faire.

Justement, c'est exactement ce que je viens de trouver dans les annonces classées de *La Patrie* :

Sainte-Marie, 46 — 5 pièces ; $10.00 / mois.

La réponse de M. Bastien confirme mon désir de louer un logement. J'en discute avec M. Proulx et, coïncidence, hasard, chance ou la grâce de Dieu ?... il m'apprend que le locataire du logement au-dessus du magasin a demandé

PARTIE 2. LE MÉDAILLON

la résiliation de son bail parce qu'un parent l'a fait embaucher dans une mine du nord de l'Ontario. Il me l'offre pour la modique somme de $8.00 par mois à la condition de m'occuper de l'ouverture du magasin. Une aubaine extraordinaire! Non seulement un logis bien à nous, mais je n'aurai plus qu'à descendre un escalier pour me rendre au travail. En outre, M. Proulx me fait miroiter la perspective de pouvoir démonter des appareils, le soir, pour accélérer leur réparation le lendemain. Quelques heures supplémentaires qui permettraient d'augmenter mon salaire significativement. Tout allait pour le mieux dans le meilleur des mondes.

Depuis mon arrivée à Montréal, j'avançais dans la vie la tête tournée vers le passé. Mon obsession : retrouver ma famille. Pour la première fois, j'entrevois un temps nouveau axé sur l'avenir. J'échafaude d'autres rêves : avoir un logement, un lit, une chambre à moi; progresser dans mon travail, gagner davantage d'argent pour nous payer quelques douceurs, quelques fantaisies. Le passé s'allège, s'estompe au fur et à mesure que l'avenir me fait miroiter d'autres promesses.

26

— Non!
— Hein?
— NON! répète Rodolphe en accentuant le NON.
— Pourquoi? On s'rait bien, un logement à nous... j'achèterais des meubles... on aurait un vrai chez-nous...
— NON! NON et NON...

Rodolphe se jette sur le lit en sanglotant. Je ne l'ai jamais vu pleurer de la sorte même pas à la mort de papa, même pas quand maman nous a laissés à l'orphelinat, même pas quand elle a trahi sa promesse... Jamais! Cette réaction m'abasourdit. Désemparé, je ne sais que dire ni faire, sauf le regarder pleurer. Des larmes irrépressibles comme les eaux d'un barrage qui cède sous la puissance de la glace. Je pose doucement ma main sur son épaule. Il se dégage férocement :

— Laisse-moé tranquille. Va-t-en.

Je recule, craignant un assaut si je tente de m'approcher davantage. De longues minutes, immobile et impuissant. Comment expliquer la violence de cette réaction? Ce soir-là, Rodolphe refuse de descendre souper. Je l'excuse auprès de Mme Ouellet, prétextant un malaise. Quand je reviens, je me sens soulagé : je n'entends plus le bruit des sanglots au travers de la porte. Néanmoins, Rodolphe, couché à plat ventre sur le lit, la tête cachée entre ses bras, reste imperturbable et refuse de parler. Déconcerté, je quitte la chambre. En descendant, je croise Mme Ouellet qui lui apporte un bol de soupe aux légumes.

— Est-ce qu'il va mieux ?

— J'sais pas, il veut pas m'parler.

— Comment ça ?

Je n'ose renseigner notre logeuse sur l'événement qui a provoqué la colère de Rodolphe. Ce serait lui apprendre trop brusquement notre départ éventuel de la pension.

— Pourtant, il a travaillé avec moi une bonne partie de la journée et il semblait en pleine forme. J'vais aller l'voir.

Je n'hésite plus : je dois signifier à Mme Ouellet mes intentions.

— Est-ce qu'on peut se parler... ailleurs qu'ici ?

— On va aller au vivoir ; il y a personne.

Avec le plus de tact possible, je lui dévoile ma décision de quitter la pension pour m'installer dans un vrai logement.

— C'est une bonne nouvelle, dit la logeuse, ça arrive à la plupart des pensionnaires, vous savez, ajoute-t-elle en s'efforçant vainement de maîtriser son émotion.

— Je... j'voulais pas vous faire de peine.

— C'est sûr que ça donne un coup... on s'attache et puis... oups... c'est fini... vous êtes les plus jeunes pensionnaires que j'aie eus... Et Rodolphe... il est si gentil, si serviable...

Du coup, je comprends. Ce n'est pas la pension que Rodolphe ne veut pas quitter : c'est Mme Ouellet. Contrairement à ce à quoi je m'attendais, elle m'encourage :

— C'est normal de souhaiter avoir un vrai chez-soi. J'vais lui parler.

Une heure plus tard, elle redescend.

— C'est bon, dit-elle.

— Il est d'accord ?
— Hum… hum…
— Qu'est-ce que vous lui avez dit ?
Elle sourit.
— Tout simplement que votre déménagement ne changerait rien, qu'il peut v'nir ici quand il veut, qu'il peut même partager mes repas à l'occasion, qu'il peut continuer à m'aider… Vous savez, j'aime beaucoup votre frère… il m'aime bien aussi… peut-être me voit-il comme une mère adoptive ?

* *
*

En septembre 1926, nous emménageons dans notre logement. Avant de quitter la pension, j'ai magasiné pour acheter — le plus souvent usagés — quelques meubles, des ustensiles de base pour faire la cuisine, de la vaisselle, des matelas ainsi que la literie, les serviettes de toilette et une glacière. Toutes mes économies y passent. Rodolphe aura en charge l'entretien du logement, le lavage, la préparation des repas. Ces nouvelles responsabilités réduisent considérablement le temps consacré à retrouver maman. De toute façon, j'y crois de moins en moins. Sans conviction, j'écris tout de même à sœur Marie-Rosalie pour l'aviser de notre changement d'adresse. Une semaine plus tard, une lettre du directeur de l'institution m'avise que la religieuse a quitté l'orphelinat ; il me retourne ma lettre. Je suis déçu qu'il n'ait pas cru bon de faire suivre son courrier.

27

Au printemps suivant, pour la première fois, notre promenade dominicale nous amène au bord du fleuve.

— Majestueux ! C'est majestueux ! s'exclame Rodolphe.

— C'est vrai que c'est beau !

— C'est MA-JES-TU-EUX ! reprend Rodolphe, en appuyant sur chacune des syllabes.

Le souffle coupé, les yeux ronds d'admiration, il ne cesse de répéter ce mot, comme s'il venait d'en découvrir la signification ou qu'il le réservait pour les « grandes occasions ». Et c'en est une : la découverte de ce grand fleuve dont on connaissait l'existence par nos cours de géographie et qui se révèle dans toute sa beauté. Sa Majesté ! MAJESTUEUX ! Pour Rodolphe, un mot chargé d'émotion. Un beau mot, un grand mot... un mot qui impressionne, comme ce fleuve, immense. Ses respirations épousent le rythme des vagues et, imperceptiblement, Rodolphe se transforme comme si le fleuve, par osmose, lui transmettait à la fois sa sérénité, sa vigueur, sa puissance.

— Allez, viens...

— Non !

Subjugué, Rodolphe s'assoit sur une roche, refuse de bouger.

— C'est majestueux. J'veux rester.

— Viens, il faut continuer...

— Non, j'ai pas fini de r'garder.
— Écoute, si tu veux pas bouger, on ira pas aux p'tites vues cet après-midi.
— J'veux aller aux p'tites vues.
— Alors, viens-t'en.
— On va rev'nir? Promets qu'on va rev'nir.
— Promis! Allez, grouille!

Pour plaire à Rodolphe, environ une fois par mois, on retourne vers les quais, pour admirer le fleuve, observer les bateaux passer, suivre l'évolution de la construction du pont du Havre*. Toujours « au cas où… », à l'aller comme au retour, je modifie l'itinéraire : une habitude plus qu'une conviction. Ma détermination s'est affaissée au même rythme que ma foi. J'admets, sans toutefois l'avouer à Rodolphe, que ma quête restera vaine. La question du patron me turlupine encore : « Pourquoi si loin? » Mes réponses, je les juge à présent dérisoires, convaincu que si maman avait voulu nous retrouver, elle aurait pu. Alors, pourquoi chercher à retrouver une famille que je suis peut-être le seul à vouloir rassembler? Les jours de congé, on visite les sites les plus populaires de la ville : le parc du Mont-Royal, le parc La Fontaine, la place Jacques-Cartier… Notre promenade se termine généralement à la pension de Mme Ouellet qui nous reçoit à souper afin de remercier Rodolphe pour l'aide qu'il continue à lui apporter deux ou trois après-midi par semaine. Le dimanche 4 septembre, pour souligner l'anniversaire de Rodolphe, notre ancienne logeuse nous emmène au parc Dominion, le plus beau parc d'attractions de l'Amérique, selon elle. Le soleil brille avec ardeur et la température — autour de 70 °F — n'est pas trop accablante. Tout de suite après

---

* En 1934, il deviendra le pont Jacques-Cartier.

PARTIE 2. LE MÉDAILLON

la messe, on prend le tramway en direction de l'est de Montréal. Le parc est situé à Longue-Pointe entre la rue Notre-Dame et le fleuve. Si on craint certains manèges, on s'amuse follement à regarder et surtout à entendre crier les gens dans les montagnes russes ou le *Shoot-the-Chutes*, une immense chaloupe qui descend une pente abrupte pour aboutir dans un bassin. Je m'intéresse à la reproduction de la scène historique de l'inondation de Johnstown; Rodolphe préfère le *Myth City* et *The House of Non Sense*. Pendant qu'on parcourt le parc en tous sens, Mme Ouellet se balade tranquillement le long du *Boardwalk*, heureuse du plaisir qu'elle nous procure.

L'été 1927 passe... de nouveau l'automne, puis l'hiver. Ma certitude s'est totalement effritée : il n'en reste plus rien. Sept ans sans nouvelles! Ma mémoire abrite encore l'image de sa dernière visite à Huberdeau. Avec son fiancé! Je me souviens uniquement de son nez crochu et de son ventre bedonnant. Elle, je la revois distinctement : le jour où elle avait promis! «À la fin de l'année scolaire», avait-elle dit. Naïvement, je l'avais crue. Juin, juillet, août! Quelle attente! Chaque matin, je me disais : ce sera aujourd'hui. Il fait beau. Un temps idéal pour voyager. Chaque jour, après le passage du train vers 15 h 30 : déception. Septembre, octobre... Peut-être était-elle morte comme ça, subitement. Comme papa! Je préférerais presque cette explication à celle de l'abandon.

Si le travail, les vues animées, le théâtre, le fleuve, le parc Dominion et le partage d'un même logement nous permettent de dialoguer comme jamais auparavant, certains sujets demeurent tabous : la famille, la mort de papa, l'orphelinat, le sentiment d'abandon. Malgré mon désir de confronter mes souvenirs à ceux de Rodolphe, je demeure incapable d'aborder ces sujets. Pour expliquer ce manque de courage, j'invoque des excuses faciles — dont je ne suis cependant pas dupe : manque de temps, fatigue, ambiance non propice... D'ailleurs, depuis que sœur Marie-Rosalie m'a révélé les difficultés intellectuelles de mon frère, j'évalue mal ses capacités. Sa mémoire déficiente lui permet-elle de se remémorer le passé ? Ne vit-il que dans l'instant présent ? Alors, à quoi bon s'entêter à remuer un passé sans consistance ? Peut-être a-t-il raison, après tout !

28

M. Proulx m'a ouvert la voie de la radiophonie, de la gramophonie et de la photographie, des domaines fort populaires en cette fin des années 1920, puisque non seulement les riches, mais les gens de la classe moyenne se procurent de plus en plus ces appareils extraordinaires. Des trois, c'est la radiophonie qui me passionne le plus. En plus de profiter des informations du patron, je parcours les manuels d'instructions de même que les magazines « plus scientifiques » qu'il achète pour se tenir à jour. La plupart des appareils venant des États-Unis, toute la documentation nous parvient en anglais. D'un mois à l'autre, je m'étonne de ma facilité à les comprendre jusqu'à ce que je me souvienne que papa, né quelque part en Ontario, me parlait toujours en anglais, car il voulait que ses enfants puissent se tailler une place dans la société et cela passait, selon lui, par la langue anglaise. Malgré mon manque de pratique au cours de mes années à l'orphelinat, les illustrations aidant, je parviens à comprendre le sens des textes. Je perfectionne ainsi ma connaissance des appareils et deviens habile à trouver la cause de leur défectuosité. M. Proulx me confie certaines réparations faciles quand les commandes s'empilent. Grâce à ce travail supplémentaire que j'effectue le soir, après la fermeture du magasin, je m'achète un radio. J'écoute CKAC, le poste de radio francophone, et m'oblige aussi à syntoniser CFCF afin de parfaire ma compréhension de l'anglais. Si je veux percer dans le domaine de la radiophonie, c'est un incontournable. Je parviens tant et si bien à me débrouiller dans la langue de Shakespeare que, lorsqu'un client anglophone franchit la porte du magasin — événement rarissime dans cette partie est de la ville — je sers de traducteur. Peu à peu, le petit garçon timide, peureux et inquiet de l'orphelinat se transforme en un jeune homme confiant, plus sûr de lui et, même s'il demeure peu volubile, capable de s'exprimer avec aisance.

Après le souper, avant d'entreprendre la réparation des appareils, je lis les journaux. À *La Patrie* et *La Presse* s'ajoute le *Montreal Star*. Par habitude, jamais je n'oublie de consulter les annonces classées. On demande un menuisier, un meunier, un jeune homme de bureau, un tailleur, une modiste, une servante, un cocher, un cuisinier, un clavigraphiste, un charpentier, une couturière... Maman était couturière. Instinctivement, je lis avec attention toutes les annonces... au cas où...

> COUTURIÈRE — On demande des femmes qui peuvent coudre chez elles — Machine à coudre nécessaire. S'adresser à Ontario Neckware Co Dept., 187 Toronto 8.

Un peu plus loin...

> COUTURIÈRE. Confection, ajustements, réparations. À la machine ou à la main. Thérèse, 114 Saint-Dominique

Tiens! Un emploi pour Rodolphe :

PARTIE 2. LE MÉDAILLON

GARÇON DEMANDÉ. Pour messages. 201 Sainte-Catherine Est.

À quoi bon lui en parler! Rodolphe reste incapable de se plier à un horaire strict. Et il me rend de précieux services : il tient la maison propre, prépare les repas, lave, repasse et reprise les vêtements... Quand il a terminé, il descend au magasin pour voir si on a besoin de lui; si non, il se rend chez Mme Ouellet et travaille avec elle jusqu'au moment où il doit revenir au logement pour préparer le souper.

Offre d'emploi à la Victor Talking Machine. Cette compagnie, fabricante de machines parlantes, recherche des monteurs et des réparateurs. Le salaire proposé est alléchant : le double de ce que je gagne avec M. Proulx. L'appât du gain, mais surtout l'éventualité de travailler pour une grosse entreprise m'enthousiasme au plus haut point. Je découpe la petite annonce. Un client entre à ce même moment et je la dépose sur le comptoir, le temps de vendre deux disques.

— Tu t'cherches un autre emploi? T'es pas bien, ici? m'apostrophe M. Proulx sur un ton agressif en brandissant l'annonce.

— Euh... j'sais pas... peut-être.

— Tu veux partir? C'est moi qui t'ai tout appris... tu l'oublies?

— Non, non, j'l'oublie pas. J'vous en suis très reconnaissant.

— Et c'est ça, ta reconnaissance? Aller travailler ailleurs? Si jamais tu quittes le magasin, je t'avertis : tu y remettras plus jamais les pieds.

Sur ce, M. Proulx chiffonne la petite annonce, la jette au panier et retourne en bougonnant dans son atelier.

L'heure de la fermeture arrive sans qu'il m'ait adressé une seule parole. Plus tard, à son insu, je récupère la petite annonce.

Ce soir-là, je rends visite à Mme Ouellet pour lui demander conseil.

— Pense à toi d'abord, me conseille-t-elle. Ton patron se fait vieux... qu'est-ce qui va t'arriver quand il va vendre son magasin ?

— J'lui dois beaucoup.

— Oui, tu lui dois beaucoup, mais c'est pas une raison pour rester accroché à lui toute ta vie. De toute façon, c'est une tempête dans un verre d'eau tant et aussi longtemps que t'es pas engagé... Fais ta demande et n'en parle à personne... même pas à Rodolphe et surtout pas à monsieur Proulx.

Cette semaine-là, M. Proulx se terre dans son atelier et m'adresse rarement la parole. Quand il le fait, c'est toujours pour le travail.

La date de fermeture des « applications » approche. Je relis l'offre d'emploi. En fait, j'en connais le contenu par cœur. Mme Ouellet a raison : je ne peux laisser passer cette chance.

Le lendemain, je demande à Rodolphe de prévenir M. Proulx que je serai absent sans en révéler les motifs. Je me rends aux locaux de la compagnie, sur la rue Saint-Antoine au coin de Lenoir, l'annonce pliée dans ma poche. La secrétaire me fait remplir un formulaire — tout en anglais — puis m'invite à m'asseoir dans le corridor.

— *Someone will come as soon as they're done with their applicants.*

Intimidé, je n'ose m'enquérir de la prochaine étape. Quelque dix minutes plus tard, une porte se referme bruyamment. Un homme apparaît au fond du couloir et s'approche à petits pas rapides.

— *Mister Lamoureux?*
— Oui... *Yes?*
— *Please follow me.*

Je me lève, presse le pas pour le rejoindre. Au fond du corridor, bifurcation à droite, puis un autre long corridor, vitré. Derrière, une immense salle où s'affairent des dizaines d'employés. Je n'ai pas le temps de regarder : je dois rattraper l'employé qui continue d'un pas vif, sans tenir compte de mon boitillement.

Une pièce étroite sans autre ameublement que deux longues tables. Sur l'une, un radio, sur l'autre, un gramophone : tous deux défectueux. Sur les tables, différentes pièces pour réparer les appareils. En face, une horloge. À droite, sur le mur, un long miroir et à gauche, des affiches de divers appareils de la Berlinger.

— *You have one hour to fix them. Good luck.*

Si je termine avant, je pourrai retourner à la réception. La compagnie m'enverra une lettre pour savoir si je suis engagé ou non.

La porte se referme avec un claquement sec qui me fait sursauter. Figé, les pieds soudés au sol et la tête en carrousel, je regarde l'ensemble des pièces sans bouger. Incapable du moindre mouvement. Le matériel occupe tout mon champ de vision. Je me sens prisonnier dans cette pièce exiguë. Interdit, je contemple les pièces, les outils, l'appareil à réparer. « Jamais j'y arriverai. J'me suis pensé trop bon. Sans M. Proulx pour me guider... » J'entends le tic-tac de l'horloge. La panique m'envahit. Rebrousser chemin. Sortir au plus vite de cette pièce. Longer à nouveau les deux longs corridors. Retrouver la porte de sortie. Quitter les bureaux de l'usine. Ni vu ni connu.

Toc! L'horloge rappelle que le temps passe. Deux minutes déjà.

Je m'attendais à ce que la compagnie me demande des preuves de ma compétence, mais innocemment, j'avais cru que la seule description du travail avec M. Proulx suffirait. Jamais je n'avais envisagé de réparer des appareils sur place.

Toc! Et de trois.

De plus en plus nerveux, je prends conscience du tremblement de mes mains, de leur moiteur. Un peu plus, je me mettrais à pleurer comme un veau.

Toc! Et de quatre.

L'avancée de l'horloge signifie l'urgence d'agir. Ou de partir! Partir, oui! Pour me donner du courage, je me rappelle les paroles de M. Proulx : « T'es un bon réparateur, Romuald. Tu deviens meilleur que moi! »

Une longue et profonde respiration. Je relève la tête, examine la pièce.

« T'es un bon réparateur, Romuald... » Je suis un bon réparateur... Aucune raison pour que j'échoue.

Avoir confiance! Oui, j'ai confiance! Je suis capable. Peu à peu, je retrouve mon aplomb. Une autre longue inspiration. Je tire la chaise vers le gramophone, me penche vers l'appareil, l'examine, et j'identifie aisément le problème. J'enlève la pièce défectueuse. Concentré sur ma tâche, le toc de l'horloge ne me perturbe plus. Parmi les pièces mises à ma disposition, je repère celle dont j'ai besoin et la replace facilement. Le gramophone devrait fonctionner à nouveau. Le test : je prends le disque, le sors de son enveloppe de papier, le place sur le gramophone, tourne la manivelle, déplace le bras pour le poser délicatement sur le disque... Le son se répand... Je relève la tête, sourit, regarde l'horloge. Vingt minutes se sont écoulées.

PARTIE 2. LE MÉDAILLON

Sans perdre de temps, je m'attaque ensuite à la radio, en espérant que ce soit aussi facile. En moins de dix minutes, l'appareil fonctionne à nouveau.

Derrière le miroir, deux experts de la compagnie m'ont observé. Impressionnés par ma performance, ils m'engagent sur-le-champ. Je demande quelques jours, le temps que M. Proulx trouve à me remplacer. On me donne jusqu'au lundi suivant. Fier de moi, sur le chemin du retour, je ne cesse de m'extasier devant mon exploit. J'ai réussi… j'ai réussi… je n'arrive pas à y croire.

À mon retour au magasin, M. Proulx m'attend de pied ferme.

— Faut pas être devin pour savoir d'où tu viens. Inutile de mentir. J't'avais averti. Voici ta paie pour la dernière semaine. J'renouvelle pas le bail du logement. Il se termine le 1er mai. Sors, j'veux plus voir ta face d'ingrat.

Dépité, j'essaie de m'expliquer, mais M. Proulx ne veut rien entendre. Je l'ai trahi. Il avait toujours eu beaucoup d'affection pour nous, jeunes orphelins qui, malgré nos handicaps, avions réussi à bien nous débrouiller. Il m'avait souvent répété que j'étais talentueux, travaillant, débrouillard, poli, discret, honnête. Que j'irais loin dans la vie! À présent, il me considère comme un égoïste qui valorise davantage l'argent que la fidélité.

En dépit de la réaction négative du patron, je ne regrette rien. J'ai besoin d'un nouveau défi et c'est ce que m'offre la Victor Talking Machine. En faisant le bilan de ma vie, je prends conscience que, jusqu'ici, tout avait été décidé à ma place. Maman m'a abandonné à l'orphelinat. Sœur Marie-Rosalie m'a facilité mon arrivée à Montréal; c'est elle qui m'a trouvé un endroit où loger, fourni le nom d'un marchand qui m'avait engagé. Un hasard m'avait fait connaître la pension de Mme Ouellet. Puis quand j'ai cherché un logement, M. Proulx m'a offert d'habiter au-dessus du magasin. Aujourd'hui, je dois prendre moi-même mes décisions.

29

Lundi 9 avril 1928

Demain, mon 18ᵉ anniversaire. J'amorce un nouveau tournant de ma vie : mon premier jour de travail dans cette grande entreprise qu'est la Victor Talking Machine. Un travail décroché par mes propres mérites. Réveillé dès quatre heures, ce matin, je ne tiens plus en place dans mon lit, à la fois enivré par ma réussite et angoissé à l'idée de me retrouver dans une grande salle au milieu de dizaines de travailleurs inconnus. Et il y a Rodolphe !

L'objet du litige ? Notre éventuel déménagement. L'avis de non-renouvellement du bail ne nous laisse pas le choix : nous devons quitter le logement au-dessus du magasin de musique au plus tard le 1ᵉʳ mai. Comme les locaux de la Victor Talking Machine sont situés dans l'ouest de la ville, je veux trouver un logement dans les environs ; cela m'éviterait près de deux heures de transport par jour qui viennent s'ajouter aux longues heures de travail, de sept heures le matin à six heures le soir, du lundi au samedi. L'été, ça peut toujours aller : il fait clair plus tard. Mais l'hiver ! Je pense à ma difficulté à enjamber les bancs de neige pour monter dans le tramway et aux retards fréquents à cause des voies insuffisamment déneigées. Pour demeurer ponctuel, je devrais partir avant le lever du soleil et revenir après son coucher. De plus, si je peux me rendre à pied au travail, cela épargnerait les frais de transport. Mais Rodolphe s'y oppose. Il préférerait que je renonce à mon nouveau travail plutôt que de déménager si loin. Sa réaction m'a fait perdre mon sang-froid. Je me suis mis en colère.

— Pourquoi tu veux aller travailler là ? T'es pas ben avec monsieur Proulx ?

— C'est pas ça ; j'ai besoin d'un nouveau défi. Travailler pour une grosse compagnie...

— J'vois pas c'que tu trouves de plus intéressant là qu'icitte.

— Ah ! inutile de t'expliquer ; tu peux pas comprendre.

— Tu veux dire que je suis un sans-dessein, un imbécile ! rétorque Rodolphe agressivement.

— Non, c'est pas ça, c'est juste que...

— Dis-le, dis-le c'que tu penses... que j'suis juste un nono ?

— Mais non, tu sais bien que c'est pas ça.

Dans mon désir de le persuader, je l'ai blessé. Je le sens incapable de comprendre mon désir de me surpasser. Je tente un autre argument, plus matériel :

— Et j'vais faire plus d'argent...

— On a toute c'qu'il nous faut. On a pas besoin de plusse.

Je me heurte aux mêmes difficultés que lorsque j'ai voulu quitter la maison de pension pour déménager audessus du magasin. Heureusement, Mme Ouellet était intervenue et lui avait fait comprendre qu'il pourrait continuer à la voir plusieurs fois par semaine. Cette fois-ci, à cause de la distance, il va sans dire que les visites se feraient moins fréquentes. C'est à cela qu'il pense et à rien d'autre. Depuis notre arrivée à Montréal, c'est moi qui travaille, qui le fais vivre, qui m'occupe de son bien-être. Moi, mon

PARTIE 2. LE MÉDAILLON

bien-être, il s'en fiche. La seule chose qui lui importe, c'est de rester près de Mme Ouellet. Tout serait tellement plus facile s'il n'était pas là. Aussitôt cette idée effleure-t-elle mon esprit que je la rejette. C'est mon frère et il est de mon devoir de m'occuper de lui. Rodolphe n'a jamais eu d'amis; je dois me réjouir de l'amitié que Mme Ouellet lui témoigne; cela lui fait du bien. Il est moins renfrogné, s'exprime davantage. En lui permettant de s'occuper du petit jardin dans la cour arrière, en lui demandant de l'aider dans les divers travaux ménagers, elle montre non seulement qu'elle a confiance en lui, mais qu'elle aime sa présence.

Trêve de réflexions. Je me lève et me prépare à partir au travail. Il faut faire bonne impression. Surtout, ne pas arriver en retard. J'évalue le temps de transport à une heure environ et, comme je commence à sept heures, je quitte la maison à cinq heures et demie. Quand j'arrive, quelques employés bavardent en attendant l'ouverture des portes, à sept heures moins quart. Je sens les regards se poser sur moi. Je me tiens un peu en retrait.

— Tu viens travailler dans *shop*?

La question provient d'un homme d'une trentaine d'années, un peu grassouillet, les cheveux coupés en brosse, le visage mince et allongé d'où ressort une moustache fine et bien taillée qui contraste avec des sourcils épais, en broussailles.

— Oui, j'commence à matin.
— Moé, c'est Albert.
— Moi, Romuald.
— C'est de naissance? demande-t-il de but en blanc en désignant ma jambe infirme.
— Oui. On m'a dit que c'est la polyo...

— Ah! Ça en a fait des ravages, c'te maudite maladie-là... Si t'as réussi à décrocher une job icitte, ça doit pas t'nuire tant que ça.
— Je m'y suis fait.
— Si des fois t'as besoin d'aide... faut surtout pas t'gêner... j'aime ça donner un coup d'main.
— Merci, j'y manquerai pas.

À part le frère Hermas, c'est la première personne qui aborde directement le sujet de mon infirmité. En face à face, sans détour et non dans mon dos.

— Hé! Les boys, v'nez que j'vous présente le p'tit jeunot... y commence aujourd'hui...

D'autres s'approchent, se présentent, se joignent à la conversation. Quand les portes s'ouvrent, je connais déjà cinq ou six personnes sympathiques. À première vue, je suis le plus jeune.

Une première journée, une première semaine sans anicroche.

* *
*

Les relations avec M. Proulx demeurent tendues. Je n'ai pas de regret de chercher un autre logement, mais sa réaction m'attriste. J'aurais tellement aimé pouvoir améliorer mon sort tout en conservant son estime. Mme Ouellet me certifie qu'il se calmera et que, le temps aidant, il acceptera ma décision. Je souhaite qu'elle ait raison. En ce qui a trait à Rodolphe, elle et moi avons convenu qu'il continuerait ses menus travaux à la maison de pension trois après-midi par semaine. Bien que réticent, Rodolphe a accepté le compromis. Je ferai le trajet quelques fois avec lui, en tramway, pour qu'il apprenne à se rendre de notre logement à la maison de pension.

Le soir du lundi 30 avril, nous emménageons dans un grand 4½ du quartier Saint-Henri, au 4432, rue Saint-Antoine Ouest, tout près de l'édifice de la Victor Talking Machine. Autre avantage de ce logement : c'est un 1er étage de telle sorte que je n'aurai plus à monter d'escalier.

Fort de mon expérience avec M. Proulx et de ma connaissance des appareils « parlants », je songe à créer une petite entreprise de réparation à domicile, comme le faisait mon ancien patron dans son arrière-boutique. Examinant les annonces paraissant dans les journaux et celles affichées dans les différents commerces du coin, je compose une petite annonce.

Votre radio fonctionne mal ?
Mauvaise qualité du son ? Bruits ? Réception faible ?
Manque de choix ? Déformation du son ?
Arrêts intermittents ?
Examen et réparations ordinaires : $2.00
Les frères Lamoureux — 4432 rue Saint-Antoine Ouest

C'est à dessein que j'indique : Les frères Lamoureux. Je tiens à impliquer Rodolphe dans mon projet. D'abord, parce que j'ai besoin de son aide et aussi parce que s'il se sent utile, il s'adaptera plus vite à son nouvel environnement. Sa première tâche : m'aider à épingler les annonces dans les épiceries du voisinage et dans celles des quartiers plus riches, en haut de la côte. Sa seconde tâche : faire le transport des appareils.

Quelques semaines plus tard, ma petite entreprise fonctionne à plein régime. Souvent, je travaille le dimanche

— n'en déplaise aux curés! Je ne m'en sens pas coupable pour autant. Après tout, j'ai la responsabilité de mon frère. Ce supplément de revenu permet de nous acheter quelques douceurs et de reprendre notre habitude des vues animées en fin d'après-midi, le dimanche. Notre fascination pour le cinéma ne s'est pas atténuée et nous ne ratons aucun des films mettant en vedette Laurel et Hardy, Chaplin ou Keaton. Durant ces furtifs moments de loisir, Rodolphe et moi sommes sur la même longueur d'onde.

Depuis le déménagement à Saint-Henri, Rodolphe n'a jamais été aussi occupé. Trois après-midi par semaine : la maison de pension. En matinée, il travaille pour notre petite entreprise en allant chercher ou livrer les appareils. De plus, comme c'est l'été, il tond les pelouses des riches de Westmount. En outre, il s'occupe des repas et du ménage, ce qui me laisse davantage de temps pour réparer les appareils. Mon salaire à l'usine, bonifié par les profits de ma *side line*, suffisent amplement à combler nos besoins. Pour l'encourager, je lui donne un petit salaire.

Plus d'un an plus tard, soit le 18 septembre 1929, M. Proulx décède, victime d'une attaque cardiaque. Je l'apprends par la rubrique de nécrologie dans *La Presse*. Dois-je me présenter aux funérailles? Sa famille m'en veut-elle d'avoir quitté le magasin? Malgré mes réticences, je décide d'assister aux funérailles qui auront lieu à l'église Saint-Jacques.

Je prends un banc à l'arrière de l'église. Le cortège se forme, la famille suit le cercueil. Sa femme me repère, lève sa main en signe de reconnaissance et me sourit. Si peu prononcé soit-il, ce sourire me réconforte. Elle ne m'en veut pas. Par la suite, je reçois un colis à la Victor Talking Machine. Une boîte noire : l'appareil photographique dont j'avais toujours rêvé. Une note l'accompagne :

PARTIE 2. LE MÉDAILLON

Monsieur Romuald Lamoureux,

Voici un appareil que mon mari avait mis de côté pour vous. Votre départ l'a beaucoup attristé. La tempête apaisée, il aurait aimé avoir de vos nouvelles. Il avait pris la décision de vous apporter lui-même cet appareil, mais la mort l'a emporté avant qu'il ne puisse le faire. Je vous l'offre pour accomplir sa volonté.

Madame Victoria Proulx.

Ainsi, M. Proulx m'avait pardonné. Ça me fait chaud au cœur. Malheureusement, je l'apprends trop tard. La boîte noire dans les mains, je le revois m'en expliquant le fonctionnement, m'invitant à photographier l'extérieur du magasin. Quel ébahissement quand, dans la chambre noire, est apparue la devanture, les vitrines, l'enseigne flottant dans le bassin d'acide. Il m'a tellement appris. Mon départ, il l'a vécu comme une trahison et aujourd'hui, la culpabilité m'envahit. Je relis les mots de la lettre. Sa grande générosité lui avait permis d'accepter ma décision. Si sœur Marie-Rosalie fut une seconde mère pour moi, M. Proulx fut sans conteste mon deuxième père. Je leur dois tout : les en ai-je suffisamment remerciés ? Dimanche prochain, j'irai remercier Mme Proulx. Quant à sœur Marie-Rosalie... comment la joindre ?

Me revoyant à l'orphelinat, victime des quolibets et des sévices des autres gamins, je suis fier de ce que je suis devenu. Je suis un employé d'une des plus importantes compagnies de fabrication d'appareils de transmission du son puisque la Victor Talking Machine Co. of Canada vient de se fusionner avec la RCA Victor. Ce dont je suis le plus fier, toutefois, c'est d'être parvenu à inoculer ce sentiment d'accomplissement à Rodolphe, en le faisant participer au succès de NOTRE entreprise, celle des Frères Lamoureux.

Je viens d'évoquer le passé sans citer le nom de « maman ». Mon deuil est terminé.

Je suis enfin libre !

PARTIE 3
Le poids du passé

30

Montréal, juillet 1928

Convaincue ! Juliette en est convaincue. Quelqu'un l'observe, l'épie. Depuis quand ? Elle ne saurait le dire exactement. La première fois — du moins celle où elle croit l'avoir repéré —, ce devait être il y a trois semaines, vers le début du mois de juillet. Plutôt à la fin juin, car les vacances d'été commençaient à peine ; c'était le jour du défilé de la Saint-Jean-Baptiste. Une seule fois elle avait assisté à la parade. Il y a deux ans, sa mère avait autorisé Roger à l'y emmener. Elle avait aimé l'atmosphère de fête, les chars allégoriques, la musique des fanfares, les costumes. Cette année, quatre de ses amies l'ont invitée à se joindre à elles... à la condition de ne pas traîner sa ribambelle d'enfants. Impossible ! Elle a dû décliner leur invitation. Pourquoi ne pas s'y rendre seule avec les quatre jeunes ? Sa mère oppose un interdit catégorique.

— Tu connais Gaétan et Perna, t'auras pas l'dos tourné qu'tu vas les perdre de vue. Tu peux pas les avoir tous à l'œil en même temps.

— J'pourrais y aller seulement avec les deux plus grands...

— Non ! Ton père est malade et ça lui f'ra du bien de se r'poser sans entendre les enfants se chamailler. Si on veut qu'il prenne du mieux, faut qu'il récupère.

— Roger pourrait v'nir avec moé ? À deux, on pourrait surveiller les enfants.
— Non ! Il y va avec des amis.

C'en était trop ! Il a tous les droits. Elle, aucun. Intérieurement, une révolte près d'une éruption qu'elle contient à peine. Toujours, elle a charge des plus jeunes. Pourquoi son frère aîné ne les garde-t-il pas, de temps à autre, pour lui donner du répit ? Le temps de retrouver ses amies. Non ! Roger, lui, prend du bon temps avec ses amis sans même demander de permission, se contentant d'informer ses parents de ses intentions. C'est injuste. Pourquoi elle ? Parce qu'elle est une fille et que les filles doivent se préparer à leur futur rôle de mère de famille et de maîtresse de maison. Un raisonnement absurde qu'elle conteste, sans oser s'insurger de peur d'être rabrouée par ses parents. Privée du temps des jeux avant d'avoir totalement quitté l'enfance ! Quelle malédiction d'être une fille !

Contrariée et de mauvaise humeur, elle est donc sortie avec sa marmaille : Gaétan, huit ans, Pélérina — que tout le monde appelle Perna —, six ans, Gilbert, quatre ans, et Gérard, deux ans. Elle les a emmenés au parc. Ce jour-là, elle l'a furtivement aperçu de l'autre côté de la rue, près de l'intersection de la rue Notre-Dame. Elle n'y avait guère prêté attention. Une image vague, fugace, éphémère, imprimée quand même dans sa mémoire : celle d'un homme appuyé contre un arbre qui semblait n'avoir rien d'autre à faire que de regarder les passants. Un instant, elle crut qu'il lui souriait. Au parc, les trois plus vieux s'étaient élancés d'abord dans les balançoires à deux. Pour équilibrer les poids, Gaétan était seul d'un côté alors que Pélérina et Gilbert s'assoyaient l'un derrière l'autre, du côté opposé. Gaétan, plus lourd, réussissait à garder les deux plus jeunes haut dans les airs — ce qui avait le don de les irriter — ou encore, en appuyant fortement des deux pieds, de les envoyer rebondir contre le sol — ce qui les faisait crier. Généralement, ça se terminait en chicane et les plus jeunes, en pleurs, demandaient à Juliette d'intervenir. Ce dimanche-là, toutefois, Juliette les avait avertis :

— Si vous vous chamaillez, on rentre à la maison. Et maman va vous punir !

Au ton brusque et bourru de sa voix et à la menace de punition, ils avaient compris qu'elle ne blaguait pas. Juliette voulait la paix ! « La sainte paix », comme disait sa mère. Assise sur un banc près du bac de sable, elle regardait Gérard construire des pyramides tout en réfléchissant à sa place au sein de la famille. Depuis la maladie de son père, au début du printemps, tous les dimanches que le bon Dieu amène, à moins d'une pluie torrentielle, c'est à elle qu'incombe la tâche de s'occuper des plus jeunes. Ce qui la fâche, c'est non seulement la liberté dont jouit son frère, mais surtout la gratitude que ses parents lui témoignent. Elle, les services qu'elle rend à la famille, c'est moins que rien.

Très doué à l'école, Roger avait terminé rapidement ses études primaires et, à treize ans, il était déjà sur le marché du travail. Après divers emplois dans de petites usines, il a décroché un travail à la Dominion Bridge Company de Lachine, une entreprise en pleine expansion grâce au contrat signé, en octobre 1925, pour ériger la superstructure du pont du Havre. L'usine se situant à une bonne distance du domicile familial, il se lève tôt, quitte la maison vers cinq heures et demie pour ne rentrer que vers sept heures le soir. Dix heures de travail par jour, six jours par semaine. Un travail éreintant, mais payant. Sa mère ne pouvait donc lui demander de travailler en plus le dimanche en l'obligeant à garder les enfants. Quand on contribue aux revenus de la famille, on grimpe d'un cran dans la considération des parents.

Ce jour-là, Juliette trouvait tout injuste. Au retour du parc, vers la fin de l'après-midi, sa mère l'avait accueillie avec un gâteau, un sourire et un compliment.

— T'sais, Juliette, t'es la seule en qui j'ai confiance pour les garder. T'as l'tour avec eux autres. J'sais pas c'que je f'rais si t'étais pas là…

Des paroles réconfortantes.

* *
*

Le lendemain, Juliette surprend une conversation entre sa mère et Mme Brunelle, une voisine et amie.

— Le rhume de Pamphile passe toujours pas. Il tousse encore plus. J'ai peur à la tuberculose… C'est pas juste ça, il a mal partout et il fatigue à rien.

— Faut voir un docteur.

— J'y pense, mais il veut pas. Il dit qu'un rhume, ça passe tout seul.

— Quand c'est juste un rhume, oui… mais s'il y a autre chose…

— C'est ben c'qui m'inquiète…

La tuberculose! Une maladie que sa mère craint depuis qu'une de ses sœurs a été emportée, toute jeune, par cette maladie. Et ces douleurs aux bras et aux jambes! C'est peut-être pas la consomption. Consciente de la gravité de la situation, Juliette décide de s'acquitter de ses tâches sans rechigner pour ne pas imposer plus de tracas à ses parents.

La semaine suivante, au retour de la messe, Juliette quitte ses vêtements du dimanche pour revêtir ceux de tous les jours et aide les plus jeunes à faire de même. Contrairement au dimanche précédent, elle se sent l'âme heureuse et éprouve le goût de s'amuser avec les jeunes. Au parc, elle participe à leurs jeux, retrouvant les plaisirs de son enfance qui, après tout, n'est pas si loin. Au bout d'une heure, elle s'assoit sur un banc et se contente de les surveiller. Ces brefs moments où les enfants s'amusent tout seuls : de purs instants de béatitude. Elle peut penser à elle. Pendant toutes les vacances d'été, elle doit s'occuper des enfants. Un lourd fardeau. Ses amies la délaissent. Perna a brisé la poupée de sa meilleure amie. Gaétan s'est emparé d'un ballon et s'est enfui, refusant de le rendre. Gilbert leur fait des grimaces, leur crie des noms. Pas étonnant que ses amies la mettent en quarantaine. Une mise à l'écart dont elle souffre. Quand elle se mariera, elle jure qu'elle n'aura que deux enfants : un garçon et une fille qui profiteront de leur enfance. Des bruits de chamaille la tirent de sa rêverie. Pas moyen de bénéficier d'un petit quart d'heure de tranquillité.

Retour à la maison.

En tournant sur la rue Rose-de-Lima, elle le voit. Du côté ouest, opposé au sien, adossé à un arbre. Un bref moment, leurs regards se croisent. Elle croit déceler un faible sourire. De loin, il porte un doigt à sa tempe, en signe de salut. Gaétan, toujours espiègle, lui fait une grimace et Pélérina l'imite en lui tirant la langue. Pendant que Juliette les semonce, l'inconnu quitte son arbre et vient vers eux. Veut-il réprimander les enfants ? Le voyant se rapprocher, Juliette panique.

— S'cusez, monsieur, lui lance-t-elle.

Le sourire de l'homme s'élargit.

« Il ne faut jamais parler aux étrangers : ça peut être un maniaque ! » Les avertissements répétés de sa mère lui arrivent en mémoire. Immédiatement, elle se détourne. La trâlée d'enfants à ses trousses, elle rebrousse chemin pour rentrer par la porte arrière, dans la ruelle. Un bref coup d'œil derrière elle avant d'entrer à la maison la rassure : l'étranger ne les suit plus.

Le soir, une fois ses tâches terminées et les jeunes au lit, elle raconte l'incident à Roger.

— T'es sûre qu'tu l'connais pas ?
— Sûre et certaine.
— De quoi il a l'air ?
— J'ai pas vraiment remarqué. J'voulais pas le r'garder en pleine face
— Mais tu l'as vu ? Il est jeune, vieux ? Grand ? Gros ? Tu dois bien avoir une idée…
— Assez jeune, j'crois… chose certaine, il est pas vieux comme p'pa ou m'man… et il a une drôle de démarche…
— Que c'est qu'tu veux dire ?
— Il marche croche… j'pense qu'il est infirme…
— La semaine prochaine, j'vas t'suivre, de loin. On verra bien…
— Parle-z'en pas à m'man ; j'veux pas l'inquiéter.

Le dimanche suivant, l'homme n'est pas là. Aurait-il remarqué qu'on la chaperonne ? Se cache-t-il ? Roger surveille sa sœur et les jeunes pendant une bonne heure. Rien. Il s'agit peut-être simplement d'un homme seul qui s'ennuie, qui prend des marches et s'arrête de temps à autre pour se reposer. Du temps perdu pour une fausse alerte.

Juliette reste sur le qui-vive les dimanches suivants, mais elle ne le revoit plus de toutes les vacances si bien que sa méfiance s'estompe.

31

Septembre 1928
Retour à l'école. Juliette entame sa cinquième année ; Gaétan, sa troisième ; Perna, sa première ; Gilbert et Gérard demeurent encore à la maison. Le petit dernier, Gérard, est un enfant tranquille, obéissant, capable de s'amuser d'un rien pendant de longues heures. Gilbert, c'est le bouffon de la famille ; il joue des tours, fait des moues, des culbutes, se cache pour ensuite sortir à l'improviste et hurler « beuh ! » N'importe quoi pour faire peur, rire ou choquer... Le turbulent Gaétan ne tient pas en place et l'autoritaire Perna veut décider de tout. Quand ces deux-là se mettent d'accord, mieux vaut se lever de bonne heure pour les faire changer d'idée.

Au retour de l'école, Juliette s'occupe des devoirs et leçons de Gaétan et de Perna pendant que sa mère prépare le souper. Sa mère se remet ensuite à coudre pendant qu'elle, Juliette, lave, essuie et range la vaisselle, balaie le plancher de la cuisine, débarbouille les benjamins, les met au lit, prépare la boîte à lunch de son frère. À huit heures, Gaétan et Perna vont se coucher. Il lui reste somme toute bien peu de temps pour faire ses travaux scolaires. Fatiguée, elle peine à se concentrer. Pas étonnant que ses notes baissent, frôlent la note de passage et, en calcul, passent au-dessous du 60 %. Le samedi, d'autres tâches s'ajoutent : laver et cirer les planchers, laver les vêtements, repasser, repriser. Le dimanche, elle a la charge complète des enfants : habiller, distraire, consoler, arbitrer les conflits. Roger, lui, n'a que deux tâches : charrier le charbon pour le poêle et les blocs de glace pour la glacière. Mais lui... il rapporte !

À la mi-septembre, la maladie du père s'aggrave. Ce qui ne devait être qu'un simple rhume qui guérirait tout seul s'avère une maladie plus grave ; au mal de gorge et à la toux persistante s'ajoutent des difficultés respiratoires. Encore fortement endetté par l'opération de sa femme quelques années auparavant, Pamphile s'obstine à ne pas faire venir le docteur. Sa femme tente de le soigner au mieux de ses connaissances issues de la tradition orale : se gargariser avec du sel et de l'eau ; s'immerger dans des bains d'eau chaude dans lesquels flottent des fleurs séchées de camomille et de la muscade moulue ; boire des ponces de « gros gin ». Des remèdes qui ont fait leurs preuves, semble-t-il, mais totalement inefficaces dans ce cas-ci. Au travail, Pamphile se résigne à demander un changement d'affectation. Son patron lui propose un travail de bureau. Presque toujours assis, il ne manipulerait que crayons et papier ; moins éreintant que d'être constamment debout à transporter des caisses de matériel. De plus, il n'aurait pas à affronter les rigueurs de l'hiver, car le froid rend ses souffrances intolérables. L'envers de la médaille : une diminution de salaire significative.

Avec le début de l'automne, possiblement à cause de l'humidité et des changements brusques de température, le mal du père empire. De fortes douleurs ainsi que des problèmes articulaires sévères, particulièrement aux genoux, réduisent sa capacité à se déplacer aisément ; ses poignets enflent, deviennent extrêmement sensibles ; une raideur s'installe dans ses doigts et il peine à tenir ne serait-ce qu'un crayon.

Après l'avoir ausculté, le docteur Lassonde hésite à poser un diagnostic.

— La tuberculose ? demande la mère, anxieuse.

— Je ne crois pas, non. Ses poumons sont clairs. Avant de poser un diagnostic ferme, je préfère attendre... voir l'évolution des douleurs aux articulations. C'est ça qui est inquiétant.

— Vous avez bien une idée ?

— Je pense qu'il s'agit de rhumatismes...

— Ça s'guérit ?

— Difficilement. On peut soulager les douleurs, mais pour la guérison... Il y a plusieurs formes de rhumatismes. Il faut attendre le développement de la maladie. En attendant : du repos, du repos et encore du repos. Ça veut pas dire qu'il doit rester couché toute la journée. Au contraire, il doit bouger : la marche lui ferait le plus grand bien.

Ce repos, il le prend contre sa volonté puisque, vu ses absences fréquentes et son manque d'endurance, la Montreal Heat Power pour laquelle il travaille depuis une vingtaine d'années, le licencie. En octobre 1928, il frôle la quarantaine quand il se retrouve sans emploi, subissant les conséquences d'une maladie insidieuse contre laquelle il ne peut rien. La famille se retrouve donc sans autre revenu que celui du fils aîné. Même s'il remet la presque totalité de son salaire à sa mère qui gère le budget familial, c'est nettement insuffisant pour faire vivre décemment une famille de huit personnes. Ils tirent donc le diable par la queue et, pour joindre les deux bouts, la mère reprend à temps plein son métier de couturière. Roger affiche quelques petites annonces dans les épiceries du quartier et, peu à peu, les commandes se mettent à affluer.

Un soir, peu après que son père a perdu son emploi, de la chambre double qu'elle partage avec sa jeune sœur, Juliette entend des bribes d'une conversation à mi-voix entre ses parents.

— ... pas besoin d'école... c'est une fille...

Des mots inaudibles de sa mère. Puis :

— ... les filles, ça se marie... leur mari les fait vivre...

En dépit des phrases hachurées, tronquées, Juliette devine bien le sujet de leur entretien. Ses sentiments balancent entre la tristesse et la rage, la compréhension et la révolte. Doit-elle se permettre un esclandre, confronter son père en lui remettant sur le nez que la femme doit travailler quand le mari est malade? Jamais elle n'oserait humilier ainsi son père. Sa mère ne le tolérerait pas et son père lui infligerait sans doute la fessée de sa vie. Sa sœur se retourne dans le lit. Les bruits l'ont-ils réveillée? Non. Elle dort. Juliette prête à nouveau l'oreille : quel sort lui réserve-t-on? Sa mère chuchote.

Le père reprend, plus fort cette fois :

— Si elle arrêtait l'école, elle pourrait s'occuper des jeunes et t'aurais plus de temps pour coudre...

La réponse claire et distincte de sa mère.

— Elle en fait suffisamment comme ça. Moi, j'ai pas pu aller à l'école longtemps, mais elle, elle va au moins terminer sa septième année. Il lui reste juste deux années à faire...

— Ça, c'est si elle double pas. Elle a déjà doublé sa quatrième et quand tu r'gardes son bulletin, c'est à se d'mander si ce sera pas la même chose pour sa cinquième.

Léa le rabroue d'une voix cassante :

— T'es de mauvaise foi, Pamphile Belhumeur! Tu sais très bien pourquoi elle a doublé sa quatrième... Elle a manqué plusieurs semaines d'école pour m'aider, justement. On est dans une mauvaise passe, mais on va s'en sortir. J'vais coudre jour et nuit s'il le faut.

— Dis pas d'bêtises. Tu sais bien qu'c'est pas possible. Si t'avais plus de temps pour coudre, ça t'donnerait plus d'argent à la fin d'la s'maine.

— T'as peut-être raison, Pamphile. Mais ça m'fait mal au cœur d'la priver d'école. Faudra y penser un jour... mais pas tout de suite.

* *
*

Juliette aimerait bien, comme son frère aîné, compléter son cours élémentaire. Les aléas de la vie ne l'ont guère favorisée. Une scarlatine virulente l'a empêchée de commencer sa première année à six ans. Puis, elle dut manquer deux mois d'école pour s'occuper des enfants et de l'entretien de la maison pendant l'hospitalisation et la convalescence de sa mère. Maintenant en cinquième, elle se retrouve donc la plus grande et la plus vieille des élèves de sa classe. Quelques camarades la ridiculisent, la traitant d'arriérée puisque, à douze ans, elle aurait dû entamer sa septième année. Une humiliation qui s'additionne à une autre, plus viscérale : celle d'être grosse. Que de risées, de moqueries, de surnoms. Bouboule, la boulotte, l'éléphant et, le pire de tous : la GROSSE. Six lettres collées sur son front, dans son dos. Quand elle entre dans la classe, elle les imagine, écrites en énormes caractères sur le tableau noir. Une fois, en ouvrant son pupitre, elle y trouve sa caricature : une petite tête, de longs bras, et un ventre de femme enceinte. Une courte inscription : « Hé, la toune, quand cé qu't'accouches ? » Impossible de faire comme si de rien n'était. Cela l'atteint trop dans ses tripes. Des larmes — qu'elle essaie en vain de retenir — coulent à flots. Elle se cache derrière le couvercle de son pupitre, espérant pouvoir colmater la brèche avant de le refermer. Quand cessera-t-on de se moquer d'elle?

— Mademoiselle Belhumeur? Vous vous dépêchez?

Elle rabat le couvercle du pupitre tout en maintenant son visage baissé, collé sur son livre. Pressentant que quelque chose ne va pas, l'institutrice, une religieuse de la communauté Sainte-Croix, tout en incitant les élèves à ouvrir leur livre de lecture à la page 33, s'approche subrepticement de Juliette, lui demande d'ouvrir son pupitre. Juliette se retire, garde les yeux baissés, rougit. Voyant qu'elle n'obéit pas, la religieuse l'ouvre brusquement. La caricature! Juliette voudrait se terrer sous son pupitre, se fondre dans le plancher, disparaître en fumée.

— Qui a dessiné ça? demande la religieuse.

On pourrait entendre voler une mouche. Sœur Marie-du-Calvaire retourne s'asseoir derrière le pupitre du maître, à l'avant. Son regard sévère balaie la classe lentement. Une à une, elle dévisage toutes les élèves, s'attardant à chacune quelques secondes tentant de découvrir la coupable. Certaines soutiennent son regard; la plupart baissent les yeux. Sur le front de bon nombre d'entre elles, des sueurs perlent.

— Je répète une autre fois ma question : qui a fait ça?

Même silence. Dense. Opaque.

— Bon! J'ai tout mon temps! Personne ne sortira d'ici tant et aussi longtemps que la coupable ne se sera pas dénoncée.

Cela dit, elle recule légèrement sa chaise, se croise les bras et attend. L'atmosphère pèse lourdement. Juliette se sent mal dans sa peau; après tout, c'est elle qui a provoqué la colère de la religieuse. Elle se sent davantage fautive que «la» coupable. Toute la classe lui en voudrait! Quinze

PARTIE 3. LE POIDS DU PASSÉ

minutes s'écoulent! Le moindre bruit, comme le bruissement des jupes sur les chaises ou les borborygmes intempestifs, les pets inconvenants, les craquements de jointures, les pas dans le corridor, les bruits de la rue semblent un vacarme. Les minutes s'écoulent, goutte à goutte. Trente minutes! La religieuse se lève, se dirige vers la grande armoire sur le mur latéral, à gauche de son pupitre. Elle en sort une liasse de feuilles, de mêmes dimensions. Passant de rangée en rangée, elle en dépose une sur chacun des pupitres. Les élèves l'observent, tâchant de comprendre son geste. La distribution terminée, la religieuse retourne à son pupitre; cette fois-ci, elle reste debout pour s'adresser aux élèves.

— Je vais donner à la coupable une occasion de se dénoncer. Sur la feuille, vous allez indiquer votre nom. Si vous n'êtes pas coupable, vous inscrirez NON; dans le cas contraire, vous inscrivez OUI. Vous plierez ensuite votre feuille. Je vais passer dans les rangées et vous la déposerez dans cette boîte. Je vous avertis : si personne n'avoue, vous serez privées de récréation et vous resterez en punition pendant une heure après la fin des classes. Et cela durera jusqu'à ce que la coupable avoue. Je vous laisse trois minutes.

Un mouvement d'indignation parcourt la classe, bien vite retenu de crainte des représailles. Une fois les feuilles ramassées, la religieuse les éparpille sur son pupitre et les ouvre une à une. Elle lit, puis replie le papier, le dépose à nouveau dans la boîte. Nerveuses, les élèves la scrutent pour déchiffrer le moindre signe de satisfaction. Rien. Pendant tout le dépouillement, son visage reste impassible.

— Je suis satisfaite. Prenez votre livre de lecture...

Et la classe reprend, au grand soulagement de toutes. Surtout de Juliette. Toutefois, toutes s'interrogent. Quoi?

Pas de représailles, de punition, de sanction ? Le lendemain, quand Juliette ouvre son pupitre, elle y trouve une lettre d'excuse que la religieuse la prie de lire devant toute la classe. Quand vient le temps de lire la signature, tout au bas, Juliette hésite, s'arrête.

— Juliette, c'est vous qu'on a insultée. Il vous appartient de révéler ou de taire le nom de la coupable. C'est votre choix.

— Ma sœur, j'aimerais mieux l'garder pour moé.

— Très bien. C'est tout à votre honneur.

La religieuse se lance alors dans un long discours sur les thèmes « Tu aimeras ton prochain comme toi-même », « Ne faites pas à autrui ce que vous ne voudriez pas que l'on vous fasse »… et patati et patata… Elle rend ensuite publique la punition imposée — une rédaction de cinq pages sur le respect dû aux autres, en plus de la lettre d'excuse. Respectant le désir de Juliette, elle ne dévoile pas le nom de la fautive.

Ce que Juliette retint de cette mésaventure, c'est la honte. La honte de son corps.

Avec la perte de travail de son père et la pauvreté qui s'ensuit, Juliette subit une autre forme de honte. Au début du mois de novembre, juste avant la fin des classes, vers quatre heures, la sœur avait demandé :

— Qui a besoin de bottes pour l'hiver ?

Juliette sait bien que celles qu'elle porte depuis deux ans sont trop petites. Elle devrait lever sa main. Avouer sa pauvreté aux yeux de toutes. Comme si elle mendiait. La honte la maintient muette. Le soir, elle raconte sa journée à sa mère et termine en mentionnant la question de la sœur. Sa mère, en furie, la réprimande :

— Pourquoi t'as pas levé ta main ? T'as besoin de bottes… Elle aurait pu t'en donner une paire.

PARTIE 3. LE POIDS DU PASSÉ

Quelques jours plus tard, un peu avant la fin des classes, vers quatre heures moins cinq, la sœur assistante entre dans la classe suivie du concierge qui dépose une boîte sur l'estrade. Mues par un ressort, les élèves se lèvent, s'inclinent pour saluer. La religieuse fait à peine un petit signe de la tête. Elle sort une feuille de sa large poche dissimulée dans sa robe, la déplie.

— Voyons voir... en cinquième. Mademoiselle Belhumeur?... Juliette Belhumeur.

— Oui, ma sœur. C'est moé.

Surprise, elle questionne sa mémoire. A-t-elle fait quelque chose de mal? Rien.

— Venez ici, mademoiselle Belhumeur. Votre mère est venue hier matin et nous a dit que vous aviez besoin de bottes. En voici que la Saint-Vincent-de-Paul nous a remises pour les enfants dans le besoin. Essayez-les et prenez la paire qui vous va.

Troublée, Juliette devient maladroite et peine à essayer les bottes. Elle se trompe de pied, mêle les grandeurs, les couleurs... Elle ne s'en sortira jamais, pense-t-elle. Son front suinte, ses joues rougissent, ses mains tremblotent. Et pendant ce temps, des mots, telle une salve de tirs, la mitraillent: des enfants dans le besoin, dans le besoin. Une manière détournée, mais très claire de dire: une enfant PAUVRE! Une MENDIANTE! C'est ça la charité: la honte! Elle aurait préféré marcher pieds nus dans la neige tout l'hiver plutôt que de vivre cette pénible humiliation.

Somme toute, ne pas fréquenter l'école, c'est se débarrasser de plusieurs épaisseurs de honte.

32

Dimanche 18 novembre 1928
La nuit dernière, la neige a blanchi la ville. Au lever, quel ravissement de voir les arbres, tout blancs, ployer sous le poids de la neige légèrement mouillée. L'hiver s'installe sur la pointe des pieds. Le ciel est d'un bleu pur sans aucun nuage. Par la fenêtre, Juliette admire le scintillement des flocons sous le soleil. Les enfants la harcèlent pour faire un bonhomme de neige dans le terrain vacant près du parc; la texture de la neige s'y prête bien. Ils ne la supplient pas longtemps, car elle a vraiment le goût d'être dehors, de profiter pleinement de cette belle journée enneigée.

La mère habille chaudement le petit Gérard : il tousse ces jours-ci et cela l'inquiète. Les maladies, ça commence souvent comme ça. Juliette se préoccupe des trois autres :

— Oubliez pas vos mitaines. Perna, ton foulard ! Gaétan, attache mieux tes bottes, Gilbert... ta tuque...

— J'aime pas ça Perna... c'est Pélé que j'veux...

— Ben oui, ben oui... allez... mettez vos tuques...

Selon la mère, si la tête et les pieds restent au chaud, on est à l'épreuve de tout. D'où la recommandation maternelle impérative :

— Ne les laisse pas nu-tête !

Juliette applique l'ordre avec rigueur. Gaétan et Gilbert se bousculent dans le vestibule, tirent sur le pompon de la

PARTIE 3. LE POIDS DU PASSÉ

tuque de Perna, provoquant ainsi, intentionnellement, ses cris de protestation. Tant que ce ne sont que des criaillages, la mère n'intervient pas. Par contre, si Perna pleure, ils seront punis. Aussi, mesurent-ils la dose exacte de taquinerie : assez pour provoquer, pas assez pour susciter les larmes. À moitié habillés, Gaétan et Gilbert tentent d'ouvrir la porte, mais Juliette leur barre la route.

— Habillez-vous mieux que ça... C'est novembre et en novembre...

Gilbert l'interrompt, claironnant à tue-tête :
— ... on s'découvre pas d'un fil...

Tous éclatent de rire.

— Pourquoi vous riez ? demande le petit Gilbert, insulté qu'on se moque de lui.

— Tu t'trompes de mois, c'est en avril qu'on s'découvre pas d'un fil, pas en novembre.

Gilbert fait la moue.

Dès qu'elle met le nez dehors, tenant la main du frêle petit Gérard et précédée de Gaétan, Gilbert et Perna, le vent frisquet la fait légèrement grelotter. S'est-elle habillée assez chaudement ? Elle s'immobilise un court instant sur le balcon, hume l'air frais pour évaluer la froidure. « Oui, ça ira, se dit-elle, je ne gèlerai pas. » On dirait presque une journée d'hiver en gestation du printemps, la saison préférée de Juliette. Plus que les étés, trop chauds et humides. Plus que l'automne où tout flétrit. Plus que l'hiver aux jours trop courts. Juliette vit chaque printemps comme une renaissance, comme si une vie nouvelle allait s'ouvrir devant elle, différente, exaltante. Quand le printemps fond la neige, elle se sent plus légère, pleine d'énergie et c'est comme cela qu'elle se sent aujourd'hui même en ce début de novembre. Elle ferme les yeux pour sentir le froid sur ses joues et se laisse pénétrer par la timide chaleur du soleil. Un très bref instant de paix, vite rompu. Perna crie : Gilbert a lancé sa tuque dans la rue. Gérard gigote pour qu'elle lui lâche la main. Gaétan s'apprête à enjamber imprudemment le banc de neige pour récupérer la tuque.

— Gaétan, r'viens icitte... va pas dans'rue. Perna, arrête de crier... Gérard, reste tranquille...

— Gilbert, pourquoi t'as enlevé la tuque de Perna ? Si tu l'fais encore, tu restes à la maison.

De la porte légèrement entrouverte, Léa réprimande ses enfants tout en inspectant les alentours. La voie est libre.

Une quinte de toux de son mari l'incite à rentrer.

Les petits en profitent pour reprendre leurs chamailleries. Juliette ne sait plus où donner de la tête. Dix secondes à peine d'inattention et elle perd le contrôle de sa marmaille. Elle soupire de dépit, tout en invectivant les petits rebelles. Penaud, Gaétan revient sur ses pas. Perna cesse de crier. Gérard consent à lui redonner la main. Gilbert boude, assis sur la première marche du balcon. Juliette ramasse la tuque, l'enfonce brusquement sur la tête de sa jeune sœur. Furieuse, elle la relance aussitôt dans le banc de neige. Juliette l'attrape par le bras, l'oblige à la ramasser. Outrée, elle refuse l'humiliation, se débat, gigote comme un diable dans l'eau bénite et crie à perdre haleine.

— Gaétan, Gaétan... viens m'aider, ordonne Juliette à son frère cadet.

Trop heureux de s'immiscer dans la bagarre, il accourt à sa rescousse. Enfin, ils parviennent à la maîtriser. Pendant ce temps, Gilbert s'est levé :

— J'm'en vas au parc, dit-il, en se dirigeant dans la direction opposée.

— Attends ! C'est pas par là. R'viens. On y va tous ensemble.

Gilbert se met à courir. Juliette le rattrape. Il adopte alors sa tactique préférée : il se laisse choir sur le trottoir, laissant mollir son corps tout en hurlant comme si on l'égorgeait. Juliette se résout à utiliser l'argument ultime : la menace de tous les ramener à la maison. La peur agit : il obéit, se relève. Maintenant sa poigne sur le bras de son frère, Juliette le ramène vers la maison. Cette échauffourée, si rapide fût-elle, suffit à briser le sentiment de paix et de sérénité qui habitait Juliette à peine quelques minutes auparavant. L'agressivité de Perna et de Gilbert déteint sur elle. En bougonnant, elle décide d'abord de les punir en rentrant à la maison. Fini le bonhomme de neige ! « Et puis, non ! Je me punirais moi-même », se dit-elle. Elle se contente de brandir la menace ; les jeunes, conscients de l'humeur maussade de leur sœur aînée, se tranquillisent. Ensemble, ils se dirigent vers le terrain vacant, pas très loin du parc, pour faire le bonhomme de neige.

Et c'est à ce moment-là qu'elle le voit, au tournant de la rue Notre-Dame, appuyé contre un arbre. Son visage lui rappelle quelque chose, mais elle met un temps à le reconnaître. L'image, d'abord floue, se précise. C'est l'homme à qui Gaétan et Perna ont fait une grimace. Il la regarde, un large sourire aux lèvres. S'amuse-t-il de ses déboires ? Offusquée, elle aurait le goût de lui tirer la langue, comme l'ont fait son frère et sa sœur. De loin, il la salue d'un geste de la main. Mieux vaut l'ignorer. Toujours encombrée des enfants, elle poursuit son chemin sur la rue Notre-Dame. À la dérobée, elle lui jette un regard.

— Juliette ?

A-t-elle bien entendu ? Qui l'appelle ? L'étranger ? Comment diable connaît-il son nom ?

— Juliette ? Vous êtes bien Juliette ? questionne-t-il, plus fort.

Et l'individu, quittant son arbre, s'apprête à traverser la rue.

— Vous êtes bien Juliette ? répète-t-il en haussant davantage le ton.

Effrayée, Juliette prend Gérard dans ses bras, attrape la main de Gilbert et exhorte les deux autres à se dépêcher.

— On retourne à la maison. Par la ruelle. Gaétan, écoute... j'ai dit qu'on retourne à la maison...

— Et le bonhomme de neige? se plaint Gilbert tout en résistant à la poigne de sa sœur.

— On ira plus tard. Allez ouste! Perna, la ruelle, j'ai dit.

Son retour précipité à la maison inquiète sa mère.

— Qu'est ce qui s'passe? T'as pas pu en v'nir à bout?

— Non, c'est pas ça, c'est...

Juliette n'a pas le temps de terminer sa phrase que Pélérina l'interrompt :

— C'est pas not' faute... c'est la faute du monsieur qui a crié le nom de Juliette.

— Perna, laisse parler ta sœur.

— J'aime pas ça Perna... j'aime mieux Pélé, rechigne la fillette.

— De quel monsieur elle parle, Juliette?

— J'pense que c'est le même que l'autre fois...

— Quel monsieur?

— J'pense qu'on l'a déjà vu, mais ça fait un bout d'temps. Il faisait juste nous regarder. Mais cette fois, il a crié mon nom; ça m'a fait peur... C'est pour ça que j'suis revenue à la maison.

— Il connaît ton nom ?

— Oui, mais j'le connais pas. J'pense qu'il est infirme...

— Infirme ?

PARTIE 3. LE POIDS DU PASSÉ

Un inconnu qui connaît le nom de Juliette. Pire! qui l'attend à sa sortie. Et plus d'une fois. Infirme en plus? Il n'en faut pas plus à Léa pour attraper son manteau, enfiler ses bottes et sortir par la porte arrière par où Juliette est entrée, croyant que l'étranger se tiendrait là. Si c'était lui!

— Juliette, reste ici. Occupe-toé des jeunes...

— M'man, on veut aller jouer dehors nous autres, rouspète Pélérina.

— Non, vous restez dans la maison, réplique Léa. Juliette, barre la porte et n'ouvre à personne. On sait jamais!

Pendant une quinzaine de minutes, Léa arpente la ruelle, fouinant dans chacune des cours, puis revient à l'avant de la maison. Personne. Elle descend la rue Notre-Dame. Toujours personne. Puis elle agrandit le terrain de recherche. Toujours rien. Déçue, elle regagne la maison et autorise Juliette à emmener les jeunes au parc, non sans lui donner plusieurs conseils.

— Si tu le r'vois, r'viens tout de suite à la maison. Si Roger était là, j'lui d'manderais d'y aller avec vous autres. Parle à personne que tu connais pas. Pour rien au monde, tu laisses les enfants s'approcher d'un étranger...

— Ben oui, m'man, j'sais.

Léa s'approche de sa plus grande et lui murmure à l'oreille :

— Tant qu'on sait pas qui c'est, méfie-toi!

Une dizaine de minutes plus tard, Juliette ressort avec sa marmaille et, tout en scrutant la rue d'un côté comme de l'autre, se dirige vers le parc. Sa mère la suit, de loin.

Hésitant à laisser son mari malade seul trop longtemps, elle revient à la maison, non sans scruter les rues et les ruelles. De retour, elle s'installe dans la chambre des garçons et poursuit son guet.

Durant la semaine suivante, elle interroge sa fille dès qu'elle rentre à la maison. L'avait-elle revu ? Était-elle certaine de ne pas être suivie ? Si Juliette rentre un peu plus tard que prévu, elle s'inquiète. Parfois même, elle va à sa rencontre sur le chemin de l'école. Interdiction de prendre des raccourcis par les ruelles. Pour plus de sécurité : revenir avec d'autres élèves.

Le dimanche suivant, pas question que Roger quitte la maison. Elle lui ordonne de suivre sa sœur. L'étranger est là, mais pas à sa place habituelle. Il s'est déplacé au coin de la ruelle et de la rue Notre-Dame de telle sorte que Juliette ne le voit pas immédiatement en quittant la maison. Quand elle se rend compte de sa présence, elle est à peine à dix pieds de lui. Il s'approche, vient à sa rencontre. Juliette frémit, mais poursuit dans sa direction, sachant son frère tout près.

— N'ayez pas peur ! Vous êtes bien Juliette ?
— Que c'est qu'tu lui veux ? crie Roger en avançant à grands pas.

L'étranger sursaute. Il se retourne vivement et se heurte à Roger qui le domine d'au moins cinq ou six pouces. Figé, il ne répond pas.

— J'te parle... que c'est qu'tu lui veux ?

L'étranger regarde Roger, lui sourit et dit :
— Vous êtes Roger, non ?

Roger et Juliette se regardent, interloqués.

— Même si on est qui tu dis, ça change pas ma question. Que c'est qu'tu nous veux ? Pourquoi tu nous espionnes ? réplique Roger d'une voix de stentor qui, de toute évidence, trouble l'étranger.

— J'vous espionne pas...
— Pourquoi t'es là ? Comment tu sais nos noms ?
— J'vais vous expliquer...

PARTIE 3. LE POIDS DU PASSÉ

— J'aime pas t'voir rôder autour de ma sœur... ajoute Roger sur un ton belliqueux.

Visiblement déstabilisé par le ton courroucé de Roger, l'étranger reprend :

— C'est pas ce que vous pensez... j'veux de mal à personne...

— Ben alors, explique. Pis a besoin d'être bonne, ton explication.

Pendant ce temps, les enfants s'agitent. Juliette a du mal à les contrôler. Gérard pèse de plus en plus lourd dans ses bras.

— Hé, les ti-culs, vos gueules! leur crie Roger.

« S'il fallait que sa mère l'entende s'exprimer de cette façon, il se ferait passer un savon », pense Juliette. L'effet est immédiat : les enfants se calment, se cachent derrière Juliette pour éviter le regard féroce de leur aîné.

— J'vais vous montrer quelque chose... vous allez comprendre... mais j'aime mieux que les enfants entendent pas, chuchote l'étranger.

Roger acquiesce, fait signe à Juliette d'emmener les enfants. Elle hésite, pressent l'importance de ce que l'étranger va dire. En même temps, il y a des histoires qui ne conviennent pas à des oreilles enfantines. Tout en s'éloignant lentement, avec réticence, Juliette se retourne plusieurs fois. Roger reste seul avec l'étranger. La discussion semble vive. Des bribes lui parviennent. T'as menti. C'est la vérité. Roger lève le poing. La respiration de Juliette se glace ; son frère a la réputation de ne pas s'en laisser imposer. Il n'hésite jamais à se battre quand il le juge nécessaire. Il retient son geste juste à temps. Les enfants se tiraillent, crient pour aller au parc. À regret, Juliette poursuit sa route, à pas de tortue, tentant de suivre la conversation. Nerveux, l'étranger farfouille dans sa poche gauche, puis dans celle de droite ; il en extirpe quelque chose qu'elle ne peut distinguer. Observant l'inconnu, elle comprend son allure bizarre. Son bras gauche, plus court que le droit, provoque le débalancement de ses épaules. Aurait-il aussi une jambe plus courte que l'autre, ce qui expliquerait sa démarche claudicante ? Roger s'approche, tend une main vers l'objet. L'étranger referme ses doigts pour l'en empêcher. Sans doute un bien auquel il tient beaucoup, pense Juliette. L'étranger désigne quelque chose sur le petit objet tout en le tenant fermement. Ahuri, Roger relève la tête, regarde l'étranger, puis en direction de Juliette. De la main, l'air sévère, il lui fait signe de poursuivre sa route. Sa voix forte et tranchante lui parvient :

— Où t'as eu ça ?

Juliette s'arrête, désireuse d'entendre la réponse. Malheureusement, la voix plus faible de l'étranger ne parvient pas jusqu'à elle. De nouveau, la voix forte de Roger, remplie d'incrédulité :

— Pis pourquoi a t'a donné ça ?

Réponse inaudible. Notant que Juliette les observe, l'étranger fait un signe de tête vers elle en la désignant à Roger. Le regard dur, Roger, de sa voix tonitruante, ordonne à sa sœur de ne pas rester là, d'emmener les jeunes au parc. Cette fois, elle obéit. Peut-être devrait-elle prévenir sa mère comme celle-ci le lui a enjoint : « Si tu le revois, viens me chercher tout de suite. » Mais ça, c'était si elle était seule. Or, son frère est là ; cela la justifie de poursuivre sa route jusqu'au parc, d'autant plus que les jeunes feraient sans doute une crise si elle les privait de leurs jeux.

Curieuse d'en savoir davantage sur l'identité de ce mystérieux individu, Juliette écourte sa visite au parc, à la grande déception des jeunes. Sur le chemin du retour, elle ne croise ni Roger ni l'étranger. Croyant son frère revenu à la maison, elle hâte le pas. Déception! Il n'est pas encore rentré.

Les jeunes semblent avoir oublié l'épisode de l'étranger. Sur le chemin du retour, ils se tiraillent, comme d'habitude, jusqu'à ce que Juliette se fâche. À peine la porte refermée, Pélérina s'écrie fièrement :

— M'man, le monsieur était encore là.

— Qu'est-ce que tu dis, Perna? Le même monsieur que l'autre jour?

— J'aime pas ça Perna, j'aime mieux…

— Juliette, c'est vrai? Il est rev'nu? T'es pas v'nue m'chercher…

— Roger était là, m'man, pis y se sont parlé… Y l'a même appelé par son nom. Quand j'suis rev'nue, y avait plus personne.

Comme Roger n'est pas rentré, Léa en conclut qu'il est parti avec ce mystérieux individu.

Elle devra prendre son mal en patience et attendre son retour pour en savoir davantage. En attendant, elle tente d'interroger les plus jeunes qui ne peuvent lui fournir plus de précisions.

— Il marche drôle…

— Il marche croche…

Et Pélérina d'imiter en l'exagérant et en riant la démarche claudicante de l'étranger. Sa mère la rabroue immédiatement :

— Ris pas des infirmes.

Se tournant vers Juliette :

— T'en es bien certaine? C'est un infirme?

— Ben… j'sais pas… c'est vrai qu'y marchait tout croche…

Léa n'entend déjà plus la description de sa fille. Un infirme, qui connaît le nom de Juliette et de Roger. Son doute s'accentue. Elle attend le retour de son fils avec fébrilité. Durant l'après-midi, elle est nerveuse et épie la rue de la fenêtre du salon. Un rien la rend agressive et les enfants doivent se tenir tranquilles s'ils ne veulent pas s'attirer les foudres de leur mère. En fait, Roger rentrera quelques heures plus tard, à la veille du souper. Il claque la porte d'entrée, s'enferme dans la chambre des garçons sans saluer personne. Quelques minutes plus tard, sa mère l'appelle pour le repas.

— J'ai pas faim, répond-il d'un ton irrité.

— Si tu manges pas tout d'suite, tu mang'ras pas plus tard, ajoute son père.

— J'ai pas faim. Vas-tu falloir qu'j'le répète dix fois?

— C'est pas une façon d'répondre à ton père, critique sa mère. Excuse-toi.

Un vague grognement en provenance de la chambre semble satisfaire la mère qui, voulant en tirer des informations, préfère ne pas se le mettre à dos.

— C'était qui le monsieur? s'enquiert Perna la belette en frappant à la porte de la chambre des garçons.

Roger, feignant la sourde oreille, reste muet.

Perna répète la question, plus insistante.

— Mêle-toé d'tes affaires.

— Voyons pourquoi t'es aussi bête avec ta sœur? De quel monsieur elle parle?

— Un gars qui travaille avec moé. Y a un problème, pis y voulait m'en parler. Vous en saurez pas plusse : j'ai promis d'en parler à personne. Satisfaite, la fouineuse?

— Dis-moi donc, quelle mouche t'a piqué aujourd'hui? interroge la mère toujours sur le qui-vive.

— Y a pas de mouche... j'veux juste avoir la paix, c'est clair?

PARTIE 3. LE POIDS DU PASSÉ

Pour Léa, l'attitude de son fils renforce ses soupçons. Son explication ? Un pur mensonge ! Elle n'ose le questionner davantage de crainte qu'il ne révèle au grand jour un secret jusqu'ici bien gardé.

Le brouhaha coutumier autour de la table de cuisine noie le début de querelle dans l'œuf. Si l'attitude de Roger intrigue Juliette, elle tourmente encore plus Léa.

Souper, vaisselle, rangement... Quand Juliette entre dans la chambre pour coucher les plus jeunes, Roger feint de dormir. Juliette sait qu'elle n'obtiendra rien de lui.

Seule avec sa plus vieille, sa mère la questionne. Sans hésitation, Juliette raconte ce qu'elle a vu et dresse un portrait plus précis de l'étranger. Une démarche claudicante, une épaule plus basse que l'autre, un bras plus court... Tout cela, ajouté au fait qu'il connaît leurs noms. « Ça ne peut être que lui ! Mon Dieu ! Les aurais-je enfin retrouvés ? »

* *
*

Le lendemain, Roger prévient qu'il ne rentrera pas souper, sans donner d'explications. Il entre vers les neuf heures. Quand son père l'interroge, il répond agressivement.

— J'travaille, j'ai l'droit d'aller où j'veux, pis quand j'veux. Pis si vous êtes pas content, dites-le, j'vas sacrer mon camp.

Rouge de colère, le père rétorque :

— C'est pas comme ça qu'on parle à son père !

Il tente de le saisir par le bras. Plus vif, Roger esquive le geste. Du regard, il défie son père. L'espace d'une seconde, la mère s'attend au pire. Pour désamorcer le conflit, elle s'interpose :

— Ça suffit! Va te coucher.
— Excuse-toé! Après toute, c'est moé, l'père.
— C'est ça... j'm'excuse «le pére», lance Roger en se dirigeant vers la chambre.
— J'vas t'en faire un «pére». R'viens icitte de suite, riposte Pamphile.

Déjà, Roger a franchi la porte de la chambre. Furieux, le père se lève pour le suivre :
— J't'ai dit de t'ex... mais le reste de sa phrase s'engouffre dans une toux grasse.
— Calme-toi, intervient Léa d'un ton sec.

Prenant son mari par le bras, elle veut l'entraîner vers la berçante, l'obliger à s'asseoir. D'un coup de coude, Pamphile se libère. Sa toux s'amplifie, se transforme en une longue quinte irrépressible.
— T'es en train de t'rendre plus malade encore. Reste tranquille.

De mauvaise grâce, Pamphile obtempère :
— On sait ben, t'aimes mieux prendre pour ton gars que pour ton mari! J'peux t'dire rien qu'une chose : y l'emport'ra pas en paradis!

Sans autres commentaires, il se dirige vers la chambre à coucher, laissant Léa seule dans la cuisine.

Léa n'a pas sommeil. Trop de pensées trottent dans sa tête. Si elle a raison, quel chambardement dans la famille! N'importe! Si c'est bien ce qu'elle pense, que Pamphile soit d'accord ou non, rien ne pourra l'empêcher de les réintégrer au sein de sa famille.

33

Durant la semaine qui suit, Roger ne dit mot. Il fuit la maison. Quand il y est, c'est une ombre : tôt levé, il déjeune, prend sa boîte à lunch, part pour le travail, en revient vers sept heures et demie. Comme à l'accoutumée, il soupe seul, son horaire de travail ne lui permettant pas d'arriver à temps pour le repas de la famille. Quand il entre dans la maison, rien n'est plus comme avant. L'atmosphère est lourde ; même les jeunes filent doux, obéissent au doigt et à l'œil à Juliette. Pourtant, il n'a jamais été un grand bavard et il mangeait le plus souvent sans dire un mot. À présent, son silence dégage de l'agressivité. Il ignore le plus souvent Pamphile qu'il persiste à appeler « le pére », ce qui provoque immanquablement la colère de ce dernier. Prise entre deux feux, Léa tente, d'une part de faire entendre raison à Roger et d'autre part, de tranquilliser son mari. D'un côté comme de l'autre, c'est une fin de non-recevoir. Toutes ses tentatives de faire parler Roger restent vaines.

Amoindri par la maladie, abattu par la perte de son emploi et son incapacité à pourvoir aux besoins de sa famille, Pamphile rage devant l'arrogance de son fils. Il enrage d'autant plus que sa femme l'empêche de sévir de crainte que le soutien principal de la famille ne quitte le foyer. Une forme de chantage intolérable. Il quitte alors la maison pour noyer sa colère à la taverne du quartier.

D'ailleurs, depuis son licenciement, il s'y rend régulièrement, incapable de rester oisif à la maison tandis que sa femme s'échine sur sa machine à coudre. Il n'en revient que pour le souper, chaque jour davantage éméché et se couche aussitôt la dernière bouchée ingurgitée, évitant ainsi toute confrontation avec son fils aîné. Le sommeil et la bière : ses deux panacées qui, si elles ne guérissent pas son mal physique, lui permettent d'oublier les multiples humiliations à affronter.

Quant à Roger, la mère ne rate pas une occasion de le questionner pour connaître les motifs de son changement d'attitude. Depuis ce dimanche fatidique, l'étranger n'est pas réapparu. Cette disparition renforce sa conviction. Dès que son mari dort, elle laisse les enfants à Juliette et s'enferme avec son fils aîné dans la chambre des garçons. Elle le réprimande, l'exhorte à changer d'attitude. Muet comme une carpe, pas moyen d'en tirer la moindre explication. Il hausse les épaules, marmonne des réponses laconiques en bougonnant :

— J'ai rien à dire.

ou

— Parce que…

ou

— Y a rien à expliquer…

ou

— Laissez-moé tranquille…

Une dernière question, essentielle, dont la réponse expliquerait peut-être tout. Elle hésite à la poser.

— Pourquoi tu l'appelles « le pére ? » Tu vois bien qu'ça l'choque ?

— J'vois pas c'qu'y a d'choquant.

— On dirait qu'tu fais exprès pour le faire damner.

— Ben c'est ça, j'fais exprès… pis après… ajoute Roger en se levant pour partir.

— Roger, j'ai pas fini, r'viens icitte.

Déjà, il referme la porte et quitte la maison. Il ne reviendra que tard le soir. D'interrogatoire en interrogatoire, il devient plus agressif.

— Achalez-moé pas.

ou

— J'fais c'que j'veux pis si ça vous embête, vous avez rien qu'à le dire, j'vas aller vivre ailleurs.

ou

— J'peux partir si vous voulez… ça réglera le problème.

Surtout pas! s'inquiète la mère. De peur de déclencher un excès de colère, elle cesse les questionnements, feint de ne plus s'affoler. Il n'en demeure pas moins que l'attitude déroutante et dérangeante de son aîné la tracasse. Comment le faire parler? Doit-elle informer son mari de ses soupçons? Elle hésite.

Tous les dimanches, Roger s'absente sans indiquer où il va. Il rentre en soirée, le visage renfrogné, les traits durs; il évite les regards. Les petits, habitués à sa mauvaise humeur, n'en font plus de cas; ils se chamaillent, se tiraillent, rient de bon cœur. De son côté, le père rumine sa colère, prêt à exploser à la moindre étincelle. La mère, aux aguets, tente d'éteindre les braises du conflit qui couve avant qu'elles ne s'embrasent.

Juliette ressent ces tensions et cela l'angoisse. Pourquoi cette révolte, cette colère? Chose certaine, pas besoin d'avoir la tête à Papineau pour établir un lien direct entre les agissements de Roger et la rencontre de l'étranger. Lequel? Comment a-t-il pu provoquer un tel changement, bouleverser l'harmonie de la famille, sans même avoir mis le pied sur le seuil? S'étant toujours sentie plus près de

Roger que de ses autres frères et sœur, Juliette craint son départ définitif. Connaissant cette complicité, la mère interroge sa fille, tente de lui tirer les vers du nez. L'instinct de Juliette lui dicte de ne rien révéler : de toute façon, elle ne sait rien. Si Roger se tait, il a ses raisons.

* *
*

Noël approche. Un Noël qui s'annonce tendu. Chaque jour, la situation s'envenime davantage. L'abcès risque de crever. Avec des conséquences dramatiques si Roger décide d'aller vivre ailleurs. Ça fait trop longtemps que ça traîne, se dit la mère… Comment rétablir la quiétude au sein de sa famille ? En premier lieu : identifier la source du bouleversement. Roger refusant de parler, Léa se demande si Juliette n'aurait pas plus de succès. D'abord, elle élimine d'emblée cette possibilité. Mêler sa fille à un conflit qui ne la concerne pas ? Non. Mais n'est-ce pas son dernier recours ?

Le dimanche suivant, Roger est à la maison, enfermé dans sa chambre. La mère offre à Juliette une journée de congé.

— Tu pourrais aller aux p'tites vues avec ton frère ? Ça t'f'rait plaisir ? C'est pas cher.

Cette perspective ravit Juliette, mais elle craint un refus de son frère. Contre toute attente, il accepte. Avant de partir, il retourne à sa chambre et Juliette le voit dissimuler une enveloppe dans la poche de son veston. Dès qu'ils sont hors de vue de la maison, Juliette l'interroge.

— Tu m'as pas parlé depuis le dimanche où on a vu l'inconnu. C'est qui ?

PARTIE 3. LE POIDS DU PASSÉ

Roger regarde sa sœur en soupirant.
— C'est pour ça qu'j'ai accepté les p'tites vues. Pour t'parler. J'en ai long à raconter. M'man arrête pas de m'poser des questions, mais j'ai rien dit. Faut m'promettre de rien dire... du moins... pas tout d'suite. C'est tellement impossible à croire! soupire-t-il.
— Qu'est-ce qui est si impossible à croire?

Roger hésite à divulguer les révélations de l'étranger. Lui qui se présente toujours comme l'homme fort de la famille, qui aime faire son dur, voilà que Juliette le sent ému. Il cesse de marcher, se tourne vers elle.
— C'est si terrible?
— Oui, grogne-t-il, un nœud dans la gorge.

Juliette ne dit mot, laisse son frère réfléchir.

Même s'il tient à mettre sa sœur au courant, il craint qu'elle ne sache tenir sa langue. Or, l'étranger ne lui a pas interdit d'en parler à Juliette puisqu'elle est directement concernée, mais à la condition qu'elle garde le secret. C'est ce que Roger craint : qu'elle cède au harcèlement de la mère. Il n'est pas dupe : c'est sûrement la raison pour laquelle elle a offert un congé à Juliette. Le secret éventé, que se passera-t-il? Si lui est prêt à en affronter les conséquences, il craint les répercussions sur la vie de Juliette. L'étranger ne souhaite pas mettre la bisbille dans la famille... comme si ce n'était pas déjà fait puisque, depuis ce fameux dimanche, Roger en veut à tout le monde : au père surtout, mais aussi à sa mère. De toute façon, il a promis de se taire. Pas question de trahir sa parole.
— Tu promets de rien dire?
— J'ai pas une grande langue.
— Ben... l'étranger... reprend Roger en pesant ses mots, y s'appelle Romuald... Romuald Lamoureux et y a un frère, Rodolphe...

Juliette le regarde, déçue.
— En quoi ça nous regarde?
— Quand on s'est vus la première fois, il m'a montré...
Roger hésite, soupire. Juliette s'impatiente sans rien dire toutefois.
— Il m'a montré une épinglette, tu sais avec une épingle pour...
— J'sais c'est quoi une épinglette... t'as pas besoin d'expliquer.
— Sur l'épinglette... l'portrait d'un couple le jour d'leur mariage, en vêtements de noces.
Roger s'arrête de nouveau.
— C'que j'vas t'dire, c'est vraiment incroyable...
Troublée face au désarroi de son frère aîné, Juliette le regarde intensément, muette.
Après un long moment de silence :
— Ça va changer ta vie... pour toujours. La femme...
Il s'interrompt.
— Vas-tu parler à la fin?
Il hésite.
— La femme, reprend-il, c'tait m'man et l'homme... l'homme... c'tait notre «vrai» père, chuchote Roger en insistant sur l'adjectif.
— Comment ça, notre «vrai» père? reprend Juliette, incrédule.
Son frère déraille. Il perd la boule. Une mauvaise blague. Le sérieux de Roger la retient d'éclater de rire. Il enfonce le clou :
— T'as ben compris : Pamphile Belhumeur, c'est pas notre vrai père. C'est le père des jeunes, pas le not'.
Long silence. Stupéfiée, Juliette le dévisage.
— Tu crois ça?

PARTIE 3. LE POIDS DU PASSÉ

— J'sus ben obligé de l'croire, j'en ai la preuve. Non seulement l'épinglette, mais aussi des lettres que m'man a écrites, à lui et à son frère Rodolphe. J'ai reconnu son écriture. Y m'en a fait lire quek's-unes : a nous nomme. C'est comme ça qu'Romuald a pas oublié nos prénoms. Quand y est arrivé à Montréal, il a été chercher nos quatre extraits de naissance : les not', celui de Rodolphe et le sien. Y a pas plus officiel. C'est la vérité vraie, aussi vraie qu't'es là.

Chavirée, Juliette résiste, préférant rester dans le déni.

— C't'une histoire à dormir debout...

Silence.

— M'man y a donné l'épinglette — Romuald appelle ça un médaillon — pour pas qu'y l'oublient à l'orphelinat.

— Ils étaient à l'orphelinat... s'exclame Juliette, perplexe.

Le sol s'affaisse sous ses pieds. Son monde s'écroule. Ses certitudes s'émiettent.

Roger, à la lumière des révélations de Romuald, refait pour sa sœur la chronologie des événements.

— M'man s'est d'abord mariée à Doris Lamoureux avec qui a l'a eu quatre enfants : Romuald, le plus vieux, Rodolphe, moé, pis toé. Son mari — notre vrai père — est mort de la grippe espagnole en 1918. Toé, t'avais juste deux ans. M'man d'vait travailler pour gagner sa vie, mais c'était difficile de s'occuper en même temps des quat' enfants. Elle a placé les deux plus vieux à l'orphelinat ; toé chez une de ses sœurs, not' tante Ladine, pis moé, chez grand-pa' Bertrand aux Cèdres.

— J'me souviens pas d'ça.

— C'est normal, t'avais juste deux ans. Moé, même si c'est pas très net, j'crois avoir quek's images d'la ferme. M'man payait pension à l'orphelinat pour pas qu'ils soient adoptés ; elle devait les ramener quand a aurait plus d'argent.

Juliette saisit rapidement les implications de cette nouvelle et l'interrompt :

— Ça veut dire que j'suis pas une Belhumeur ?

Roger opine de la tête.

— Laisse-moé continuer. À peu près deux ans plus tard, m'man leur a rendu visite avec un monsieur qui allait devenir son mari ; a leur a dit qu'y viendraient les chercher à la fin de l'école.

— Et ils l'ont pas fait ?

— Non. Une lettre de m'man leur disait qu'était à l'hôpital, qu'a viendrait quand a irait mieux. Mais sa convalescence a été ben longue et y-z-ont attendu tout l'été... À l'automne, une autre lettre leur apprenait qu'était enceinte... une grossesse difficile. A'viendrait après la naissance du bébé... Un bébé prématuré qui avait besoin d'soins... Pis après, m'man a arrêté de payer pension à l'orphelinat. Y sont devenus « adoptables » et les responsables ont coupé tous les liens avec la famille : y-z-ont confisqué les lettres. Romuald a appris tout ça quand y les a récupérées à sa sortie de l'orphelinat. Tu t'doutes bien que les gens qui adoptent veulent des bébés ou des jeunes en bonne santé. Leur orphelinat, dans les Laurentides, n'acceptait que des enfants à partir de huit ans. Inutile de dire qu'il y en a pas beaucoup qui étaient adoptés. Pis dans leur cas, c'tait encore plus difficile parce que Romuald est infirme. Et Rodolphe aussi, d'une certaine façon. La dernière lettre de Romuald est revenue avec la mention « déménagé ». Y a pensé qu'a pouvait être morte. En même temps, y s'disait qu'son nouveau mari les arait prévenus.

— Comment il nous a r'trouvés ?

— J'vas essayer d'aller plus vite. En quittant l'orphelinat, y sont venus à Montréal. Romuald a travaillé chez un marchand de disques. Y voulait en avoir le cœur net : si m'man était vraiment morte, y voulait nous r'trouver. Avec son frère, y sont allés à la dernière adresse connue. Y nous ont cherchés longtemps mais, comme ça donnait rien, y ont perdu espoir.

— Ça m'dit toujours pas comment il nous a r'trouvés, s'impatiente Juliette.

— J'y arrive. Romuald s'est trouvé un emploi à la Victor Talking Machine, tout près d'ici. Pour faire plusse d'argent, y répare des radios et des gramophones chez lui : une *side-line*. Y mettaient des p'tites annonces dans les épiceries, les magasins. Par hasard, y est tombé sur une annonce à côté de la sienne : celle d'une couturière. Le nom : Léa Belhumeur, et une adresse, la not'. Romuald savait qu'sa mère s'appelait Léa et qu'elle était couturière.

— C'est comme ça qu'il est venu nous épier !

— C'est ça.

— Pourquoi il l'a pas dit ? Pourquoi il se cache ?

— Ça fait plus de huit ans qu'y ont pas de nouvelles. Quand il t'a vue avec les jeunes, y était pas sûr que t'étais sa sœur. La dernière fois qu'y t'avait vue, t'avais deux ans. Quand y t'a appelé Juliette pis qu't'as réagi, y a su qu'c'était bien toé. Moé, il m'a r'connu tout d'suite... paraît que j'ressemble comme deux gouttes d'eau à not' père.

— Ça m'dit toujours pas pourquoi il se cache ?

— En voyant les quatre jeunes, il s'est dit que m'man s'était refait une autre famille. Qu'elle voulait peut-être plus les voir... qu'c'était pour ça qu'elle avait arrêté d'écrire... Pis y a Rodolphe... Lui, y en veut à m'man d'les avoir abandonnés à l'orphelinat et y veut pas la r'voir.

Estomaquée par tant de révélations ahurissantes, Juliette reste coite. Roger sort alors l'enveloppe de sa poche et en sort quatre feuilles qu'il tend à Juliette.

— Lis, tu verras qu'c'est vrai :

EXTRAIT du Registre des baptêmes, sépultures faits à la cathédrale.

Le dix février mil neuf cent seize, nous, prêtre soussigné, avons baptisé Marie Léa Hortense Juliette Lamoureux, née aujourd'hui du légitime mariage de Doris Lamoureux, serre-frein de cette paroisse, et de Léa Bertrand.

Le parrain a été Hector Bertrand, de la paroisse St-Joseph-de-Soulanges, et grand'oncle de l'enfant et la marraine, madame Hector Bertrand, son épouse...

— C'est mon certificat de baptême ?
— Oui. Continue.

Le deuxième document était le certificat de naissance de Joseph Gilbert Pierre Roger né le jeudi 14 mai 1914 et baptisé le vendredi 15 mai 1914. Parrain : Raoul Gauthier, oncle de l'enfant...

Le troisième, celui de Romuald et le dernier, celui de Rodolphe.

— Tu vois, ces quatre enfants sont tous nés de Doris Lamoureux et de Léa Bertrand.

Juliette tenait entre ses mains la preuve irréfutable de sa véritable identité.

— T'en sais autant qu'moé à c't'heure. Mais Romuald veut pas qu'ça s'sache. Pas tout de suite. J'lui ai promis de rien dire, mais c'est pas l'goût qui manque. Oublie pas que toé aussi, t'as promis.

PARTIE 3. LE POIDS DU PASSÉ

Dévastée. Dépossédée de sa famille. Son père n'est pas son père. Son nom n'est pas son nom. Elle a deux frères de plus et les quatre plus jeunes sont des demi-frères et demi-sœur. Les extraits de naissance dans les mains, elle pleure. Roger, le regard vide, se tait, il renonce à la consoler : ils doivent apprendre à vivre avec cette nouvelle réalité.

— Depuis qu'j'ai appris ça, j'ai fait changer mon nom. Au travail, j'm'appelle Lamoureux ; mais le pére pis m'man le savent pas encore.

Devrait-elle l'imiter ? Elle ne se sent pas le courage d'affronter ses parents et d'expliquer ce changement à ses autres frères et sœur.

* *
*

Apparemment, depuis ces révélations, rien n'a changé pour Juliette. En fait, elle tente d'agir comme si elle ignorait tout, comme si Romuald et Rodolphe n'existaient pas. Elle fréquente l'école, s'acquitte des tâches dont elle a la responsabilité, ne rouspète pas si on lui en assigne de nouvelles, se montre des plus serviables et, surtout, continue de s'appeler Juliette Belhumeur. Pourtant, tout a changé ! Depuis qu'elle sait, l'inquiétude la tenaille. Crainte de la colère du père. Frousse que son frère, dans un mouvement de colère, ne fasse entendre la vérité, qu'il quitte la maison. Angoisse de l'éclatement de la famille, appréhension de se retrouver, seule Lamoureux, dans cette famille qui n'est plus tout à fait la sienne. Depuis qu'elle sait, Juliette ne cesse d'additionner les possibles conséquences sur sa vie. Non seulement son père n'est pas son père, mais il en est de même de ses grands-parents, de ses oncles et tantes, cousins et cousines. Quelque part, une autre parenté dont elle ignore tout : leur nombre, leur âge, leur sexe, leur lieu de résidence... Une autre famille, quoi! Contrairement à son frère qui provoque, Juliette s'efface. Pour garder la paix, elle suit rigoureusement sa routine, obéit au doigt et à l'œil, évite tout sujet de discussion. Le moindre signe de discorde, la moindre remarque désobligeante à son égard déclenchent ses larmes.

Malgré les efforts de sa fille pour paraître naturelle, la mère note son changement d'attitude depuis l'après-midi avec Roger : elle est moins vindicative, moins rébarbative... Jour après jour, elle l'interroge :

— Vous avez fait une bonne promenade?

puis

— Vous avez eu du plaisir?

et

— Vous n'avez pas eu froid?

Puis, les questions se précisent :

— Roger était de bonne humeur?

— De quoi vous avez parlé? Il t'a dit pourquoi il est malcommode? Pourquoi il appelle Pamphile « le pére »?

Juliette subit les assauts incessants de sa mère qui ne rate pas une occasion de lui faire cracher le morceau.

— Juliette, pour l'amour du saint ciel, vas-tu ben m'dire ce qu'il a d'travers? J'ai d'la misère à croire qu'il t'a rien dit!

— J'arrête pas d'vous l'dire, m'man! Y m'a rien dit... j'peux rien vous dire de plus!

Juliette ne flanche pas : promis, c'est promis.

Le soir, dans le lit qu'elle partage avec Pélérina, elle réfléchit. Elle essaie d'avaler cette boule de feu qui lui brûle la gorge, lui coupe l'appétit, l'empêche de dormir. Si Roger n'appelle plus Pamphile Belhumeur « papa », c'est que ce terme renferme une lignée à laquelle il n'appartient pas. En l'appelant « le pére », il marque bien la rupture, l'imposture. Pour l'instant, Juliette manque de courage pour lui emboîter le pas même si elle est indignée par le mensonge dont ses parents se sont rendus coupables en falsifiant la vérité et — plus grave encore — scandalisée par l'abandon de deux enfants à l'orphelinat. Impardonnables! Comment respecter le quatrième commandement de Dieu : père et mère tu honoreras... La révolte gronde en elle.

Lamoureux. Juliette Lamoureux! Elle répète son nouveau nom, se l'approprie. Le cache toutefois, pour ne pas créer de remous. N'entérine-t-elle pas ainsi le mensonge? Ne se rend-elle pas coupable de trahison auprès de son « vrai » papa? Au fil des jours, elle mesure mieux les implications du secret qu'elle porte, qui s'alourdit d'autant.

Un jour, comme son frère, elle ose utiliser l'appellation « le pére ». Réaction immédiate de Pamphile : pour la première fois, il l'a giflée.

— C'est quoi cette manie? Tu vas pas faire comme ton frère? Tu m'appelles « papa ». Point final. Compris?

Juliette, confuse, s'excuse immédiatement et s'enferme dans sa chambre où elle pleure à chaudes larmes.

34

Le dimanche suivant, Roger s'absente comme c'est devenu son habitude depuis le début du mois. Juliette sait où il va. Au retour, il se claustre dans un silence de plomb. Juliette prie la Sainte Vierge pour qu'il endigue ses émotions. S'il dévoile l'imposture, elle en craint les conséquences. Sur elle, surtout. Le père la renierait-il? Après tout, elle n'est pas sa fille. Et contrairement à son frère, elle n'aurait alors aucun moyen de subsistance. N'aurait-elle d'autre choix que de se trouver une place de servante, comme sa mère l'a d'ailleurs été dans sa jeunesse? Cette éventualité ne l'enthousiasme guère. Elle voudrait continuer ses études, terminer à tout le moins l'école élémentaire, comme sa mère le lui a promis.

En dépit de tous ces chambardements, décembre a défilé sans trop de violentes confrontations. Quelques accrochages, tout au plus, entre Roger et les autres... sauf avec Juliette.

Décembre! Mois de festivités. Léa a cousu des vêtements, tricoté des bas et des mitaines. La tension s'allège. Vient alors la nouvelle année et le jour de l'An. Au lever, on se souhaite la «Bonne année». Tapi dans sa chambre, Roger ne se présente pas à table, ce qui exaspère Pamphile qui bougonne.

— Qu'est-ce qu'y a à paresser d'même au jour de l'An?

et
— Y vas-tu rester enfermé toute la journée ?
et
— J'vas aller y secouer les puces.
Le regard impérieux de Léa l'arrête.
— Laisse faire ! J'm'en occupe.
Elle entre dans la chambre des garçons, suivie de Juliette. Les autres enfants, en mal de querelles, lui emboîtent le pas ; avant de refermer la porte, elle leur fait signe de déguerpir. Juliette, toutefois, reste dans le couloir et entrebâille légèrement la porte. Pamphile ouvre sa blague à tabac et se met à chiquer.
Roger n'est pas au lit. Tout habillé, il regarde par la fenêtre et ne se retourne pas quand sa mère entre.
— Roger, viens… c'est l'temps… faut qu'ça se fasse avant le déjeuner.
Le temps ! Juliette comprend l'allusion. Elle frémit. Roger fait la sourde oreille. Ça fait au moins deux semaines qu'il y pense. Il lui en a déjà parlé, à la sauvette, un jour où ils revenaient ensemble de la messe. Une décision non impulsive, mûrement réfléchie. Une décision bien ancrée : rien ne l'en dissuadera. En tant que fils aîné, il lui revient l'honneur de demander la bénédiction paternelle. Une tradition de longue date à laquelle on ne déroge pas, à laquelle les pères de famille tiennent mordicus. Eux qui s'occupent peu des enfants tout au long de l'année, c'est l'occasion de montrer qu'ils sont les chefs de famille. Durant ce court moment, ils assument le même rôle que le prêtre, demandant à Dieu de protéger leurs enfants. Juliette sait l'importance de ce rituel pour son père. Quand ses enfants s'agenouillent, Pamphile prend le temps de les nommer un à un, en commençant par le plus jeune et en terminant par l'aîné. À chacun, quelques mots pour soi-disant les guider

et une adresse à Dieu pour attirer sur eux sa bénédiction. En dernier lieu, imitant le geste du prêtre, il trace une croix de la main droite et les bénit, tous à la fois.

— Tu sais qu'ton père y tient.

— Ben pas moé.

— Qu'est-ce qui t'prend ? Tu l'as toujours fait les années passées ?

— Ben pas c't'année. Achalez-moé pas, j'la d'manderai pas. Vous pouvez pas m'forcer.

— J'le sais ben, mais si tu veux que tout l'monde passe un bon jour de l'An, tu devrais faire un effort. J'le sais pas ce que t'as contre ton père, mais fais-le pour me faire plaisir, pour ta mère.

— Essayez pas de m'amadouer, vous réussirez pas. Vous perdez vot' temps. C't'année, j'la d'mand'rai pas.

Un ton sec, catégorique. Point final ! Puis il ajoute, un dédain dans la voix :

— Vous avez rien qu'à d'mander à Gaétan.

— Gaétan ? Pourquoi Gaétan ? Tu sais ben que c'est au plus vieux d'faire ça !

Juliette retient sa respiration, supplie son frère des yeux pour qu'il se taise. Elle en tremble. Tout le mois, son frère a ravalé sa révolte. Choisira-t-il ce jour pour faire éclater la vérité. « Parce que c'est lui, Gaétan, le fils aîné du « pére » Belhumeur. Pas moé. Moé, j'suis un Lamoureux et mon père est mort il y a dix ans. » Voilà ce qu'il aurait le goût de crier.

— Parce que...

Voyant le regard effaré de Juliette, il poursuit :

— ... attendez-moé pas pour le dîner ni pour le souper.

Il attrape son paletot d'hiver, sort de la chambre, met ses bottes laissées dans le vestibule. La mère, Juliette à ses trousses, le rejoint, tente de le retenir. De l'irritation dans la voix, elle le semonce :

— Roger, peux-tu t'conduire comme du grand monde pis nous dire c'que t'as ? T'es pus l'même depuis quelque temps !

Dans son for intérieur, elle a la réponse à sa question : une réponse qu'elle craint autant qu'elle la désire.

Ayant fini d'enfiler ses bottes, Roger se relève et, regardant sa mère droit dans les yeux :

— Vous avez jamais si bien dit : j'sus pus l'même. Essayez pas d'm'en faire dire plusse, vous réussirez pas.

Sur ce, il quitte la maison, sans même se donner la peine de fermer la porte derrière lui, ce que s'empresse de faire Juliette, soulagée qu'il se soit arrêté à temps.

Ça peut plus continuer comme ça, pense la mère. Comment je vais faire avaler ça à Pamphile, hein ? Elle anticipe la crise que déclenchera le refus de Roger de demander la bénédiction paternelle.

Cette insulte, « le pére » ne la digérera pas de sitôt.

Soudainement, la mère se met à douter. S'il ne revenait pas ?

1929 s'amorce bien mal !

35

Demain, le mardi 8 janvier, c'est mon anniversaire : j'aurai 44 ans. Rivée à ma machine à coudre, je laisse mon esprit errer du passé lointain au présent, au passé récent et au futur proche. Ma famille va mal, très mal. Même si la grippe de Pamphile est guérie, il souffre toujours de rhumatisme et ne peut travailler; cela augmente son irritabilité. Et Roger fait tout pour envenimer la situation; il faut le prendre avec des pincettes. Un mystère que je dois élucider avant que la vérité éclate.

Quarante-quatre ans! Le quatre : mon chiffre chanceux. Née le 8 janvier 1885, je suis sous la férule du quatre puisque, en additionnant les chiffres de ma naissance j'obtiens quatre. L'année de mes 44 ans devrait donc se révéler doublement chanceuse. Je suis superstitieuse. Comme ma mère, d'ailleurs, qui m'a appris à lire les cartes, les feuilles de thé, les lignes de la main. Jeune fille, je la sollicitais souvent. Je me souviens du jour où elle a lu mon avenir dans les feuilles de thé : je voulais savoir si je me marierais et, surtout, avec qui. En y repensant bien, je dois avouer que, pour les moments importants de ma vie, elle ne s'est guère trompée. À commencer par ce mariage raté avec Télesphore. Cette rupture, qui dérouta le cours de ma vie, elle me l'avait prédite. Une ligne de cœur coupée à deux

PARTIE 3. LE POIDS DU PASSÉ

reprises. Quant à ma ligne de vie, il semble qu'elle soit très... très longue.

Pour l'instant, Roger me préoccupe. Le lendemain du jour de l'An, j'ai tenté de le faire parler, de l'acculer au pied du mur. Vainement! Depuis, il rentre très tard, souvent après le souper. Et rares sont les moments où l'on se retrouve seuls. Ses dernières phrases me chicotent : « Vous avez jamais si bien dit : j'sus pus l'même. Essayez pas d'm'en faire dire plusse, vous réussirez pas. » Pourquoi il n'est plus le même? Pourquoi ne pourrait-il en dire plus? En remontant le temps, la conclusion s'impose : tout part de sa rencontre avec l'étranger. Son changement de comportement, son agressivité face à Pamphile, son refus de l'appeler « papa » et de demander la bénédiction paternelle... Cet individu qui a bouleversé la vie familiale? Un infirme qui connaît le nom de Juliette et de Roger? Une seule réponse reste plausible ; mais je ne pourrai en avoir la confirmation que lorsqu'il l'aura clairement identifié : Romuald!

Un cri du petit Gérard, assis par terre sur une couverture de laine, près de moi, me tire de mes réflexions. Il s'amuse à confectionner des colliers de boutons. Le fil s'est rompu et les boutons gisent, éparpillés sur le plancher. Gérard pleure la ruine de son œuvre.

— C'est pas grave, mon p'tit Gérard. Viens, on va les ramasser...

Aussitôt, les pleurs cessent. Il me sourit et se remet attentivement à son ouvrage. C'est si facile de consoler un enfant. Je m'inquiète pour lui : il tousse beaucoup. Il crache parfois du sang. Une image surgit du passé : Ninique. Les autres jeunes sont à l'école et Roger, au travail. Il ne rentrera pas souper. D'ailleurs, depuis l'épisode dramatique de la bénédiction paternelle, il a tellement changé. Pamphile aussi : depuis sa maladie, il n'est plus le même. Quand je l'ai connu, c'était un homme jovial, gai, taquin. Il aimait chanter, danser, jouer du violon. Après la vie austère avec Doris et les années difficiles de mon veuvage, Pamphile apportait un brin de folie à mon existence. Je redécouvrais le rire, une forme d'insouciance. C'était aussi un bon travaillant. Maintenant, c'est un homme meurtri. S'il endure presque héroïquement les douleurs physiques en refusant de dépenser de l'argent pour des médicaments qui le soulageraient à défaut de le guérir, les blessures morales le minent de l'intérieur. Son orgueil souffre de devoir compter sur sa femme et son fils pour faire vivre la maisonnée. Il a d'autant plus de mal à l'accepter qu'il a quotidiennement des démêlés avec ce fils qui le toise, l'ignore, défie son autorité. Pamphile n'a pas tort de se plaindre de son manque de respect. Se sentant inutile, presque de trop, amputé de sa fierté, il a trouvé dans la bière et le tabac un exutoire à ses maux.

Combien de temps avant le retour des enfants ? « Léa, arrête de jongler et attelle-toi à la tâche. » Ce chemisier, Mme Beauchamp passera le prendre samedi. Je prépare les fils, glisse le tissu sous le pied-de-biche, l'abaisse, mets la roue en mouvement, actionne le pédalier. Mes mains guident le tissu… Arrivée au bout, je relève le pied, coupe le fil, le noue et m'attaque à l'ourlet. De nouveau, le ronron de la machine à coudre.

Quarante-quatre ans! Depuis le saut dans la quarantaine, les années pèsent lourdement. Je vieillis et m'interroge sur le passé comme sur l'avenir. Qu'ai-je fait de ma vie ? L'impression d'une dérive ; comme si la vie m'a menée par le bout du nez, m'imposant des choix qui n'étaient pas vraiment les miens. Comme celui d'épouser Doris Lamoureux, de confier mes deux plus vieux à l'orphelinat.

PARTIE 3. LE POIDS DU PASSÉ

Je me sens vieille. Vieille de tourments, de malheurs, de grossesses, de maladies, de pauvreté. Aurais-je pu faire autrement ? Lutter plus énergiquement, refuser les choix imposés. Qui sait où j'en serais maintenant… si… Tant de si !

Non ! Je ne veux pas ouvrir la champlure du passé et me laisser submerger par le regret. J'ai un travail à finir, de l'argent à gagner. Je dois me concentrer. En dépit de ma volonté de fermer le robinet, leur image m'apparaît. Tels qu'ils étaient, petits, quand Doris vivait encore. Tels qu'ils étaient dans le train. À l'orphelinat ! La porte du remords s'ouvre laissant s'y engouffrer le désespoir. Mon Dieu, qu'ai-je fait ? Le pédalier s'arrête. Devant moi, la fenêtre givrée. Il fait froid dehors. Pamphile m'a convaincu, après notre mariage, que c'était pour le mieux : endettés par-dessus la tête, c'est à peine si on arrivait à faire vivre les deux enfants et un troisième était en route. Et mes séjours à l'hôpital qui ont mangé notre mince budget. Avec tous ces enfants qui s'additionnaient… Mieux valait les laisser à l'orphelinat où ils avaient tout ce dont ils avaient besoin. Tout… sauf une famille. Une excuse pour nous donner bonne conscience ? Une immense tristesse m'envahit. Je n'aurais pas dû l'écouter… Ce n'est pas tant que je prenne de l'âge mais que je vieillisse sans eux. Sans les voir vieillir, eux aussi. Tant d'années sans nouvelles ! Pourquoi ont-ils soudainement cessé de répondre à mes lettres ? Quelqu'un les a-t-il adoptés ? En fait, si l'étranger est bien Romuald, où est Rodolphe ? Séparé de son frère ? À moins qu'il ne soit… Non !

Je les garde toujours en moi ! Pas un soir où je n'invoque la Vierge Marie pour qu'elle me les ramène. Il y a longtemps, je l'ai priée et Osias est né. Quelle fierté dans le regard de papa. Trois autres garçons ont suivi. Une jubilation ! Ses bras pour la terre, il les avait et la terre passerait à son fils aîné qui se marierait, s'installerait sur la ferme et prendrait soin de lui et de maman. Tout était réglé dans sa tête. C'était dans l'ordre des choses. Pauvre papa ! S'il avait su ! La Vierge s'est bien moquée de lui.

Je me souviens du jour où Osias a frappé à ma porte, en octobre 1910. Je restais dans Sainte-Cunégonde près des ateliers du Grand Tronc où Doris travaillait. Mon premier garçon n'avait que quelques mois. Mon frère n'aimait pas les travaux de la ferme. Indépendant de nature, il se rebellait à l'idée de suivre un itinéraire de vie tracé par quelqu'un d'autre. Être cultivateur ? Jamais ! Il a déguerpi aussitôt qu'il a pu. Sans un mot d'explication. Il ne voulait pas affronter la colère paternelle. Un ami l'a amené à la gare de Coteau-Jonction. Il avait même « emprunté » de l'argent à papa pour payer son billet de train. L'été précédent, comme à l'habitude, il avait participé aux récoltes, aux labours, à l'épandage du fumier… tout en élaborant son plan. Toute son enfance, Osias avait été envoûté par les bateaux qui circulaient sur le canal Soulanges. Dès qu'un navire apparaissait, il courait sur le bord du canal. Le pont tournait, le bateau passait. Il agitait les bras en tous sens pour saluer l'équipage. Quand il entendait la sirène du bateau, il était persuadé que c'était une réponse à ses salutations. Le pont se remettait en place. Osias suivait le bateau des yeux jusqu'à ce qu'il disparaisse à l'horizon. De là naquit son rêve : partir. Loin, sur un gros bateau ! Doris le fit entrer au Grand Tronc. Il habita avec nous, comme chambreur. Il mettait son argent de côté et, dès qu'il en eut assez, il remboursa « l'emprunt », joignant une lettre dans laquelle il expliquait les raisons de son départ. Sur l'enveloppe : aucune adresse de retour. Personne ne devait connaître son lieu de résidence. Deux ans plus tard, vint le tour d'Herménégilde. La maison devint trop petite d'autant plus que je m'apprêtais à accoucher de mon deuxième garçon. Ils s'installèrent donc dans une maison de pension près de leur lieu de travail — Hermé ayant lui aussi décroché un emploi à la compagnie de chemin de fer. J'avais promis de ne rien dévoiler. Je tins d'autant plus parole que j'admirais leur audace ; moi, je n'avais pas eu leur courage et m'étais soumise à la volonté du père. En mon for intérieur, j'imaginais avec un certain plaisir la déception de papa : « À chacun son tour l'assiette au beurre ». Si j'avais su…

Peu après la déclaration de la guerre, en 1915, Osias s'est enrôlé, suivi peu après par Herménégilde. L'un vingt ans, l'autre dix-huit. Dans l'infanterie. Le 22ᵉ Régiment, celui des Canadiens français. J'ai bien tenté de les dissuader. Peine perdue ! Ils semblaient considérer la guerre comme un moyen de visiter les « vieux pays », sans en mesurer les dangers, les horreurs. Une aventure à vivre. Ils y ont laissé leur peau. Comme ils avaient fourni mon nom comme seule parente, c'est moi qu'on a prévenu de leur disparition, de leur mort, en fait. À moi revenait l'horrible devoir d'annoncer la nouvelle aux parents. Ils découvrirent ainsi ma complicité. Papa fulminait : « Si tu me l'avais dit, je les aurais ramenés par la peau du cou. » Pour lui, j'étais responsable de leur mort. « Si tu me l'avais dit… » Par ma faute, par ma très grande faute, comme on dit en confession. À mon corps défendant, je me dis que c'était leur choix ; si je ne les avais pas accueillis, ils auraient de toute façon trouvé à s'héberger ailleurs. Papa étouffait leur soif de liberté. Qui blâmer ?

Après le drame des deux plus vieux, les jumeaux ont décidé d'entrer en religion. L'évêque les a inscrits au Séminaire et, comme c'étaient de futures « vocations », ils n'avaient pas à payer les frais. L'un a été envoyé dans un village canadien-français du Manitoba dans l'Ouest canadien, l'autre à La Pocatière, une petite ville du Bas-du-Fleuve. La mort des aînés les a rapprochés de Dieu. Deux prêtres dans la famille : une bénédiction pour maman, la clé du paradis. Je n'ai guère de nouvelles d'eux, une lettre de temps à autre, la plupart du temps des souhaits pour la nouvelle année. La grande différence d'âge, jumelée au fait que j'ai quitté les Cèdres alors qu'ils étaient encore enfants, fait en sorte que les liens familiaux sont très ténus.

Quant à Ovila, il s'est mis à avoir un comportement étrange. Parfois, il refusait de se lever et restait étendu dans son lit, les yeux ouverts, le regard fixé sur le plafond, sans bouger. Un jour, pour le faire réagir, maman a pris une bougie allumée et l'a passée près de ses pieds : il n'a pas bougé d'un poil. Il avait des hallucinations et prétendait avoir rencontré ses frères décédés près de la grange. Il est interné à Saint-Jean-de-Dieu, la maison des fous! Sujet tabou : papa interdit de prononcer son nom. Quelle honte pour la famille! Je suis la seule à lui rendre visite.

Aucun de mes frères n'a repris la terre. Qui plus est, aucun n'a eu de fils pour perpétuer la lignée. Quant aux filles, Ladine est la seule à rester encore aux Cèdres avec son mari, Henri Saint-Marseille, qui tient un salon de barbier au village, pas très loin de l'église. Je vois rarement Gabrielle et Yolande. L'une habite à Saint-Zotique où son mari élève des chevaux de course, l'autre vit à Saint-Lazare où le couple tient une boulangerie. La dernière-née de la famille, ma filleule, Véronique. Maman n'approuvait pas qu'elle porte le même nom que Ninique, décédée trop tôt; mais, comme c'est moi la marraine, elle s'est ralliée à mon choix. Et cette Véronique a réalisé mon rêve : elle est institutrice à Vaudreuil. Une famille dispersée. Papa et maman vivent seuls, toujours sur la ferme. Plus pour bien longtemps puisque papa, prenant de l'âge, s'est résigné à la mettre en vente. Ils s'installeront au village.

Maudit ! c'est pas la bonne couleur de fil. Maudit ! Ce mot, Roger l'a rapporté de l'usine ! Faut croire qu'il est entré dans ma caboche. Si maman était là, elle m'aurait pincé le bras. J'arrête la roue, cesse de pédaler, lève le pied, retire le tissu. Malgré le travail qui urge, je n'arrive plus à me concentrer.

Pourquoi ai-je soudain envie de pleurer ?

Parce que demain, j'aurai quarante-quatre ans ?

Parce que, d'année en année, l'espoir s'étiole et la culpabilité m'enlise ?

Je ne me pardonnerai jamais. Pamphile continue de prétendre qu'on n'avait pas d'autres choix, que notre décision était la meilleure pour toute la famille... Mais pour eux ? Pour moi ? L'orphelinat leur offrait le gîte et l'instruction ; on n'aurait pu faire mieux. Et j'ai accepté : soumise avec mon père, soumise avec mon mari ! Une obéissance qui m'a coûté très cher. Aurais-je pu agir autrement ? Ferais-je le même choix aujourd'hui ?

Derrière moi, Gérard s'est endormi sur le plancher. Je le regarde dormir. Si calme. Une quinte de toux le réveille. Encore une fois, il crache du sang. Ça ne trompe pas : la consomption. Pour éviter la contagion, j'ai transporté son petit lit de fer dans notre chambre. Je me lève, le prends dans mes bras et le dépose sur son lit. Dès qu'il tousse, je me précipite, le tourne sur le côté pour l'aider à cracher, essuie son visage en sueurs. Je le prends dans mes bras ; il pèse une plume. Il se rendort immédiatement. Si seulement on pouvait l'envoyer dans un sanatorium !

Mon mari dépérit et mon petit Gérard... Un nœud dans ma gorge. Tout va mal, tout. Et je n'aperçois pas un rai de lumière au fond du tunnel. En plus des problèmes de santé, l'argent manque. Et Roger qui menace de partir...

En aurait-il été autrement si j'avais pu choisir mon avenir ? Si j'avais épousé Télesphore ! Mon cher Télesphore. Que serions-nous devenus si nous avions uni nos destinées ? La faute de mon père, de son étroitesse d'esprit, de son intransigeance. S'il m'en a voulu d'avoir hébergé ses deux plus vieux, moi, je l'ai longtemps accusé d'avoir brisé ma vie. En fait, c'est plutôt à moi que je devrais en vouloir. Lui, il agissait selon ses convictions ; j'aurais dû agir selon les miennes. Majeure, j'aurais pu faire fi de l'autorisation paternelle. D'ailleurs, j'étais prête à la transgresser, quitte à rompre avec ma famille. J'aimais, j'étais aimée : je n'en demandais pas plus. Télesphore refusa. Si l'on se marie sans le consentement de tes parents, arguait-il, notre mariage partira sur de mauvaises bases ; il faudra tirer un trait sur ta famille et, selon lui, je le regretterais. Était-ce la vraie raison ? Se sentait-il appelé vers d'autres voies ? L'amour de ma vie. L'étais-je de la sienne ? Peu de temps après, il entrait en religion. L'appel de Dieu avait retenti plus fort.

Il faut me rendre justice. Je me suis insurgée, d'une manière idiote. Tout se sait dans un petit village. À voix basse, les cultivateurs colportaient la nouvelle au sujet de la fille de Létourneau : elle n'avait pas quitté la ferme pour rien... Tous comprenaient le sous-entendu. Bien que catholiques, ils n'hésitaient pas à médire d'autrui. Quand Willie annonça qu'Angéline avait donné naissance à une enfant, après tant d'années de supposée infertilité, tous demeurèrent sceptiques. En proclamant que Télesphore et moi étions les parrain et marraine de leur fille, Manon, je venais de me compromettre : la vérité ne pouvait être plus évidente. Papa refusa ma main à Télesphore pour une question d'honneur : sa fille ne pouvait pas épouser un homme dont la sœur avait commis le « péché de la chair ». Devant Dieu, j'ai alors juré d'épouser le premier homme qui me demanderait en mariage. Quel serment stupide ! Un sourire amer en pensant aux feuilles de thé de maman : un mariage raté. Un amoureux dont le nom débuterait par un « L » ? Elle ne s'était pas trompée sauf que le « L » c'était pour Lamoureux, pas pour Létourneau.

« Travaille, Léa, travaille. » Je m'astreins à découdre ces quelques pouces de la mauvaise couleur de fil. À nouveau, mon esprit s'égare vers la voie du regret, que je n'emprunte pourtant pas souvent, que je m'efforce de ne pas suivre, car elle se nourrit d'amertume, de rancœur. Elle mène à la haine, au désir de vengeance. Elle creuse des sillons où l'on risque de s'empêtrer comme dans les champs boueux du printemps. Elle fait jaillir des larmes qui paralysent. « Léa, étouffe au plus vite cette mémoire chagrine. Le passé ne peut se découdre comme un bord de blouse. » Aujourd'hui, pourtant, le regret a forcé ma porte. Je suis à l'école. Au tableau, des noms, des dates. Tous rappellent des événements tristes de mon passé. J'essaie de tout effacer. Impossible. Je lance un seau d'eau et je frotte, je frotte... les lettres s'estompent... le tableau sèche... tout réapparaît. Et je m'effondre, impuissante. Le passé ne s'efface pas. Ni ne se défait ni ne se refait. Le hennissement du cheval du livreur de lait me tire de ma somnolence, du remous qui m'aspirait vers le passé. Il a du courage de se promener dans les rues par un temps pareil ! Brusque retour à la réalité, à l'ourlet à recoudre. Je glisse le tissu sous le pied, l'abaisse ; un petit coup de roue pour entraîner le pédalier qui se remet en mouvement. Pointe, talon, pointe talon, pointe talon... Des gestes automatiques qui n'empêchent pas mon esprit de divaguer, d'errer dans les douleurs de ma mémoire.

Pourquoi cet assaut du regret ? Parce qu'aujourd'hui, je me sens lasse. Lasse ou lâche ? Peut-être les deux. Devant les déroutes de la vie, plutôt que de m'entêter, j'ai trop facilement abdiqué. Les autres ont décidé à ma place de la route à prendre. Je me suis laissé emporter au fil du courant. Lasse ou lâche ? Aujourd'hui, je réponds lâche.

J'ai beaucoup pleuré Télesphore. Une rupture déchirante. Un chagrin sans fond. Je continuais à travailler chez Mme Tousignant, mais j'avais perdu mon entrain. Croyant que le changement d'air me ferait du bien, ma patronne m'octroya deux fins de semaine par mois de congé. La première fois, j'allai chez tante Angéline qui, radieuse dans son nouveau rôle de « maman », ne tarissait pas d'éloges pour sa petite Manon, un poupon tranquille qui souriait en la voyant arriver dans son champ de vision. Ma filleule ! J'en revins encore plus nostalgique ne pouvant m'empêcher de voir dans cette enfant la cause de mon malheur. J'allai plus souvent chez mes parents, aux Cèdres. Ma famille me serait-elle d'un plus grand réconfort ? Il me faudrait ignorer mon père et trouver consolation auprès de ma mère et de Ladine. Pour m'aider à oublier, ma sœur invitait des amis de son prétendant, Henri Saint-Marseille. Des jeunes hommes gentils… Amédée, Martial, Tancrède. Aucun ne retint véritablement mon attention. L'amour ne se commande pas. Et puis un jour, sur le quai de la gare, un homme m'aida à monter mes valises. Lui avais-je dit quand je revenais ? Je ne m'en souviens pas. Chose certaine, il était là à mon retour. Il me reconduisit jusque chez Mme Tousignant. Ma patronne, heureuse de me voir accompagnée, l'invita à prendre le thé. Et c'est ainsi qu'on fit plus ample connaissance.

De dix ans mon aîné, né à Kingston de parents canadiens-français, il parlait bien anglais. Il se moquait de mon accent. Il avait d'abord travaillé sur les bateaux du canal, puis comme menuisier et, depuis quelques années, comme *brakeman* pour le Grand Tronc. Un emploi bien rémunéré. Il avait mis de l'argent de côté. Ayant dépassé le cap de la trentaine, il se sentait prêt pour le mariage. Avait-il fréquenté d'autres jeunes filles avant moi ? « Je ne suis pas né de la dernière pluie », m'avait-il avoué. Quand il m'a parlé « mariage », j'ai paniqué. « On se connaît depuis six mois à peine. » Ce à quoi il a répliqué, sans l'ombre d'une hésitation, que j'étais « la femme qu'il désirait pour épouse ».

La demande en mariage de Doris. Si imprévisible. Du coup, je me suis rappelé mon serment : le premier qui... je l'épouserais. Il ne manquait pas de belles qualités. Courtois, il me traitait toujours avec déférence. Bel homme, il attirait les regards et c'était flatteur d'attirer le sien. De la carrure, de la prestance, bien habillé. Au moral, un homme bon, doux, loyal, fidèle, travaillant. Généreux et économe : chez lui, ces qualificatifs n'étaient pas contradictoires. Mme Tousignant, ma patronne, m'encourageait à approfondir notre relation. Quant à moi, son tempérament m'inquiétait. Je le trouvais trop sérieux, trop austère, trop taciturne. Trop comme mon père. Toujours ponctuel, les jours de fréquentation, il se pointait le nez à sept heures et repartait à neuf heures en semaine et à dix heures le samedi. Quand Mme Tousignant n'avait pas d'invités — ce qui était généralement le cas durant la semaine —, on se rencontrait au boudoir. Toujours très poli, il tenait à saluer ma patronne en arrivant et en partant. Parfois, ces soirées en face à face m'intimidaient. D'autant plus qu'il me vouvoyait. Peu loquace, il mesurait ses mots, parlait avec retenue. De longs moments de silence me mettaient mal à l'aise. Pas lui, vraisemblablement. Le premier samedi de chaque mois : les p'tites vues ; le deuxième, une balade dans les parcs s'il faisait beau. Tout était prévu, tranquille, calme comme une vague longue et douce.

Tellement différent de Télesphore qui, volubile, passait d'un sujet à l'autre, parlait de tout et de rien, de poésie comme de politique, de nos familles, de nos désirs, de nos goûts. Jamais de temps morts ! D'un enthousiasme communicatif, il voulait tout voir, tout essayer, tout connaître. Je ne m'ennuyais pas avec lui. Comme moi, il aimait l'imprévu, les surprises. L'hiver, comme des enfants, on glissait sur les pentes du Mont-Royal. L'été, c'étaient les manèges au parc Sohmer. Il me parlait de ses études, partageait avec moi ses connaissances. Avec lui, tout était vivant, dynamique, comme un torrent qui coule bruyamment de la montagne. Et que d'émois quand il me prenait la main, m'embrassait, caressait mes seins.

Entre le corps de Doris et le mien, rien de tel. Guère entreprenant, c'est à peine s'il osait me frôler. Le jour où il a pris ma main, je n'ai rien ressenti. Aucun frisson, aucun désir. Mon corps restait froid, comme en pénitence. J'étais même sur le point de rompre quand il m'a appris son intention de demander ma main à mon père. Partager la vie de cet homme ? Impossible ! J'en serais malheureuse toute ma vie. Objectivement, je n'avais rien à lui reprocher. Doris faisait partie de ces êtres qui méritent d'être aimés et ne le sont pas, ou mal. L'amour n'a rien à voir avec le mérite. Sûrement, ailleurs, il dénicherait une femme capable de l'aimer à sa juste mesure.

Mais il y avait mon serment.

À Montréal, le curé de ma paroisse a refusé de m'en relever. J'ai ensuite écrit à celui des Cèdres. Me connaissant bien, peut-être serait-il plus enclin à me faire grâce. Même réponse négative. Verdict : je devais épouser Doris. À la condition, évidemment, que papa donne son approbation. J'ai tout fait pour qu'il refuse, montant en épingle tout ce qui pouvait lui déplaire : son âge, le fait qu'il n'aime pas la campagne. Papa — trop heureux de se débarrasser d'une fille à marier et, peut-être aussi, de se venger de la mort d'Osias et d'Hermé — conclut pourtant qu'il n'était pas trop vieux, qu'il était catholique, que c'était un bon travaillant capable de faire vivre sa famille. Aucune objection à lui accorder ma main. Il ne se priva pas, non plus, de me rappeler ma promesse à Dieu. J'avais juré; c'était sans appel.

Le jour du mariage, le 20 janvier 1908, ma mère, me voyant au bord des larmes me dit : « Fais confiance à la vie. Tu apprendras à l'aimer. C'est un bon homme! Il va bien te faire vivre. » De la dépendance du père, je passais à celle du mari.

Le soir de mes noces, mon corps demeura froid et, quand il en eut terminé, je me mis à pleurer. Craignant de m'avoir fait mal, il s'en excusa. Je pleurais ma virginité offerte à un homme que je n'aimais pas. Désormais, je ferais mon devoir conjugal sans que mon corps y prenne le moindre plaisir. Une femme ne pouvait se refuser à son mari. Telle était la loi religieuse à laquelle je devais me conformer. Une loi ignorante du plaisir.

J'ai vécu dix ans avec lui. Le lendemain des épousailles, il continuait à me vouvoyer. Je le lui fis remarquer. Trois mois, avant que le tutoiement devienne spontané. Faute d'amour, il devint, au fil des ans, un bon compagnon de vie dont j'appréciais les qualités. C'était un mari attentionné, un bon père. Il me remettait presque entièrement sa paye, me faisait confiance, ne me demandait jamais de comptes. Il ne fumait pas, ne buvait pas, rentrait du travail à la même heure tous les jours, me complimentait sur ma façon de tenir maison. Le jour de notre cinquième anniversaire de mariage, contrairement à son habitude, il m'a offert un cadeau utile : une machine à coudre. Pour lui, un cadeau devait être une gâterie. Du superflu. Pas quelque chose d'utile. Généralement, il m'offrait des noix de cajou dans une boîte de métal : de bons *cachous*! Aujourd'hui, ces boîtes me servent à ranger des boutons, des aiguilles, des bobines de fils. Avec le temps, s'est développée entre nous une relation... j'ai encore du mal à la qualifier. Tendresse? Amitié? Respect? Complicité? Un peu tout ça. J'avais une belle famille : quatre enfants, trois garçons et une fille. Son salaire suffisait à nous faire vivre non pas dans l'opulence, mais décemment. Un logement de trois chambres, chauffé au charbon, une cuisine avec une glacière, un salon et même une toilette intérieure. À sa mort, j'ai eu de la peine. Je pleurai un homme qui m'avait beaucoup aimée. Je pleurai la vie sans souci qu'il m'avait offerte. Il me laissa une petite assurance-vie. Une machine à coudre. Quatre enfants.

« Ne donne pas de poisson à quelqu'un qui a faim. Montre-lui à pêcher. » Un des proverbes préférés de ma mère. C'est ce qu'a fait Doris avec cette machine à coudre : il m'a donné l'instrument pour subvenir à mes besoins. Lui ai-je dit « je t'aime » une seule fois? Je crois bien que non, et le regrette. J'aurais aimé l'aimer.

Le tissu ne défile plus sous l'aiguille. Mes pieds n'actionnent plus le pédalier. Le regret a tout arrêté.

Déjà quatre heures! D'habitude, les enfants reviennent de l'école. Aujourd'hui, pour me donner plus de temps, Juliette a décidé de les emmener chez Catherine, la sœur de Pamphile, qui habite à quelques rues d'ici. Je la soupçonne de préparer quelque chose pour mon anniversaire. Elle croit que je ne m'en doute pas. Son explication était cousue de fil blanc. Ça me fait sourire. C'est une bonne fille!

Je n'ai guère avancé mon travail. Si je ne veux pas y passer la nuit, mieux vaut employer à bon escient ces deux ou trois heures sans enfants.

36

Hier, c'était mon anniversaire.

Juliette m'avait réservé une surprise… enfin, j'ai feint d'être surprise. Chez Catherine, elle a fait un gâteau pour souligner ma fête. Glacé au chocolat, comme je les aime. Sa tante l'a sûrement aidée à inscrire, en blanc, « Bonne fête MAMAN ». Après le souper, Catherine a apporté le gâteau et les enfants ont entonné le *HAPPY BIRTHDAY TO YOU* qui, dans leur bouche, sonnait plutôt comme APIBEURDÉTOUIOU. C'était émouvant.

Seule ombre au tableau : l'absence de Roger. Le matin, il m'avait averti qu'il ne rentrerait pas souper, sans plus d'explications. Il ne serait pas là pour mon souper de fête et, si j'additionne cela à son changement de comportement des dernières semaines, je suis persuadée qu'il le fait exprès : ça m'attriste. Pourquoi ? Voilà ce qui m'agace le plus : qu'il ne mette pas tout ça au clair. En fait, je préfère qu'il ne le fasse pas. Du moins, pas devant tout le monde. Toutefois, les événements d'hier corroborent ma conviction : il sait. À cette seule pensée, mon cœur fait des bonds de joie… et d'angoisse.

En fait, Roger est venu, mais tard ! Les jeunes étaient déjà endormis. Juliette s'apprêtait à se mettre au lit. Pamphile, l'air renfrogné, chiquait son tabac en se berçant bruyamment, sans un mot. Quant à moi, je me tirais aux cartes comme je le fais depuis des années, le jour de mon anniversaire. Un rituel auquel je crois plus ou moins, prenant les prédictions avec un grain de sel. Nul besoin de lire les cartes pour prédire que Pamphile cuvait son mécontentement. Ses soupirs, ses raclements de gorge, ses gestes brusques, ses claquements de talons, ses regards exaspérés vers l'horloge ne mentaient pas. Il fulminait. Devant moi, 21 cartes. Je n'arrivais pas à les interpréter, déconcentrée par la colère à peine contenue de Pamphile qui menaçait d'éclater à tout moment.

Silencieusement, je priais Dieu pour qu'il rentre après que Pamphile eut sombré dans le sommeil, ce qui ne devrait pas tarder, compte tenu des nombreuses bières englouties. Roger n'avait pas refermé la porte que déjà, il l'enguirlandait, un tonnerre de colère dans la voix :

— Une belle heure pour rentrer ! C'est la fête de ta mère... tu l'savais pas ?

Roger n'a pas répondu. Cela mit Pamphile hors de lui.

— Tu peux pas répondre quand j'te parle ? Si tu veux pas nous parler, j'me d'mande c'que tu fais icitte.

— Moé aussi, j'me l'demande, des fois.

— Tu peux toujours partir, j'te retiens pas.

— Ça peut venir plus vite que vous pensez.

Le ton montait. Ce n'était pas la première fois que Roger laissait planer cette menace. Éviter à tout prix qu'il la mette à exécution... Vite, tuer dans l'œuf ce début d'altercation avant que tout vire au vinaigre.

— Voulez-vous bien arrêter de vous chamailler, vous allez réveiller les jeunes.

— T'nez, c'est pour vous. Bonne fête ! Figurez-vous que j'y ai pensé, ajoute-t-il d'un ton agressif, toisant son père.

Une jolie boîte de métal rose sur laquelle se détachent, en relief, des personnages d'une autre époque. Des *cachous*.

Le cadeau de Doris, mon défunt mari. Un adon? Stupéfaite, je suis restée sans voix. Roger me regardait intensément. Troublée, je n'ai pu soutenir son regard. J'ai baissé les yeux, marmonné un vague «merci». Voilà la preuve qui confirme ma conviction : il sait. J'aurais voulu lui poser mille questions, mais une boule au fond de ma gorge m'en empêchait. Et la présence de Pamphile, aussi. Pamphile, qui n'arrêtait pas de grogner, de l'invectiver. Des injures sans aucun effet sur lui ; se taisant, il continuait de me fixer, d'attendre... Attendre quoi? Des explications? Des excuses? Des remords? Involontairement, des larmes ont glissé sur mes joues.

— Tu vois, tu fais pleurer ta mère. Comme si elle en avait pas assez su'le dos, faut qu't'en rajoutes!

Roger demeurait totalement indifférent à la colère de Pamphile. Pire, il l'ignorait complètement, ce qui ne fit qu'amplifier son exaspération.

— J'pense que vous aimez ça des cachous?

Interdite, j'ai simplement hoché la tête. Pourtant, j'aurais eu le goût de lui crier : «Qui t'a dit ça? Qui? D'où tu tiens ça?» L'émotion et la surprise, jointes à la présence de Pamphile, bloquaient les mots dans ma gorge. Mon cœur battait à tout rompre. Prise d'un tremblement, je me sentais faiblir. Mes jambes, comme de la guenille, ma tête, étourdie, ma peau, moite. Pamphile persistait dans ses accusations : ingrat, sans allure, sans-cœur... Les mots résonnaient dans ma tête comme en écho... Les murs tanguaient, s'embrouillaient et ce fut le trou noir...

Quand je repris connaissance, Juliette était penchée sur moi, la panique dans les yeux. Derrière moi, Pamphile plaçait un oreiller sous ma tête. Un bref instant, je me suis demandé pourquoi j'étais là, étalée par terre. Puis, le souvenir me revint.

— Roger! marmonnai-je.
— Cherche pas! Y a sacré l'camp!
— Hein? Ça pas d'bon sens! Faut le rattraper! Faut le...
— Si tu penses que j'vas courir après lui... compte pas sur moé...

Je me recroquevillai en position fœtale et me mis à sangloter.

— M'man, m'man... pleurez pas! se lamentait Juliette.

L'effroi perçu dans cette plainte m'ordonnait de me reprendre en main.

— Ça va, ça va, Juliette. J'suis juste très fatiguée. Ça va déjà mieux.

Je me relevai tranquillement, soutenue par ma fille.

— Ah! ma Juliette... si j't'avais pas. Allez, retourne te coucher maintenant.

Je m'aspergeai le visage d'eau froide pour reprendre mes esprits. La tête enfouie dans une serviette, penchée sur l'évier de la cuisine, au-delà du silence, j'entendais la colère de Pamphile. J'aurais tant aimé être seule!

— Tout ça, c'est d'sa faute...
— On en r'parlera demain... répliquai-je d'un ton sec qui n'admettait pas la riposte.

Une fois au lit, impossible de m'enlever cette image de la tête : Roger posant la boîte sur la table. Son regard insistant. Il sait. Il faut que j'arrête de penser. Je sens l'urgence de dormir pour que demain, je puisse terminer le chemisier de Mme Beauchamp. Catastrophe! Sur le devant, au niveau de la poitrine, une tache noire sur le tissu blanc. La tache s'étend, couvre les manches. Elle s'estompe et ses contours forment un visage. Un visage que je connais sans le reconnaître. Des *cachous*. Des rires au loin, sardoniques. Une voix en réverbération, lointaine. Qui rit? Qui parle?

Toujours cette impression de connaître sans reconnaître. Un bruit, comme un ronflement. Une porte se ferme.

Je me réveille, en sueurs. Pamphile, couché sur le dos, ronfle comme un tracteur. Un cauchemar. Je crains de me rendormir de peur que le mauvais rêve me rattrape. Mieux vaut me réveiller. Je me lève. Dans la cuisine, l'horloge indique 4 h 30. Un coup d'œil dans la chambre des filles. Un autre dans la chambre des gars. Roger n'est pas là. Je passe les deux heures suivantes dans la berçante, à ressasser les événements de la veille.

Les *cachous*! Dans une boîte de métal. Comme Doris! Ce n'est pas un hasard. Tout concorde.

Il sait!

Le choc de l'émotion passé, l'oppression de la nuit éventée, la clarté du jour me calme. J'envisage les événements avec plus de pondération. Possiblement une coïncidence? Roger a sans doute vu ces boîtes sur la tablette près de ma machine à coudre et il en a déduit que j'aime les cachous. Il a voulu me faire plaisir en m'offrant un plaisir qu'il me sait incapable de me payer! Pourquoi chercher midi à quatorze heures?

Impossible de m'en convaincre. Mon petit doigt me souffle qu'il a percé le secret. Mon petit doigt, son retard, son regard et la boîte de cachous.

37

Onze heures! Roger m'a pourtant dit qu'il viendrait. Anxieux, je surveille la rue de la fenêtre du salon, je devrais plutôt dire de mon petit atelier de réparation de radios. J'aimerais bien travailler, mais je ne peux pas. Je n'aurais pas dû lui confier cette boîte de cachous. Elle va tout de suite comprendre. Qui d'autre connaît son petit faible pour ces noix? Quand j'en ai parlé à Roger, il n'en savait rien. Qu'est-ce que cela peut provoquer? Ah! Si je pouvais revenir en arrière.

Dans la chambre d'à côté, Rodolphe ronfle, toujours aussi bruyamment. Quand j'ai retrouvé maman, j'étais au septième ciel. Déjà, je nous voyais réintégrer notre famille. De voir Juliette avec d'autres enfants a freiné mon élan. Je ne me voyais pas surgir dans leur vie du jour au lendemain. Connaissaient-ils seulement notre existence? J'avais beau échafauder des plans... aucun ne me satisfaisait. Faire confiance, le bon moment viendrait. Il suffisait d'attendre : ce que j'ai fait en observant Juliette, puis en affrontant Roger. Avant de réintégrer la famille, plusieurs étapes cruciales restent à franchir : que maman sache qu'on l'a retrouvée, que son second mari nous accepte, que les jeunes soient mis au courant des enfants du premier lit et que je puisse convaincre Rodolphe qui, lui, a tiré un trait sur le passé. « C'est toé, ma famille... j'ai besoin d'parsonne d'autre... » m'a-t-il affirmé, le jour où je lui ai appris que j'avais retrouvé maman, notre frère et notre sœur. Il s'était enfermé dans sa chambre en claquant fortement la porte au risque d'en briser le chambranle : « J'veux parsonne d'autre... t'entends ? Parsonne... »

Il pleurait si fort que je l'entendais de la cuisine. Une réaction inattendue qui m'a vraiment pris au dépourvu. Sa détresse m'a bouleversé. J'ai eu beau tenter de raviver en lui la fibre familiale, peine perdue. Moi, j'ai déjà tout pardonné à maman. Rodolphe, non.

« Y est pas question que j'vive avec eux autres. Si tu veux y aller, vas-y, moé, j'vas m'en aller rester avec Mme Ouellet. »

Je sais bien — et sans doute le sait-il aussi — que je ne l'abandonnerai jamais même si, pour cela, je dois faire, pour une seconde fois, le deuil de ma famille. En fait, plus précisément, le deuil de maman, de mon frère et de ma sœur. Quant à la nouvelle famille Belhumeur — c'est Roger qui m'a appris leur nom —, ça m'est bien égal. Mais je suis prêt à faire tous les efforts d'adaptation nécessaires si c'est pour retrouver ma famille.

Face à la réaction agressive de Rodolphe, je me suis tu. Il ignore que j'ai pris contact avec notre frère cadet. Tout ce qu'il sait, c'est que j'ai retrouvé maman et qu'elle a quatre autres enfants avec l'homme qu'elle nous avait présenté à Huberdeau. Un homme probablement responsable de notre abandon. Rodolphe ignore aussi que je donne rendez-vous à Roger le dimanche, à son insu, pendant qu'il rend visite à Mme Ouellet. Je prétexte un client à rencontrer ou une radio à réparer pour ne pas l'accompagner. Ce soir, pour la première fois, il doit venir ici, me raconter comment ça s'est passé.

Heureusement, quand Rodolphe dort, un tremblement de terre ne le réveillerait pas. Et ce sera une visite brève. Je lui ai demandé de venir, car j'étais trop impatient de connaître la réaction de maman. Pas question d'attendre une semaine.

Dehors, il fait froid, autour de 12 °F. On le ressent dans ce logement mal chauffé. Je plaque mes mains dans les fenêtres pour faire fondre le givre, mieux voir la rue. Onze heures et dix! Viendra-t-il?

Au bout de la rue, je distingue une forme. Un homme marche, le visage enfoui dans le collet de son paletot. Il porte un sac sur son épaule. C'est lui. J'enfile mon manteau, mes bottes, mes gants, mon chapeau et je l'attends sur le seuil de la porte, à l'extérieur. Pour ne pas réveiller Rodolphe, je préfère que la conversation se déroule hors de la maison.

— J'ai frette... on peut pas entrer? J'ai besoin d'me réchauffer, marmonne Roger.

— J'aimerais mieux qu'on se parle dehors. J'voudrais pas prendre le risque de réveiller Rodolphe. Il faudrait tout lui expliquer et...

— De toute façon, va bien falloir qu'y l'sache un jour ou l'autre.

— Oui, mais j'aimerais avoir plus de temps pour le préparer.

— Je gèle; j'ai besoin de m'réchauffer. Allez, on rentre.

Et il ouvre la porte pour s'engouffrer à l'intérieur. Je le suis en chuchotant :

— D'accord, mais fais pas de bruit. Rodolphe sait pas que tu viens...

Une fois à l'intérieur, il pose son gros sac, enlève ses bottes, met sa tuque sur le calorifère, mais préfère garder son paletot.

— Et puis, murmuré-je ?
— T'avais raison. Quand j'ai mis la boîte de cachous, est restée figée... a m'a r'gardé d'un drôle d'air... c'tait clair qu'ça la troublait. Mais l'pére arrêtait pas de m'engueuler ; a'l'essayait d'le faire taire pour pas réveiller les autres. Pis est tombée dans les pommes. Ça été la pagaille. L'pére l'a attrapée juste à temps... Y m'a crié de sacrer l'camp. C'est c'que j'ai fait après avoir réveillé Juliette pour qu'a s'occupe de m'man...
— T'es pas resté pour l'aider ?
— L'pére voulait pas m'voir là... ça aurait juste empiré les choses.
— C'était pas une bonne idée, les cachous !
— Au contraire... j'sus sûr qu'a l'a toute compris... je l'ai vu dans ses yeux. Pis le fait qu'a parde connaissance en dit long...
— C'était pas une bonne idée. J'aurais jamais dû te parler des cachous. Là, j'suis sûr qu'elle sait : elle peut pas faire autrement. Il y a pas grand monde qui sait que papa lui offrait des cachous pour son anniversaire.
— C'qui est fait est fait. On peut pas rev'nir en arrière. J'peux-tu coucher icitte ? J'ai apporté mes affaires.
— Hein ? T'es pas sérieux ? J't'ai déjà dit que Rodolphe ne sait pas que j'te rencontre et il sait pas non plus que tu v'nais ici ce soir...
— J'sais. Mais j'veux pas r'tourner là-bas. J'ai r'trouvé mes deux vrais frères. Pis j'veux rattraper le temps perdu.
— Ça non plus, c'est pas une bonne idée.
— Bonne idée, pas bonne idée, moé, j'couche icitte à soir.
— Et demain ? Quand Rodolphe va se réveiller ?
— J'suis prêt à l'affronter.

— On voit bien que tu l'connais pas.

— Ben justement, j'demande rien qu'ça, l'connaître. J'en ai assez des cachotteries. Des maudites menteries ! T'rends-tu compte qu'ça fait plus de dix ans que j'vis en portant un nom qui est pas l'mien, que j'vis avec un homme qui s'fait passer pour mon père et que l'mien est mort et que...

Au fur et à mesure de ses arguments, Roger hausse le ton.

— Chut ! Parle pas si fort. Tu vas l'réveiller.

— J'en ai assez, tu comprends ça ? ajoute-t-il en élevant davantage la voix.

Pour l'empêcher de s'emporter, j'accepte qu'il dorme ici. J'étends des couvertures par terre, près du poêle et il se couche tout habillé. Moi, je suis incapable de dormir : je m'inquiète de la réaction de Rodolphe, demain, au réveil. Ça fait plus d'un mois que Roger sait. Je le sentais bouillonner, mais jusqu'ici, il a accepté de ne rien bousculer. Après tout, il y a d'autres enfants en cause et, eux aussi, ils sont en quelque sorte des victimes de la dissimulation. Pour eux, toutefois, c'est moins dramatique : leur père est bien leur père, leur mère aussi. Tout ce qu'ils ignorent, c'est que Roger et Juliette ne sont pas du même lit et qu'il y a deux autres enfants que leurs parents ont abandonnés à l'orphelinat. Quand je pense à ce mot, « abandon », j'ai du mal à croire que c'en est vraiment un ; je suis persuadé qu'elle y a été obligée pour des raisons que j'ignore. J'ai tendance à accuser son nouveau mari. Quand il nous a vus à l'orphelinat, il a dû craindre d'intégrer deux handicapés à sa famille. Et c'est pour ça que j'hésite à la rencontrer.

Le récit de Roger m'a angoissé. Angoissé à cause du malaise de maman. Angoissé parce que lui, contrairement à moi, cherche la confrontation. Où nous mènerait-elle ? Pour rien au monde je voudrais mettre la pagaille dans leur vie !

* *
*

Le lendemain matin, au lever de Rodolphe, Roger est en train de déjeuner. Moi, je me suis levé très tôt et j'ai réveillé Roger dès cinq heures et demie, dans l'espoir qu'il parte pour son travail avant que Rodolphe se réveille. Question de remettre à plus tard la confrontation redoutée. Cela m'aurait accordé plus de temps pour préparer Rodolphe. Mais il fait exprès pour traîner. Et, pour mal faire, contrairement à son habitude, dès six heures, Rodolphe entre dans la cuisine.

Stupéfait, il reste cloué sur place.

— C'est qui, lui ?

Sans me laisser le temps de répondre, Roger s'approche vivement de Rodolphe, lui tend la main.

— J'suis ton frère, Roger Lamoureux.

Sidéré, Rodolphe me regarde, sans répondre à la main tendue.

— Tu t'souviens, Rodolphe, j't'ai dit que j'avais retrouvé notre mère...

— Un frère, l'interrompt Rodolphe. Moé, j'en ai rien qu'un. Toé, j'te connais pas. T'as pas d'affaire icitte.

— Écoute, Rodolphe. J'comprends qu'tu sois fâché. Moé aussi, j'le suis. J'savais pas qu'j'avais deux frères. J'ai été privé de vous deux... te rends-tu compte !

— Pourquoi t'étais pas à l'orphelinat avec nous autres ?

— J'sais pas. Un jour, il va falloir qu'a nous explique. C'que j'sais, par contre, c'est qu'a nous a privés de toé pis d'ton frère. Maintenant, j'sais qu'j'ai deux frères pis j'veux vous connaître. J'peux pas faire semblant qu'vous existez pas. Vous êtes ma famille.

— Et si moé j'ai pas le goût de t'connaître? rétorque Rodolphe en haussant le ton.

— J'suis pas venu pour faire du trouble. À cause de vous deux, hier, j'me suis chicané avec le pére, puis j'suis parti de la maison. Comme j'savais pas où aller, j'me suis dit que j'pourrais v'nir coucher chez mes frères. J'vous demande juste quek jours, le temps de trouver où loger ailleurs. J'peux même vous payer pension. T'as juste à t'dire que j'suis un chambreur… quelqu'un à qui tu peux rendre service pendant quelques jours.

Rodolphe se calme. Belle astuce de Roger. Sa manière de présenter les faits réussit à faire fléchir Rodolphe. Je renchéris :

— C'est juste pour quelques jours, Rodolphe. On laisse pas un chien dehors en hiver… c'est un service à rendre, une générosité.

Toujours débonnaire, Rodolphe accepte. Et c'est ainsi que Roger devient chambreur… pour quelques jours…

38

Le mois suivant, le dimanche 10 février, c'est la fête de Juliette. Treize ans! Je ne me souvenais plus du jour de sa fête. Roger parti, Juliette doit se sentir bien seule. Seule surtout à porter le secret. Je recommande donc à Roger de trouver un moyen de la rencontrer et de lui remettre un cadeau; j'offre un deux piastres de la part de nous trois. Roger a trouvé la bonne occasion : la messe du dimanche.

Avec Roger, nous faisons donc le pied de grue près de l'église où Juliette assiste à la messe de dix heures. Elle garde les enfants pendant que les parents assistent à la messe de huit heures et ils prennent la relève pour lui permettre d'y aller ensuite. De loin, on observe la sortie des fidèles. Ce qu'il veut lui dire ne doit pas prendre trop de temps : ensemble, on a répété les phrases. Dès qu'on la repère, on la suit du regard pour s'assurer qu'elle est bien seule. Ensuite, pendant que je reste dissimulé, Roger hâte le pas, la rattrape. Hébétée, elle l'écoute raconter — tel que convenu — les raisons de sa fugue, sa vie avec moi et Rodolphe. Il lui remet un papier avec son adresse : en cas d'extrême urgence seulement, comme je le lui ai spécifié. De loin, j'entends ses dernières recommandations :

— Apprends-la par cœur, puis déchire le papier et jette-le. Surtout, tu la donnes à personne. Compris? Comme tu

PARTIE 3. LE POIDS DU PASSÉ

peux voir, c'est pas si loin... rue Saint-Antoine... tu sais où c'est?

— Ben sûr que oui.

— En cas d'urgence seulement. J'voulais aussi t'souhaiter une bonne fête. Tu t'achèteras c'que tu voudras. C'est d'la part de tes trois frères, ajoute-t-il en lui glissant un deux piastres dans la main.

Les phrases déboulent à toute vitesse sans que Juliette ait le temps de revenir de sa surprise. À bout de souffle, il poursuit :

— Comment ça se passe à maison?

— Pas ben ben... p'pa décolère pas et Gérard est encore plus malade.

— Rien de nouveau donc! Rentre vite... faut pas qu'y se doutent de quek'chose. Passe une belle journée pour ta fête...

Avant même d'avoir terminé sa phrase, il repart en courant et me rejoint, toujours tapi dans une entrée de fond de cour.

*   *
 *

Plus d'un mois maintenant que Roger n'a pas remis les pieds chez lui. Demain, il prévoit rencontrer Juliette, après la messe, comme la semaine dernière. Le temps passant, sa colère tiédit. Je lui fais d'ailleurs comprendre qu'il a dû mettre sa famille dans le pétrin.

— Ton père malade...

Roger l'interrompt brusquement :

— C'est pas mon père...

— C'est quand même lui qui t'a élevé, oublie pas ça.

— Y m'a menti...

— Il a ses raisons, tu penses pas ? J'veux pas le défendre, mais j'essaie de comprendre. C'était sans doute plus facile que tous les enfants aient les mêmes parents, le même nom. Tu crois pas ?

Pour toute réponse, Roger hausse les épaules.

— Toé, tu leur en veux pas d'vous avoir laissés à l'orphelinat ?

— Moé, oui ! tonne Rodolphe de la cuisine.

— Moi, non ! rétorqué-je aussitôt. Faut pas juger sans savoir… C'est trop facile de blâmer les autres…

Roger tente de m'interrompre, mais je lui fais signe de se taire.

— … laisse-moi parler.

— Vas-y, j't'écoute.

— Pense un peu… Ton père travaille pas parce qu'il est malade. Ton petit frère aussi est malade. Toi parti, ta mère est seule pour faire vivre sept personnes. Tu peux pas rester là à rien faire. T'as une responsabilité.

Long silence. Mes paroles l'ébranlent.

— C'est sûr que sans mon salaire…

— Quel gâchis ! J'aurais dû rester dans l'ombre… ça aurait été mieux. Si j'avais pas parlé, toute la famille se porterait mieux. Tu vivrais encore avec eux…

— Dis pas ça. Moé, j'suis content d'vous connaître.

— Moi aussi. De savoir que j'vous ai retrouvés, tu ne peux pas savoir comme ça fait du bien. Une famille, c'est précieux. Tu devrais apprécier ta chance.

— J'veux pas r'tourner vivre là… de toute façon, Juliette l'a dit, y est encore en beau maudit.

— Si tu veux pas y r'tourner… on va trouver un moyen d'les aider…

— Comment ?

— J'pense avoir une idée…

PARTIE 3. LE POIDS DU PASSÉ

* *
*

Le dimanche suivant, Juliette sort de l'église avant la fin de la messe. Roger va à sa rencontre pendant que je m'enfonce davantage dans la porte cochère du fond de cour, tout en étant à distance raisonnable pour entendre leur conversation. Juliette cherche son frère et, dès qu'elle l'aperçoit, court le rejoindre.

— Roger, ça va mal... s'écrie-t-elle en larmoyant.

En phrases échevelées, elle l'informe des récents événements.

— Gérard... il est très malade... la consomption.

La gorge nouée, elle s'interrompt. Prenant une bonne respiration, elle reprend :

— M'man le veille toutes les nuits. J'ai peur qu'elle tombe malade. Elle travaille tout l'temps et dort presque plus pour être près de Gérard. Il va mourir, Roger. J'ai manqué l'école pour l'aider... Le docteur l'a dit : il en a plus pour longtemps. Et il faut qu'on déménage... prendre un logement moins cher. Tout arrive en même temps. Quand j'me couche, elle coud ; quand j'me réveille, elle coud. Elle a averti le propriétaire. On n'a plus les moyens de vivre là. Faut qu'tu reviennes...

Ses phrases décousues, entrecoupées de sanglots, témoignent de son anxiété. Je sens fléchir la détermination de Roger.

— Et comment va le pére ?

— De plus en plus mal... il mange presque plus... il maigrit beaucoup. L'docteur veut qu'il aille voir un médecin français... qui pourrait p't'être le guérir... il veut pas y aller... Il veut qu'l'argent passe d'abord pour Gérard...

Les cloches de l'église annoncent la fin de la messe. De peur d'être vu, il entraîne sa sœur à l'abri des regards, derrière le presbytère. Et c'est là qu'il doit lui remettre une enveloppe cachetée, mais non adressée. C'est moi qui en ai eu l'idée. Demain, Juliette devra faire semblant de la trouver dans la boîte aux lettres.

— Y vont penser qu'ça vient de moé, avait lancé Roger.

— J'aime mieux qu'ils pensent que ça vient de toi et non de moi. Tu comprends? Je ne veux pas qu'ils se doutent qu'on s'est retrouvés.

Retiré derrière le presbytère, c'est sûrement ce qu'il est en train d'expliquer à Juliette. Tel que convenu, il l'assure que la semaine prochaine, il en apportera encore.

De mon point d'observation, je les vois revenir en ma direction. Juliette pleurniche et Roger tente de la consoler en passant sa main derrière son épaule et en la serrant contre lui. Un rare témoignage d'affection qui remplit à nouveau de pleurs les yeux de Juliette.

Sur le point de partir, il revient sur ses pas.

— Romuald veut à tout prix t'rencontrer. Y va v'nir avec moé la s'maine prochaine.

Pendant que Roger revient vers moi, je vois Juliette plier l'enveloppe pour la dissimuler dans son sac à main.

— Qu'est-ce qui t'a pris de lui dire que j'voulais la rencontrer?

Son invitation me laisse pantois. D'un côté, ça fait une mèche que j'ai le goût de connaître ma sœur; d'un autre, je crains qu'elle ne puisse pas tenir sa langue et que mon subterfuge soit révélé; j'ai aussi peur de voir de la pitié dans ses yeux quand elle sera mise en face de mon infirmité.

PARTIE 3. LE POIDS DU PASSÉ

* *
*

Aujourd'hui, c'est un autre grand jour pour moi : je vais rencontrer ma sœur pour la première fois. Roger me l'a décrite comme timide, sensible, réservée. Quelle attitude dois-je adopter ? Comment l'aborder ? Comment être chaleureux sans l'effaroucher ? Une poignée de main, un petit bec sur la joue, un cadeau ? Finalement, un sourire.

— Bonjour Juliette. J'suis vraiment très content de t'connaître. J'espère que j'te fais plus peur.

Son sérieux et sa profondeur me surprennent. À treize ans, elle réfléchit déjà comme une jeune femme. Dès le début de la rencontre, la conversation s'enclenche sans gêne, sans réserve, comme si on s'était toujours connus. Nous ne pouvons bavarder longtemps, car elle ne veut pas inquiéter sa mère. Quelque dix minutes et déjà, je me sens des affinités avec elle, voire davantage qu'avec mes frères. Prochaine étape : la présenter à Rodolphe. Encore faut-il qu'il y consente.

39

Plus d'un mois depuis le départ de Roger. Au début, j'étais persuadée qu'il rentrerait le lendemain, puis le surlendemain, puis le dimanche pour la fête de Juliette. Pas le moindre signe de vie. Le matin, j'ai senti la déception dans le regard de Juliette. Où couche-t-il? Qui l'héberge? Un compagnon de travail, peut-être? J'en doute. Plus le temps passe, plus les indices s'additionnent.

Reviendra-t-il? Je ne sais plus que penser. Si oui, quand? La colère de Pamphile s'envenime à mesure que le temps passe. D'autant plus que sa maladie progresse et le rend presque incapable de se déplacer. Lui, toujours si actif, cette incapacité l'humilie et l'irrite. Des jours complets dans la maison, à ronger son exaspération. Et mon petit Gérard! Inutile de me raconter des histoires; je dois envisager la réalité de plein front: il va nous quitter. Je grignote un peu d'argent ici et là, je récupère des surplus de tissu et je couds des vêtements de deuil.

Quand Pamphile travaillait, il avait un bon salaire et, avec mes petits travaux de couture, on parvenait à joindre les deux bouts. Puis, Roger s'est mis à travailler et à payer pension; je réussissais à épargner quelques piastres par mois. Avec Pamphile sans travail depuis cinq mois et le départ de Roger, j'ai vite épuisé ces petites réserves. Sept bouches à nourrir! Les médicaments à payer, les

PARTIE 3. LE POIDS DU PASSÉ

rares visites du docteur. J'ai beau prolonger mes heures de couture, impossible de boucler le budget. Je pile sur mon orgueil, fais appel à des organismes de bienfaisance. La soupe populaire, la Saint-Vincent-de-Paul. Chercher un loyer plus petit, moins cher, dans un troisième étage : déménagement prévu le 1er mai.

Cette semaine, Juliette manque l'école pour s'occuper de Gilbert. Turbulent, il court partout, grimpe sur le comptoir de la cuisine, crie à perdre haleine dès qu'on le contrarie. Quand les deux autres reviennent de l'école, pas une journée sans qu'une querelle n'éclate, que ce soit entre Perna et Gilbert ou Gaétan et Gilbert, quand ce n'est pas entre les trois. L'heure du coucher constitue une autre source de conflits : Gaétan refuse de se laver, Gilbert de se coucher avant Gaétan et Perna pleure soi-disant parce qu'elle a peur, seule dans sa chambre, car Juliette, qui partage son lit, se couche plus tard, vers dix heures. Seul Gérard ne participe pas à ces bagarres ; malade, il somnole presque toute la journée, couché dans le petit lit de fer, tout près de la machine à coudre, dans ma chambre, pour que je puisse intervenir rapidement quand il tousse ou crache. Le verdict du docteur est formel : il s'agit bien de la tuberculose.

Un impératif : coudre. La survie de la famille dépend de mes travaux de couture. Avec Gilbert, Juliette a épinglé mes annonces dans les commerces des alentours et même jusqu'à Westmount. C'est d'ailleurs ces « madames » du haut de la côte qui requièrent davantage mes services : elles ont de l'argent et leurs soirées mondaines les obligent à ne pas porter les mêmes vêtements d'un raout* à l'autre. Si le travail ne manque pas, le temps pour les accomplir,

---

* Fête.

lui, fait horriblement défaut. Je dois livrer la marchandise dans les délais prescrits. Février et mars : les mois où le travail abonde, car le temps des mariages approche. Les robes de mariée, c'est payant. Aujourd'hui, je dois mettre le point final — c'est le cas de le dire — à une importante commande de Mme Cooper : la robe de mariée de sa fille, celle des demoiselles d'honneur et la sienne. Ces ouvrages exigent une grande attention pour ne pas salir le tissu et beaucoup de temps puisque la finition se termine à la main. Pas question que les enfants pénètrent dans ma chambre ! J'ai éloigné le lit de Gérard ; s'il fallait que du sang tache le tissu ! Je fais très attention. L'essayage doit avoir lieu demain, j'ai encore quelques boutonnières à percer. Je n'ai pas de temps à perdre.

Malgré mes promesses, j'envisage à présent de retirer Juliette de l'école. Pamphile m'y incite depuis longtemps ; je m'y suis toujours opposée, ne voulant pas qu'elle subisse le même sort que le mien... mais vu les circonstances... Malgré l'urgence du travail à terminer, j'ai du mal à me concentrer. Mes pensées errent, remontent le temps, loin en arrière ou, au contraire, plus récemment. Mon anniversaire. Quelle fête ! Quel lendemain de fête ! Le lit vide et non défait de mon Roger. Parti. Sans un mot d'explication. Pamphile l'a sommé de partir. Il l'a fait.

J'en veux à Pamphile. Il aurait pu prendre sur lui. À cause de lui, Roger est parti et l'argent ne rentre plus assez dans la maison. Je repense à l'attitude de mon plus vieux... Non ! ce n'est pas le plus vieux. Est-ce ça qu'il a découvert ? Je ne suis pas dupe, les cachous ne mentent pas.

Il sait ! Mais comment ? Il n'y a pas trente-six explications. Il a retrouvé Muald et Doff. Malgré moi, je souris tristement à ces deux surnoms. Mes deux plus vieux ! Découvrir le fin fond de cette histoire. Comment ? Là non

PARTIE 3. LE POIDS DU PASSÉ

plus, il n'y a pas trente-six solutions. La première et la plus facile serait d'obliger Juliette à parler. Elle aussi, son comportement a changé. Au moindre petit reproche, elle pleure comme une Madeleine. Une vraie ombre dans la maison : elle ne parle presque plus, fait ses tâches sans rechigner.

Je m'efforce de me concentrer sur tous mes gestes. De la main droite, légère poussée sur la roue pour enclencher le mécanisme et les pieds, cloués au pédalier, se mettent en action : pointe, talon, pointe, talon... je suis mes mains qui poussent le tissu, lentement d'abord puis de plus en plus vite en accélérant le mouvement... Arrêt de la roue, pied en repos, pied levé, tissu retiré, fil coupé. De l'autre côté : je replace le tissu, abaisse le pied, un p'tit tour de roue et ça redémarre... pointe, talon, pointe, talon...

Subrepticement, l'errance gagne du terrain. Des faits : comment les interpréter ? Des questions : comment en trouver les réponses ? Il a fait exprès d'arriver en retard. Il voulait que les enfants soient couchés. Les *cachous* ? Un geste prémédité. Les mêmes questions refont surface. Que sait-il ? Comment le sait-il ? Son regard... Ses changements de comportement... Pourquoi changer « papa » pour « le pére » ! Il savait bien que Pamphile s'emporterait. Pourtant, il a osé. Où chercher l'élément déclencheur ? Depuis quand ? Ma pensée s'oriente vers Juliette et son changement d'attitude. Moins flagrant, mais indéniable. Plus sage, obéissante, conciliante, tolérante. Quand je lui ai annoncé qu'elle devrait laisser l'école si Pamphile ne prenait pas de mieux et si Roger ne revenait pas, elle n'a pas roupsété. Une résignation spontanée. Comme elle, j'ai rêvé de devenir maîtresse d'école. La vie en a décidé autrement. En fait, moi aussi, j'ai obéi sans grogner. Sa soumission n'a possiblement rien à voir avec le changement de comportement de son frère. Pourtant, il y a sûrement un lien. Et l'enveloppe d'argent que Juliette a trouvée dans la boîte aux lettres! Il n'y a pas à chercher loin : c'est Roger. Qui d'autre ? Ça me console. Il reste attaché à nous. Pamphile s'est radouci.

— Au moins, y est pas trop ingrat, a-t-il admis.

Pointe, talon, pointe, talon, pointe, talon… Je lève le pied, dégage le tissu, change de côté, replace le tissu, abaisse le pied. Pointe, talon, pointe, talon… Le bruit régulier du pédalier m'apaise ; comme si je faisais corps avec la machine, mon corps se balance d'avant en arrière, suivant le rythme des pieds. Pointe, avant, talon, arrière… Un mouvement machinal, automatique, répétitif. La machine me berce, me calme. D'habitude, coudre, c'est ma façon de reprendre contact avec moi, de me détendre, de réfléchir, de rêver. Depuis quelques mois, c'est un gagne-pain.

Je fouille dans mes souvenirs, tente de déterminer le moment où tout a basculé. Le jour de l'An : la fameuse bénédiction paternelle. Je ne suis pas prête de l'oublier! Roger s'était mis à sauter des repas, à rentrer tard, à s'absenter le dimanche bien avant cette crise. Il allait et venait dans la maison, ne demandant rien, ne disant rien. Si je l'interrogeais, il répondait en bougonnant. Les jeunes? Il les ignorait. Pamphile? Il le boudait. C'était évident : il avait, comme on dit, une crotte sur le cœur.

Tous ces souvenirs s'additionnent et transforment mes doutes en certitude. Perna mentionne un « monsieur » qui interpelle Juliette par son prénom. Ce n'est donc probablement pas un étranger. Si c'était un camarade de travail, comme il l'affirme, pourquoi tairait-il son nom? Par la suite, je n'ai pas souvenance d'en avoir entendu parler. Mais son comportement a changé. Qui se cache derrière cet étranger? Ça ne peut être que lui. Juliette l'a décrit comme bizarre! Et au jour de l'An, quand Roger a affirmé n'être plus le même. Quand il a désigné Gaétan pour demander la bénédiction! Tous les fils se croisent. Démarche bizarre à cause de son infirmité. Il n'est plus un Belhumeur. Comme il incombe au plus vieux de la famille de demander la bénédiction, le plus vieux des Belhumeur, c'est Gaétan. Tout s'explique! Je mettrais ma main au feu qu'il loge chez Romuald. Et Rodolphe?

Comment en apprendre davantage? Savoir où il habite. Un seul moyen : suivre Roger à sa sortie du travail. Évidemment, cela exige beaucoup de préparation. Partir avant le souper pour arriver à temps à la sortie de l'usine en offrant une explication plausible de mon absence à Pamphile et à Juliette. Ce serait le seul moyen de répondre à mes questions. La perspective de découvrir la vérité me donne de l'énergie. Dès que l'occasion se présente, je fonce.

Pointe, talon, pointe, talon, pointe, talon... Je lève le pied, dégage le tissu, change de côté, replace le tissu, abaisse le pied. Pointe, talon, pointe talon... J'avance bien.

Après que Roger a refusé de demander la bénédiction, Pamphile ne s'est plus adressé à lui que par mon intermédiaire ou celui de Juliette :

— Demandes-y donc de rentrer du charbon. Dis-y donc de pas laisser traîner ses bottes en plein milieu du vestibule : on s'enfarge dedans.

Pointe, talon, pointe, talon, le tissu déroule sous le pied. J'ai presque fini. Les boutonnières terminées, je n'ai plus qu'à poser les boutons.

Plus récemment : les *cachous*! Une image surgit du passé. Un petit garçon... de cinq, six ou sept ans... à la démarche claudicante, me tend une boîte de *cachous* : Romuald! Derrière lui, Doris, souriant. Tout devient clair comme de l'eau de roche, Roger les a retrouvés.

Maintenant une conviction. C'est sûrement là qu'il s'est réfugié! Pourquoi ne pas les ramener à la maison? Est-ce qu'ils m'en veulent au point où ils ne veulent plus me voir? Pourquoi alors s'être manifestés? Je dois en avoir le cœur net. Confronter Roger, l'obliger à parler. Absolument!

Avec les contrats de couture qui s'accumulent, la recherche d'un nouveau logement, les soins à Gérard et tout le reste, je ne vois vraiment pas comment mettre mon plan à exécution. Seule, Juliette pourrait m'aider, mais elle est si vulnérable ces temps-ci; je ne veux pas la tourmenter davantage.

Le mois de mai approche : le mois des déménagements. Pamphile ne pouvant se déplacer facilement, c'est à moi de trouver un nouveau logement. Tôt le matin, je me promène dans les rues du quartier repérant les annonces « À louer ». J'entre dans les épiceries pour lire les affiches épinglées au tableau. En fonction du nombre de pièces et du prix du loyer, je retiens ceux qui correspondent à ce que je cherche. Le temps perdu à chercher et à visiter, c'est du temps non travaillé. Trois avant-midi suffisent pour trouver; mais je n'en souffle mot à personne. Voilà l'excuse parfaite pour m'absenter : la recherche d'un logement. Un soir, j'attends Roger à sa sortie du travail et le suis de loin. S'il ne me mène pas à eux, au moins, je saurai où il loge. Malheureusement, il marche beaucoup plus vite que moi. J'essaie de suivre sa cadence. Peine perdue! Je le perds de vue.

Le nouveau logement ne compte qu'une pièce double, une chambre, une cuisine et une salle de bain. Plus petit, l'arrière de la pièce double servira de chambre aux deux filles alors que les garçons occuperont l'avant, plus grand. Je mettrai un épais rideau pour les séparer. J'entrevois les inconvénients de cette promiscuité, mais je n'ai pas le choix. Je conserve la seule chambre fermée pour Pamphile et moi parce que, d'une part, il pourra mieux se reposer et, d'autre part, je pourrai y laisser mes travaux de couture sans craindre que les jeunes ne les déplacent ou ne les salissent. Tant que Gérard sera malade, il partagera notre chambre.

40

Quelqu'un tambourine violemment à la porte. Des coups répétés. Juliette colle son front contre la fenêtre et ne voit personne. Elle frappe encore plus fort.

— Roger... Romuald... crie-t-elle des larmes dans la voix. C'est Juliette! Êtes-vous là?

Personne ne répond. Elle s'écrase sur le seuil de la porte, replie ses genoux et, la tête dans les mains, ne retient plus ses larmes. Elle attend! Elle ne devrait pas attendre! Sa mère va trouver qu'elle met trop de temps à aller chercher un prêtre. Elle va s'inquiéter. Pire! Au retour, elle la harcèlera de questions. Au moment où elle se prépare à repartir, Romuald arrive suivi de Rodolphe.

— Eh! Mais c'est Juliette! Qu'est-ce que tu fais là? Qu'est-ce qu'il y a?

— Gérard va mourir, hurle-t-elle. Il va mourir, répète-t-elle, la voix défaillante.

— Allez, entre. Calme-toi.

— J'peux pas rester longtemps. Je s'rais pas v'nue si c'était pas grave. Fallait que j'vous l'dise.

— Roger est pas encore arrivé de travailler. Ta mère sait que t'es ici?

— Non, elle m'a envoyée chercher l'curé pour les derniers sacrements et j'ai fait un détour pour v'nir vous l'dire... mais j'peux pas rester longtemps. Il va mourir,

PARTIE 3. LE POIDS DU PASSÉ

Romuald... répète-t-elle, sa voix s'étranglant dans ses sanglots.

Sidéré, je reste bouche bée. Même Rodolphe, appuyé au chambranle de la porte extérieure, semble ému.

— J'veux pas qu'il meure... j'veux pas... Faut que Roger r'vienne. Dis-y de r'venir. Depuis qu'y est parti, tout va mal. Qu'est-ce qu'on va dev'nir ? J'ai arrêté l'école pour aider maman. Et les autres qui comprennent rien... ils arrêtent pas d'faire des mauvais coups... y m'enragent...

— Calme-toi, lui dis-je du ton le plus rassurant possible. J'vais le prévenir et...

Juliette poursuit en reniflant :

— Elle travaille tout le temps... J'ai peur... qu'elle tombe malade elle aussi...

Et son leitmotiv :

— Qu'est-ce qu'on va dev'nir, hein ? Faut qu'y r'vienne... j'me sentirais moins seule...

L'appel, comme une imploration.

* *
*

Toujours à la course, Juliette se présente au presbytère pour demander qu'un prêtre vienne administrer les derniers sacrements à Gérard. Comme s'il avait péché ! Un enfant de trois ans. Arrivé à la maison, l'abbé approche une chaise près du lit de Gérard, sort son chapelet et, à voix basse, se met à le réciter.

Je m'agenouille à la tête du lit de mon petit garçon et je réponds aux prières du prêtre.

— Je vous salue Marie...

— Sainte Marie, mère Dieu, priez pour nous...

Incapable de poursuivre, je me mets à sangloter et sors rapidement de la chambre pour ne pas effrayer Gérard, à demi conscient. Seul l'abbé continue de prier dans la chambre.

C'est à ce moment-là que Juliette me remet une enveloppe non estampillée adressée à Madame Léa.

— Vingt piasses!

Comme pour l'enveloppe précédente : ni message ni signature. Toutefois, pour la première fois, elle est adressée à «Madame Léa». Si c'était Roger, il aurait écrit : Maman. Ou Mme Belhumeur. Certainement pas «Madame Léa». C'est Romuald. Il ne peut s'agir que de lui. Comment peut-il avoir autant d'argent? J'espère qu'il ne s'est pas mis dans le trouble. Il doit savoir pour Gérard. Qui le tient au courant? Juliette. Un gémissement de Gérard interrompt mes questionnements.

— Juliette, va chercher le docteur Lassonde. Un bon samaritain nous a envoyé de l'argent.

Le docteur se présente en fin d'après-midi.

— Je ne peux rien pour lui, madame Belhumeur. Priez… c'est ce que vous avez de mieux à faire. Pour votre mari, voici le nom du médecin dont je vous ai parlé : c'est un Français. Il paraît qu'il fait presque des miracles. Le docteur Dufeutrel… il ne fait pas de visite à domicile. Vous devez aller à son cabinet. C'est pas très loin d'ici. Vous ne pouvez plus rien pour votre garçon, mais pour votre mari, il n'est peut-être pas trop tard.

Le petit Gérard s'éteint tôt, la nuit suivante, le lundi 8 avril 1929 à l'âge de trois ans, exactement deux jours avant l'anniversaire de Romuald.

41

Un crêpe noir à la devanture de la porte ! Une simple boîte en bois, blanche, déposée sur des chevalets dissimulés aux regards par du tissu noir qui couvre trois côtés du cercueil sous lequel des blocs de glace, dans des cuves, retardent le processus de décomposition du corps. La température extérieure, fortement sous le point de congélation, favorise également le ralentissement de la dégradation de telle sorte que l'exposition pourra durer trois jours sans que le corps se défraîchisse. Déjà, des arrangements ont été faits : Catherine, la sœur de Pamphile, a prévenu la famille et elle logera ceux qui viennent des Cèdres durant leur court séjour. Durant la nuit, j'ai préparé son corps. Quelques jours auparavant, j'avais acheté du tissu au magasin de coupons pour lui coudre un habit et une chemise. Malgré nos maigres moyens, pas question que mon fils repose dans des guenilles.

Au matin, je m'adresse à Juliette :

— Si t'as un moyen de l'faire savoir à ton frère, j'compte sur toé. J'te poserai pas d'questions.

Elle opine de la tête. J'avais bien deviné : elle sait où il se terre. Il viendra. Je préviens Pamphile.

— C'pas l'moment de t'mettre en colère.

— Aie pas peur... c'est pas un mauvais garçon... toé comme moé, on sait ben qu'c'est lui qu'a donné l'argent... c'est pas un sans-cœur.

Le soir même, Roger se présente à la maison. Heureuse de le voir, malgré les circonstances affligeantes, je le serre dans mes bras.

— Il aura fallu un grand malheur pour que tu r'viennes !

Ressentant mon commentaire comme une remontrance, il se raidit, desserre l'étreinte. Je me reprends aussitôt :

— Excuse-moi, je veux pas t'faire de reproches. J'suis tellement contente que tu sois là... j'veux juste dire que j'aurais mieux aimé que ce soit dans d'autres circonstances... j'ai tellement d'peine... J'espère que tu vas revenir à maison... hein ?

Ému, Roger se tait. Le père, assis dans un coin, reste coi. Il tente de se lever, mais ses jambes, amaigries, ne le supportent pas. Il le salue de la main, signe qu'il veut enterrer la hache de guerre. Roger s'approche, lui serre la main.

— J'sus vraiment désolé ! Y méritait pas d'mourir si jeune !

Un motton dans la gorge, Pamphile retient sa main fermement :

— J'veux pas t'perdre toé aussi.

Roger hoche la tête tristement. Il se détourne, s'approche près du cercueil. Je le sens ému. Visiblement, il retient ses larmes. Il a toujours aimé faire le dur : cela correspond à sa définition d'être un homme. Il se recueille. Prie-t-il ? Il n'a jamais été très dévot.

— J'ai soif, dit-il en se tournant vers moi.

Je le suis vers la cuisine. Fidèle à sa manie, il se penche au-dessus de l'évier, ouvre le robinet et boit directement à la champlure. Aujourd'hui, je ne le rabrouerai pas. Il y a plus important.

— Viens t'asseoir, faut qu'on s'parle.

Il plisse les yeux, prend un air buté. Je m'approche et lui glisse à l'oreille d'un ton incisif :

— Qu'est-ce que tu m'caches ?

— J'sus pas v'nu icitte pour subir un interrogatoire, s'exclame-t-il.

— Pas si fort ! J'veux pas qu'ton père entende, chuchoté-je.

Il hausse les épaules, sans répondre.

— Tu m'caches quelque chose... Vas-tu te décider à m'le dire ?

Il fait toujours la sourde oreille. Les deux coudes appuyés sur la table, les mains jointes, je me penche vers lui et, le regard vissé dans le sien, je murmure :

— Tu les a retrouvés ?

Cette fois, j'ai tapé dans le mille. Il tressaille. Des mouvements imperceptibles — que je réussis toutefois à détecter — le trahissent. Un léger recul de son corps. Des yeux qui se dérobent. Puis, imitant mon geste, il appuie ses coudes sur la table, joint les mains, les appuie sous son menton et me fixe, le visage impassible :

— J'vois pas c'que vous voulez dire.

— Fais pas l'innocent ! Tu sais très bien c'que j'veux dire.

— Si vous l'savez, pourquoi vous l'demandez ?

Une réponse riche en sous-entendus qui confirme mon intuition.

— Parce que j'veux que tu m'les ramènes.

Un ordre, une prière, une supplication. Un cri du cœur que je n'ai pu retenir et qui réveille Pamphile, somnolent au fond du salon.

— Qu'est-ce qui s'passe ? Qui ramène qui ? s'inquiète-t-il, répétant mes dernières paroles, les seules qu'il ait décryptées distinctement.

Je le rassure :

— C'est rien, Pamphile, j'disais juste à Roger que j'voudrais que l'bon Dieu me l'ramène… me les ramène, ajouté-je tout bas pour la seule oreille de Roger.

— Sauf que j'sus pas l'bon Dieu, marmonne Roger en se levant pour partir.

— Quand Gérard sera enterré, je te lâcherai pas… quitte à te suivre partout… j'veux les revoir.

* *
*

La veille des funérailles, vers dix heures le soir, je suis seule avec Roger à veiller le corps de mon petit ange. Juliette s'est couchée tôt, peu après avoir endormi les enfants vers huit heures et demie. Pamphile, épuisé par les tourments des derniers jours, s'est retiré vers la même heure. Il veut emmagasiner assez d'énergie pour assister aux funérailles.

Roger est venu veiller au corps les trois soirs. Malgré mon insistance, il a refusé de reprendre sa place dans la chambre des garçons. Depuis notre bref échange du premier soir, je le sens distant. Regrette-t-il de m'avoir mise sur la bonne piste ? Il s'entretient avec ses oncles, ses tantes et ses cousins… si j'approche, il s'éloigne. Il s'en va généralement vers neuf heures et demie avant de se retrouver seul avec Pamphile et moi. Visiblement, il m'évite. Son comportement m'incite à croire que mes doutes sont justifiés. Si c'est le cas, pourquoi me fuit-il ? Pourquoi ne pas admettre qu'il les a retrouvés ? Il sait pourtant à quel point

PARTIE 3. LE POIDS DU PASSÉ

cela me rendrait heureuse! À moins que ce ne soit eux qui ne veulent pas reprendre contact?

Le deuxième soir, sitôt Roger reparti, j'ai demandé à Pamphile et à Juliette de continuer à veiller le corps. Rapidement, je me suis habillée et ai tenté de le suivre. Je voulais qu'il me conduise à Romuald. Malheureusement, comme pour la première fois, il se déplace à grandes foulées et enjambe les bancs de neige avec beaucoup plus de souplesse que moi. Encore une fois, je le perds de vue et reviens transie, dans mon corps comme dans mon cœur.

Je replonge dans le passé. La mort de Doris, l'obligation de travailler. Seule avec quatre enfants dont le plus vieux n'a que huit ans. J'ai fait ce que j'ai cru le mieux : placer les plus vieux en orphelinat, et les deux plus jeunes, chez des parents. Tant bien que mal, j'ai réussi à payer leur pension à l'établissement. Huberdeau! Pourquoi si loin? Parce que le père Hermas dirigeait l'établissement. Le père Hermas? Mon Télesphore. Mon premier amour. Il était prêt à les admettre malgré leur âge et leur handicap. Je savais qu'il s'occuperait d'eux comme s'il s'agissait de ses propres enfants. Ils ne pouvaient être entre de meilleures mains et cela me rassurait.

Après mon second mariage, je voulais les ramener dans la famille, mais j'ai dû être opérée. Une grosse facture et une longue convalescence! Ensuite, je suis devenue enceinte. Une grossesse difficile qui m'a obligée à garder le lit. Vu les circonstances, Pamphile n'a pas consenti à ce qu'on aille les chercher.

— Te vois-tu avec cinq enfants? Attends de r'prendre du mieux.

N'ayant pas la force de m'occuper de toute cette marmaille, je ne l'ai pas obstiné. Le bébé se présentait mal. J'ai dû accoucher à l'hôpital. Ces frais d'hospitalisation et les honoraires du docteur grevèrent davantage le budget familial. La famille croulait sous les dettes.

— J'sais ben qu'tu voudrais les ram'ner, mais on n'a pas les moyens, Léa. On est endettés par-dessus la tête.

Impossible de payer leur pension à l'orphelinat. Les enfants devenaient alors de «vrais orphelins». J'eus peur : si quelqu'un veut les adopter. Pamphile me rassurait :

— Si jamais c'est l'cas, l'orphelinat doit obtenir notre autorisation. T'as pas à avoir peur de ça : y sont trop vieux et infirmes en plus. Quand tu s'ras mieux pis qu'on aura moins de dettes, on les f'ra rev'nir. En attendant, y mangent à leur faim, y s'instruisent... On peut pas leur offrir mieux... Cré-moé, y sont ben mieux là où y sont...

Comment ai-je pu me laisser convaincre ?

Le malheur s'est acharné. Gaétan avait à peine un an quand j'ai dû être hospitalisée une nouvelle fois. D'autres frais : on s'enlisait dans les dettes. À peine guérie, je suis redevenue enceinte de Pélérina. Harcelée par le découragement et la désespérance, j'ai sombré dans la nostalgie. Une grande fatigue physique et morale. Un rien me faisait pleurer ; je ne dormais plus, mangeais à peine. Comme ma mère qui avait vécu une période difficile après la mort de Ninique. Elle faisait le deuil de sa petite fille ; moi, celui de mes deux plus vieux. Je continuais à leur écrire, sans recevoir de réponses. Pamphile m'expliqua que, lorsque des enfants deviennent disponibles pour l'adoption, les autorités empêchent toute forme de relation avec les parents naturels afin de mieux les préparer à accepter leur famille adoptive. Je l'ai cru. Aurais-je dû ? Était-ce vrai ?

Avec toutes ces opérations, ces naissances consécutives, cette inquiétude au sujet de mes deux plus vieux, mon moral était à son plus bas. J'avais beau chercher en moi la petite fille combative que j'avais été dans ma jeunesse, je ne la retrouvais pas.

Heureusement, une faible lueur d'espoir : Pamphile a trouvé un nouvel emploi, plus payant. Tout en continuant à fréquenter l'école, Roger a commencé à livrer des commandes le soir et la fin de semaine pour l'épicerie du coin. Il me remettait presque tout ce qu'il gagnait ; je lui laissais ses pourboires. Puis, comme ma santé s'améliorait, je repris des contrats de couture. Malgré ces surplus dans la caisse familiale, avec les intérêts qui s'additionnaient, les dettes diminuaient peu. Légère accalmie de peu de durée, deux nouvelles naissances : Gilbert et Gérard.

Comme je gérais le budget, j'avais réussi à mettre de côté un peu d'argent dans un but très précis : récupérer mes deux plus vieux. Et cela, en dépit de la désapprobation de Pamphile. En dépit de toute logique aussi, car je savais très bien qu'on n'avait pas les moyens de les faire vivre. Néanmoins, l'éloignement avait assez duré. Un dimanche, j'ai averti Pamphile et suis montée seule à Huberdeau. Trop tard ! Ils avaient quitté l'orphelinat l'année précédente. Les religieuses affirment n'avoir jamais intercepté les lettres : tant et aussi longtemps que les parents ne signent pas la mise en adoption, jamais ils ne privent les orphelins du contact avec leurs parents. Pourquoi n'ont-ils pas reçu mes lettres ? Pourquoi n'ai-je pas reçu les leurs ? Pamphile ? La rage au ventre, je suis revenue à Montréal.

Au retour, je l'ai confronté. Acculé au pied du mur, il a avoué qu'à partir du moment où on n'a plus payé leur pension, il n'a plus posté mes lettres. Quant aux lettres reçues, il avait installé une boîte aux lettres au bas de l'escalier extérieur : le facteur, trop heureux de s'épargner un escalier à pic, y déposait volontiers notre courrier. Pour m'éviter de descendre du troisième étage et, surtout, de laisser les jeunes sans surveillance, Pamphile le montait à son retour du travail. Facile pour lui de subtiliser le courrier en provenance de l'orphelinat. Il se disculpait en arguant que c'était pour leur bien et celui de toute la famille. Je ne décolérais pas.

— Toute la famille ? Tu oublies qu'ils font aussi partie de la famille… du moins de « ma » famille. Tu m'as privé de mes enfants ! Maintenant, j'sais même pas où ils sont. J'peux pas croire que t'as fait une chose pareille ! Dans mon dos ! J'suis pas prête de l'oublier. J'sais pas si je s'rai capable de t'pardonner.

J'étais véritablement déchaînée et, longtemps, je l'ai haï de toutes mes tripes. Pendant de nombreuses semaines, je lui ai à peine adressé la parole. Pour la première fois depuis notre mariage, je me suis refusée à lui, manquant ainsi à mon devoir conjugal sans en ressentir la moindre culpabilité, sans m'en confesser. Il fallait bien qu'il paye ! Moi, je pâtirais tous les jours de ma vie. Impossible d'absoudre celui qui m'avait volontairement amputée de deux de mes enfants ! Ressassant le passé, il m'apparaissait clairement que Pamphile n'avait jamais souhaité qu'ils réintègrent la famille. Ses propos désobligeants à propos de leur infirmité auraient dû me mettre la puce à l'oreille. S'il avait insisté pour que Roger et Juliette portent son patronyme, jamais il ne l'avait revendiqué pour les deux autres, cantonnés à Huberdeau. « Ils étaient mieux là », affirmait-il. Comment expliquer aux plus jeunes que deux de leurs frères vivaient dans un orphelinat ? Mieux valait, pour l'instant, dissimuler leur existence. Dieu, que j'avais été naïve ! Trop habituée à obéir à mon mari, je m'étais laissé embobiner. J'étais autant à blâmer que lui ! Je m'adressais de multiples reproches, refusant de me pardonner. Une nouvelle fois, la neurasthénie me fit plonger dans le puits sans fond de la désespérance dans lequel je me serais sans doute noyée, n'eût été la présence vivifiante des autres enfants. Pamphile m'en avait enlevé deux, mais il m'en restait six. Pour leur éviter de baigner dans un climat de haine, je me suis obligée à taire mon ressentiment. Pour rien au monde, je ne devais leur faire payer la bêtise de leur père.

Et puis, il y a eu la maladie de Pamphile. En dépit de tout, il demeurait mon mari, le père de mes six enfants ; même si Juliette et Roger n'étaient pas de lui, il les avait toujours considérés comme les siens. Je ne devais pas l'oublier, comme je n'oublierais jamais qu'à cause de lui, j'avais perdu la trace de mes deux plus vieux.

* *
*

Le dernier soir, vers dix heures, contrairement à son habitude, Roger s'attarde. Nerveux, il ne tient pas en place. Il s'assoit, se relève, soulève le rideau de la fenêtre de la porte avant, scrute la rue, arpente le couloir, retourne à la cuisine, regarde l'heure à la grosse horloge, revient dans le salon. Comme à son habitude, Pamphile, extrêmement las, s'est retiré dans la chambre et on l'entend ronfler.

Dix heures et quart.

Assise près du cercueil, je l'observe. Vraisemblablement, il attend quelqu'un. Il s'approche, me regarde, semble sur le point de me dire quelque chose ; il change d'idée, se détourne. Enfin, il se décide :

— M'man, j'ai quek' chose d'important à vous dire.

Aussitôt, mon cœur palpite, comme si j'anticipe ses paroles.

Mal à l'aise, il hésite.

— Je t'écoute...

— C'que vous m'avez dit, l'autre jour, c'est vrai ; mais c'est pas moé qui les ai r'trouvés, c'est eux...

Joignant les mains, je m'écrie, la voix pleine de larmes :

— Tu les as vus ? C'est vrai ? T'as retrouvé Romuald et Rodolphe ?

— Oui...

— C'est-y Dieu possible ! Mon doux Jésus ! Où est-ce qu'ils sont ? J'veux les voir. Je t'en supplie... amène-les-moi...

— Romuald m'a dit qu'il viendrait ce soir vers dix heures et demie, quand tout le monde s'ra couché.

Je me dirige rapidement vers la porte d'entrée que j'ouvre précipitamment. J'le vois. Il vient de tourner la rue et s'avance en boitant. J'l'aurais reconnu entre mille.

* *
*

Après s'être recueillis devant le cercueil de Gérard et avoir fermé les portes des chambres pour ne réveiller personne, on s'installe à la cuisine et c'est en chuchotant qu'on amorce une longue conversation.

— Et Rodolphe ? Il lui est pas arrivé malheur ?

— Non, non, rassurez-vous... il va très bien. On reste ensemble. J'vous en parlerai plus tard.

L'émotion m'envahit, ma gorge se serre ; je fonds en larmes. Et je commence le long récit de ma vie...

— Ton père Doris était un bon père, mais il est mort trop tôt. J'avais quatre enfants et j'pouvais pas vous garder tous les quatre... il fallait que j'travaille... j'pouvais rien que pas...

Les sanglots m'empêchent de poursuivre.

— Vous avez agi pour le mieux, maman.
— J'voudrais t'expliquer pourquoi...
Romuald m'interrompt :
— C'est pas la peine, maman. L'important, c'est qu'on se soit retrouvés, non ? J'sens que vous m'aimez : j'ai besoin de rien d'autre.
— Oui, j'ai jamais cessé de penser à vous et de vous aimer. Mais on se retrouve si tard. J'avais un p'tit garçon... maintenant, j'ai un jeune homme. J'vous ai pas vus grandir, toi et Rodolphe. Que de temps perdu !
— Ne voyez pas le verre à moitié plein, maman... Considérez plutôt le temps qu'il nous reste !
— Et Rodolphe ? Quand est-ce que j'vais l'voir ? Est-ce qu'il est malade ? Tu m'caches rien ?
Romuald soupire, baisse les yeux.
— Rodolphe n'est pas prêt encore... il... C'est difficile et surtout long à expliquer. Notre vie avant l'orphelinat demeure floue dans son esprit. Les dernières années à Huberdeau et à la maison de pension, on partageait la même chambre. Ça nous a soudés. Notre logeuse, Mme Ouellet, s'est prise d'affection pour lui. Elle le faisait participer aux tâches ménagères et Rodolphe s'est beaucoup attaché à elle. Même quand on a déménagé dans le logement de monsieur Proulx au-dessus du magasin où je travaillais, il a toujours continué à fréquenter régulièrement la pension. Quand j'ai accepté un emploi à la Victor Talking Machine et qu'on a emménagé rue Saint-Antoine, il n'était pas d'accord. Cela l'obligeait à prendre le tramway pour visiter Mme Ouellet et, comme il ne travaillait pas, il n'avait pas d'argent pour payer son transport. Les premières semaines, il m'a boudé. Puis, je l'ai associé à ma *side-line*. Le soir, je répare des radios et des gramophones. Rodolphe m'aide à transporter les appareils et il taque des petites annonces

dans les magasins du coin. Je trouve normal de lui payer un salaire. Il peut donc rendre visite à Mme Ouellet, sans se sentir redevable.

— Il s'est beaucoup attaché à elle...

— Oui... et elle à lui. Pour Rodolphe, le dimanche, c'est sacré : il passe la journée avec Mme Ouellet. C'est d'ailleurs la raison pour laquelle je venais vous épier seulement le dimanche quand je n'avais pas trop de travail et que Rodolphe n'était pas là.

Mes larmes jaillissent à nouveau. Doff s'était trouvé une mère adoptive. Je ne pouvais pas l'en blâmer.

— Pleurez pas, maman. Il faut le comprendre. Quand on est arrivés à Montréal, on connaissait personne et la maison de pension, c'est quasiment devenue comme une famille.

— Bien sûr... j'comprends... mais j'ai tellement hâte de l'voir lui aussi... Quand est-ce qu'il va v'nir ?

Ma question le rend mal à l'aise.

— Il veut pas... c'est ça ? Il m'en veut ?

— Il faut lui laisser du temps. Pour ne pas avoir mal, Rodolphe s'est bâti une carapace et il a rayé sa famille de sa vie... C'est un instinct de survie... Chacun le vit différemment. Moi, j'vous gardais bien vivante en moi avec Roger et Juliette : j'avais la certitude que j'vous retrouverais... Ça m'aidait à traverser les moments difficiles. Pour Rodolphe, c'était différent. Lui, il voulait tout oublier, effacer le passé comme on efface un tableau pour écrire à nouveau... et ce qu'il a écrit, c'est Mme Ouellet et moi, son frère.

Je hoche la tête. Bien sûr, je comprenais. Mais qu'il nous ait oblitérés de sa vie me crève le cœur.

— Penses-tu qu'un jour il va vouloir nous rencontrer ?

— J'sais pas, maman. Au début, il avait beaucoup de rancœur... Mme Ouellet a une bonne influence sur lui.

J'lui ai dit que j'vous avais retrouvée et elle essaie de lui faire évacuer son ressentiment. J'veux rien forcer. Faut lui laisser le temps de digérer tout ça.

J'approuve de la tête.

— Voyez-vous maman, on s'est habitués à vivre à deux, juste lui et moi. Si du jour au lendemain, on se r'trouvait à neuf dans un petit logement, on étoufferait. Il faut prendre le temps de bien faire les choses.

— T'es sage, mon Romuald. T'es vraiment plus un p'tit garçon, t'es un adulte. J'espère qu'un jour j'vous verrai tous ensemble dans ma maison.

— Ça se f'ra pas tout seul, mais j'suis persuadé qu'on pourra y arriver.

L'horloge indique déjà quatre heures et demie du matin. Romuald m'a raconté leur vie à Huberdeau, à Montréal avec M. Proulx, à Saint-Henri pour la Victor Talking Machine... comme ça, sans plan établi, un coq-à-l'âne interrompu seulement par mes questions. Et moi aussi, j'ai parlé, raconté les causes de mon « abandon » qui n'en était pas un. Au cas où ils reviendraient vivre avec nous, je ne voulais pas lui révéler le rôle joué par Pamphile dans les échanges épistolaires.

— Le temps a passé trop vite. Je dois rentrer ; si Rodolphe se réveille et qu'il se retrouve seul dans le logement, il va paniquer.

— Je comprends que tu veuilles le ménager, comme moi je dois le faire avec les plus jeunes. J'ai honte de l'avouer, mais ils ne savent pas qu'ils avaient deux frères à l'orphelinat.

— N'ayez pas honte maman et je comprends qu'on a tous besoin de temps... il ne faut pas se précipiter si on veut bien faire les choses...

Et d'un commun accord, nous avons décidé de taire cette rencontre tant et aussi longtemps que Pamphile et les jeunes enfants ne seraient pas au courant de nos retrouvailles.

* *
*

À mon insu, pendant ma longue conversation avec mon fils prodigue, Roger a repris sa place dans la chambre des garçons.

42

Sur le chemin du retour, je marche lentement, malgré le froid intense. La nuit est calme. La rue, déserte. Je savoure l'instant présent. Je repasse les moments forts de ma soirée : de purs délices. L'image au ralenti de maman courant vers moi et m'étreignant à bras-le-corps, m'étouffant presque : une séquence qui tourne en boucle dans ma tête. Devant le cercueil, ses émotions se bataillaient, son immense peine de la perte de son petit dernier, son immense joie de me retrouver, moi, son fils aîné, et son inquiétude devant l'absence de son cadet. En moi, ce même bouillonnement d'émotions. De voir ce frêle enfant dans son cercueil m'a lourdement attristé alors que les manifestations délirantes d'affection de maman m'ont complètement chaviré. Une scène mélodramatique digne des feuilletons des journaux. De retour à la maison, dès que j'ouvre la porte, Rodolphe m'apostrophe :

— Veux-tu ben m'dire où qu't'étais passé ? Ça fait une heure qu'j'me fais du mauvais sang.

— T'es déjà réveillé ?

— J'avais envie d'pisser. Ça m'a réveillé. Quand j'ai vu qu'étais pas dans ta chambre, j'ai pas été capable de m'rendormir. T'étais où ?

La vérité ! En dépit de sa désapprobation, la stricte vérité.

— Chez maman. Son plus jeune est...

— J'le sais... Y est mort. Roger l'a dit. Lui, j'comprends... mais toé? Tu l'connais même pas, c't'enfant-là.
— C'est vrai. Mais c'est mon demi-frère, en fait, « notre » demi-frère.
— C'est pas mon frère pantoute.
— Que tu le veuilles ou pas, c'est notre mère qui lui a donné naissance.

Rodolphe hausse les épaules.

— T'aurais pu m'dire qu'tu partais.
— C'est vrai, j'aurais dû, mais j'voulais pas m'obstiner avec toi.

Rodolphe se détourne, se dirige vers sa chambre.

— C'est triste de voir un enfant aussi jeune dans un cercueil. Maman était vraiment contente de m'voir; elle était déçue que tu sois pas v'nu.
— Pis Roger, il est où?
— Il a couché là.

Le visage de Rodolphe se rembrunit.

— Quand y voulait rester icitte, y s'disait not' frère. Pis, y est parti r'trouver les autres?
— C'est normal, Rodolphe : c'est sa famille.
— Ben, c'est ça... qu'y reste avec sa famille. Moé, c'est pas la mienne.

Je laisse échapper un soupir de déception qui ne passe pas inaperçu.

— J'sais qu'pour toé c'est ben important. Tu l'as assez cherché « ta » famille, conclut-il en insistant sur le « ta ».

Puis, un trémolo dans la voix :

— J'ai peur qu'tu m'laisses tomber... comme Roger...
— Rodolphe, j'te laisserai jamais tomber.
— Juré craché?

— Oui : juré craché ! Mais fais un effort, essaie de voir les choses comme j'les vois. Mets un peu d'eau dans ton vin. Pour moi, si c'est pas pour eux.

L'air buté, Rodolphe croise les bras sur la poitrine et s'écrie :

— Jamais j'irai vivre avec eux autres… t'entends ? Jamais. Si tu y vas, moé, j'vas aller vivre chez madame Ouellet.

43

Une fois les cérémonies entourant le décès de Gérard terminées, je n'ai guère le temps de m'apitoyer. Mon plus grand défi : rebâtir ma famille. Défi auquel s'ajoutent d'autres préoccupations : terminer les commandes en retard, préparer le déménagement, rencontrer le médecin recommandé par le docteur Lassonde.

Dès que l'occasion se présente, je mets Pamphile au courant du retour de Romuald. Se sentant coupable, il ne manifeste guère de joie. Je le rassure. Romuald n'a aucune animosité contre lui puisque j'ai tu son rôle dans notre éloignement. Il a un bon emploi et c'est lui à l'origine de l'argent trouvé dans la boîte aux lettres et c'est aussi lui qui a payé les frais des funérailles de Gérard. Toutes ces explications ont raison de ses réticences. Quant à moi, le retour de mes deux plus vieux — même si Doff refuse toujours de me rencontrer —, atténue ma rancœur contre Pamphile, bien qu'il subsiste encore un certain ressentiment.

Reste maintenant les plus jeunes : ce ne sera pas une mince tâche. Incrédulité, d'abord, rejet ensuite. Qu'ils aient deux frères beaucoup plus vieux! Que l'un d'eux soit l'inconnu à la démarche bizarre! Qu'ils aient passé la majeure partie de leur vie dans un lointain orphelinat! À peine croyable! De plus, ils craindront de perdre leurs

PARTIE 3. LE POIDS DU PASSÉ

droits acquis : se retrouveront-ils à quatre dans la chambre des gars ? Ils se sentiront dépossédés.

J'explique que ce n'est pas pour tout de suite, qu'ils auront le temps de se connaître, de s'apprivoiser. Comme Rodolphe, eux aussi appréhendent la réunion des deux familles. Il faut faire des efforts de part et d'autre pour vivre ensemble. Mais les plus jeunes n'acceptent pas cette réunification. Leur argument :

— On est bien comme on est. Qu'ils restent où ils sont : on n'a pas besoin d'eux.

Je ne m'obstine pas pour l'instant ; il faut laisser le temps assouplir leurs perceptions.

D'autres tâches m'interpellent.

La première : faire soigner Pamphile. Suivant les instructions du docteur Lassonde, je l'ai emmené au cabinet du docteur Dufeutrel, dans l'est de la ville. Il préconise un traitement par la teinture d'iode : une goutte dans de l'eau sucrée et augmenter la dose le jour suivant jusqu'à dix gouttes et maintenir cette dose jusqu'à ce que le mal disparaisse. Un traitement efficace qui ne coûte pas cher. Bien que sceptique, Pamphile suit à la lettre ces recommandations. Après tout, il n'a rien à perdre.

La seconde : déménager dans notre nouveau logement, le 1er mai.

La troisième : rattraper le retard dans mes commandes.

Romuald nous rend visite régulièrement, le dimanche. Toujours seul. « Si la montagne ne vient pas à toi, va vers la montagne », conseille un proverbe. Avec son consentement, j'échafaude un plan que je vais mettre en pratique le jeudi 9 mai, fête de l'Ascension. Un jour férié. Les usines sont fermées. Romuald sera à la maison avec Rodolphe puisqu'il n'y a que le dimanche qu'il se rend chez Mme Ouellet.

Pendant que Pamphile surveille les enfants, que Juliette continue le déballage des boîtes, je me rends chez les deux plus vieux avec une irrésistible tarte à la farlouche, la préférée de Rodolphe, selon Romuald. Au moment d'appuyer sur la sonnette, j'hésite. Je ferme les yeux, invoque mon petit Gérard. Le courage revient.

Rodolphe ouvre la porte.

— C'est pour quoi ?

Sa voix est rude.

— C'est pour toi, dis-je de ma voix la plus douce en lui tendant la tarte. Romuald m'a dit que t'aimais beaucoup ça, la tarte à la farlouche.

— Vous êtes qui ?

Son regard se durcit. À l'évidence, il connaît la réponse à sa question. Romuald intervient aussitôt :

— Maman, quelle belle surprise ! Entrez…

Rodolphe se tasse pour me laisser passer. Il referme la porte d'entrée brusquement et se dirige vers sa chambre. Vivement, Romuald lui en bloque l'accès.

— Rodolphe, tu vas me faire plaisir. On va s'asseoir tous les trois et on va manger la tarte.

Étonné du ton affirmatif de son frère, Rodolphe obtempère, sans dire un mot. Romuald s'occupe de mettre la nappe, de disposer les assiettes, les cuillères. Généralement, c'est la tâche de Rodolphe, mais cette fois-ci, il reste assis, l'air buté. Toutefois, devant sa pointe de tarte, il ne résiste pas. La conversation reste banale, tournant autour des sortes de tartes, de gâteaux et de biscuits… Je sors ensuite un album de portraits de famille du temps de Doris. Rodolphe, bébé. Romuald à quatre ans. Leur première communion. Assis sur les marches d'un escalier, dans un parc. Rodolphe s'approche, scrute les images. Il se détend.

PARTIE 3. LE POIDS DU PASSÉ

La dernière photographie montre les quatre enfants Lamoureux, en ordre de grandeur.
— Celle-là, je l'ai prise la veille de votre départ pour Huberdeau. Chaque fois que j'la r'garde, ça me fait pleurer.
Rodolphe réagit à cette évocation de l'orphelinat.
— C'est là qu'vous nous avez abandonnés, déclare-t-il agressivement.
— J'vous ai jamais abandonnés...
Et je poursuis, tâchant de reprendre le fil des événements. Depuis le retour de Romuald, ces explications, je les ai maintes et maintes fois répétées en mon for intérieur afin de dire la vérité sans pour autant incriminer Pamphile. Pour rien au monde, ils ne doivent savoir que c'est lui qui a insisté pour qu'ils restent à l'orphelinat, qui a intercepté les lettres. Je commets donc un pieux mensonge en mettant l'arrêt de la correspondance sur le dos des autorités religieuses qui, parce que je n'avais plus les moyens de payer leur pension, avaient décidé de rompre toute relation avec leur famille naturelle pour favoriser leur intégration à une éventuelle famille adoptive. J'explique, je pleure, je m'excuse, je supplie... Finalement, quand je dois partir, à la fin de l'après-midi, je pense avoir suffisamment ébranlé Rodolphe pour qu'il consente à nous rendre visite. Dois-je en remercier mon petit Gérard?

* *
*

Mes deux plus vieux n'habitent pas encore avec nous, mais les relations se renforcent; Romuald poursuit ses visites hebdomadaires et, une fois par mois, Rodolphe l'accompagne, à contrecœur au début, surtout pour revenir avec une tarte à la farlouche. Petit à petit, ses réticences s'estompent. Comme il a le pouce vert, il s'occupe de mes plantes d'intérieur et, durant l'été, d'un minuscule jardin sur la galerie arrière. À l'automne, il dessine des motifs pour les courtepointes que je piquerai durant l'hiver. Il se sent utile, apprécié. Il fréquente toujours Mme Ouellet et, pour souder nos liens, je l'invite souvent à partager notre repas du dimanche midi.

Évidemment, tout n'est pas rose. Pélérina, Gaétan et Gilbert se moquent ouvertement de Romuald, ce qui exaspère Rodolphe. Il se retrouve un peu dans la même situation qu'à l'orphelinat quand les gamins s'en prenaient à son frère. Et, plus d'une fois, Romuald a dû intervenir pour l'empêcher de s'en prendre à eux. Pour briser cette animosité, il leur achète des bonbons, des jouets neufs. Sitôt mise au courant, j'exige de Romuald qu'il cesse ses largesses.

— Ils vont toujours en demander plus. Ça n'a pas de bon sens.

Je réunis les trois plus jeunes et leur tiens un discours semblable à celui du père Hermas, leur premier jour à l'orphelinat. Je les réprimande si vigoureusement que, penauds, ils promettent d'être sages comme des images. Un problème de réglé ?

Bientôt, les jeunes iront à l'école et je pourrai reprendre mes contrats de couture.

Après quelques semaines de traitement, la déformation des doigts et des mains de Pamphile s'atténue. En six mois, il a retrouvé ses pleines capacités.

* *
*

PARTIE 3. LE POIDS DU PASSÉ

Août 1930
Roger quitte la Dominion Bridge et décroche un nouvel emploi à la Canadian Vickers; peu après, Pamphile y obtient un travail en tant qu'électricien et Rodolphe y devient manutentionnaire; pour la première fois, il occupe un emploi à temps plein. Cela crée un rapprochement entre Roger et Rodolphe. Ils se ressemblent d'ailleurs. Au physique : moyennement grands, une forte carrure, des muscles qui dégagent une grande force. Au moral : des êtres renfermés, solitaires, pacifiques... sauf quand une menace pèse sur des gens qu'ils aiment. Ils peuvent alors devenir violents. Très vite, ils se sont apprivoisés. D'autant plus qu'à la maison, Roger demeure un puissant allié de Romuald pour le défendre contre les risées des plus jeunes.

Romuald poursuit son travail à la Victor Talking Machine devenue RCA Victor. Il continue d'habiter avec Rodolphe qu'il n'a pas encore réussi à convaincre de déménager avec leur mère. C'est que Rodolphe, instinctivement, anticipe les problèmes que causera la réunification des Lamoureux et des Belhumeur. Pour lui, ça reste deux familles.

Pamphile et Roger travaillant, les soucis d'argent s'évaporent et Juliette a repris l'école. Évidemment, a doublé sa cinquième année. Le déménagement l'a obligée à changer d'école. Avec des élèves qui ignorent son âge, elle a moins honte de se retrouver seulement en cinquième à l'âge de quatorze ans.

* *
*

Mai 1931

Romuald loue un logement dans le nord de la ville, rue Saint-Vallier. Un grand sept pièces. J'ai visité ce logement avec lui et Rodolphe. Les deux sont enchantés de tout l'espace dont ils disposeront. Romuald pose une condition : Rodolphe doit venir habiter avec eux. La décision repose donc sur les épaules de son frère qui émet une contre-proposition : que Romuald et lui partagent la même chambre. Condition vite acceptée. Romuald et Rodolphe partageront donc une chambre ; Roger, Gaétan et Gilbert, une deuxième ; les deux filles, une troisième. Pamphile et moi, on s'installe dans la partie arrière de la pièce double dont l'avant sert de salon. La dernière pièce, plutôt un racoin, servira d'atelier de réparation à Romuald.

Bien sûr, l'arrivée de Romuald et Rodolphe crée des remous. S'il était relativement facile de « rester sages » une journée par semaine, cela l'est moins sept jours sur sept. Les trois plus jeunes acceptent mal leur intégration complète à la famille. Ils se moquent d'eux et je dois les punir, ce qui les rend davantage hargneux. Si Rodolphe reste de glace, Roger entre facilement en colère et les tance vertement. De son côté, Romuald tente à nouveau de les amadouer en continuant de leur offrir des cadeaux. De prime abord, Juliette bénéficie de la confiance des jeunes ; après tout, c'est elle qui s'est occupée d'eux pendant que je travaillais. Mais au fur et à mesure qu'elle se rapproche de ses frères Lamoureux, les Belhumeur la considèrent comme une traître et lui manifestent de l'hostilité.

C'est à Romuald, le maillon le plus faible, qu'ils s'en prennent davantage. Non plus en se moquant de lui, mais en pénétrant dans son atelier pour mêler les fils, dévisser les boutons, briser les lampes des radios… de telle sorte que, de retour de son travail, Romuald doit recommencer

PARTIE 3. LE POIDS DU PASSÉ

ses réparations. Il songe même à fermer son atelier qui est pourtant bien lucratif.

J'interviens et leur explique que le petit commerce de Romuald fait en sorte qu'on jouit d'un bien-être qu'on n'a jamais connu jusque-là. S'il fallait que leurs trois frères Lamoureux quittent la maison à cause du harcèlement, ils devraient quitter cette grande maison et déménager dans un appartement plus petit, dans un quartier moins favorisé.

Rodolphe et Romuald prennent un soin méticuleux de leur chambre. Leurs lits : impeccables. La garde-robe : bien rangée. Les factures, les reçus, les listes d'achat de matériel : classés par ordre alphabétique dans des boîtes de chaussures. Les jeunes prennent un malin plaisir à tout déplacer. Romuald, sans se plaindre, remet tout en ordre. Mais Rodolphe grogne. Et il faut toute la force de persuasion de Romuald pour l'empêcher de s'en prendre aux fautifs.

Quant à Pamphile, je sais qu'il se sent malgré tout mal dans sa peau. Il craint les reproches des deux frères qui, pourtant, ne lui ont jamais fait la moindre récrimination.

Réunifier : un défi de taille. Un travail de tous les jours. S'il ne faut rien laisser passer, je dois quand même choisir mes combats. Je peux affirmer que deux ans après que Romuald et Rodolphe ont rejoint la famille, un calme relatif règne dans la maison. Je ne dois toutefois pas m'asseoir sur mes lauriers. Dans une telle entreprise, rien n'est jamais gagné.

Quelques décennies plus tard...

Montréal, le mardi 8 décembre 1987, vers 7 h 30 du matin. Depuis au moins une heure, Juliette traîne au lit. Une fente étroite à la jonction des deux pans de draperies laisse deviner qu'à l'extérieur, il neige. Son mari, Laurent, dort encore.

La sonnerie du téléphone la fait sursauter.

Qui peut bien appeler à cette heure-là ? Avant même la deuxième sonnerie, elle a déjà décroché. Une voix inconnue demande Mme Juliette Lamoureux.

Elle reste saisie. Depuis son mariage, jamais personne ne l'a appelée par son nom de jeune fille ! C'est une infirmière de la résidence Saint-Charles, à Longueuil, celle où Romuald habite depuis cinq ans. Juliette pressent un malheur. Comme son frère ne s'était pas présenté au déjeuner et ne répondait pas non plus à l'interphone, un préposé est monté. Romuald gisait par terre, inconscient. Immédiatement, les secours ont été appelés et les ambulanciers l'ont transporté à l'hôpital Charles-Le Moyne. Probablement une crise cardiaque.

La neige tombe dru. La première tempête de l'hiver. L'accumulation frôle déjà les dix centimètres. Par endroits, c'est le verglas. Sur l'autoroute, des rafales rendent la visibilité presque nulle. Elle aurait envie de dire : « Plus vite, Laurent, plus vite… » Elle se retient : ce serait trop risqué. Mais elle ne veut pas qu'il meure tout seul. Dans la famille de Juliette, personne ne s'est éteint dans la solitude.

Étrangement, elle revit la mort de son jeune frère. Elle avait à peine 13 ans. Déjà près de soixante ans de cela. Sa mère lui tenait la main et de l'autre, lui caressait le visage. Son père, de l'autre côté du lit, restait debout, figé. Elle a vu, même si elle n'était pas censée voir. Une longue lamentation l'avait réveillée brusquement. Quelques chuchotements provenant de la chambre des parents dans laquelle couchait Gérard depuis le début de sa maladie. Sur la pointe des pieds, elle s'est approchée et, par la porte entrebâillée, elle a vu sa mère recouvrir le visage de son plus jeune avec un drap blanc. Trois ans! Son premier face-à-face avec la mort et il avait fallu que ce soit celle de Gérard, son préféré. Depuis, Juliette a connu de nombreux deuils.

Une vingtaine d'années plus tard, ce fut au tour de Pamphile, c'était en 1949 : l'année de la naissance de son fils. « Un qui arrive, un qui part ; c'est la loi de la nature », comme le répétait souvent sa mère. En 1952, l'année de la naissance de la fille de Juliette, c'est Rodolphe qui partit. Deux ans auparavant, une embolie cérébrale l'avait plongé dans un long coma. Même si rien ne laissait supposer qu'il voie ou entende, Léa s'entêtait à lui parler à voix basse, à lui raconter les menus événements de la journée, l'état du jardin et du potager, le temps qu'il faisait, la visite de Gaétan et de Gilbert, le mariage prochain de Pélé (à force de répéter qu'elle préférait Pélé à Perna, elle avait fini par gagner), le début de grossesse de Juliette... Les yeux de Rodolphe demeuraient grands ouverts, son regard, vitreux : il ne réagissait à aucune stimulation. Au début, Léa le nourrissait à la cuillère comme un bébé ; puis une infirmière installa un soluté. Elle le lavait, le peignait, le changeait de côté pour éviter les plaies de lit... Elle refusa toujours de l'envoyer à l'hôpital et elle s'en occupa jusqu'au bout. Peut-être compensait-elle ainsi les années d'orphelinat ? Pendant

QUELQUES DÉCENNIES PLUS TARD...

ces deux longues années d'agonie, régnait dans la maison une atmosphère lugubre. Dans la chambre de Rodolphe, le store demeurait baissé et les rideaux tirés afin de maintenir la pièce dans la pénombre. Pour éviter de faire du bruit, on y entrait sur la pointe des pieds, en chuchotant.

Le tout début des années 1980 marqua le départ de Roger. Une mort subite. Sa femme était là pour recueillir son dernier souffle. Il partit sans avoir le temps d'être grand-père puisque sa fille accoucha quelques mois plus tard.

À la suite du décès de Roger, la santé de Léa dépérit ; elle dut garder le lit, ses jambes ne la supportant plus. Elle parlait de moins en moins et ses paroles devenaient si confuses que Romuald ne la comprenait pas toujours. Elle mangeait à peine. Un jour, Romuald appela sa sœur Juliette : « Je crois bien que c'est la fin. Préviens les autres. »

Après avoir informé les Belhumeur, Juliette se rendit au duplex de Longueuil, sachant que lorsqu'elle reviendrait, elle serait orpheline. Oui ! on peut se sentir orphelin même à plus de 60 ans. Toute la nuit, Juliette et Romuald l'ont veillée. Ils l'observaient, tentant de deviner ses moindres besoins : arranger ses oreillers, lui donner un peu d'eau, placer la bassine... Les Belhumeur, eux, arrivèrent tôt le lendemain matin.

Et leur mère choisit un des rares moments où ils étaient tous réunis pour s'éteindre. Juste avant de trépasser, elle s'est soudain relevée dans son lit. Son regard s'est arrêté de longues secondes sur chacun de ses enfants. Romuald, toujours assis à ses côtés, fut le dernier sur qui elle posa les yeux. Elle le fixa, chercha sa main qu'il lui tendit et murmura : « Pardon ! » Elle s'éteignit dans l'heure qui suivit. C'était le mardi 3 août 1982 : elle avait 97 ans. Au début du mois de janvier suivant, la fille de Juliette mettait au monde son premier enfant.

La poudrerie balaie la route. Devant, un chasse-neige déblaie la chaussée. Une auto dérape, s'échoue dans le banc de neige ; pour l'éviter, celle qui la suit freine trop brusquement et fait un tête-à-queue. Laurent l'évite de justesse.

Hier encore, Juliette avait rendu visite à Romuald à la résidence. Il était en conversation, dans le hall d'entrée, avec deux hommes. Étant donné son caractère renfermé, cela l'avait étonnée. Quand il travaillait, il avait bien un ou deux amis avec lesquels il allait parfois au cinéma. Jamais, toutefois, il ne les avait invités à la maison. Après sa retraite obligée en 1967 à 57 ans, les liens avec ses compagnons de travail s'étaient étiolés. La manière cavalière dont on lui avait annoncé son licenciement l'avait rendu amer. Un lundi, avant même de rejoindre son poste de travail, son chef de service l'avait fait venir à son bureau. Compression de personnel. Sans préavis. Après tant d'années de loyaux services, il se serait attendu à plus de considération.

Romuald passa dorénavant une grande partie de son temps à s'occuper presque exclusivement de sa mère qui, bien qu'octogénaire, demeurait alerte. Il aimait « la sortir », comme il disait. Cette année-là, il lui fit découvrir l'Expo. Pour éviter la cohue des fins de semaine et les chaleurs de l'été, très tôt le matin et en semaine, un taxi les emmenait sur les Îles ; ils empruntaient ensuite la Balade, le petit train touristique qui faisait le tour du site. Il s'était équipé d'un siège portatif qu'il transportait comme un parapluie et sur lequel elle pouvait s'asseoir en faisant la queue. Ainsi, elle avait pu attendre près d'une heure pour voir le film en 360 degrés de la compagnie Bell et le spectacle de la Lanterna Magica à la Ronde. Pour se rapprocher des restaurants-terrasses où il lui faisait goûter des mets exotiques qu'elle avait plaisir à découvrir, il louait un fauteuil roulant. Léa raffolait de ces sorties avec son fils aîné. En dépit de son âge, elle avait maintenu intacte sa propension à s'émerveiller et il aimait lire l'éblouissement dans son regard.

Sa mère n'étant plus, Juliette s'occupa de son frère aîné. Toutes les semaines, elle faisait sa lessive, repassait ses chemises, remplissait son minifrigo, vérifiait son garde-manger et lui réservait toujours de petites surprises : beignes maison, chocolat noir au gingembre, *cupcakes* fourrés de crème pâtissière et saupoudrés de sucre à glacer. Une manière de le gâter, lui qui avait tant gâté les autres. Elle était la seule à lui rendre visite régulièrement.

Enfin ! L'hôpital Charles-Le Moyne !

Les yeux fermés, Romuald repose aux soins intensifs. Quand Juliette s'approche, il ouvre les yeux, lui sourit faiblement. D'une voix à peine audible, il lui rappelle que c'est elle son exécutrice testamentaire. Puis, des propos quasi incompréhensibles où il est question, entre autres, d'incinération, du cimetière Saint-Antoine-de-Padoue. Épuisé, il ferme les yeux. Juliette lui parle, mais il ne répond pas. Il semble inconscient. Quelques heures plus tard, il se réveille et, dans un dernier effort, marmonne quelque chose à propos de son testament. Ce sont ses ultimes paroles. Il passe de vie à trépas en début de soirée, Juliette et Laurent, à son chevet.

Le samedi suivant, Juliette retourne à la résidence pour vider sa chambre. Dès qu'elle insère la clé dans la porte, le poids de sa perte l'accable. Ses yeux errent autour de cet espace retreint où son frère a vécu les dernières années de sa vie. C'est à dessein qu'il avait choisi cette chambre qui lui permettait de voir le duplex de Longueuil où il avait vécu avec sa mère jusqu'à la mort de cette dernière. Après la mort de Léa, Romuald décida de le vendre, mais il continua à garder un œil sur cette maison désormais aux mains d'étrangers. Voir le potager remplacé par une piscine, le jardin de fleurs par un patio, la haie de cèdres par une clôture, l'entrée d'auto par un garage double... Trente ans de souvenirs qui s'effilochaient.

Juliette remarque que les seules décorations de sa chambre sont des photos de famille. Léa heureuse, dans son jardin, à sa machine à coudre, derrière son métier piquant une courtepointe, devant son «beau poêle Bélanger» comme elle disait, plagiant l'annonce-télé, avec la fille de Roger, Geneviève. Léa lors de son 92e anniversaire, les yeux espiègles, encore pétillante de vie. Une photo de Roger et de sa fille. Une autre de la famille de Juliette. Deux cadres ovales antiques : des photographies en noir et blanc, peintes, d'Aimée Gauthier et d'Ozias Bertrand, les grands-parents. Sur son classeur : un portrait des quatre enfants Lamoureux, bien alignés, du plus jeune au plus vieux. Au dos, une date : octobre 1918, l'année du décès de son père. Sous une vitre qui protège sa table de travail, le portrait de noces de Léa et de Doris Lamoureux. À partir du fameux médaillon, Romuald a fait finir cette photographie, couleur sépia et légèrement floue.

Romuald a toujours refusé de se départir du coffre en cèdre et de la machine à coudre de sa mère : deux cadeaux offerts par Doris, son premier mari. Juliette ouvre les petits tiroirs de la machine à coudre : fils, bobines, ciseaux, pelote à épingles, aiguilles... Une odeur : celle de la mère, indescriptible, mais parfaitement reconnaissable. Le coffre en cèdre contient plusieurs courtepointes; sur chacune, le nom d'un enfant à qui elle est destinée. Des reliques qui la saisissent à la gorge. Elle ne pleure plus seulement Romuald, mais tous ces disparus de la famille.

Juliette doit cesser de remuer le passé : elle doit s'activer. Elle commence par le plus facile, les vêtements. Romuald aimait être tiré à quatre épingles. Même à la maison, il portait chemise blanche à manches longues et cravate ; il ne sortait jamais sans son veston. À cause de sa taille, elle sait que personne n'en voudra. Elle les jette dans un sac-poubelle. Au moment du geste, un serrement de cœur, comme si c'était lui qu'elle mettait aux ordures.

Deuxième étape : le classeur. Dans le premier tiroir, elle élimine d'abord les documents qu'elle juge inutiles, mais conserve les chemises « correspondances ». L'avant-dernière chemise contient le testament notarié de Romuald B. Lamoureux qui date de 1965. Le fameux B adopté par Romuald aussitôt qu'il a rejoint la famille. Une affirmation de sa volonté de s'intégrer aux Belhumeur. Son rôle de liquidatrice la rend anxieuse en raison des querelles familiales qui surviennent souvent en de telles occasions. Heureusement, le testament notarié de Romuald va lui simplifier la tâche. Elle le met de côté pour y revenir plus tard.

Dans le deuxième tiroir, des coupures de journaux consacrées à des hommes politiques et à des personnalités du domaine artistique ainsi que plusieurs notices nécrologiques des membres des familles Bertrand, Lamoureux et Belhumeur, de quelques compagnons de travail et une d'Alice Marceau, une jeune fille que Romuald a fréquentée quelque temps jusqu'à ce que ses parents l'obligent à le quitter. « T'es pas pour marier un infirme. » Dans le troisième tiroir : un magnétophone et des rangées de cassettes classées par thème et par ordre chronologique. Si les discours politiques, les entrevues radiophoniques et même quelques enregistrements du *Ed Sullivan Show* n'ont aucun intérêt, elle met de côté celles identifiées « maman ». La tentation est trop forte : elle veut en écouter une. Le brouhaha d'une fête. Impossible de suivre une conversation. Puis une voix forte domine les autres pour appeler à chanter le *HAPPY BIRTHDAY*. Enfin, le quatrième tiroir contient un vieil appareil photo, une simple boîte noire rectangulaire qui doit dater d'au moins cinquante ans.

Juliette s'appuie sur le rebord de la fenêtre et regarde le duplex où sa mère a vécu dans une chambre grande comme elle n'en avait jamais eu, avec jardin et potager... Et surtout, sans soucis financiers. Après de nombreuses années de misère, Léa a fini ses jours en beauté avec sa famille au grand complet à ses côtés. Seule ombre au tableau : les tensions perceptibles entre les enfants Lamoureux et les Belhumeur.

Dépouillant systématiquement chacune des lettres, Juliette tombe sur une chemise étiquetée « HUBERDEAU ». Une lettre au papier jauni, fragile. Celle de Romuald alors qu'il était à l'orphelinat. Des lettres à Télesphore Létourneau. Une autre adressée au R. P. Hermas et la réponse du prêtre à Léa. Juliette apprend avec grand étonnement que le prêtre qui dirigeait l'orphelinat n'était autre que l'amour de jeunesse de sa mère !

Juliette amorce ensuite la lecture du testament notarié de Romuald B. Lamoureux. Après les considérations générales, elle en vient aux legs : ses avoirs seront distribués en parts égales entre sa mère et ses cinq sœurs et frères. Il a même prévu une clause en cas de décès d'un ou de plusieurs des bénéficiaires. Juliette est soulagée : tout est parfaitement clair, aucune récrimination possible.

Mais l'examen du secrétaire allait tout chambouler. Une enveloppe jaune, scellée, sur laquelle Romuald a écrit, de son écriture carrée : TESTAMENT DE ROMUALD LAMOUREUX. Tout de suite, Juliette note l'absence du B. Il s'agit d'un testament rédigé à la main le 14 juillet 1985, soit après la mort de Roger et celle de Léa. Juliette frémit : cette disparition du B attise ses pires craintes. Romuald, toujours si minutieux et réfléchi, n'a pas enlevé sans raison l'initiale B qui le rattache aux Belhumeur. Poursuivant sa lecture, elle constate, avec un mélange de gratitude et d'inquiétude, qu'elle est la seule légataire de son frère.

Juliette demeure prostrée, immobile, à regarder ce testament qui, écrit à la main sur une feuille de papier, semble avoir moins de validité que le testament notarié facilement reconnaissable à la dimension des feuilles et au sceau rouge apposé sur la première page. Pourquoi Romuald n'a-t-il pas fait notarier ce second testament ? Que diront les Belhumeur ? Comment leur faire accepter la décision de Romuald ? Elle les sent monter aux barricades pour exiger une recherche testamentaire qui de toute façon devra se faire. Sans nul doute, ils accuseront Romuald de trahir la famille. Pour éliminer les tensions, ne devrait-elle pas tout simplement ignorer ce deuxième testament ? Et tant pis pour les sommes en jeu qui, de toute manière, ne peuvent pas être mirobolantes.

Puis, elle repense à Romuald, au temps où il est arrivé à la maison. Il s'est toujours efforcé de souder les liens entre les enfants issus du second mariage et ceux du premier. Il a payé les obsèques de Gérard. Elle a pu terminer sa septième année ; Gaétan et Pélérina, leur neuvième. Quant à Gilbert, c'est lui qui a délibérément choisi d'abandonner l'école en sixième. Entre Romuald et elle : une étroite complicité.

Au plus fort de la crise, grâce à son salaire, ils ont pu quitter le bas de la ville et emménager dans le nord. Une belle rue bordée d'arbres. Un quartier tranquille, neuf. À proximité du Marché du Nord. Un logement de sept pièces, au rez-de-chaussée d'un triplex en brique avec un peu de verdure à l'avant et un bout de terrain à l'arrière. Rodolphe a aussitôt converti l'arrière en potager ; à l'avant, des fleurs et des fines herbes. Quelques années plus tard, après la fin de la guerre, un autre déménagement : encore plus au nord, sur la rue Boyer près d'Éverett. Un quartier en émergence où maisons et édifices de service poussaient comme des champignons. C'est d'ailleurs là qu'ils restaient quand Juliette s'est mariée à l'église Notre-Dame-du-Rosaire. La réception, qui s'est tenue dans la pièce double du logement, Romuald la lui a offerte en guise de cadeau de noces. Juliette prend conscience de tout ce qu'elle lui doit, de tout ce que la famille lui doit. Il n'aimait tellement pas les remerciements qu'ils en vinrent à croire qu'on n'avait pas à lui en faire.

Auraient-ils pu former une seule famille ? Rétrospectivement, Juliette répond : non. Sans doute étaient-ils de tempéraments trop différents ! Les Lamoureux ? Réservés. Introvertis. Sérieux, même austères. Peu bavards. Travailleurs. Responsables. Raisonnables. Le travail avant le plaisir. Ni alcool ni tabac. Avant tout : le devoir. Les Belhumeur ? Extravertis. Frivoles. Insouciants. Cigarettes et bières à profusion. Fortement endettés. Avant tout : le plaisir. Deux modes de vie. Deux familles. Deux clans !

Tant et aussi longtemps que Léa vivait, elle avait réussi à les tenir ensemble. Après sa mort, les clans se sont vite reformés. Les Belhumeur n'ont jamais rendu visite à Romuald ; ils ne lui ont jamais téléphoné pour lui souhaiter un « bon anniversaire » ou une « bonne année » : comme s'il n'existait pas.

QUELQUES DÉCENNIES PLUS TARD...

Juliette se sent maintenant libre. Sa décision est prise : elle ne trahira pas les dernières volontés de son frère. Elle sait toutefois que ce geste signifie probablement la rupture définitive entre elle et la famille Belhumeur.

Remerciements

L'écriture de ce roman s'est étalée sur de nombreuses années jalonnées de périodes de doute et de remises en question. Merci à Josée Duplessis et à Mariko Chartier-Otis pour m'avoir aidée à traverser les moments d'incertitude.

Merci à mon frère, Robert Tremblay, et à mon ami, Jean-Claude Lacroix, pour leur lecture attentive et leurs nombreux encouragements. Merci à Étienne-Julien Lacroix, mon fils, pour ses conseils dans la traduction des passages en anglais ainsi qu'à Micheline Cimon pour ses informations concernant les orphelinats.

Mon entière gratitude à André Perrier. Son expérience et sa connaissance de la dramaturgie m'ont été précieuses dans la structure narrative du texte et ont contribué à rendre crédible l'évolution de certains de mes personnages.

Merci à mon conjoint, Guy Gaudreau, pour sa foi indéfectible en ce roman.

TABLE DES MATIÈRES

PARTIE 1. Déroutes 11

PARTIE 2. Le médaillon 175

PARTIE 3. Le poids du passé 283

Quelques décennies plus tard. 401

Remerciements 415

VOIX NARRATIVES
Collection dirigée par Marie-Anne Blaquière

BÉLANGER, Gaétan. *Le jeu ultime*, 2001. Épuisé.
BÉRUBÉ, Sophie. *Car la nuit est longue*, 2015.
BLAQUIÈRE, Nathalie. *Boules d'ambiance et kalachnikovs. Chronique d'une journaliste au Congo*, 2013.
BOULÉ, Claire. *Sortir du cadre*, 2010.
BRUNET, Jacques. *Messe grise ou La fesse cachée du Bon Dieu*, 2000.
BRUNET, Jacques. *Ah...sh*t! Agaceries*, 1996. Épuisé.
CANCIANI, Katia. *178 secondes*, 2009.
CANCIANI, Katia. *Un jardin en Espagne. Retour au Généralife*, 2006. Épuisé (réédité en Format Poche).
CHICOINE, Francine. *Carnets du minuscule*, 2005.
CHRISTENSEN, Andrée. *La mémoire de l'aile*, 2010.
CHRISTENSEN, Andrée. *Depuis toujours, j'entendais la mer*, 2007. Épuisé (réédité en Format Poche).
COUTURIER, Anne-Marie. *Dans le regard de Flavie Plourde*, 2017.
COUTURIER, Anne-Marie. *Le clan Plourde. De Kamouraska à Madoueskak*, 2012.
COUTURIER, Anne-Marie. *L'étonnant destin de René Plourde. Pionnier de la Nouvelle-France*, 2008.
COUTURIER, Gracia. *L'ombre de Chacal*, 2016.
COUTURIER, Gracia. *Chacal, mon frère*, 2010. Épuisé (réédité en Format Poche).
CRÉPEAU, Pierre. *Madame Iris et autres dérives de la raison*, 2007.
CRÉPEAU, Pierre et Mgr Aloys BIGIRUMWAMI, *Paroles du soir. Contes du Rwanda*, 2000. Épuisé.
CRÉPEAU, Pierre. *Kami. Mémoires d'une bergère teutonne*, 1999. Épuisé.
DONOVAN, Marie-Andrée. *Fantômier*, 2005.
DONOVAN, Marie-Andrée. *Les soleils incendiés*, 2004.
DONOVAN, Marie-Andrée. *Les bernaches en voyage*, 2001.

Donovan, Marie-Andrée. *L'harmonica*, 2000.
Donovan, Marie-Andrée. *Mademoiselle Cassie*, c1999. 2003.
Donovan, Marie-Andrée. *L'envers de toi*, 1997.
Donovan, Marie-Andrée. *Nouvelles volantes*, 1994. Épuisé.
Dubois, Gilles. *L'homme aux yeux de loup*, 2005.
Ducasse, Claudine. *Cloître d'octobre*, 2005.
Duhaime, André. *Pour quelques rêves*, 1995. Épuisé.
Fauquet, Ginette. *La chaîne d'alliance*, en coédition avec les Éditions La Vouivre (France), 2004.
Flamand, Jacques. *Mezzo tinto*, 2001. Épuisé.
Flutsztejn-Gruda, Ilona. *L'aïeule*, 2004.
Forand, Claude. *R.I.P. Histoires mourantes*, 2009.
Forand, Claude. *Ainsi parle le Saigneur*, 2006.
Gagnon, Suzanne. *Passeport rouge*, 2009.
Gravel, Claudette. *Fruits de la passion*, 2002.
Harbec, Hélène. *Chambre 503*, 2009. Épuisé (réédité en Format Poche).
Hauy, Monique. *C'est fou ce que les gens peuvent perdre*, 2007.
Henrie, Maurice. *Petites pierres blanches*, 2012.
Jack, Marie. *Mariana et Milcza*, 2015.
Jacquot, Martine L. *Les oiseaux de nuit finissent aussi par s'endormir*, 2014.
Jeansonne, Lorraine M. M. *L'occasion rêvée… Cette course de chevaux sur le lac Témiscamingue*, 2001. Épuisé.
L'Allier, Louis. *Nikolaos, le copiste*, 2016.
Lamontagne, André. *Dans la mémoire de Québec. Les escaliers*, 2015.
Lamontagne, André. *Dans la mémoire de Québec. Les fossoyeurs*, 2010.
Lamontagne, André. *Le tribunal parallèle*, 2006.
Landry, Jacqueline. *Terreur dans le Downtown Eastside. Le cri du West Coast Express*, 2013.
Lepage, Françoise. *Soudain l'étrangeté*, 2010.
Lévesque, Geneviève. *La maison habitée*, 2014.

Mallet-Parent, Jocelyne. *Basculer dans l'enfer*, 2017.
Mallet-Parent, Jocelyne. *Celle qui reste*, 2011.
Mallet-Parent, Jocelyne. *Dans la tourmente afghane*, 2009.
Marchildon, Daniel. *Le sortilège de Louisbourg*, 2014.
Marchildon, Daniel. *L'eau de vie (Uisge beatha)*, 2008. Épuisé (réédité en Format Poche).
Martin, Marie-Josée. *Un jour, ils entendront mes silences*, 2012.
Mazigh, Monia. *Du pain et du jasmin*, 2015.
Muir, Michel. *Carnets intimes. 1993-1994*, 1995. Épuisé.
Olsen, Karen. *La bonne de Chagall*, 2017.
Piuze, Simone. *La femme-homme*, 2006.
Resch, Aurélie. *Pars, Ntangu !*, 2011.
Resch, Aurélie. *La dernière allumette*, 2011.
Richard, Martine. *Les sept vies de François Olivier*, 2006.
Robitaille, Patrice. *Le cartel des volcans*, 2013.
Rossignol, Dany. *Impostures. Le journal de Boris*, 2007.
Rossignol, Dany. *L'angélus*, 2004.
Thériault, Annie-Claude. *Quelque chose comme une odeur de printemps*, 2012.
Tremblay, Micheline. *Léa. J'ai la mémoire chagrine*, 2017.
Tremblay, Micheline. *La fille du concierge*, 2008.
Tremblay, Rose-Hélène. *Les trois sœurs*, 2012.
Vickers, Nancy. *Maldoror*, 2016.
Vickers, Nancy. *La petite vieille aux poupées*, 2002.
Younes, Mila. *Nomade*, 2008.
Younes, Mila. *Ma mère, ma fille, ma sœur*, 2003.

Imprimé sur papier Enviro^MC 100
Contient 100 % de fibres postconsommation certifiées FSC®
Certifié ÉcoLogo, Procédé sans chlore et FSC® Recyclé
Fabriqué à partir d'énergie biogaz

Carton couverture 30 % de fibres postconsommation
Certifié FSC®
Fabriqué à l'aide d'énergie renouvelable
sans chlore élémentaire, sans acide

Couverture : *Woman sewing with a Singer sewing machine*, Library of Congress (Washington), Prints and Photographs Division, cph.3b01182
Maquette et mise en pages : Anne-Marie Berthiaume
Révision : Frèdelin Leroux

ACHEVÉ D'IMPRIMER EN OCTOBRE 2017
SUR LES PRESSES DE L'IMPRIMERIE GAUVIN
GATINEAU (QUÉBEC) CANADA